러시아 기행

συγγενείς κοντά σε χαρά, διαφάσεις κι νοσηρή, τόσο που σου
ρίχνε να σε." Σαν ένα μαχαίρι που δοκεί, χρω- τώντας ση νευ-
πυρά, χρειωμένα ση ραχέτη τα νηχαλία νέμο όχι τη Γης να
ρούψει." Τα ψόχια ίσια που έχαμε κάποτε για το Βήδα, τα νιώθα
βαθύτατα ; με αυτό. Εμ είναι η Γης κι η ουρα η νεκρική κι ο ναός
ο ναγίτας. Δεν έχω καμιαν ελπιδά, καμια χαρά, καμια χίμαιρα
= έρω, όμ ίσα ίσο το δερμάσιο ανιχνίδι που κάνει η σκιά ; το ξω-
κοίνι στα χώματα, όπος ετούτες οι δερμες apparitions:— άνδη
γυναίκες, θάλασσα, έντομα, ιδέες, είναι κάποιοι εφήμεροι που
ανεβαίνουν μέσα και το σταβροδρόμι των αιστέ- μας αιστίσει
κι όμος χαίρομαι, αναίσω παράψερα όπος ετούτες της ιόντας, δίν-
το αίματς για να ζωντανέψουν ; για να μίδουν ρόδαμε κάποια
σε μια στιγμή, για να σωθούν από την αθλιότητα, τον ξεπεσμό κι
το θάνατο. Κάμποτε σιη ίσο το καταμεδύτο τζιτζίμισμα, το ζέρ-
θα συτρίβει ; τα έρτα κύματα των συγκινών θα σερόδων
κωσύαντο να το αδιάσον. Μάχομαι να ;ω σε μια κάθε κίνηση
κάθε προσωπή ; αντίρμα των κινητότητα κάθε στιγμής.
Ah, Genossin πόσες λίγες είναι οι ώρες σε λέντα! Αχ' πότε
θα μπορέσω να ;ήσω σίχι μαξίδιας – για να μη σε ενοχορέτει
για πότε μια τη συκαη ή για τα δέρμας, μα Να μπορέσω
να ζίσω τις αγωνίες ; τα ;ω τις χαρέμης ημεροτάν ; σκα, ψωτε
μέσα στα ρικάσι, σαμα σγαίρα φράτσμεν, σαν ένα να-δρέγμη
= έρω, όμ ίσο το δερμάσιο ανιχνίδι που κάνει η σκιά ; το ξω-
κοίνι στα χώματα, όπος ετούτες οι δερμες apparitions:— άνδη

러시아 기행

니코스 카잔차키스 여행기 | 오숙은 옮김

일러두기

1. 번역은 모두 영어판을 대본으로 했다. 번역 대본의 서지 사항은 각 권의 〈옮긴이의 말〉에 밝혀 두었다.

2. 그리스 여성의 성(姓)은 남성과 어미가 다르다. 엘레니가 결혼 후 취득한 성 〈카잔차키〉는 〈카잔차키스〉 집안의 여인임을 뜻한다. 〈알렉시우〉나 〈사미우〉도 마찬가지로, 〈알렉시오스〉와 〈사미오스〉 집안에 속함을 뜻하는 것이다. 외국 독자들을 배려하여 여성의 성을 남성과 일치시키는 관례는 영어판에서 흔히 찾아볼 수 있으나 여기서는 그리스식에 따랐다.

3. 그리스어의 로마자 표기와 우리말 표기는 그리스어 발음대로 적되 관용적으로 굳어진 일부 용어는 예외를 두었다. 고대 그리스, 신화상의 인명 및 지명 표기는 열린책들의 『그리스·로마 신화 사전』을 따랐다.

이 책은 실로 꿰매어 제본하는 정통적인 사철 방식으로 만들어졌습니다.
사철 방식으로 제본된 책은 오랫동안 보관해도 손상되지 않습니다.

프롤로그 9
들어가는 말 11
아테네에서 오데사까지 15
오데사 24
키예프 30
모스크바 42
민족들 — 유대인 53
노동자와 농민 67
붉은 군대 80
붉은 법원 88
붉은 교도소 93
붉은 학교 102
러시아의 여성들 118
결혼과 사랑 128
인민의 계몽 137

150 종교
167 러시아 문학
181 톨스토이와 도스토예프스키
191 붉은 문학
216 붉은 예술
227 극장
238 붉은 언론
245 11월 7일 —— 스탈린과 트로츠키
258 레닌
267 대화
284 동방의 선전
292 파나이트 이스트라티
307 모스크바에서 바툼까지
316 십자가에 못 박힌 러시아
327 새로운 폼페이

전반적 개요 336
후기 341

『러시아 기행』에 관하여 353
작품 해설 357
옮긴이의 말 365
니코스 카잔차키스 연보 371

프롤로그

1925년에서 1930년까지, 나는 세 번에 걸쳐 러시아로 여행을 떠났었다. 체류 기간을 모두 합치면 거의 2년[1]이 되는데, 그 기간 중에 나는 민스크에서 블라디보스토크까지, 무르만스크에서 부하라와 에치미아진까지 두루 돌아다녔다.

나는 몇 권의 책에서(『러시아에서 나는 무엇을 보았는가』 전2권, 『러시아 문학사』 전2권, 장편소설 『토다 라바』), 또 여러 정기 간행물과 신문에 기고했던 많은 글에서 이 힘들었던 여행의 이정표들을 하나씩 짚어 보려고 시도했었다.

오늘, 이 광활한 땅에서 내가 보고 느꼈던 모든 것을 책으로 엮어 내는 시점에서, 나는 그 어떤 것도, 어떤 식으로든 바꾸고 싶지 않다. 물론 사후에 새로운 정리 작업을 거친다면 나의 경험에 좀 더 논리적인 일관성을 부여할 수 있을 것이며, 또 현재의 관점에서 봄으로써 어떤 전망에 쉽게 도달할 수도 있을 것이다. 그러나 한편으로는 그 경험들이 지닌 자연발생적인 정신의 흐름이라

---

[1] 첫 번째 여행은 1925년 10월 13일부터 1926년 1월 25일까지였으며, 두 번째는 1927년 10월 20일부터 12월 22일까지, 마지막 세 번째 여행은 1928년 4월 19일부터 1929년 4월 19일까지였다 — 원주.

든가 맨 첫 번째의 접촉에서 생기는 온갖 어설픔은 걸러져 버릴 것이며, 이런 식의 글에서 내 개인적으로 높이 평가하는 장점들, 차분하고 논리적인 분석이나 러시아의 불꽃을 꺼버리려는 부질없고 다분히 의도적인 노력들보다 더 소중한 장점들이 사라져 버릴 것이다. 〈신이 폭풍을 일으킬 때 바다에 기름을 퍼붓는 자, 불쌍하나니.〉

1956년
니코스 카잔차키스

들어가는 말

나는 내 두 눈으로 본 그대로 진실을 말한다. 우리가 지나가고 있는 이 순간은 너무나도 중요한 까닭에 그에 대한 어떠한 거짓이나 생략도 수치스러운 행동이 될 것이다.

그러나 인간의 능력으로 전체적인 진실 — 그 찬란한 중심부와 맥동하는 성운 — 을 말로써 고정시켜 두는 것이 가능하다면, 이 책은 껄끄럽고 허황되며 끔찍하게 느껴질 수밖에 없을 것이다. 오늘날 러시아에서 의식적으로 진행되고 있는 일들이 무엇이든 간에 그것은 무의식적으로 벌어지는 일들, 즉 우리가 미처 깨닫지 못하는 행동들에 비해, 하다못해 러시아 지도자들이 바라는 것 이외의 행동들과 비교해 볼 때에도 덜 중요하고 확실치 않은 것들이다. 우리는 안개 너머로 보듯이, 우주 생성과 같은 사건들이 이 광대한 러시아 땅에서 발생했다는 사실을 어렴풋이 감지하고 있다. 그러나 불행히도 인간의 목숨이란 이 전체적인 원을 지켜볼 수 있을 만큼 길지 않다. 다만 우리는 그 감추어진 곡선이 우리 시대에 해당하는 호(弧)를 따라 위로 올라가고 있음을 추측할 뿐이며, 그나마도 아주 찰나적인 일이다.

파괴하고 또 창조하면서 앞으로 나아가는 역사의 정신과 유익한 동맹을 맺기를 바라는 사람이라면 누구든, 형이상학적 사고나 수학적이며 과학적인 시시콜콜한 조사를 들고 궁색하게 따지는 일 없이, 러시아를 전체적으로 깊이 사랑해야 할 것이다.

지금은 중요한 순간이다. 러시아는 기력이 다했지만 승리감에 겨워, 끔찍한 시련 속에서, 그리고 그를 미워하는 주변의 부르주아 국가들 사이에서 일어서고 있다. 그 이데아는 아직 단단한 육체로 굳어지지 않았다. 그리고 전체적이고 뚜렷한 자기 목소리를 찾지 못했다. 그것은 지금도 흐르면서, 말을 할 수 있도록 스스로를 다지기 위해 투쟁하고 있다. 살아남아야 한다는 절실함, 이것이 러시아에게는 최고의 관심사이다. 러시아는 배가 고프며 먹고 싶어 한다. 그 주변 세계는 러시아를 공격하기 위해 저희들끼리 협조하고 있다. 러시아 역시 스스로 무장하고 준비해야 한다. 빵과 탱크, 이것이야말로 무엇보다 러시아에 필요한 것들이다. 나중에, 위험이 지나가고 러시아가 배를 불리고 확실하게 승리를 거두게 되면 철학적 담론을 나눌 시간이 올 것이다. 그러나 지금은 무엇보다 살아남는 게 우선이다.

그러나 독자 여러분은 지금 들고 있는 이 책 속에서, 새로운 러시아를 건설해 나가고 있는 건축가와 노동자들에게 성가신 철학적인 질문들을 던지는 한 사람을 발견할 것이다. 그들에게는 분명 철학 토론을 즐길 시간이 없다. 그들은 지금 건설 작업 중이다. 사실 처음에는 나도 잘 먹어서 배가 부른 부르주아들이나 즐기는 고상한 관심사들에 지배되었다. 다른 사람들이 그를 위해서 일을 해주기에, 그는 여유를 즐기며 토론에 참여하고, 정신적 유희를 즐길 수 있는 것이다. 시간이 흘러갔다. 나는 종종 길을 잘못 들곤 했다. 러시아의 진짜 얼굴, 피와 빛으로 범벅이 된 그 얼굴이 내 안에서 고개를 들 때까지, 나는 괴로웠다.

이제 머릿속으로 전체적인 그 모습을 떠올려 보는 지금, 나를 가장 감동시키는 것은 바로 이것이다. 러시아의 북적이는 도시에서, 눈에 파묻힌 마을에서, 그리고 황량한 대초원에서 나는 보이지 않는 존재의 뚜렷한 징후를 보았다는 사실이다.

내가 말하는 〈보이지 않는〉 존재란 사제가 섬기는 신도, 어떤 형이상학적인 의식(意識)도 아니며, 기대의 충족을 시적으로 표현한 것도 아니다. 그것은 우주 생성과 같은 커다란 힘, 우리 인간을 그 짐을 지고 갈 수레 혹은 짐승으로 부리면서 ─ 인간 이전에는 동물, 식물, 물질을 이용했었다 ─ 마치 정해진 하나의 목표가 있고 따라가야 할 길이 있는 것처럼 앞으로 쇄도해 나아가는 힘을 말하는 것이다. 독자 여러분이 눈치 챘듯이, 러시아에서는 그 힘들이 사방에 가득한 까닭에, 그 저돌적인 힘들이 눈을 만들고 빛을 창조하고 있는 것이다.

그렇기 때문에 나는 단지 독자 여러분의 이성에 대고 나 자신을 알리고자 하는 게 아니다. 나는 독자 여러분의 존재 안에서 자기 나름의 리듬에 맞추어 조화롭게 세계를 밀고 나가기를 바라는 움직임을 찾으려고 한다. 그리고 내가 독자들에게 전달하고 싶고, 또 독자들과 교감하기를 바라는 것도 내 안에서 꿈틀거리는 바로 그런 동요이다. 그러나 그런 접촉이 가능해지기 위해서는 우선 나의 행위를 말로 구체화시켜야 하기 때문에, 다시 말해서 그것을 활력이 없는 어떤 것으로 바꿔야 하기 때문에, 독자들로서는 책을 읽기 전에 다음을 명심해 주기 바란다. 내가 사용하는 단어들을 물질적인 것으로 받아들여야 한다. 마치 단어 하나하나가 폭발적인 힘을 품은 채 잠자고 있는 단단한 씨앗인 것처럼 말이다. 내가 말하고자 하는 바를 찾기 위해서 독자들은 각각의 단어가 여러분 안에서 폭발하도록 놓아두어야 하며, 그렇게 해야

말 속에 갇혀 있던 정신이 해방될 수 있다. 그렇지 않고서는 의사소통이란 존재할 수 없다.

단어를 깨부수어라. 그 안에 억제되어 있던 힘을 해방시켜라. 그러면 독자들은 다음과 같은 사실을 발견하게 될 것이다. 논리를 뛰어넘어, 토론과 명석한 논쟁을 넘어서고 경제적 궁핍이나 사회적 대격변, 정치적 계획을 초월하여 소비에트와 인민위원들보다 위에 있는 것이 바로 우리가 살고 있는 이 역사적인 시대의 정신이라는 것을. 그리고 그 암울하고 무자비한 것이 피에 젖어서 빛을 찾아 이곳 러시아에 밀려오고 있고, 또 러시아를 지배하고 있다는 것을. 가장 원시적인 소작농에서 성스러운 레닌의 얼굴까지, 이 땅의 모든 것들이 의식적 또는 무의식적으로 그 정신의 일꾼들이며 협력자들이다.

성스러운 환희가 그 새로운 이데아, 그 무시무시한 강박적 집념을 건설하는 모든 이들을 사로잡고 있다. 바로 이것이 러시아가 나에게 주었던 가장 심오한 느낌이었다. 모쪼록 나의 이런 정서적 경험이 조금이라도 여러분에게 전달되었으면 한다. 열린 마음으로 책을 썼을 뿐 다른 목적은 조금도 가지고 있지 않다.

아테네에서 오데사까지

 마침내 배가 그리스 해안을 등지고 떠나게 되자, 숨쉬기가 좀 더 편안해졌다. 우리의 파렴치한 당쟁들과, 옹졸하고 약간은 희극적이기까지 한 정치적 촌극들, 그로 인한 심각하고 비극적인 결과들, 오늘날 그리스의 숨 막히는 현실을 뒤로하고 떠난 나는 마침내 자유로운 바다, 사람이 없는 바다의 공기를 즐기기 시작했다.

 강렬한 호기심과 갈망이 내 마음을 사로잡았다. 내가 가고 있는 북쪽의 그 신비로운 땅은 눈으로 뒤덮인 광대한 평원의 나라이며, 그곳에 사는 수백만 명의 국민 가운데 절반은 아시아인이고, 절반은 유럽인이다. 역설적 특질들, 신비주의적인 것과 현실적인 것, 온화한 것과 무자비한 것, 끈기 있는 것과 혁명적인 것 등등을 풍부하게 지닌 그들은 지금 투쟁하고 있다. 대지를 확고하게 딛고 서서 무릎까지 차오른 진흙과 피 속에서, 인류를 위한 새 길을 열기 위해 선구적인 투쟁을 벌이는 중이다.

 이 눈 덮인 땅에서 어떤 일이 일어나고 있을지 궁금했다. 볼셰비키 시인들이 승리감에 겨워 노래했던 〈붉은 눈[雪]〉이란 방금 떠오른 새로운 태양 때문에 붉은색으로 보이는 눈일까, 아니면 죽음을 당한 수많은 남자와 여자들의 피로 붉게 물든 눈일까? 그리고 러시아는 언제나처럼 똑같은 그 길을 계속 따라가고 있는 것일까? 현대 러시아의 대표적 시인이자 굶어서 죽었다는 알렉산드르 블로크가 늘 러시아에 바랐던 대로, 〈황야, 초원 — 그리고 눈썹까지 내려 쓴 이마의 머릿수건〉을 하고서.

가서 보면 알게 될 것이다. 내 생각이지만, 아직까지는 아무도 선뜻 진실을 말한 사람이 없었고, 말할 수 있는 사람도 없었다. 전체적인 진실을.

사실 지금까지 많은 책이 쓰였다. 더러는 찬양이었고, 더러는 비난이었다. 그중 일부 책에서 〈성스러운 러시아〉는 낙원이다. 반면에 다른 책들에 나타난 러시아는 굶주림과 불행, 광기가 되풀이되는 단테의 원을 모두 갖춘 지옥이다.

그러나 한 가지, 친구나 적을 막론하고 싫든 좋든 모두가 인정하는 것이 있다. 이 땅에서 인간이 피를 흘리며 아주 힘든 경험을 하고 있다는 사실이다. 우리는 투쟁과 희망의 외침을 듣는다. 수많은 사람들이 질병과 전쟁으로, 또 굶주림으로 죽어 갔지만 그들은 아직 항복하지 않았다. 그들은 지구를 해방시키기 위해 결연하게, 거세게 싸우고 있다.

인류는 러시아라는 붉은 탈곡장 주변을 서성이며, 두려움과 희망에 가득 차서 귀를 열고 눈을 크게 뜬 채 지켜보고 있다. 과연 그 끔찍한 피의 이데아가 시골의 오두막에, 노동자들의 판잣집에 좀 더 많은 빛과 좀 더 많은 정의와 행복을 가져다주었을까? 그것이 인간의 가슴을 고양시키고 어루만져 주었을까? 러시아의 아들딸들은 먹을 음식이 좀 더 많아졌으며, 인간답게 할 수 있는 일들이 좀 더 많아졌을까? 그들은 좀 더 자유로이 숨 쉬게 되었을까?

지금까지 많은 정치가와 사업가와 노동자와 언론인들이 그들의 눈으로 직접 보고 다른 사람들에게 전해 주기 위해 러시아로 찾아갔었지만, 그때마다 서로 상반되는 보고서를 들고 돌아왔고, 따라서 혼란은 더욱 가중되었다. 상황이 이렇게 된 데에는 두 가지 이유가 있다.

러시아에 갔던 사람들은 누구나, 미리부터 저마다 나름의 경제 사회 체제를 염두에 두고서, 자신이 생각하는 체제를 지지할 근거를 찾아오는 것을 주요 목적으로 하고 있었다. 그래서 당연히 그들은 자신이 본 많은 것들을 무시하고 다른 것들을 덧붙였다. 여행을 떠나기 전 이미 증명된 사실이라고 생각해 두었던 것들에 대해 편협하고 확고한 논리적 추론으로 설명하기에 급급했다. 맑은 눈 — 냉정하거나 무관심하지 않고, 애정이 가득하며, 진실을 찾아서 말하려는 사심 없는 호기심을 가진 눈 — 으로 다양한 면모를 보이는 소비에트 러시아의 전체적인 모습을, 모든 빛과 그림자를 이해한다는 것은 아직 불가능한 일인 것 같다. 그 머리가 지나친 믿음으로 차 있어서 왼쪽이나 오른쪽, 한쪽에서만 본다면 진실의 반쪽 얼굴만을 보게 될 뿐이다. 또 마음에 조롱이 가득하다면 무엇을 보든 왜곡되지 않을 수 없으며, 순진하게 흥분하거나 서정성과 모호함에 빠지기 쉬운 법이다.

유럽인들이 러시아를 이해하지 못했던 — 어쩌면 절대 이해하지 못할 수도 있겠지만 — 두 번째이자 가장 중요한 이유는 이것이다. 바로 유럽인의 영혼과 슬라브인의 영혼 사이에 존재하는 깊은 골이다. 합리적인 유럽인들과는 달리, 러시아인들은 모순들을 자기 안에서 화해시키는 본래적인 재능이 있다. 추론을 좋아하는 유럽인들은 죽어도 그런 모순을 화해시키지 못한다. 유럽인들은 무엇보다도 논리적인 머리와 합리적인 연관성을 우선시하며, 추상적 관념들을 실용적으로 사용하는 것을 중요하게 여긴다. 그러나 러시아인들은 영혼을 다른 무엇보다 우위에 놓는다. 빛과 어둠이 가득한 그 영혼은 온갖 모순적인 것들이 복잡하게 뒤엉킨 채 끓어오르는 발효 작용 속에서, 이성적인 것을 초월하여 위험한 창조를 향해 인간을 밀어붙인다. 그 눈먼 창조의 힘은 아직 논리적 위계질서에 따라 스스로 정렬되지 않은 것이다. 러시아인들은 아직도 원시적인 〈어머니〉들과 신비스럽게 통합되어 있다. 그들은 흙과 어떤 신성한 어둠으로 채워져 있지만, 동시에 불꽃처럼 태우는 날카로운 빛이 그들을 꿰뚫고 있다. 이런 이유로 우리는 러시아인들의 장점과 결점을 평가할 때 다른 잣대를 사용해야 한다. 그렇게 한다면 그들의 행동을 보고 여러 번 놀라는 일도 없을 것이다. 러시아인들은 심지어 가장 순수한 충동을 가지고도 범죄를 저지를 수 있으며, 피와 보드카에 절어 있으면서도 순수함을 간직할 수 있는 사람들이다. 실제로 러시아인들은 카라마조프가(家)의 늙은 노인과 같다. 그는 부유하고 원시적이며 주체할 수 없는 열정을 지니고 있지만, 한편으로는 저항할 수 없을 만큼 우리를 매료시킨다. 그의 영혼이 한없이 크다는 것, 그의 가슴에는 인간의 온기가 가득하다는 것을 느낄 수 있기 때문이다.

나를 태우고 북쪽으로 가는 그 배의 승객들 가운데에는 두 명의 러시아 남자와 한 명의 러시아 여자, 그리고 몇 명의 그리스 상인들이 있었다. 그리스 상인들은 이윤을 많이 남길 수 있는 러시아의 항구들로 돌아가는 길이었다. 러시아 남자 중 창백하고 말이 없던 사람은 교사였다. 또 한 사람은 한때 차르 군대의 대령이었다. 그는 몇 해 동안 망명객으로서 발칸 지역을 떠돌며 살았다. 이것저것 안 해본 일이 없었지만 배를 주리게 되었고, 보드카에 목말라 있었다. 옷은 너덜너덜했고, 볼은 움푹 꺼졌으며, 낡은 모피 외투는 마치 누더기가 된 깃발처럼 그의 어깨에 걸려 있었다. 그러나 그동안 숱한 고생을 겪다 보니 볼셰비키에 대한 분노가 서서히 수그러져서 — 그게 아니라면 그의 영혼이 무너진 것이리라 — 이제 그는 자신의 조국으로, 비록 패배했지만 기쁜 마음으로 돌아가고 있었다. 그는 낮 동안은 배에서 찾아낸 돼지, 개, 고양이와 놀곤 했다. 혼자 껄껄 웃다가 동물들에게 다정히 말을 건네는가 하면, 담배를 피우고 끊임없이 차를 마셨다.

그가 딱 한 번 나에게 다가온 적이 있었다. 그는 나를 찬찬히 훑어보더니 자신의 해진 옷과 올이 다 풀린 소매를 가리키고는 미소를 지었다. 그가 조심스레 주변을 둘러보았다. 우리 둘뿐이었다. 그는 감정이 어린 목소리로 조용히 러시아 시를 읊기 시작했다. 나는 한마디도 알아들을 수 없어서 한 그리스 상인을 불러 해석해 달라고 부탁했다.

「어떤 러시아 시인이 쓴 시랍니다.」

「그렇군요. 내용이 뭡니까?」

교활한 그리스인이 망설였다.

내가 재촉했다. 「어서요. 무얼 그리 겁내십니까? 우리뿐이잖소.」

그리스인이 목이 멘 듯한 소리로 통역을 시작했다.

> 철의 장막이
> 쿵 소리를 내며 러시아 역사 위로 떨어지고 있다 —
> 공연이 끝나고 관객들이 일어선다.
> 모피 외투를 입고 집으로 돌아갈 시간이지만 —
> 그들은 발길을 돌린다.

이제는 모피 외투도 집도 없기에!

 러시아인은 다시 미소를 지으며 대머리를 끄덕이더니 배의 고물 쪽으로 물러갔다. 약삭빠른 그리스인은 나한테 눈을 찡긋해 보였다.

「저 헐렁한 바지 좀 보세요. 러시아에서 저 바지 속을 다시 채우려나 봅니다!」

나는 오디세우스의 이 빈틈없는 손자와 이야기를 나누기 시작했다.

「볼셰비키에 대해선 어떻게 생각하십니까?」

「그게 말입니다. 맨 처음 그 폭풍이 일어났을 때, 러시아에 살던 우리 그리스인들은 제정신이 아니었어요. 서로를 짓밟으면서 달아나기에 바빴죠. 우리는 그리스로 돌아왔습니다. 그런데 그리스야 훌륭하고 소중한 우리 조국이지만 사실 그 나라에선 사람이 벌어먹고 살지를 못해요. 알다시피 거기 사람들이 우리만큼이나 영악하거든요. 우리가 그 사람들보다 더 똑똑할 수가 없단 말입니다. 그러니 거기서 우리가 뭘 할 수 있겠습니까? 우린 다시 러시아로 돌아갔죠. 볼셰비키도 착하거든요. 다른 사람들의 말을 귀담아듣지 마십시오. 어쨌든 볼셰비키도 러시아 사람이라 순진하고 어수룩한 구석이 있어요……. 우리야 뭐 어떻게든 수가 생길 겁니다.」

그의 작고 탐욕스런 눈이 반짝반짝 빛을 발했다. 이 교활한 그리스인은 갓 낳아 비쩍 마른 소비에트란 소에서 기름을 짜낼 방법을 미리 궁리해 놓은 게 분명했다. 그는 러시아인들에 관해 애정을 가지고 말했다. 그들의 미덕에 대해 송가를 불렀다. 사실 그와 그의 장삿속에는 늘 편리함의 원천이 되는 미덕들이다. 러시아이들은 의심할 줄 모르고 쉽게 속아 넘어갔으며 부지런했다. 누가 무슨 말을 하든 곧이곧대로 믿는 사람들이었다. 이 교활한 그리스인의 두 눈은 초원에 앉아 자기가 치는 가축에서 나올 고기와 모피, 젖의 양을 계산하는 양치기처럼 반짝이고 있었다.

그 배의 선장도 똑같은 식으로 말했지만, 그는 단 한마디로 요약해 주었다. 어느 날 저녁인가 내가 요즘 러시아 사람들이 어떻게 지내느냐고 선장한테 물었을 때였다.

그는 겸손한 척 미소를 짓고는, 역시 눈을 찡긋하며 말했다.
「딱하죠!」

우리와 같이 여행하던 러시아 여자는 대령의 아내였다. 그녀는 가난 때문에 어쩔 수 없이 신분을 낮추어 살로니카에서 무희로 생활했었다. 그러나 결국 배를 주리게 되었고, 병까지 얻어 이가 빠지고 말았다. 그녀의 블라우스 팔꿈치는 구멍이 뚫려 있었지만, 그녀의 눈은 신비스러운 하늘색으로 빛을 발했다. 경박스럽게 끝이 올라간 그녀의 코는, 지금은 시들었지만 수많은 키스를 받았을 그녀의 얼굴에 매력적인 생기를 불어넣어 주었다.

그녀는 신장에 통증을 느낄 때면 울면서 소리를 질러 댔고, 동시에 날카로운 목소리로 카페 아만의 유쾌한 노래들을 부르곤 했다. 숨이 막힐 만큼 북적이는 살롱에서, 그녀는 허리를 흔들고 손뼉을 치면서 풍상을 맞아 찌들어 버린 남자들을 애절한 눈빛으로 바라보았다.

그리스 해안은 우리 뒤로 까마득히 멀어져 있었다. 이어서 가을 아침의 후텁지근한 공기 속에서 창백한 콘스탄티노플이 물 위로 솟아올랐다. 웅장하고 날카로운 첨탑들이 안개를 꿰뚫었다. 가랑비가 내리고 있었다. 성 소피아 성당과 궁전들, 제국 항구의 흉벽들이 이제는 폐허가 된 채, 소리 없이 추적추적 내리는 빗속에서 쇠락해 가는 듯했다.

우리는 모두 뱃머리 쪽에서 몸을 포개 가며 목을 길게 빼고 바라보았다. 한 도시에 대한 서로 다른 기대로 저마다 눈을 빛내고 있었다. 러시아인들은 용솟음치는 듯 조용한 환희에 깊이 빠져서, 1천 년 전 그 커다란 푸른 눈의 조상들이 비잔티움의 궁전과 황금, 여자들을 보던 것과 똑같은 눈빛을 하고 있었다. 두 명의 그리스 상인은 탐욕스럽게 항구를 응시하며 무역과 밀수에 관해 물었다. 나는, 솔직히 내 심장에는 아무런 동요도 없었다. 언젠가 한번 이 전설적인 바다를 지나면서 동화와 통속적인 노래들, 강렬한 그리움이 내 피를 휘젓는 소리를 들은 적이 있기는 했다. 그리고 성모의 성상에서 흘러내린 묵직하고 따뜻한 눈물이 내 손 위로 떨어지는 느낌을 받았었다. 그러나 오늘, 집들과 사이프러스가 어우러진 이 매혹적인 풍경은 멀리서 거울에 비친 것처럼 비현실적인 모습으로 다가왔고, 안개와 뒤섞여 만들어진 환영처럼 느껴졌다.

이틀 동안 우리는 멀리서 이 도시를 지켜보면서, 항해에 무리가 없을 만큼 바다가 잠잠해지기를 기다렸다. 차라리 비가 와서 다행이었다. 검문차 우리 배에 올라왔던 터키 경관들이 정박을 허가하지 않았기 때문에 콘스탄티노플의 전설적인 자갈 도로를 거닌다는 것 자체가 불가능했던 것이다. 모든 것은 내 영혼 속에 고집스럽게 자리 잡고 있는 씁쓸한 기질과 정확하게 조화를 이루고 있었다. 나는 이렇게 스스로를 달랬다.「이 화려한 도시, 그 궁전과 반달과 돔 지붕은 내 머리가 만들어 낸 것이다. 내 머리가 빗속에 이 도시를 짓고, 왕과 모스크, 사이프러스로 장식해서 내 가슴을 유혹하려고 하는 것이다. 그러나 내가 마음먹고 입김을 분다면 이 도시는 사라져 버릴 것이다.」

비가 내리고 있었다. 바다는 맑은 초록빛이었고, 바람은 잠잠했다. 사흘째 날 새벽에 우리 배는 다시 출발했다. 이어서 보스포루스 해협을 지났다. 화려한 정원들이 띄엄띄엄 보이고 점점 집들의 수가 줄어드는가 싶더니, 험준해서 사람이 살 수 없는 유럽과 아시아의 해안이 좌우로 펼쳐졌다. 우리는 흑해로 들어섰다. 파도가 우리 배를 높이 들어 올렸다가 곤두박질치면서 떨어뜨리곤 했다. 러시아 여자는 파랗게 질려서 노래를 부르기 시작했다. 그녀는 노래하다가 중간 중간에 구토를 했으며, 그런 후에는 크고 붉은 손수건으로 시들어 버린 두툼한 입술을 닦아 내더니 다시 노래를 이어 나갔다.

그렇게 며칠 낮과 밤이 지나갔다.

그리고 마침내 어느 날 아침, 멀리 수평선 끝 너머로 낮고 흐릿하며 칙칙한 녹색의 선이 눈에 들어왔다. 러시아였다.

오데사

「어머니, 러시아! 어머니 러시아!」 뱃머리에 있던 두 명의 러시아 승객이 젖은 공기를 가르며 그들 앞으로 점점 뚜렷이 다가오는 조국의 회녹색 해안선을 지켜보면서 소리쳤다.

정오쯤이 되자, 손보지 않아 버려진 정원들과 초록색 돔을 올린 교회들, 그리고 높은 집들이 뚜렷이 눈에 들어왔다. 러시아 여자는 몇 시간째 선실에 틀어박혀 있었다. 마침내 배가 항구로 들어간 후에야 그녀는 악마처럼 능란한 솜씨로 화장을 하고 나타났다. 그녀는 두 눈 주위로 파란색 원을 그려 넣었고, 얼굴은 창백하게 입술은 지나칠 정도로 붉게 칠하고 있었다. 오렌지색 실크 블라우스를 입은 그녀는 배의 살롱에 앉더니 말없이 입술만 핥아대었다.

배가 선창가로 다가갔다. 우리 모두는 뱃머리에 기대어서 하나라도 놓칠세라 탐욕스럽게 도시 풍경을 지켜보았다. 해안에 있는 사람들은 손이 얼지 않도록 계속 비벼 대면서 선창가를 따라 재빠르게 움직였다. 우리 뒤로는 몇 층짜리 집들이 늘어서 있었지만, 창문들은 모두 닫혀 있었다. 맞은편에 있는 세관 건물에서 열댓 명쯤 되는 관리들과 붉은 근위병들이 나오더니 우리 배로 올라왔다. 그들은 배 안을 샅샅이 뒤지며 수화물을 열고, 책갈피를 훑어보고, 옷가지들을 털어 보곤 했다. 모두가 한결같이 정중했으며 생색내는 듯한 거짓 예의는 보이지 않았다.

「좋습니다, 들어가십시오!」

장교가 미소를 짓고는 손을 뻗어 우리 앞에 기다리고 있는 러시아를 가리켰다. 드디어 입국 허가가 내려진 것이다.

러시아 땅에 첫걸음을 디뎠을 때의 감회는 말하지 않고 지나가겠다. 내 안에 있던 수많은 세대들이 이 순간을 갈망해 왔다. 크레타의 수많은 나의 조상들, 모스크바 공국 사람들이 내려와서 구해 주기를 몇백 년이나 기다렸던 그들이 이제 기쁨에 겨워 날뛰고 있었다. 「용기를 내시오, 형제들이여. 모스크바 공국 사람들이 내려오고 있소!」

나는 설레는 마음으로 널찍한 거리들을 돌아다녔다. 눈으로 보고, 귀를 기울이고, 손으로 만져 보았다. 행복했다. 보도에 쌓아 올린 멜론과 빨간 사과 더미들, 몇 명밖에 보이지 않는 남자들은 창백한 얼굴로 급히 서두르고 있었다. 화장을 한 여인네들과 맨발의 아이들, 그리고 간간이 지나가는 자동차들. 가게에는 상품들이 가득했다. 몇몇 가게는 사치품을 진열해 놓았고, 또 어떤 가게에는 책이 가득했다. 어디를 가나 레닌의 초상화가 빈정대는 듯하면서도 칼처럼 날카로운 특유의 그 미소를 머금고 있었다.

여러분들이 이곳에서 느끼게 되는 첫인상, 맨 처음 갖게 되는 뚜렷한 인상은 넓고 큰 대로 속의 적막함과 고독감이다. 가게는 모두 영업 중이지만 닫힌 것처럼 보인다. 가게 안은 물건들로 가득 채워져 있지만 왠지 텅 빈 느낌이다. 지나가는 사람들마다 고단함과 굶주림으로 인해 안색이 누렇고, 얼굴에는 상실감과 두려움이 낙인처럼 뚜렷하게 찍혀 있다. 사실 그런 상실감과 두려움은 지금은 사라지고 없지만 혁명 초기에는 무자비하게 사람들을 괴롭히던 것이었다.

오데사의 모든 것이 너무 많은 피를 흘렸다는 듯한 느낌이다. 오데사는 심한 병을 앓고 있었던 것이다. 그러나 이제 다시 생명이 오데사의 핏줄을 타고 흐르고 있다는 것을 감지하게 된다. 일상은 다시 정상적인 맥박을 되찾았고, 남자들은 이제 행복을 맛보기 시작했으며, 여자들은 웃기 시작하고, 아이들의 뺨은 다시 붉어지고 있다. 거리와 나무, 그리고 사람들은 서서히 그들이 앓았던 열병에서 회복되어 가고 있다.

여러분을 꿰뚫고 있는 이것은 성스럽고 조용한 침묵이다. 마치 심하게 앓다가 이제 막 일어나 앉게 된 사람의 방에 들어갔을 때 느끼는 그것처럼. 그는 이제 신열이 떨어져 먹기 시작했으며, 말할 정도가 되었다. 몇 년 전에 가보았던 또 다른 도시, 그 또한 중요한 순간을 맞고 있었던 한 도시가 떠오른다. 빈이었다. 어쩌면 이렇게 다를 수가 있을까! 빈은 죽어 가고 있었다. 그러나 편안한 쾌락을 위해 만들어진 온갖 시설들은 밤이고 낮이고 열려 있었다. 댄스 바며 떠들썩한 집시 음악, 여러 가지 낯 뜨거운 광경들. 수많은 여자들이 꽃향기와 땀 냄새, 코카인 연기가 뒤섞인 공기 속에서 돌아다니고 있었다.

오데사는 그런 타락에 빠졌던 게 아니었다. 상처를 입고 목숨이 위태로웠었다. 그러나 이제 다시 일어나 살아가고 있었다. 빵은 화덕 속에서 다시 향기를 내뿜고 있다. 사람들은 다시 옷과 신발, 석탄과 고기 같은 생활에 없어서는 안 될 모든 필수품들을 가지게 되었다. 밤이면 이곳에서는 움직임이라곤 거의 찾아볼 수 없다. 고단한 도시는 잠이 든다. 시가 전차 안에, 길거리의 벽에,

학교와 법원, 클럽 안에는 색칠한 포스터들이 붙어 있다. 일하는 노동자들, 아기에게 젖을 물린 여자들, 학교에 가는 어린이들, 밭을 가는 농부들의 포스터들. 대중 위로 몸을 기울인 레닌은 이 포스터에서는 미소 지으며 조용히 있다가도, 다른 포스터에서는 분노에 사로잡혀 경련을 일으킨 듯 얼굴을 찌푸리고 있다. 그의 입술이 예언자의 입술 같다는 생각이 든다. 그 입에서 쏟아지는 것은 말이 아니라 불타는 석탄이다.

이곳에서 또 인상적인 것 하나가 거리에서 볼 수 있는 많은 유대인들이다. 오데사는 차르가 유대인의 거주를 허락했던 러시아의 몇 안 되는 도시 중 하나이다. 그래서 지금 거리를 지나다 보면 그 빈틈없고 어두운 얼굴들, 매부리코, 검고 날쌘 눈동자, 염소와 같은 입술들과 종종 부딪치고는 놀라게 된다.

나에게 이 도시를 구경시켜 주던 그리스 친구는 이 〈세례 받지 않은 자〉들을 보면 저주를 하면서 땅바닥에 침을 뱉곤 했다. 깊은 증오의 골과 무자비한 경쟁의식이 이 〈위험하고〉 막강한 민족과 그 친구 사이를 갈라놓고 있었다.

「퉤! 지구상에서 사라져 버려라!」 그가 투덜거렸다. 「저들은 그리스도를 십자가에 못 박은 것도 모자라서 우리 일자리까지 다 빼앗아 갔습니다!」

그 친구는 다 떨어진 구두와 군데군데 기운 헐렁한 망명객 바지를 입고, 내 옆에서 걸으며 날카롭고 탐욕스러운 눈으로 모든 것을 노려보았다. 그는 자신의 불쌍한 〈어머니 러시아〉에 돌아와서 기뻐하고 있었다. 그는 몇몇 품목을 눈여겨보고 가격을 물어본 다음, 어디에 가게를 열어야 할지 고민하면서 어떻게 새 바지를 사고 새 신발을 주문할지 꿈꾸기 시작했다. 그런 다음에는 조심스럽게, 〈붉은 것〉들이 눈치 채지 못하게, 다시 루블화를 산더

미처럼 쌓아 놓고 이곳 토박이가 될 것이다. 이것이 그의 꿈이었다. 그는 오늘 배에서 내렸을 때, 땅바닥에 주저앉아서 러시아의 대지에 입을 맞추었다. 그 큰 입에 거무스름한 호밀빵을 집어넣을 때는 흘러내리는 눈물을 주체하지 못했다. 그리스는 그의 마음속에서 아득한 관념처럼 빛나고 있었다. 그러나 그에게 러시아는 어머니였고, 그가 따뜻한 목소리로 부를 때는 〈가련한 어머니〉가 되었다. 그는 러시아를 사랑했고, 러시아가 젖이 불은 다정한 암소라도 되는 양 그 젖가슴을 찾기 위해 기를 쓰고 있었다.

「붉은 골목으로 가봅시다.」 나는 그에게 말했다.

나는 그리스 친우회[1]가 처음 결성되었다는 그 작은 집이 보고 싶었다. 1층에서는 구두 수선공이 일하고 있었다.

나는 교활하고 눈치 빠른 이 그리스인의 팔을 붙잡았다. 그리고 이렇게 말했다.

「댁이 보시는 이 작고 허름한 집에서 그리스 친우회의 첫 번째 회합이 있었습니다. 평범한 남자 셋이, 댁과 똑같은 상인들이 어느 날 밤 위층에 모여서 오스만 제국을 몰락시키자고 맹세했죠. 그들에게는 돈도 무기도, 두뇌라고 부를 만큼 현명한 사람도 없었습니다. 반면에 투르크는 어느 모로 보나 막강했지요. 투르크는 소아시아와 이집트, 아랍, 시리아, 발칸 반도 전역을 차지하고 있었습니다. 그 군대가 거의 빈의 성문까지 다다른 적도 있었지요. 그런데 이 평범한 세 그리스인은 저 창문에서, 지금 쳐다보고 계신 저 창문 뒤에서 술탄을 사로잡고 투르크를 전복시켜 그리스를 해방하고, 우리 모두를 콘스탄티노플로 데려가려는 계획을 세

---

[1] 오데사에서 결성된 그리스인들의 비밀 결사. 오스만 제국의 지배에서 그리스를 해방시키기 위한 운동을 벌였다 — 원주.

웠습니다!」

 그 그리스인은 귀를 기울여 듣고 있었지만 아무 말도 하지 않았다. 우리는 마차에 올라탔다. 남자는 모스크바로 가는 역까지 나를 배웅해 주었다. 벌써 밤이 되어 집들이 어둠 속으로 가라앉고 있었다. 남자와 여자들은 서둘러 집으로 돌아갔다. 여기저기 모퉁이에서는 거지들이 하모니카를 연주하거나 낮은 소리로 우크라이나 민요를 부르고 있었다. 거대하고 운치 있는 도시 위로 얼어붙을 듯 싸늘한 비가 천천히 떨어졌다.

 모스크바로 가는 기차역에 도착했다. 그리스인 친구를 돌아보며 작별 인사를 하자 그가 매우 감격한 듯 내 손을 잡았다.

「선생이 그 그리스 친우회의 작은 집에 관해 설명해 준 순간부터 나는 다른 사람이 된 것 같습니다. 이제 아무것도 두렵지 않아요. 왕년에 이곳 러시아에서 돈깨나 있었지만 모든 것을 잃어버렸습니다. 다시 구멍이 뚫린 바지를 입고 구두도 없는 신세가 되고 말았어요. 하지만 맹세컨대 나는 반드시 다시 부자가 될 겁니다. 방법을 찾았어요. 두고 보십시오, 큰일을 해낼 테니. 인간의 영혼이 간절히 원하면 그게 무엇이든 이룰 수 있다는 걸 알았으니까요.」

 이 꺾일 줄 모르는 교활한 그리스인은 그런 식으로, 그리스 친우회를 받아들여 장삿속으로 변질시켜 버린 것이었다.

키예프

 밤. 비가 내리고 있었다. 기차는 덜컹대며 앞으로 달렸다. 내 맞은편에는 작업복을 입은 중년의 남자가 앉아 있었다. 셔츠에 가죽 벨트를 매고, 높고 무거운 신발을 신고, 머리는 짧게 깎여 있었다. 우리는 이야기를 나누기 시작했다. 그는 전직 키예프 대학교의 교수였다. 우리는 러시아와 그리스에 관해 말했다. 그는 언젠가 그리스의 빛을 보겠다는 자신의 꿈이 이루어지기를 희망했다. 반면에 나는 캄캄한 북국에서, 깊은 눈 속에서 나 자신을 잊는 것이 나의 꿈임을 깨달아 가고 있었다. 만족을 모르는 인간의 본성, 항상 자신이 가지지 못한 것을 갈구하는 인간의 본성을 생각하면서 우리는 미소를 지었고, 인간이 어떻게 이 억누를 수 없는 악마적인 갈증과 치유할 수 없는 병을 딛고서, 그 모든 희망을 쌓고 또 이루는지에 관해 즐겁게 토론했다.

 태곳적부터, 그렇게 해서 생명은 이 위험하고 분명하지 않은 갈망을 가지고 식물에서 동물로, 동물에서 인간으로 도약해 온 것이다. 그리고 이제 그 생명은 모든 걸 아우르는 신음 소리로, 우리 — 제물을 바치는 사람이면서 동시에 제물인 — 를 몰아붙이고 있다. 현재 우리가 속한 사회의 평형 상태, 정신의 평형 상태를 파괴하라고, 그리하여 새롭고 불확실하고 또 위험하지만, 바라건대 좀 더 높은 일종의 균형을 추구하라고.

우리의 철학적 고백이 이 지점에 이르자 그 친구는 입을 다물었다. 나는 이와 같은 일반 원리들을 오늘날 러시아의 문제와 연관시키고 싶어 안달했지만 그 교수는 도무지 입을 열려고 하지 않았다. 그는 주머니에서 사과 두 개를 꺼내더니 껍질부터, 이어서 전부 다 먹어 치웠다. 그러고는 쇠가죽 코트를 뒤집어쓰고 의자에 길게 몸을 뻗더니 나에게 잘 자라고 말했다.

아침에 눈을 떠보니 기차는 끝없이 펼쳐진 우크라이나의 흑토 안으로 들어와 있었다. 농부들이 비옥한 흙에 파묻힌 채, 뼈대가 굵고 육중한 말을 부리며 쟁기질하는 모습이 심심치 않게 보였다. 바위나 동산, 숲 따위는 찾아보려고 해도 볼 수가 없었다. 이따금 가냘픈 몸매의 하얀 포플러나 배고픈 까마귀들이 하늘을 나는 것이 눈에 띌 뿐이었다. 안개 너머로 끝없이 펼쳐진 평원 위로는 드문드문 흩어진 마을들이 보였다. 마을 중앙에는 한결같이 서양배 모양의 초록색을 칠한 돔이 있는 교회가 서 있었고, 그 주변으로 빽빽하게 낮은 집들이 들어서 있었다. 그리고 마을 변두리에는, 양 떼 사이로 양치기 하나가 우뚝 서 있었다.

기차가 역에 설 때마다 살짝 들린 코에 천진한 파란 눈을 한 마을 소녀들이 화려한 색깔의 블라우스 차림에 두껍게 짠 신발을 신고 미소를 지으며 기차에 올라와 우리에게 다가왔다. 그들은 뜨거운 차를 넣은 유리잔이나 우유 통을 담은 쟁반을 들고 있거나, 아니면 사과나 배, 빵과 버터가 가득 든 바구니를 들고 있었다. 몇몇 소년들은 기차에 뛰어올라 비싸지 않은 작은 책들을 팔았다. 『공산주의 알파벳』, 레닌이나 트로츠키, 부하린의 저작들, 프롤레타리아 노래집, 또는 토양 경작법이나 인간의 질병에 관한 대중 광고 팸플릿 등이었다.

잠깐 동안 역은 웃음소리와 소음으로 떠들썩했다. 승객들은 기차에서 내려 찻주전자에 끓는 물을 채웠다. 그러나 엔진의 기적이 이내 울리곤 했다. 기차는 앞으로 나아가고, 우리는 다시 고요하고 축축하고 검은 토양의 우크라이나 속으로 들어갔다.

나는 말없이 밖을 보면서, 머릿속으로 러시아 땅의 거대한 몸뚱이를 찬찬히 그려 보았다. 지대가 높은 북쪽은 어둡고 울창한 숲이다. 전나무, 너도밤나무, 느릅나무, 보리수나무, 떡갈나무 숲이 이어진다. 그리고 남쪽으로는 카자흐의 광대한 초원이 펼쳐진다. 변화 없이 단조로운 그 초원 군데군데에는 옛날 영웅들의 유골을 덮고 있는 성스러운 언덕, 쿠르간[1]이 솟아 있다. 더 남쪽으로 내려가 드네프르 강 어귀에 다다르면 초원은 모래펄로 바뀌고, 다시 크림 반도 북부에 이르러서는 고운 모래가 되었다가 카스피 해에서 짠물에 잠긴다. 물결치듯 끝없이 이어지는 경이로운 야생의 대초원에는 시르카시아인, 노가예츠인, 칼미크인, 타타르인들 같은 반야만적인 민족들이 산다. 더 아래쪽 카프카스와 크림 반도의 해안 지역에 이르면 태양이 빛나고 포도 덩굴과 올리브나무, 감귤나무가 꽃을 피운다. 러시아에는 어느 하나 없는 것이 없다. 최북단에 사는 것부터 거의 열대 지방에 사는 것에 이르기까지 온갖 동물과 식물들이 이 광활한 러시아 땅에서 태평스럽게 살고 있다.

자연적 경계선은 존재하지 않는다. 대지는 끝없는 바다처럼 사방으로 뻗어 있으며, 황무지는 그 자신의 모습을 닮은 인간의 형상과 혼을 빚어낸다. 이 평원, 그리고 이 대초원에서 러시아인들

---

[1] 작은 언덕 모양의 분묘 —원주.

의 크나큰 성격이 비롯되었던 것이다. 러시아인들의 눈에는 러시아가 세계 전체이다. 〈어느 외국 말입니까?〉 고골리의 「감찰관」에 등장하는 한 인물은 이렇게 외친다. 〈우리 마을을 출발해 3년 동안 마차를 달려도 외국 땅에는 닿지 못합니다!〉

러시아인들은 자신들의 광대한 땅을 여행하길 좋아한다. 아주 까마득한 초기에, 그들은 자신들의 신과 아이들을 카누에 태우고 떠났다. 그들은 커다란 여러 강으로 들어갔으며 어린아이들처럼 삶 터와 음식, 기후와 생활 방식을 바꾸면서 살아갔다.

다양한 민족의 혼합은 러시아인들의 거대한 모자이크를 만들어 내었다. 슬라브인, 바랑인,[2] 게르만인, 리투아니아인, 아르메니아인, 그리스인, 유대인, 폴란드인, 타타르인, 몽골인, 카자흐인…… 계속해서 새로운 피가 이 광대한 땅으로 흘러들었다. 이후 정복자들이 들어오면서 이 혼돈에 질서가 잡히기 시작했다. 특히 위대했던 조직자로는 두 민족을 들 수 있다.

첫째가 바랑인들이다. 이들은 얼어붙은 북극해에서 기다란 카누를 타고 들어왔다. 이들은 러시아의 큰 강들을 따라 이동하면서 강둑에 요새를 건설했고, 그렇게 계속 흑해까지 나아갔다. 바랑인들은 이동하는 중에 손에 넣을 수 있는 것이면 무엇이든 차지했고, 비잔티움에 도착해서는 그 물건들을 열심히 팔았다. 양피와 호박, 벌꿀, 밀랍, 가축, 남자 노예들과 여자 노예들을.

드네프르 강 유역에 흩어져 살던 슬라브족은 원래 농경민족이었다. 이들은 착하고 근면하며 미개한 가부장적 사회를 이루고 있었다. 이들은 자유를 숭배했으며, 영웅적인 방법으로 기꺼이 목숨을 내던질 준비가 되어 있는 사람들이었다. 이들은 이방인들

---

[2] 고대 스칸디나비아의 부족으로 러시아어로는 바랴크라고 한다.

에게 성심껏 대해 주었으며, 열정적인 춤과 노래를 사랑했다. 이들의 관습은 소박하고 원시적이었다. 여자는 남편의 노예였으며, 아이들은 아버지의 재산이었다. 조상을 섬기는 것이 이들의 종교였다. 한 가족의 가장은 모두 사제였으며, 연장자들은 신성한 의식을 집전했었다.

이들에게는 1년에 두 번 중요한 공휴일이 있었다. 봄이면 이들은 축제를 벌이면서 씨 뿌린 밭을 축복해 달라고 신에게 빌었다. 가을 축제 때에는 신에게 추수를 감사드렸다. 신전은 따로 존재하지 않았다. 제전의 장소는 숲이며 언덕, 샘, 강이었다. 이들은 전쟁에서 패했을 때에도 항복하지 않았다. 적에게 입은 상처로 인해 죽게 되면 미래에도 영원히 노예로 일하게 된다고 믿었으므로, 할복함으로써 자살을 택했다.

무정부. 혼돈. 저희들끼리 전투를 벌이고 서로가 죽고 죽이던 역사가 몇 세기 동안 지속되었다. 그러다가 마침내 이들은, 최고(最古)의 슬라브 연대기 작가인 네스토르에 따르면, 바랑인들에게 전갈을 보내어 하루빨리 내려와서 그 무정부 상태를 평정해 주십사 하고 부탁한다. 〈우리의 땅은 풍요롭고 크지만 우리에게는 질서가 없습니다. 그러니 어서 오셔서 질서를 잡아 주십시오.〉 이것이 바랑인들에게 보낸 이들의 메시지였다.

바랑인들이 내려왔다. 그들은 탑과 성을 지었다. 그들은 슬라브인들을 농노로 삼았고, 자신들은 봉건 영주가 되었다. 그러나 주민들의 가족사나 사회생활, 관습이나 종교에는 일체 개입하지 않았다. 그들이 원한 것은 복종과 세금뿐이었다. 그들은 유목민들의 침략과 내부적인 무정부 상태에서 슬라브인들을 보호하는 것을 의무로 삼았다.

둘째가 비잔틴인들이다. 바랑인들이 러시아의 외적인 형태를 조직했다면 비잔틴인들은 내적인 것을 조직했고, 슬라브인들의 지적·심리적 능력을 배양시켜 주었으며, 그들에게 문명을 선사했다. 러시아인들의 알파벳과 글, 미술, 종교 등 모든 것이 비잔틴인들에게서 영향을 받은 것이다.

맨 처음에 러시아 군주 이고르의 과부였던 올가가 비잔티움에 가서 세례를 받았다. 한 러시아 연대기 작가는 이렇게 쓰고 있다. 〈올가는 그리스도교 왕국에서 샛별처럼 빛났다. 그녀는 그 세계에 아주 은은한 빛을 비쳤다. 그녀는 밤하늘의 달처럼 이교도들 위에서 빛을 발했다. 이제 그녀는 러시아 하늘로 올라가서 러시아의 아들들을 위해 신께 기도하고 있다.〉

올가의 아들 블라디미르는 거친 성격의 소유자로서, 일단 주변 부족들을 잔인하게 정복한 후에는 스스로 키예프의 군주로 등극했다. 이제 그는 자신이 섬길 신을 선택할 생각으로, 이웃의 여러 나라에 사신을 보내어 그들이 어떤 신을 섬기는지 알아보고 나서 보고하게 했다. 사신들은 알라만인들을 찾아갔지만 그들의 신이 마음에 들지 않았다. 이어서 이슬람교도인 술탄의 왕국으로 갔다. 그러나 메카의 예언자가 신도들에게 술을 마시지 못하게 금했다는 말을 듣자 블라디미르는 불같이 화를 냈다. 「무함마드의 종교는 받아들일 수 없다. 러시아인들은 술을 마실 때 큰 기쁨을 맛보기 때문이다!」 그러다가 결국 사신들은 비잔티움에 도착했고, 이들의 마음은 경탄으로 울렁거렸다. 그들은 왕에게 편지를 썼다. 〈우리가 있는 곳이 천국인지 지상인지 모르겠습니다. 그 아름다움이란! 인간의 상상력을 능가합니다.〉

불가르족 살해자라고 알려진 바실리우스 황제는 사신들에게 궁전과 교회뿐 아니라 히포드롬에서 열리는 경주와 성스러운 축제들 및 성찬식을 두루 보여 주었다. 그는 러시아 사신들이 돌아갈 때 아름다운 선물들을 가득 실어 함께 보내 주었으며, 마침내는 블라디미르의 신붓감으로 누이동생 안나까지 주었다. 야만인 같았던 러시아 군주는 그처럼 막대한 부와 권력에 입을 다물지 못하고 크림 반도의 헤르손에서 스스로 세례를 치렀고, 수많은 백성들이 강에 들어가 세례를 받도록 만들었다. 유명한 테오파노[3]의 딸로 교양이 높았던 안나는 학자와 사제, 미술가와 건축가 무리들을 거느리고 북쪽으로 떠났다. 그녀는 끝없는 벌판을 지나며 원시인의 집 같은 작은 집에서 잠을 잤다. 아침에 눈을 뜨면 종종 눈 속에 파묻혀 있었지만 계속해서 북쪽으로 갔다. 가녀린 손에 그리스 문명을 들고, 발밑의 검은 흙 속에 그것을 옮겨 심으리라는 희망을 안고서.

그 씨앗이 뿌리를 내렸다. 오랜 세월이 흐르지 않아 그 비옥한 땅에 교회와 사원들이 솟아났고 그 벽들은 회화와 모자이크로 뒤덮였다. 거칠기만 했던 해묵은 습관들은 희미해져 갔다. 키예프에서 오랜 도시 노브고로트까지, 러시아의 얼굴에 빛이 비추어졌다.

우리가 러시아의 고도 키예프에 도착한 것은 아침이었다. 옅은 안개 속에서 뾰족한 타타르의 투구처럼 반짝이는 황금 돔들을 멀리서도 알아볼 수 있었다.

성스러운 도시. 오랜 도시들이 으레 그렇듯 키예프는 피를 흘리고 있다. 이 도시의 첫 번째 행운은 얼마나 지속되었던가? 2세기 동안이었다. 그런 후 갑자기 타타르족이 키예프를 덮쳤다. 그들은 교회를 불태웠고, 남자들을 학살했으며, 여자들을 잡아갔다. 그

---

[3] 동로마 황제 로마누스 2세의 둘째 부인. 천한 신분 출신이지만 미모가 뛰어났다고 한다. 남편 사후 섭정을 맡다가 후에 니케포루스 2세와 결혼하여 공동 섭정을 했지만, 말년에 추방당하는 등 파란만장한 삶을 살았다.

후 문학과 예술은 수도원으로 피신했다. 당시 최고의 이상은 세상을 등지고 수도사가 되는 것이었다. 자기의 영혼을 구하기 위해 스스로 거세한 이들의 수는 헤아릴 수 없을 정도였다. 수도원은 부자가 되었고, 수사들은 지도자가 되었다. 그들은 타타르인들과 협정을 맺고, 그들의 협력자가 되어 농민들을 착취했다.

해가 빛나고 있었다. 우리는 기차에서 내렸다. 그리고 이 유명한 도시를 종종걸음으로 서둘러 돌아다녔다. 많은 공원들, 유쾌한 우크라이나인들의 얼굴들, 현란한 색깔들. 우크라이나는 러시아의 미소 짓는 얼굴이다. 5월 25일이면 많은 도시에서, 소녀들이 지붕 위로 기어 올라가 봄을 부른다. 소녀들은 봄에게 어서 오라고, 다시금 해를, 새들과 꽃들을 데려와 달라고 애원한다. 이 서정적인 봄맞이는 종종 극적인 형태를 띠기도 한다. 여자들이 두 개의 성부로 나뉘는 것이다. 한 무리가 봄을 부르면 다른 무리가 봄이 되어 대답한다.

우크라이나인들의 춤은 생명력과 열정, 우아함이 넘친다. 남자와 여자가 같이 어울려 춤을 춘다. 그 춤은 종종 극적인 팬터마임이 되어 사랑의 줄다리기를 연출하게 되는데, 여자가 남자를 거절하고 달아났다가 다시 돌아오는 식이다. 마침내 여자가 행복하게 패배하면 춤은 걷잡을 수 없는 승리의 선회로 빠져 든다.

나는 몇몇 교회 안으로 들어가 보았다. 어두컴컴함, 향 냄새. 낡은 비잔틴식 성모상은 외국으로 떠나 버리고 없었다. 비잔티움이 남긴 온갖 황금의 흔적들만이 오늘날 사람들의 생활 속에 바위처럼 여전히 각인되어 있을 뿐이다. 이제는 아무도 이 화석들을 어지럽히는 사람이 없었고, 이것들 역시 누구도 귀찮게 하지 않는다. 한때 이것들은 굶주림과 힘으로 가득한, 하나의 살아 있는 유기체를 이루고 있었다. 그러나 지금은 단순히 외관상 해로

울 것 없는 장식물들에 지나지 않는다. 볼셰비키는 이들 앞을 그냥 지나칠 뿐, 고개를 돌려 쳐다보는 법이 거의 없다. 이따금 시대를 착각한 몇몇 열성적인 숭배자들이 지나가다가 들러서 몰래 공물을 바친다. 마치 무슨 죄악을 저지르는 것처럼, 아니 두려워하는 것처럼.

정오에 우리는 기차에 올랐고 여행은 다시 시작되었다. 1천 년이 지난 지금, 우리는 다시 북쪽을 향해 가고 있다. 빛을 주기 위해서가 아니라 어쩌면 빛을 받기 위해서. 이곳에서 새로운 지도자들은 러시아의 낡은 정치 구조 및 정신 구조를 파괴하고 있다. 그들은 새로운 생활 방식을 창조하고 있으며, 그 방식으로 세상을 새롭게 하기 위해 투쟁한다. 나는 격정과 설렘을 안고서, 모순이 가득한 혼란스러운 논리를 가지고, 이 새로운 지도자들에게로 가고 있었다. 새로운 현실을 살기 위해서, 그리고 이 지도자들이 물질적 생활과 인간의 가슴에 어떤 변화라도 가져왔는지 알아보기 위해서.

까마득한 옛날, 천지가 창조되던 시대에 그러했듯이 지금 우리는 새로운 신들이 북방에서 탄생했다는 사실을 알게 되었다. 그리고 그들의 요람 앞에 절을 하기 위해 멀리서부터 찾아왔다. 내가 탄 그 열차를 타고서, 소비에트 각 지역에서 파견된 농민 사절단이 도착하고 있었다. 그 밖에도 체코슬로바키아 노동자들, 터키인과 불가리아인들, 심지어 조용하고 신비로운 두 명의 일본인들까지 있었다. 모두들 저마다의 불안감과 희망, 질문을 가지고 있었다. 이것이 새로 탄생한 신에게 현대인들이 가져가는 선물이었다.

나는 두 일본인들에게 접근했다. 두 사람 다 건축가였다.

「우리는 러시아 건축의 새로운 유파에 관한 글들을 읽었습니다. 모스크바로 가서 그 유파를 공부하려고요. 몇몇 기술적인 문제가 우리를 괴롭히는데, 뭔가 해답을 찾았으면 하는 바람입니다.」

나는 그들의 말에 귀를 기울이며 「마태오의 복음서」의 한 구절을 즐겁게 떠올렸다. 〈우리는 동방에서 그분의 별을 보고 그분에게 경배하러 왔습니다.〉

이런 생각을 하는 동안 두 번째 밤이 지났다. 잠에서 깨어 보니 우리 열차는 깊은 눈 속에 파묻혀 있었다. 전나무들은 수정 속에서 얼어붙어 꼼짝도 하지 않았다. 돌로 지은 집들은 어느새 사라지고, 지금은 비스듬한 초가지붕을 이고 있는 나무 오두막들뿐이었다. 드디어 우리는 우크라이나를 가로질러서 이제 대러시아로 들어가고 있었던 것이다.

농부들의 얼굴은 한층 무거워 보여 차라리 흙 같았다. 마을들은 납작하게 짓눌린 듯 보였고, 을씨년스러웠다. 생명은 그 리듬을 바꿔 이제는 좀 더 넓고 깊으며, 원시적이고 활기가 떨어진 것처럼 보였다.

쇠가죽 망토로 몸을 감싼 농민들의 낮은 이마에는 침묵과 기름때와 머리카락이 내려앉아 있었다. 그들은 눈 덮인 숲에 사는 마귀들 같았다. 인간보다 비천하면서 동시에 인간보다 성스러운 느낌을 주었다. 이 농부들이 러시아의 운명을 쥐고 있었다. 아니, 그 못이 박힌 털북숭이 손에 들어 있는 것이 비단 러시아의 운명만은 아닐 것이다. 그들은 어둡고 그 수가 많으며 완고한 대중이다. 전투의 최전선에서는 몇몇 사람이 선동하며 싸운다. 이 선동가들은 갖은 고초를 겪으면서 신음한다. 그들 뒤에는 어중이떠중이 맹목적인 떼거지들이, 그러나 확실하게 밀어붙이고 또 밀어붙인다.

나는 머릿속으로 레닌의 번뜩이는 모습, 빛과 불꽃으로 번쩍이는 그 모습을 떠올리면서, 그가 서서히 변화시킨 내 눈앞의 침울

한 대중, 즉 농민들을 보았다. 나는 되도록 빨리 목적지에 도착하고 싶어 좀이 쑤시기 시작했다. 근본적으로 적대자이자 협력자인, 다시 말해 정신과 육체인 이 두 대립물이 크렘린의 폐쇄적인 붉은 무대에서 씨름하는 모습을 보고 싶었기 때문이다.

함박눈이 내리면서 경작지를 뒤덮고 있었다. 땅에 뿌려진 알곡의 씨앗은 조용히, 그러나 확실하게 스스로가 지닌 양분을 섭취하고 있었다. 종종 칠흑처럼 검은 까마귀들이 먹을 것을 찾기 위해 사람들의 지붕을 향해 성난 듯 날아들었다.

러시아를 보는 동안 일리야 예렌부르크의 슬픔과 긍지에 가득한 글귀가 머리에 떠올랐다.

꾀죄죄하고 굶주림으로 부어오른 모습 — 그대의 벌어진 상처에서는 피고름이 흐른다. 러시아여, 그대는 신음과 한숨을 내뱉으며 그대의 몸을 눕혔다. 저들은 그대가 보이는 탄생의 무아경을 죽음으로 착각하고 있다. 현자와 배부른 자, 말쑥한 자들은 그대를 비웃고 있다. 그들의 내적인 생명은 황폐해졌고, 석화된 그들의 가슴은 텅 비었다. 누가 성스러운 유산을 받아들일 것인가? 어느 프로메테우스의 손이 반쯤 꺼진 횃불을 받아 들어 다시 불을 붙이고, 계속해서 들고 갈 것인가? 힘든 탄생, 위대하고 성스러운 순간. 바다의 포말도 파란 하늘도 생명을 낳지는 못할 것이다. 이 검은 황무지에서, 우리가 흘린 피로 몸을 씻은 힘찬 시대가 새로이 탄생하고 있다. 우리를 믿자. 우리 손으로 그것을 받아 내자. 그것은 우리 것이며 그대의 것이다! 그것은 단 한 번의 호흡으로 모든 경계선들을 쓸어버릴 것이다. 캄캄한 도시의 한밤중, 눈[雪]으로 짜인 수의 밑에는 잊힌 생명이 감추어져 있다. 그리고 운명은 한 민족이 그 생명의 성스러운 피로 메마른 대지의 가슴에 물을 대도록 정해 놓았다. 오, 생명의 산모여, 그대의 적이 그대에게 다가올 것이다 — 눈 속에 찍힌 피 묻은 그대의 발자국에 입 맞추기 위하여.

나는 기대를 가지고 뚫어져라 보고 또 보았다. 이 끝없는 평원에 사는 사람들의 눈에서 볼 수 있는 넓고 푸른 깊이가 내 눈길에도 옮겨진 듯한 느낌이 들었다. 계속해서 밖을 보고 있는데 정오께가 되어 느닷없이, 멀리 검은 회색빛 하늘 아래 황금빛 돔들이 나타났다.

기차가 다가가서 마침내 다다른 곳은 노동자 신이 탄생한 새로운 예루살렘, 새로운 약속의 땅의 심장부 모스크바였다.

모스크바

 모스크바. 다양한 색채를 띠고 무수한 싹을 틔운 이 혼돈의 도시를 보면서, 정처 없이 배회하며 느끼고 또 느껴도 결코 물리지 않는다. 나는 이 아름다운 껍데기 뒤에 감춰져 있는 것을 애써 찾아보기에 앞서, 이 기대하지 못했던 광경을 내 눈이 있는 그대로, 소박하게, 아이 같은 행복감으로 실컷 즐기도록 놓아둔다.
 잠깐 걸으면서 모스크바를 한 바퀴 돌아보도록 하자. 우리 호텔의 볼셰비키 도어맨은 허리를 굽혀 우리가 덧신 신는 것을 도와준다. 마치 주인과 종이 여전히 존재한다는 것처럼. 날은 춥고 싸락눈이 내리고 있다. 참새며 여우들은 아늑한 둥지에서 겨울을 나지만 모스크바 거리의 수많은 어린 방랑자들은 몸을 녹일 오두막 하나 없다. 이 어린 프롤레타리아들은 모피 코트를 여미고 지나가는 내 모습을 아무런 적대감도 없는 표정으로 지켜본다. 나는 이 아이들이 빨리 자라서, 이 세상의 다른 아이들보다 훨씬 더 빨리 자라나서 나의 이 모피 코트를 빼앗으려 들 것이라고 생각하며 나 자신을 달래 본다.
 잘 차려입은 신사, 키가 크고 완고한 늙은 귀족 한 사람이 호텔 근처의 한 귀퉁이에서 호박으로 만든 파이프를 팔고 있다. 갑자기 맞은편 보도에서 다른 한 노인이 그를 본다. 그가 진흙탕을 튀기며 그에게 달려가더니 반색을 하며 인사한다. 그리고 그의 손을 꼭 잡는다. 몰락한 귀족은 조용히, 사람 좋은 미소를 짓고 옛 러시아의 정신이 묻어나는 고상한 말을 되풀이한다. 「니체보! 니체보(괜찮습니다! 괜찮습니다)!」

> 역사에는 영광보다 더 큰 상처가 존재한다 —
> 백만의 입술이 입 맞춘 손수건 한 장 —
> 모스크바라는 인간의 숲 속에서 —
> 사상들은 겹겹이 쌓아 올려져 있고 —
> 벼락과 말에 불타 버린 나무들은
> 바스락거리는 나뭇잎 같다…….

내가 러시아의 신비주의 시인 니콜라이 알렉세예비치 클류예프 Nikolai Alekseevich Kluiev의 구절을 기억하고 있다는 사실이 놀라웠다. 나는 몰락한 두 귀족이 있는 자리를 떠나면서 그 구절을 중얼거렸다.

크렘린이 내 앞에 우뚝 서 있었다. 모스크바의 심장부, 그리고 내 생각에 지금은 세계의 심장부가 된 곳이다. 붉은 광장에는 눈부신 성 바실리 성당이 있고, 그 바깥쪽으로 이반 뇌제(雷帝)가 서 있는 단상이 보인다. 그 휘하의 처형관들은 폭도들을 비롯해 자유를 사랑했던 보야르[1]들의 목을 잘랐다. 이반 뇌제는 강력한 통일 국가를 건설하기 위해 모든 귀족들에게 굴욕감을 심어 주려고 했다. 그러나 동시에 그는 가련한 백성들을 사랑했으며, 누더

---

1 10~17세기 러시아의 최상층 귀족.

기를 걸친 음유 시인들이 궁정에서 대중적인 발라드를 부를 때면 감동하며 귀 기울일 줄 알았다. 그의 오른쪽으로 한 천사가 서 있다. 보야르였던 니키타 로마노프인데, 그는 차르의 처형이자 로마노프 왕가의 조상이었다. 그의 왼쪽에 있는 악마는 피에 굶주렸던 말류타 스쿠라토프Maliuta Skuratov의 모습을 하고 있다.

한 발라드에 이반이 어떻게 카잔을 정복했는지가 묘사되어 있다.

그는 카잔의 성벽 밑을 팠다. 그리고 화약통을 겹겹이 쌓아 놓았다. 이어서 도화선에 불을 붙였다. 그러나 화약은 폭발하지 않았다. 성벽 위에 있던 타타르족들은 웃음을 터뜨리고 그를 향해 엉덩이를 내보였다. 「하하! 위대하신 차르 양반, 그래 이런 식으로 카잔을 차지하려고?」 차르는 분개해서 길길이 날뛰었다. 그는 화약 대원들의 목을 매달라고 명령했다. 한 노인이 드릴 말씀이 있다며 나섰다. 「왕이시여, 참으소서. 심지란 것은 공기 중에서는 빨리 타지만 땅속에서는 서서히 타는 법입니다.」 그가 말을 마치는 바로 그 순간 카잔 성벽이 휘청거리더니 무너졌고, 곧 완전히 허물어져 버렸다. 그러자 차르는 기뻐했다. 그는 화약 대원들에게 각각 50루블씩을 주었으며, 그 노인에게는 5백 루블을 하사했다!

그리고 이반의 어두웠던 사생활에 관련된 발라드들도 있다. 그는 일곱 명의 아내를 두었는데, 그중 일부는 그가 죽여 버렸으며, 나머지는 수도원에 가두었다. 그의 아들이자 후계자는 그의 손에 죽임을 당했다.

이반 뇌제는 궁전 안을 오락가락했다. 그는 촘촘한 빗으로 검은 머리를 빗으며 붉은 창문 밖을 가만히 지켜보았다. 그가 말했다. 「나는 저 왕좌를 차르그라드(콘스탄티노플)에서 모스크바로 가져왔다. 황제의 자주색 가운을 처음 입은 사람이 나였다. 나는 카잔과 아스트라한을 정복했다. 키예프의 반역자들을 처단했고, 노브고로트의 반역자들을 섬멸시켜 버렸다. 내 어머니의 땅, 하얀 성벽의 모스크바에서도 나는 다시 그들을 칠 것이다.」

그러자 한 보야르가 일어섰다.

「차르 이반 바실리예비치, 폐하는 키예프와 노브고로트의 반역자들을 처단했습니다만 모스크바에서는 그 반역자를 꺾지 못합니다. 그는 폐하의 궁전 안에 있습니다. 폐하와 나란히 앉아서 폐하와 똑같은 접시의 음식을 먹습니다. 놈은 폐하와 똑같은 옷을 입지요. 그 반역자가 바로 차레비치[2] 표도르입니다!」

이반은 불같이 화를 낸다. 「믿을 만한 처단자가 한 명도 없단 말인가?」 말류타가 벌떡 일어선다. 「소인이 나서서 처단할까요?」 그는 겹겹이 반지를 낀 하얀 손으로 차레비치를 붙잡고 모스크바 강으로 끌고 간다……

이반의 영혼은 풍요로우면서도 모순적이었다. 잔인하면서 성스럽고, 대범한 상상력에 예술적 감성도 갖추었다. 안드레이 쿠르프스키 공과, 백해(白海)의 성 키릴 수도원 대수도원장에게 보내는 편지에서 그는 자신의 교활한 본성, 냉소주의와 상스러움, 거칠 것 없는 욕설, 신에 대한 두려움, 깊은 학식을 고스란히 드

---

[2] 차르의 아들을 말한다.

러낸다. 실제로 그는 있는 그대로의 벌거벗은 자아를 캐내고 드러낸 최초의 러시아 작가였다.

그는 한 편지에서 어릴 적에 자신이 보야르들 밑에서 어떤 시련을 겪었는지 묘사한다.

헐벗고 주리면서 내가 얼마나 고생했는지 모른다! 우리 어린 아이들은 놀고 있었다. 슈이스키 공은 왕좌에 앉아서 팔을 괴고는 우리 아버지의 침대 위로 발을 뻗었다. 그들은 우리 아버지와 할아버지의 것이었던 막대한 보물을 가져갔다. 그들은 보물을 녹여 그것으로 여러 장의 금판과 은판을 만들어서 그 위에 자기들의 이름을 새겼다…….

나는 크렘린에 있는 교회들의 황금 돔 지붕과 붉은 벽들을 가만히 바라본다. 육중한 요새 문의 상인방은 지금 붉은 별로 장식되어 있지만 한때 그 자리에는 성모의 성상이 미소 짓고 있었을 것이다. 이윽고 나는 피로 얼룩진 중세의 과거를 서둘러 떠난다. 현대의 장면 속으로 들어오자 마음이 놓인다. 얼마나 생명이 넘치는가.

동구의 모든 것이 눈 속에 묻혀 있다. 무거운 터번을 두른 중동의 장사꾼들이 보인다. 원숭이처럼 주름이 많은 중국인들은 나무나 은으로 만든 진기한 장난감들을 판다. 남녀 상인들이 모든 보도를 점령하고서 과일과 책, 아이들용 턱받이, 깃털 뽑은 닭, 레닌의 작은 초상화 등을 팔고 있다. 머리에 붉은 머릿수건을 쓴 여성 노동자들이 지나간다. 뚱뚱하고 퉁명스러운 그 여자들은 몽골인의 외모와 눈을 하고 있다. 반쯤 벌거벗은 아이들은 아스트라한식 모자를 썼다. 녹색 또는 황금 돔 지붕의 교회들, 타타르 성벽, 중세 성들, 그리고 그 옆으로 보이는 현대식 초고층 건물들.

그리고 벽 위에, 교회 위에, 시가 전차에 쓰인 이런 글귀들. 〈만국의 프롤레타리아여, 단결하라!〉 그러다 늦은 오후가 되면서 갑자기 이 불안정한 온갖 소음 위로 웅숭깊은 러시아의 종소리가, 지금도 끈질기게 살아 있는 저녁 기도 시간을 알린다.

혼돈 — 이것이 모스크바에 대한 첫 번째 인상이다!

모스크바는 슬라브 민족의 혼이 완벽하게 구현된 곳이다. 미리 계획한 도시 설계 하나 없이 중앙의 붉은 핵인 크렘린 주변에서 숲처럼 성장해 나간 도시이다. 이 성스러운 러시아 언덕에 처음 세워진 것은 왕의 궁전이었다. 그 옆으로 황금 돔 지붕을 올린 신의 교회들이 지어졌다. 도시는 크렘린을 중심으로 급속도로 그 촉수를 뻗으면서 강 옆 지역을 차지했고, 타타르 성벽과 자신을 연결시켰다. 나중에 세월과 함께 도시가 넘쳐나게 되자, 모스크바는 다시 밖으로 뻗어 나갔다. 비뚤어지고 불규칙한 길들이 만들어졌다. 교회와 집에는 따뜻한 색깔이 입혀졌다. 러시아의 모든 민족과 동양인들이 이곳에 와서, 어떠한 논리적인 짜임새도 없이 그 끝이 항상 열려 있는 이 방대한 러시아의 모자이크 속에 그들의 영혼을 뿌리내린다.

동구의 건축은 궁전과 도시들이 숲처럼 자유롭게 자라는 것을 허락한다. 여기에는 기하학적인 조화는 없지만 생명 자체의 비이성적이고 복잡한 격동이 있다. 이와 마찬가지로, 고정되어 있는 러시아의 현실이란 존재하지 않는다. 그것은 항상 진행형이다. 그것은 흐르는 강물이며, 흘러가면서 길을 만들고 자기만의 강둑을 창조해 낸다. 거기에는 수많은 모순들, 논리적으로는 설명할 수 없는 창조물과 사물들이 있다 — 시원(始原)적인 것들의 유물은 서서히 사멸해 가는가 하면 더러는 사산된 것들도 있고, 또 어떤 것들은 새로 태어나서 이제 막 숨 쉬기 시작하는 것의 특징인 서투름, 불확실성, 우아함 등을 모두 지니고 있다.

이 방대한 땅, 서로 다른 1백여 민족이 그 젖을 먹고 살아가는 터전의 심장부인 이곳에서 서로 상반되는 세력들이, 유럽인들로서는 이해되지 않을 만큼 아무렇지도 않게 어울려 지내고 있다. 교회에서, 가게의 진열창에서, 박물관에서, 가정과 거리의 생활 속에서, 이렇게 서로가 아주 먼 곳에서 흘러온 다양한 지류들을 찾고 발견한다는 것은 즐거운 일이다.

이곳에는 카펫과 화려한 도자기를 가져온 우크라이나인들이 산다. 또한 우아한 실크 자수를 뽐내는 크림 반도 사람들이 있는가 하면, 금속과 가죽 제품들에는 강인한 타타르인들의 숨결이 배어 있다. 카프카스인들은 법랑을 입힌 귀중한 은제 무기와 벨트, 버클, 귀고리를 가져온다. 아제르바이잔인과 다게스탄인들은 꽃과 야생 동물을 아름답게 수놓은 실크를 들고 있으며, 중앙아시아인들은 다양한 러그를 펼쳐 보인다. 그들은 끈기를 가지고 러그에 독특하고 기하학적인 장미 무늬를 짜넣는다. 마지막으로 북방에서 온 털이 많은 은둔자들이 있다. 그들은 양피로 몸을 감싼 채 이곳에 와서 나무와 뼈에 그들의 원시적인 문양을 새겨 넣는다.

이것들은 아시아에서 온 것들이다. 반면에 유럽에서 온 것들은 사상과 이론, 체계, 그리고 이 모든 아시아적인 광기에 일종의 논리를 적용해 보려는 강력한 욕구이다. 거리와 학교, 사무실에서는 진지한 사람들을 만나 볼 수 있다. 방법론과 행동, 합리성을 모두 갖춘 이들은 사실, 위대한 러시아 문학을 통해 우리에게 잘 알려진 러시아적인 인간들 — 무력하고 신경질적이고 신비스러운 — 과는 완전히 다른 사람들이다.

오늘날, 새로운 유형의 러시아가 새로운 이데아에 의해 만들어지고 있는 것이다.

그렇기 때문에, 모스크바를 걷다 보면 두 번째의 확고한 인상이 여러분을 지배하게 된다. 이곳, 이국적인 이 도시에서 인간들은 어떤 〈종합〉에 도달하기 위해 투쟁하고 있다. 그들은 안팎으로 만연한 동양의 이 모든 혼돈을 가라앉히기 위해 논리적으로 정돈된 가혹한 이데아를 가지고 고통스럽게, 고집스럽게 애쓰고 있다.

여러분은 이제 여러분이 발을 디딘 곳이 광신자들의 도시임을 깨닫게 된다. 세계의 다른 어느 도시에서도 사람들의 얼굴에서 이처럼 준엄하고 단호한 측면을 찾아볼 수 없다. 이글거리는 눈빛, 고집스럽게 꾹 다문 입술, 일에 대한 이 같은 열성과 이처럼 종교적인 열정은 다른 곳에서는 볼 수 없는 것이다. 여러분은 마치 성으로 둘러싸이고, 전투가 한창인 음침한 중세 도시 한가운데로 옮겨진 듯한 기분이 들 것이다. 적이 가까이 다가오는 가운데, 기사들은 바리케이드를 친 문 뒤에서 무장하고 있다. 비슷하게, 러시아에서는 전쟁이 임박한 분위기가 느껴진다. 학교나 대학교든, 관청이든 공장이든, 또는 축하 행사나 강연에 참가하든 상관없이 여러분은 항상 전투를 준비하고 있는 듯한 분위기를 느끼게 된다.

이곳에서 그들은 일하면서 또 투쟁하고 있다. 그들은 굽히지 않는 믿음으로 채비를 갖추고 있다. 커다란 두려움과 커다란 희망이 그들의 머리 위를 감돌고 있다. 시름없이 속 편히 웃는 웃음소리는 좀처럼 들을 수가 없다. 거리에서는 한가롭게 거니는 실업자들을 찾아볼 수가 없다. 또한 저녁나절에 사람들 속에서 수다를 떠는 여자들도 볼 수 없을 뿐더러, 밤이 되면 카바레나 무도장은 물론, 쾌락을 사는 도시의 매음굴도 찾아볼 수가 없다. 뭔가 참으로 무시무시한 것이 공기 중에 도사리고 있다. 그리스도의 재림시에 무섭게 타오르는 천사들 중 하나처럼, 모든 눈과 칼이 크렘린의 흉벽 위에 서서 — 중세 고딕식 첨탑 위에 버티고 있는 키메라처럼 — 모스크바를 수호하고 있다.

나는 군중을 따라간다. 사무원들은 하루 일과를 끝낸다. 셔츠와 닳아 해진 양피 외투 위로 가죽 벨트를 두르고서, 새 러시아의 말없는 사람들이 거리와 시가 전차를 꽉 채우고는 서두르고 있다. 나는 그들의 시선을 가로챈다. 가을날 저녁의 어스름한 빛 속에서 그 얼굴들의 광채를 잡아낸다. 그들의 단호하고 거친 몸짓들을 관찰한다. 움직이는 이 모든 군중들 속에서 나는 서서히, 아주 서서히 이들의 깊은 내면 속의 획일성을 발견하게 된다. 그리고 이것이 모스크바의 세 번째 뚜렷한 인상이다. 개인들은 후퇴하고 개인 위에 있는 하나의 질서에 복종하고 있다는 것.

그렇게 되면 여러분의 희망 또는 두려움은 커진다. 뭔가 정복할 수 없는 무자비한 것, 암울하고, 지금으로선 지리멸렬한 대중을 하나의 전능한 통일성으로 몰아가는 자연의 힘 같은 것을 느끼게 되는 것이다.

밤이 되었다. 추운 날씨였다. 모스크바 중심가 위에서 느닷없이 야만적인 군가가 허공을 갈랐다. 스베르들로프 광장 끝에 붉은 군대의 한 대대가 나타난 것이다. 그들은 뾰족한 몽골식 모자를 쓰고 있었다. 강철 빛깔의 회색 외투는 발까지 내려왔다. 그 얼굴들은 불처럼 타오르고 있었다. 대열의 선두에는 지도자가 행진하면서 격정적인 노래를 선창했다. 그가 내 앞을 지나치는 순간, 나는 간질 환자처럼 비뚤어진 그의 입을 보았다. 그의 목의 핏줄은 부풀어 있었고, 차가운 날씨에도 불구하고 이마에선 땀방울이 흘러내렸다. 얼마 동안 그는 공중에 칼을 휘두르며 혼자 노래를 불렀는데, 걸어갈 때의 몸의 리듬이 하도 격렬해서, 누가 보면 춤을 춘다고 생각될 정도였다. 그가 혼자 노래를 부르다가 갑자기 군인들이 그 거친 가락을 따라 부르면 고요한 거리가 쩌렁쩌렁 울렸다.

붉은 군대가 지나는 모습을 지켜보면서 그들의 숨결을 느끼는 동안 레리흐Roerich의 성난 예언자 같은 노래가 절로 터져나왔다.

> 두려움이 그대들을 덮치리라
> 움직이지 않는 것이 꿈틀거리면.
> 무질서한 바람이 폭풍을 일으키면.
> 인간의 입에 무의미한 말들이 가득하게 되면.
> 두려움이 그대들을 사로잡으리라,
> 인간들이 보물 같은 부를 땅속에 묻으면.
> 두려움이 그대들을 덮치리라,
> 대중들이 모이면.
> 모든 학문이 잊히면.
> 생각을 적을 종이 한 장도 없게 되면.
> 오, 이웃들이여, 스스로 왕좌에 오르다니 수치스럽다!
> 그대들의 광기는 모든 여자 중에서
> 가장 가증스러운 〈애인〉을 불렀다!
> 교활한 이들은 그대들이 춤출 때
> 목을 조를 준비를 한다,
> 그대들이 춤출 때.

러시아 군대가 지나갔다. 사위는 고요해졌다. 그러나 나는 볼 수 있었다. 모스크바의 이 밤을, 내가 보고 싶어 애태웠던 것을.

천국도 아니면서 지옥도 아닌 땅이 — 그 땅의 대중은 수백만 년 동안 위험 속에서, 배반의 지형 속에서, 거짓 계단의 한가운데에서 피땀으로 투쟁해 왔다 — 앞으로, 그리고 위를 향해 나아가고 있었다. 우리 시대에 들어와서 이 땅의 투쟁은 이곳 러시아에서 더욱 뚜렷하게, 좀 더 예언적으로, 그리고 더욱 결정적으로 벌어지고 있다. 다른 시대에 그 투쟁은 다른 땅에서 벌어졌다. 오늘날 그 위대한 전투원이 — 일부는 그걸 신 또는 정신이라 부르고, 또 일부는 물질이라 부른다 — 자신의 모든 에너지를, 다시 말해 고통과 희망을 쏟아 붓고 있는 곳이 바로 선구자적인 고통을 받은 마투슈카[3] — 러시아이다.

---

[3] 원래는 성직자의 아내를 높여 부르는 말. 여기서는 어머니의 애칭.

민족들 — 유대인

모스크바 시내를 걸어 다니면서 거리의 소음을 뚫고 지나가는 기묘하고 신비스러운 인종들을 지켜보는 것은 커다란 즐거움이다. 뱀처럼 매력적인 눈을 한 타타르인들. 끊임없이 변하는 교활한 표정에 두툼하고 탐욕스러운 입술을 가진 아르메니아인들과 유대인들. 쇠가죽으로 몸을 감싼 아르항겔스크 출신의 바랑인들. 키가 크고 호리호리하며 조각한 듯한 골격의 카자흐인들. 투르키스탄에서 온 키 작은 장사꾼들은 털이 긴 양가죽 옷을 입고 있다. 유쾌하고 잘생긴 그루지야인들은 포도주와 여자라면 사족을 못쓴다. 그리고 그 사람들 뒤로 투르크멘 사람들과 시르카시아인들, 우즈베크인들과 바슈키르인들, 야쿠트인들과 칼미크인들, 그리고 추방당한 이들과 말의 냄새를 풍기는 우리의 먼 형제들.

아시아의 모든 민족이 그 수도 모스크바를 돌아다닌다. 이 도가니 속에서 생명은 수많은 민족의 피를 혼합시킨다. 생명은 이 다양하기만 한 교배를 시도하는 과정에서 때로는 실패하고 때로는 성공하면서, 예상하지 못한 새로운 인간 유형을 창조하기 위해 분투하고 있다. 우리 생전에는 모든 정자를 아우르는 이 새로운 생식의 열매들을 보지 못하겠지만, 긴 시간적 간격 너머를 내다볼 수 있는 사람이라면 모스크바를 걷는 데서 큰 즐거움을 누리 것이다. 새로운 문명을 창조하기 위해서 난자를 향해 내달리는 정자처럼, 쉼 없이 그리고 동시 다발적으로 질주하는 새로운 인간의 요소들을 그는 식별해 낼 수 있을 테니까 말이다.

1백 개 이상의 민족들이 러시아에 뿌리를 내렸으며, 각 민족은 저마다 그들만의 언어와 풍습, 관습 및 독자적인 정신 구조를 지니고 있다. 볼셰비즘은 이 복잡하고 위험천만한 바빌론에 일종의 질서를 부여하기 위해서 어떤 조치를 취했을까?

오데사에 도착했을 때, 진정 나를 놀라게 한 것이 하나 있었다. 그것은 우크라이나인들이 보여 준 강한 민족주의적 힘이었다. 책과 신문, 가게 간판, 대화 등 모든 것이 우크라이나인들의 정체성과 야망 또는 그들의 민족적 자부심에 관한 것이었다. 수백 년 동안 차르의 전제 정치 밑에서 억눌려 있던 민족 전체가 이제 자유롭게 숨을 쉬고 있었다.

오데사에 있는 유서 깊은 그리스 학교에서도 나는 그와 비슷하게 기분 좋은 놀라움을 경험했다. 그 학교 교장은 엄격하고 열렬한 그리스인 공산주의자였는데, 나에게 이런 말을 했다. 「법에 따르면 모든 수업은 그리스어로 하도록 되어 있습니다. 여기서는 그리스어로 가르칠 능력이 없다면 교사로 임명될 수가 없지요. 모든 민족마다 자기들만의 길을 따라 나아가는 것입니다.」

내가 놀라는 것을 보고 그는 웃으며 이렇게 말했다. 「공산주의, 민주주의란 다양한 민족 집단들 사이의 획일성을 강요하는 게 아니라 각각의 민족적 특성을 강화시키는 것입니다. 공산주의 이데아는 서로 다른 목소리들이 빚어내는 풍요로운 조화입니다. 각각의 목소리는 자유롭지만 동시에 하나의 전체성 밑에 순종하며 조화를 이루지요.」

휴식 시간. 아이들 — 소년들과 소녀들 — 이 놀거나 웃거나 넓은 학교 마당에서 싸운다. 아이들은 놀고 웃고 싸우고, 교사들이 아이들과 함께한다.

「이것이 커다란 차이점이죠!」 머리를 빡빡 깎은 금욕주의자 같은 얼굴의 교장이 말을 이었다. 「차르의 정치 프로그램은 제국 안에 사는 모든 민족들을 러시아화하려는 것이었습니다. 학교에서 민족의 언어를 가르치는 것을 허락하지 않고 오직 러시아어만 강요했죠. 지역 언어로 책이나 신문을 발간하거나 연극을 상연하는 것도, 강연을 하는 것도 금지되어 있었습니다. 결국 민족적 특성들은 위축될 수밖에 없었고, 러시아인들의 영혼이 모든 민족 문화에 강제로 덧씌워졌었죠.

그러나 볼셰비키는 그 쇠사슬을 잘라 버렸습니다. 혁명이 일어나고 며칠 후, 러시아인 레닌과 그루지야인 스탈린이 서명한 러시아 인민의 권리 선언이 발간되었어요. 그 내용은 이러했습니다.

〈러시아의 모든 인민은 독립적이며 평등하다.

각 민족 집단은 각기 원하는 대로 자신의 문화를 형성할 권리가 있다.

특별한 민족적 특혜는 일체 폐지된다.

모든 소수 민족 집단은 자유롭게 발전할 권리가 있다.〉

참으로 파격적이고 과감하며 역사적인 선언이었습니다. 이것은 최고의 이데올로기적 의식의 산물일 뿐 아니라 독창적이고 바람직한 정치적 조치였죠. 지금까지 지배적인 민족 집단과 다른 민족 집단들을 구분하던 경계선은 철거되었습니다. 지배자 민족과 노예 민족의 구분이 사라진 것이지요. 모든 민족 출신의 노동자와 농민들이 친구가 되었고, 아울러 각각의 민족의식들이 해방되었습니다.

지역마다 민족 학교가 설립되었습니다. 각 민족이 쓰는 언어가 공식어가 되었어요. 사상 처음으로, 그때까지 버려져 있었던 각 민족의 지역 언어로 책이 쓰였고 신문이 발간되었습니다. 야쿠트인, 추바시야인, 시르카시아인을 비롯한 열여덟 개의 민족 집단은 알파벳조차 없었어요. 그들에게 알파벳이 주어지고, 그들의 언어로 쓰인 책들이 처음으로 출간되었습니다.

반쯤 미개한 상태로 남아 있던 수많은 부족들도 이제 학교와 배움을 통해 계몽되었습니다. 그 예로 혁명 이전 타타르인들에게 학교라고는 모두 합쳐 봐야 75군데밖에 없었고, 그나마도 러시아어만을 가르쳤습니다. 그러나 10년이 지난 지금은 학교 수가 2천 개를 넘고, 모두가 민족어인 타타르어로 가르치고 있습니다. 차르 치하의 투르키스탄에는 학교에 다니는 아이들이 3백 명에 불과했죠. 자유의 10년이 지난 지금은 4만 5천 명의 아이들이 673개의 학교에 다니고 있습니다. 더욱이 1,596개의 유치원과 고아원, 직업학교에서 수천 명의 학생들이 배우고 있어요.

해마다 수백만 종의 책과 신문들, 삽화가 들어간 소책자, 잡지들이 출간됩니다. 지금 러시아에서 인간을 일깨우기 위해 이루어지는 작업은 그야말로 경이로울 정도입니다. 적들은 그것을 무시하거나 비웃고 있지요. 맹목적인 추종자들은 그걸 과장하고요. 하지만 양쪽 모두 잘못하고 있어요. 이곳에서 민족 집단을 위해 이루어지는 작업은 아주 중요한 의미가 있으면서 무척 힘든 과업이고, 아직 그 열매가 모두 다 맺힌 것도 아닙니다. 그것은 다가올 미래의 일이지요.」

내 동료는 입을 다물었다. 나는 한참 동안 생각해 보았다. 볼셰비키들이 그들의 계몽 정책을 통해, 이때까지 서로 적대적으로 경멸하며 살아왔던 러시아 내 모든 민족 집단들로부터 지지를 얻어 내는 데 어느 만큼 성공을 거두었을까. 새로운 이데아를 뒤흔들기 위해 발버둥치는 적들이 안팎에 존재할 때면 이러한 민족 문화는 언제나, 그 기나긴 세월의 끝에 그들에게 민족적 자유와 인간적인 존엄성을 부여하는 자들의 편을 들었다. 지금까지 혁명은 그런 식으로 구원받았던 것이다.

나중에 한 소비에트 지도자는 나에게 자세히 설명해 주었다. 「민족성이라는 복잡한 문제와 관련해 주어질 수 있는 가능한 해결책이 많았지만, 그 가운데 우리는 우리가 가진 마르크스 이데올로기에 부합할 뿐 아니라 정치, 경제적으로도 가장 적절한 것을 선택한 것입니다. 물론 그 해결책에는 위험이 따르지만 우리는 그 위험을 잘 인식하고 있고, 따라서 그것을 극복하기 위해 할 수 있는 모든 조치를 취합니다. 어떤 방법을 쓰느냐고요? 교육받지 못한, 그리고 어느 정도 교육을 받은 인민들에게 공산주의를 가르치는 것입니다.

공산주의는 각 개인이나 민족 집단의 특수한 성격들을 소멸시키거나 평준화시키지 않습니다. 그와 반대로, 각 개인이나 민족 집단의 유용하고 독특한 특성들을 고양시키고 보호함으로써 그들이 전체 사회에 이바지할 수 있도록 합니다. 모든 개인이나 민족이 협력을 통해서 서로를 완전하게 해준다는 것, 그리고 획일성은 그 집합체를 빈곤하게 만든다는 것을 잘 알고 있기 때문입니다.

공산주의가 이 원리를 잘 이해하면 할수록 조화로운 공생은 더욱 확실해집니다. 우리는 여러 민족 집단에게 누가 유대인이고 터키인인지, 누가 우크라이나인이고 타타르인지 문제 삼지 말고 오직 한 가지만 유념하라고 가르칩니다. 그 사람이 공산주의자냐 부르주아냐를 따지라는 것이죠. 공산주의 집단에 속한 개인은 출신 민족이나 피부색, 또는 인종에 상관없이 모두가 동지들입니다. 부르주아 집단에 속한 개인은 설사 그들이 우리 부모라고 할지라도 적입니다.

그리고 우리는 이것을 통해 민족 문화의 문제를 풀기 위해 애쓰고 있지요. 〈고르디아스의 매듭〉을 자르기 위한[1] 유일하고도 지속적인 방법, 그것이 바로 교육의 빛입니다. 계몽, 그것이 우리에게 주어진 칼입니다!」

그렇다면 유대인은 어떨까?

이 운명의 민족, 전 세계에 걸쳐 그 망을 뻗어 나갔으며 종종 선과 악에서 모두 최고의 자리를 차지한 — 엄청난 힘을 지닌 관계로 — 이들은 지금으로부터 20세기 전에, 기존의 세계 질서를 전복하고자 했다는 이유 때문에 오늘날에 와서도 비난받고 있다.

심지어 배울 만큼 배웠다는 사람들조차 자주 이런 관점을 지지하곤 한다. 〈러시아 혁명은 유대인의 작품이다. 그것은 그리스도 문명에 대한 유대인들의 거대하고 극악무도한 음모이다.〉 그렇다면 러시아에서 낡은 사회를 파괴하고 새로운 사회를 재건하는 역사적 과업에서, 이 〈위험한〉 민족은 어떤 역할을 했으며, 또 지금 담당하고 있는 역할은 무엇일까?

이 질문에 대해 정확한 답변을 내놓기 위해서는 다음을 분명히 이해하고 넘어가야 한다. 유대인의 정신적, 도덕적 본성은 무엇일까? 그리고 전 세계에 걸쳐 자신들의 역사를 만들던 이들은 특히 러시아에서 어떤 단계에 있었을까?

유대인들은 오랜 세월 동안 그들에게 가해졌던 역사적인 힘 때

---

[1] 알렉산드로스 대왕이 누구도 풀지 못한 고르디아스 왕의 매듭을 칼로 잘라 버린 일화에서 유래한 말로 대담한 행동으로 복잡한 문제를 해결하는 것을 뜻한다.

문에 지구상의 민족들 중에서도 독특한 정신 구조를 습득해 왔다. 지난 2천 년에 걸친 이들의 역사를 연구해 보면, 이들이 막강한 생물학적 법칙 속에서 숱한 박해를 견디고 살아남기 위해서는 스스로가 아주 뚜렷한 선과 악의 특성을 발달시켜야 한다고 깨닫게 되었음을 이해하게 된다.

오랜 시대에 걸쳐서 유대인은 가장 멸시받는 민족이었다. 일부 도시에서는 이들의 거주를 허락하지 않았다. 그나마 이들을 받아 주는 도시에서도 이들은 가장 더러운 구역, 즉 유대인 게토에 모여 있어야 했으며, 나병 환자들처럼 그곳에서 고립된 채 살아야 했다. 이들은 사회의 비난을 받고 무자비하게 뭇매를 맞았으며, 가장 기본적인 인권들마저 박탈당했다. 이유야 어찌 됐건 한 어린아이가 사라지는 사건이 일어났다거나, 또는 유대인에게 빚을 진 한 지역 지도자들이 자신들에게 유리하다고 판단되면, 또는 단지 13일의 금요일이라는 이유만으로, 그리스도인들은 갑자기 광란하듯 유대인 구역의 문을 부수고 습격해 들어가 수많은 유대인들을 학살했다.

이들은 그렇게, 수 세기 동안 끊임없는 죽음의 고통 속에서 살았다. 그러므로 당연히 이들은 방어적 능력을 발달시켜 나갔으며, 어떤 예외적인 자질을 형성하게 되었던 것이다.

무엇보다 특징적인 것은, 국가에 대한 이들의 반감이다. 어떤 국가든 이들에게는 미움의 대상이다. 대량 학살과 불의는 이들을 필요 이상으로 혁명적으로 만들어 버렸다. 이들은 지하실에서, 어떻게 기존 질서를 부수어 버리고 — 이들에게는 모든 질서가 불공평했다 — 세상에 정의를 가져올 것인지 꿈꾸었다. 이들은 자신들의 피와 눈물과 미움으로, 언젠가 전능하게 도래해서 전능한 힘으로 그들을 해방시켜 줄 메시아를 만들어 냈다. 이들에게 국가는 조직화된 불의에 지나지 않았다. 지구상의 어떤 민족도 그만큼 비인간적일 정도로 폭정과 탐욕에, 힘센 자의 불의에 시달린 적이 없었던 까닭이었다. 이들은 물리적 힘에는 도저히 의지할 수 없었기 때문에, 스스로 목숨을 구하기 위해서는 지적인 능력을 극한까지 성장시킬 수밖에 없었다. 머리를 제외하면 이들에게는 다른 어떤 무기도 없었다. 지능과 책략, 인내, 끈기는 유대인들에게 가장 중요한 자질이었다. 이들은 사회에서 그것을 바탕으로 성공을 거두었을 뿐 아니라, 그것이 이들의 생활 자체였다. 가장 총명하고 가장 잘 참아 내며, 가장 교활한 자만이 수많은 적으로부터 몸을 피해 생존할 수 있었다. 오랜 세월에 걸친 난폭함과 잔인함은 유대인들에게 적용되었던 자연선택의 법칙이었다.

유대인들의 성격 형성에 영향을 미친 요인은 또 있었다. 이들의 분산이다. 유대인들은 다른 민족 집단들처럼 특정한 고향 땅에 묶여 있지 않았다. 이들은 세계 곳곳에 흩어져 있었으며, 어디에서든 똑같은 멸시와 박해를 경험했다. 이들의 경험은 지극히 모진 것이었고, 이들에게 모든 형태의 권력은 똑같이 불의로 비추어졌으며, 따라서 전복되어야 할 대상이었다. 그리하여 유대인들은 어디를 가든 〈디아스포라〉라는 짐을 지고, 〈정의에 대한 갈망〉으로 목말라 하면서 모든 사회에서 혁명의 핵을 만들어 나갔다.

각 혁명의 핵심 세력들이 그 지역의 모든 유대적 혁명 요소들과 유대인들, 좀 더 일반적으로 말해 전 지역의 혁명 분자들과 은밀하고 계속적인 접촉을 가지면서 협력했다는 것은 당연한 귀결이었다.

세계의 어느 구석에서 혁명이 일어났다면, 당연히 유대인들은 거기에서 중심 역할을 했다. 그로 인해 종종 유대인 대학살이 뒤따르면서 박해는 다시 이들을 피로 물들였고, 강철 같은 유대 민족을 더욱더 유연하면서도 강인하게 만들어 주었다.

결국 유대인들은 박해와 테러 속에서 그들의 신, 무서운 야훼 주변에 광신적으로 모임으로써 순교에 대한 열렬한 의식을 습득하게 되었다. 그들의 야훼는 그들을 사랑하기 때문에 그의 백성을 괴롭히는 자이며, 알 가치가 있는 것은 모두 구리에 새겨 넣고 선한 자와 악한 자를 기억한다. 그리고 그 백성의 복수를 대신 해 줄 존재이자 지상의 정복자로서, 언젠가 지상에 내려올 전지전능한 구세주였다.

그날이 오리라는 이런 믿음, 정의와 복수의 시간이 다가오고 있다는 이 믿음이 수 세기 동안 유대인을 살려 왔던 것이다.

일반적으로 이것이 전 세계 유대인들이 처했던 상황이었다. 그러나 차르 치하 러시아에서 이들의 운명은 그보다 더욱 가혹했다. 이들은 특정 지역에서만 거주하도록 되어 있었는데, 그 지역은 주로 서부와 남서부 국경에 집중되었다. 걸핏하면 광신적인 폭도들이 들고일어났고, 사제들과 카자흐 기병들이 선두에 서서 끔찍한 유대인 대학살 작전을 시작하곤 했다. 러시아 정부는 유대인이 학교나 대학교에 입학하려고 하면 엄청난 장애물을 설치해 놓으면서, 이들이 공부를 하게끔 허락해 주지 않았다.

그러나 차르 시대의 공식 통계를 보면 놀라운 사실을 발견할 수 있다. 러시아 제국 전체에서 유대인의 수는 7백만 명을 넘지 않았지만, 그중 읽고 쓸 줄 아는 유대인의 수는 나머지 1억 6천만의 인구 중 글을 알았던 사람들의 수와 똑같다는 것이다.

이런 상황이 발생하게 된 배경은, 유대인들이 지적인 우월성을 생사의 문제로 인식하고 있었기 때문이다. 교육이란 가장 강력한 무기로서, 이들에게는 두렵기만 한 어둠의 세력인 적을 물리칠 수 있는 하나의 도구였던 것이다. 그러므로 유대인들은 그들 스스로 공부할 수 있도록 다양한 계획을 궁리해 냈다. 대학교에서는 유대인 학생 수가 전체 학생 수의 5~10퍼센트를 넘으면 안 되었다. 그렇다면 유대인들은 어떤 방법을 내놓았을까? 이들은 어린 러시아인들을 찾아, 그들을 학생으로 등록하고 학비를 지불했다. 이런 식으로 등록된 학생 수를 늘리면 유대인 입학생의 수가 그만큼 늘어날 수 있었다. 이 유대인 학생들이 얼마나 큰 열성과 책임감, 고결한 긍지를 가지고 배움이라는 금단의 열매를 맛보고 빨아먹었을지 상상해 보라.

그 결과 유대인들은 러시아 대중이라는 캄캄한 암흑 속에서 일하면서, 어둠에서 깨어나 인간을 위한 새롭고 더욱 정의로운 길을 열고자 추구하는 가운데, 러시아인들의 영혼 속에 자리 잡고 있었던 심오한 메시아적 갈망에 무의식적으로 참여하게 되었다. 다시 말해서 세계를 구하기 위한 열정에 봉사하게 된 것이다.

그러나 어떻게? 무슨 방법으로? 러시아가 이 메시아적 사명을 띠어 왔다는 것은 모두가 동의하는 바이다. 그러나 표트르 대제의 시기에 들어서면서 의견은 두 개로 갈라진다. 친슬라브파들은 러시아가 유럽과 아시아 사이에 자리 잡은 독특한 세계이며, 서유럽의 길과는 다른 그 자신의 길을 가야 한다고 주장한다. 러시아의 종교와 전통, 러시아의 영혼은 질적으로 서구의 것과는 전혀 다르다. 그들은 이렇게 말한다. 「만약 인민의 형제애가, 그리고 진리와 선에 대한 믿음이 기만적인 환영이 아니라 생명을 주는 영원한 진리라면 도덕적 우월성은 정복자, 게르만인들에게 있는 것이 아니라 러시아인들, 즉 소박한 농민들에게 있다.」 그들에 따르면 유럽은 묘지이다. 웅대한 영혼들은 모두 죽어 버리고, 영혼이 없는 실리적이고 이기적인 〈식료품 잡화상들〉만 살아남은 곳이다. 반면에 러시아는 「요한의 묵시록」에 등장하는 여자이다. 태양이 그녀

위로 떨어질 때 그녀는 아들을 잉태하게 된다. 러시아가 낳게 될 그 아들이 로고스 *Logos*, 즉 세상을 구원할 〈말씀〉이다.

반면에 친프랑스파는 필요성을 떠나서, 러시아가 유럽이 거쳐 온 진화의 단계들을 밟아야 한다는 관점을 지지한다. 러시아가 이 과정을 좀 더 신속하게 거쳐야만 오늘날의 요구에 적응할 수 있다는 것이다. 표트르 대제의 보완 작업은 아직 끝나지 않았다. 그렇기 때문에 러시아가 고통 받는 것이다. 서구주의자의 대표적 인물인 차다예프는 말한다. 「우리는 우리 자신의 내부적인 진화를 거치지 못했다. 우리는 성장하고 있지만 성숙하고 있는 것은 아니다.」 러시아를 위한 암호는 〈성스러운 러시아로 돌아가라!〉가 아니라 〈유럽을 향해 전진하라!〉이다. 러시아의 낡은 사회 경제적 지배는 완전히 시대에 뒤떨어진 것이다. 신권 정치는 인류가 이미 지나쳐 버린 단계이다. 이제 필요한 것은 이 땅을 산업화하고 부르주아 계급을 창출하여 토대를 마련함으로써 문명화, 현대화된 부르주아 민주주의를 이룩하는 것이다.

러시아가 그 메시아적 사명을 실천하기 위해 걸어가야 할 길에 대해서도 이 두 파의 의견이 다르다. 그러나 19세기 내내 친슬라파들과 서구주의자들이 의견을 같이 한 것이 있었다. 러시아가 자기 본래의 근원을 따르든 유럽의 흐름을 따르든, 〈하늘에 의해〉 또는 역사적 필요에 의해 세계를 구원하도록 운명지어졌다는 것이다.

여러분은 이 민족에게는 아직껏 쓰이지 않은 생명의 힘이 넘친다는 것을 느낄 것이다. 러시아는 낡은 세계를 바라보지만 그것을 좋아하지 않는다. 러시아는 자신의 믿음과, 일종의 창조적인 순진함으로 그 낡은 세계를 부서뜨리고, 슬라브의 혼이라는 널찍한 보도 위에 뭔가 새로운 것을 건설하기를 바란다. 러시아 땅에서 가장 진취적이고 대표적인 인물들이 고민하는 문제는 이것이다. 〈러시아가 어떻게 구원받을 것인가?〉 이 의문은 곧바로 확장되어 러시아의 경계를 지나 우주적인 질문으로 이어진다. 〈인간은 어떻게 구원받을 것인가?〉

오랫동안 유대인을 단련시켜 왔던 메시아니즘은 러시아인들이 지닌 메시아적 정신과 융합하여 오늘날 가장 현대적이고 뚜렷한 표현을 받아들이게 되었고, 이제 그것이 전 세계를 뒤흔들고 있다.

바로 이것이 유대인들이 러시아 혁명에서 그토록 중요한 역할을 하게 된 이유이다. 교육받은 엘리트 유대인들은 실제로 러시아 전체의 다른 엘리트들을 합친 것과 맞먹을 만큼 그 수가 많았다. 이들은 그저, 가장 천재적인 혁명 분자인 것만은 아니었다. 이들은 국제적인 성격을 띤 혁명, 정의와 평등, 자유를 선언함으로써 지배 세력을 파괴하기 위한 혁명에서 가장 치열히 싸울 지도자들을 배출할 능력을 가진 유일한 집단이었다. 이들은 사실 유대 민족의 영원한 희망을 현실로 만들어 내기 위해 싸웠던 것이다.

이 새로운 종교의 선지자, 마르크스가 바로 유대인이었다. 민족들의 열렬한 사도, 페르디난트 라살Ferdinand Lassalle 또한 유대인이었다. 오늘날 러시아의 지도자들은 모두 그들의 믿음이 무엇이든 〈자본〉, 즉 마르크스주의의 신약 성서를 단순히 해석하고 실천하는 것에 불과하다. 굳건하고 순수한 러시아적 유형의 지도자인 레닌은 항상 마르크스 정신에 충실해야 한다는 의무감을 느꼈다. 「레닌주의 같은 것은 있지도 않습니다.」 그저께 모스크바 공산주의 아카데미의 한 교수가 나에게 이렇게 잘라 말했다. 「레닌은 단순히 마르크스주의 강령을 실천했을 뿐이지요.」

유대인들이 러시아인들의 투쟁에 선사한 것은 이데아에 대한 열정, 타오르는 불꽃, 굽힐 줄 모르며 투지 왕성한 끈기이다. 이곳에서 러시아인 또는 유대인과 대화할 때면 나는 하나의 세계에서 또 다른 세계로 한 계단씩 도약한다. 어제는 공산주의 대학교에 갔었다. 러시아인 총장이 나를 맞아 주었다. 그는 금발에 아주 온화한 용모를 지닌 사람으로, 파란 눈에는 고요한 빛이 넘치고 있었다. 그는 차분한 확신을 가지고 조용하게, 대학교의 조직과 학생들, 그리고 소비에트의 고등 교육에 관해 말해 주었다. 내가 막 방을 나서려고 하는데, 누군가 벌컥 문을 열어젖혔다. 또 한 명의 교수가 들어왔다. 검은 곱슬머리를 한 그 교수의 눈은 온통 불꽃으로 이글거리고 있었다. 유대인이었다. 그가 들어오자 분위기는 삽시간에 바뀌었다. 러시아인 교수가 나에게 책을 가져다주려고 잠깐 일어서자, 유대인이 잽싸게 그의 의자에 앉았다. 격렬한 대화가 시작되었다. 열정과 반론으로 가득한 대화는 몇 시간이고 이어졌다. 나는 감탄스러운 마음으로 몇 세기 동안이나 숨어서 몸을 떨었던, 그러나 지금은 투쟁에 가담하여 완전 무장을 갖추고 복수와 정의에 목말라 하는 이 격정적인 민족의 대표자를 지켜보았다. 우리는 중요하면서도 과도기적인 시기에 살고 있다. 여러분은 오늘날 유대인들이 특별한 역사적 임무를 띠고 있다는 사실을 느낄 것이다. 그것은 바로 낡은 세계를 부서뜨리는 것이다. 우리의 행성은 지금 유대인들의 별자리에 들어와 있다.

이데아와 확신, 전통이 허물어진다. 한 문명을 창조한 뒤, 세계를 자신에게 유리하게 만들었던 계급은 이제 자신의 이익을 지키기 위해 스스로 조직화하고 무장하고 있다. 그런 한편, 지금까지 압제와 불의의 이름으로만 알려졌던 한 계급이 일어서고 있으며 해방되기를 원한다. 복수와 정의를 위한 이런 과업에 유대인보다 더 준비가 잘된 민족이 또 있을까? 바로 그런 이유로 수많은 위대한 과학자와 철학자, 경제학자, 저널리스트, 행동가들이 유대인인 것이다. 이들의 지적인 지배력은 얼마나 오랫동안 계속될 것인가? 적어도 우리가 통과하고 있는 이 과도기만큼은 될 것이다.

언젠가 사람들이 유대인 경제학자 라테나우에게 이렇게 물었다. 「러시아 공산주의의 결과로 어떤 일이 벌어질까요?」

그가 대답했다. 「유대인에 대한 끔찍한 대량 학살이 올 것입니다.」

노동자와 농민

「아빠, 철도는 누가 놓았어요?」
「그야 장관님이지.」

지난 세기의 어느 날, 자신의 무사 Mousa를 〈복수와 고통〉의 무사로 불렀던 시인 네크라소프는 우연히 이런 대화를 듣게 되었다. 이 몇 마디 말이 그의 마음을 얼마나 거세게 뒤흔들어 놓았던지, 그는 비극적인 광경을 떠올리게 하는 격렬한 글을 썼다. 철도 선로가 흩어져 있는 흙 속에서, 선로를 놓다 죽어 간 수천 명의 노동자들 — 배고프고 기진맥진해서 몸을 덜덜 떠는 — 이 벌떡 일어섰다. 노동자들이 어떻게 새벽부터 밤까지 일했는지, 십장들이 그들을 어떤 식으로 채찍질했는지, 그리고 공사업자들이 그들을 어떻게 속여 먹고 턱없이 낮은 임금을 지불했는지 묘사한 그의 시에서는 성스러운 의분(義憤)이 느껴진다. 재림(再臨)이란 이 시인의 나팔 소리를 듣고 뼈를 삐걱거리며 일어서는 이들 노동자들의 부활이었다.

네크라소프는 선언했다. 「그날은 오리라, 모든 노동자가 러시아의 대지에서 일어설 날이!」

그리고 그날이 왔다. 의분은 쌓이고 또 쌓여서 인간의 가슴으로는 더 이상 그것을 감당할 수 없게 되었다. 이 시가 쓰인 지 몇 년 후, 차르 알렉산드르 2세는 암살당했고 폭군 알렉산드르 3세가 뒤를 이었다. 그는 언론의 자유를 제한하고 백성들의 자유를 옭아맸으며, 유대인들을 무자비하게 사냥하고 소수 민족들을 강압적으로 러시아화시키며 러시아를 공포로 몰아넣었다.

혹자는 자유가 자신이 흘린 피 속에 익사해 버렸다고 생각했을 것이다. 그러나 언제나 그렇듯, 자유는 가장 압제적인 노예 상태 속에서 솟아나는 것이다. 러시아의 산업화가 시작된 때가 바로 이 공포 정치의 시기였다. 수많은 농민들이 일자리를 찾아 도시로 몰려간다. 노동 계급의 수가 몇 배로 늘어난다. 그리고 이런 경제적 변화와 맞물려 러시아 사회 역시 변화한다. 지식인들과 자유주의자들은 더 이상 농노제를 폐지한다고 해서 인민이 해방될 거라는 희망을 갖지 않게 된다. 전혀 새로우며 완전히 현대화된 형태의 폭정이 러시아에 등장한 것이다. 바로 자본주의였다.

노동자들이 러시아의 특정 지역들을 중심으로 모여든다. 그들은 서서히 자신의 힘을 깨닫는다. 스스로를 조직하고 목소리를 높인다. 생활수준을 개선할 방도를 찾는다. 이 새로운 세대는 지난 세대와는 달리 시나 낭만적인 이야기에는 관심이 없다. 그리고 새로운 이론에 믿음을 갖고 귀를 기울인다. 그 이론은 역사적 필요성에 의해 등장한 것이지 이데올로기의 변화나 부르주아 계급의 인류애가 섞인 제스처로 생겨난 것이 아니다. 그들은 권력을 자신들의 손에 넣을 것이다. 카를 마르크스가 러시아 땅을 파고든다.

새롭고 격렬한 이데올로기 분쟁이 일어난다. 러시아가, 비록 속도는 좀 더 빠를지라도 유럽처럼 경제적 진화의 단계 — 봉건제, 부르주아 자본주의, 프롤레타리아주의 — 를 거쳐야 할 것인가, 아니면 이 모든 중간 단계들을 뛰어넘어 단번에 사회주의로 직행할 수 있을 것인가?

 공산주의 사회 — 생산 수단을 공동으로 소유하고 계급 및 국가의 폐지가 이루어진 — 는 하루아침에 갑자기 현실로 만들기에는 불가능한 이상이다. 그것은 엄청난 준비 과정을 요구한다. 인민들을 강도 높게 교육시키고, 내부 및 외부적인 저항을 근절시키며, 개인의 자유를 전체 공동체의 이익에 복종시켜야 한다. 이런 준비가 이루어지려면 시간을 가지고 실행해야 하는데, 자본주의에서 공산주의로 가는 이 과도기에는 어느 세력이 통치해야 할 것인가?

 마르크스는 여느 때와 같은 통찰력을 가지고 이 질문을 던졌고, 단 하나의 가능한 대답을 내놓았다. 자본주의 사회와 공산주의 사회의 중간에, 자본주의를 공산주의로 전환시키는 혁명적 변화가 일어나는 과도기가 있다. 그렇다면 그때에 정치적으로, 국가는 오직 하나의 형태를 취할 수 있다. 그것이 프롤레타리아의 혁명적 독재이다.

 오늘날 러시아는 이 과도기적인 구간을 지나고 있다. 이 개척 중인 나라에는 아직 공산주의가 존재하지 않는다. 오늘날 러시아에서 불거지고 있는 문제들을 이해하고자 한다면, 그리고 그 문제들이 왜 때로는 비공산주의적인 방식으로 해결되었는지를 이해하고자 한다면, 우리는 아주 단순한 이 사실을 잊지 말아야 할 것이다. 프롤레타리아 독재라는 사명은 모든 저항을 분쇄하고, 노동자들 스스로 낡은 관습에서 해방되어 새로운 관습을 만들 것을 요구한다. 이 길을 거친 후에야 인민들은 비로소 이상적인 공산주의 사회를 건설하게 될 것이다.

 이런 과도기에는 종종 폭력이 필요할 수도 있다. 「하얀 장갑으

노동자와 농민

로는 혁명이 만들어지지 않는다.」 레닌은 선언했다. 「공산당은 순진한 여학생들을 위한 학교가 아니다. 프롤레타리아 독재란 곧 전쟁, 자본주의자들이 죽을 때까지 벌여야 하는 무자비하고 끝없는 전쟁을 뜻한다.」

이 과도기 동안에는 생산 수단이 전체에 귀속되는 것이 아니라, 프롤레타리아의 국가 조직에 배타적으로 소유된다. 국가는 일시적으로 생산 수단을 독점한다. 계급투쟁은 사라지지 않는다. 프롤레타리아는 하나의 국가로 조직화되어 강철 같은 규율에 따라 모든 권력을 축적한다. 국가는 부르주아 계급에 대해 압박을 가한다. 부르주아 계급에게는 단 한 점의 자유도 허락하지 않고, 평화적인 방법으로 그들을 전환시키거나 강제로 프롤레타리아로 만듦으로써 그 계급 자체를 궤멸시키고자 한다.

이런 칼을 손에 쥐고서 러시아 혁명은 혁명의 초기 이후에 닥쳤던 모든 경제, 사회, 정치 문제를 해결하기 시작했다. 그리고 위험하기만 한 우주 생성의 분출을 거친 후 이제 서서히, 영원히 타오르는 공산주의라는 핵을 중심에 두고서, 오늘날의 소비에트 러시아라는 거주가 가능한 든든한 지각(地殼)을 주조해 낸 것이다.

오늘날 러시아가 마주하고 있는 운명을 결정짓게 될 근본적인 내부 문제에는 두 가지가 있다. 하나는 농민과 토지 개혁이고, 다른 하나는 이 나라의 공업화이다.

우리가 러시아의 문제를 제대로 이해하기 위해서는 항상 이 사실을 염두에 두어야 한다. 1918년 11월 7일에 일어났던 혁명은 하나가 아니었다는 것이다. 두 개의 혁명이 일어났고, 실제로 이 두 혁명은 완전히 다른 것이었다. 봉건 지주에 대한 농민들의 혁명, 이것은 분명히 부르주아들의 것이었다. 그리고 부르주아들에 대한 노동자의 혁명, 이것은 사회주의자의 것이었다.

두 개의 혁명 세력은 공동의 위험이 닥친 순간에는 단결했다. 그러나 공동의 적이 파괴되고 위험이 사라지자, 필요한 시간 동안 손을 잡았던 동지들은 갈라졌다. 레닌은 농민들에게 이렇게 선언했었다. 「땅은 땅에서 일하는 사람들의 것이다. 가서 땅을 차지하라!」 농민들은 습격에 나섰다. 이들은 특혜 받은 자들을 죽이거나 쫓아 버렸다. 그리고 농장을 나누어 가졌다. 혁명이 있기 전에는 토지의 3분의 1 — 그나마도 대부분은 황폐한 땅이었다 — 을 농민들이 가지고 있었다. 다시 말해서 1억 명 또는 그 이상이 그 땅을 가졌다는 이야기다. 기름졌던 나머지 3분의 2의 토지는 한 줌도 되지 않는 게으른 주요 명사들이 차지하고 있었다. 혁명이 정의를 가져다준 것이다.

그러나 농민들은 그 땅을 나누어 가지고 소지주가 되자마자 자신의 농장에 묶이게 되었고, 계속해서 또 다른 희생을 요구하는 소수 노동자들에게 어떤 의무감도 느끼지 않게 되었다. 「왜 우리가 또 위험을 감수해야 하는가?」 농민들은 이렇게 물었다. 「혁명의 모든 목적은 이미 이루어진 게 아닌가? 모든 노동자들에게 토지가 주어지지 않았는가?」 그들은 이제 혁명의 새로운 요구들을 계속 지지하지 않았다.

농민과 노동자들 사이의 투쟁이 시작되었다. 노동자들은 충동적이고 조급하며 기꺼이 희생을 치를 각오가 되어 있었지만, 이들의 수는 전체 러시아 인구의 10퍼센트도 되지 않았다. 반면에 농민들은 느리고 자기중심적이며 이기적이었고, 고집스런 짐승처럼 저항했으며, 남을 위해 일하는 것을 거부하는 한편 투쟁에서는 교활했고, 또 탐욕스럽게 남을 착취하면서 자신의 이익을 채우려고 들었다.

프티 부르주아의 정신을 지닌 농촌 주민들은 사회주의자들의 도시를 돕는 것을 거절했다. 각각의 농민들이 관심을 가졌던 것은 오직 자기의 농장이었으며, 공동의 복리를 위해 일하는 것을 바라지 않았다. 그들은 남는 밀을 노동자에게 보내고 싶은 마음이 없었다. 농민들이 잉여 농산물을 숨기자 정부는 강제로 그것을 빼앗아 와야 했다. 그렇게 되자 농민들은 오직 저희들이 먹고 사는 데 필요한 만큼만 씨를 뿌리기 시작했다.

이와 같은 농민들의 소극적인 저항은 지극히 위험한 것이었다. 어떻게 농민들에게 더 많은 양을 생산하도록 만들 수 있을까? 더군다나 가장 비옥한 지방의 농민들이 자신들에게 필요한 만큼의 양보다 더 많은 밀을 수확하지 않는다면 나머지 지방에서는 어떻게 살아 나갈 수 있단 말인가? 그리고 밀의 수출은 또 어떻게 할 것이며, 거기에서 얻은 수익으로 수입하는 꼭 있어야 할 공업 생산물들은 또 어떻게 한단 말인가?

그러나 농민들은 완강하게 고집을 부리며 저항했다. 상황은 혼란스러운 궁지에 빠졌다. 굶주림과 불행이 도처에 만연했다. 공장들은 문을 닫았다. 곳곳에서 폭동이 일어났다. 밀은 불태워지고 노동자들이 살해되었다. 지도자들은 농민들을 계몽시키기 위해 애원과 협박을 동원해 가며 투쟁했다. 그러나 농민들은 여전히 팔짱을 긴 채, 남을 위해 일하기를 거부했다. 소비에트 이념은 위기에 봉착했다. 농민들과 공산주의 사이에 신속한 화해가 이루어져야 했다. 그러나 누가 감히 나서서 공산주의 이념의 기수를 오른쪽으로 돌리라고 제안할 것인가?

이 결정적인 순간에 소비에트 이념을 구한 것이 레닌이었다. 이 사람을 돋보이게 만든 것은 놀랍도록 단순하면서도 기민하게 현실과 접촉하는 능력이었다. 가장 복잡한 혼돈의 한가운데서 그는 가장 직접적이며 분명한 행동의 길을 끄집어낼 수 있었다. 그는 맹목적으로 이론을 추종하지도 않았고, 노예처럼 도그마에 얽매이지도 않았다. 그는 누구보다 깊은 분별력으로 마르크스의 교훈을 이해하고 적용했다. 「우리의 이론은 도그마가 아니다. 그것은 행동에 대한 지침이다.」

레닌은 실로 진정한 지도자였다. 그는 특유의 명쾌함과 용기로 순수 공산주의를 적용하는 데서 생기는 단점들을 파악했다. 그는 이렇게 인정했다. 「경제적 수준에서 보면 우리는 가장 뼈아픈 실패를 경험했으며 최악의 과오들을 저질렀다. 그러나 역사상 최초의 과업을 시작하면서 어떻게 실책과 실패를 경험하지 않을 수 있겠는가? 우리는 신중하게 앞을 내다보지 못한 채, 착취와 이윤에 집착하고자 하는 소지주들의 나라에서 국가 주도의 생산과 생산물의 공산주의적인 분배 방식에 관한 법령을 제정하려고 했다. 삶은 우리의 실수를 분명히 보여 주었다. 공산주의로의 이행을 준비하기 위해, 우리는 먼저 일련의 과도기적 단계들을 준비해야 한다. 그것이 자본주의와 공산주의의 공존 상태이다. 이데올로기적 열정만으로는 충분하지 않다. 프티 부르주아들이 건너갈 수 있는 튼튼한 다리를 건설하기 위해서는 개인의 이기심 또한 필요한 것이다. 그것이 아닌 다른 길을 통해 공산주의에 도달하기란, 그리고 수백만 명의 인민을 이 새로운 삶으로 이끌기란 불가능하다.」

레닌의 선언을 들었을 때 수많은 광신자들이 분개했다. 그러나 레닌은 완강했다. 「러시아는 아직 순수한 이념을 철저하게 적용시킬 준비가 되어 있지 않다. 그러므로 지금 러시아가 지나고 있는 경제, 사회, 심리적 단계의 관점에서 새로운 경제 정책을 만들어 나갈 필요가 있다. 우리는 타협에 도달해야 한다. 우리의 이념을 훼손시키려고 하는 것이 아니라, 결과적으로 그것을 완전하게 실천하기를 바라기 때문이다.」

언젠가 그는 이런 생각을 그 특유의 간결하면서도 인상적인 문체로 기술했다. 〈밀가루 부대를 들어 올리고 싶지만 무거워서 들지 못하는 사람은 어떻게 해야 할까? 밀가루의 반을 덜어 내고 들어 올린 다음, 다시 나머지 반을 들어 올리면 된다. 우리도 그와 똑같이 해야 한다.〉

그는 쩌렁쩌렁 또렷한 목소리로 이렇게 선언했다.「중요한 것은 우리가 지주와 자본가들을 몰아냈다는 사실이 아니다. 우리는 그것을 비교적 쉽게 달성했다. 정말 중요한 것은 소규모 생산자들을 소탕하는 것이다. 그러나 우리가 그들을 쓸어버려서 근절시키는 것은 불가능하다. 우리는 그들과 타협해야 하며, 그들을 변화시켜 — 아마 몇 년에 걸쳐 교육 작업과 조직화 작업을 거쳐야겠지만 — 우리 공산주의 사회의 적극적인 일원으로 만들어야 한다. 이 소생산자와 상인들이 프티 부르주아의 공기로 프롤레타리아들을 에워싸 버리기 때문이다. 그들은 프롤레타리아 속을 파고들어 부패시키고 분해한다. 날마다 그리고 매시간 이들 프티 부르주아들은 조용히, 알아차리지 못할 방식으로 자본주의를 재건한다. 우리가 이들을 굴복시키기를 바란다면, 경계를 늦추지 않고 작업함으로써 이들과 타협해야만 한다.」

이데올로기 광신자들은 이렇게 외쳤다.「세계의 부르주아들이 뭐라고 말하겠는가? 뒤로 물러선다는 것은 우리로서는 굉장한 수치이다.」

레닌이 대답했다.「그들이 하고 싶은 말을 하게 내버려 두라, 우리를 비웃고 욕하게 내버려 두라. 우리는 한순간의 실수를 후회하지 않는다. 우리는 그들을 교정시키기 위해 죽을 때까지 싸울 것이다.」

그는 말했다. 「국제적인 부르주아 계급을 전복시키려고 — 이것은 가장 치열한 국가 간의 전쟁보다 훨씬 더 어렵고 복잡한 과업이다 — 시도하면서도 동시에 타협하기를 거절하는, 상반되는 적의 이익을 이용하고 당장은 유용하지만 신의가 없는 불확실한 우정이나 동맹을 맺는 자는 어리석은 사람이다. 그것은 다가갈 수 없는 가파른 산에 오르고 싶어 하면서도 앞으로 나아가는 길을, 심지어 때로는 후퇴해야 하는 비탈길을 따라가지 않으려는 사람과 같다. 그 대신 그는 산 정상까지 곧바로 뻗어 올라간 길만을 고집한다.」

레닌의 견해가 득세한다. 농민들은 원하는 만큼 그들이 수확한 것을 처분할 수 있게 되었다. 부지런하고 총명하고 검소한 농민들은 부자가 되고 쿨라크[1]가 된다. 이들은 이제 같은 농촌의 동료들을 착취하기 시작한다. 이들은 동료 가운데 일부를 일꾼으로 고용하고, 다른 농민에게 돈을 빌려 주기도 하며, 다른 이의 수확물을 미리 사재기하기도 한다. 서서히, 아주 서서히 이들은 같은 농민들을 경제적으로 노예화시킨다.

쿨라크들의 야심은 뻔뻔스러워진다. 더욱 번성하면서 힘을 얻게 된 이들은 증대되는 에너지를 가지고 정치 생활에 간섭하려고 들며, 당연한 일이지만 공산주의 이데올로기를 더욱 혐오하게 된다. 결국 새로운 위험이 등장한다. 레닌은 쿨라크들에 관해 강렬한 혐오감을 드러내며 말한다. 「쿨라크들은 가장 잔인하고 비인간적인 착취자들이다. 이제 그들은 또 다른 땅에 봉건 영주와 국왕, 성직자와 자본가들을 다시 데려왔다. 이 흡혈귀들은 밀의 가격을 인상함으로써 엄청난 부를 축적해 왔다. 이들은 가난한 농

---

[1] 혁명 후 러시아에 등장한 부농 계층.

민과 노동자들을 먹으며 살을 찌운다. 이들은 인민들의 피를 마신다.」

농촌의 구성원 중 극단적인 두 개의 분파 — 쿨라크들과 프롤레타리아 농장 노동자들 — 의 한가운데서 상당수의 중간층 마을 성원들이 동요한다. 이들의 유일한 바람 — 그리고 이들이 기울이는 일상의 노력 — 은 부자가 되는 것, 그리고 쿨라크의 대열에 같이 올라가는 것이다. 이들은 보수적인 성향을 띠며 생산수단을 손에 넣기 위해 기만적인 방법으로 투쟁한다. 이들은 고리대금업자가 되어 가난한 사람들의 노동을 착취한다. 자본주의의 탐욕스럽고 비양심적인 영혼이 다시 고개를 든다.

광신적인 지도자들은 부르짖는다. 「바로 지금 이 순간이 모든 자본주의적 요소를 공격하여 파괴시키고 쿨라크들을 쓸어버릴 시점이다.」

그런데 이런 공격은 어떻게 벌어지게 될까? 트로츠키는 오직 노동자들만이 순수한 공산주의 이념을 가질 수 있다는 그의 확신에 걸맞게 이렇게 외친다. 「우리는 농민에게 등을 돌려야 한다. 노동자들, 그리고 농민이 아닌 이들이 소비에트 러시아의 단속자가 되어야 한다.」

그러나 권력을 쥔 스탈린은 이념을 평화적으로 적용하면서 생긴 방대한 난관에 부딪치는 순간마다 이렇게 대답한다. 「농민은 하나가 아니다. 농민에는 세 부류가 있다. 빈농과 중간층의 농민, 그리고 부농이다. 빈농은 우리의 친구이며, 중간층 농민은 우리의 친구가 될 수 있지만, 부농은 우리의 적이다. 내 정책의 목적은 빈농과 중간층 농민을 강화시키고, 정치 생활에 더욱 적극적으로 참여하게 함으로써 이들을 조직하는 것이다. 우리는 또한 우리의 투쟁을 위험에 빠뜨리지 않고도 쿨라크들을 대체할 능력이 생기는 즉시 쿨라크들과 싸워야 한다. 어떻게 싸워야 하는가? 국가로, 공동의 협동조합으로, 우리의 기술로 싸우는 것이다. 동시에 비폭력적이고 위험하지 않은 방법을 동원해 조직적으로 그들과 싸워야 한다. 따라서 우리는 그들에게 선거권을 주지 않고 대부를 해주지 않을 것이며, 그들에게 무거운 세금을 부과하고 협동조합 우선 원칙에 따라 농업 장비들을 협동조합에 내줄 것이다.」

「공산주의의 의미란 소비에트의 지배 더하기 전기(電氣)이다.」 여기서 다시 레닌은 정확하게, 유일한 해결책을 찾아냈다. 「농민들은 전기 배선으로 둘러싸일 때에만 공산주의자가 될 것이다. 공산주의에게 가장 큰 희망이자 무기는 공업이다.」 이 위대한 지도자는 토지를 경제적으로 재건하기 위해서는 물론이고, 농민들을 공산주의자로 만들기 위해서는 〈감전〉이 유일한 방법이라는 이론을 세웠다. 농민들은 낡은 형태의 소지주이기를 포기하고 이제 농업 노동자가 될 것이다. 국가 주도의 대규모 공업만이 소규모의 사적 제조업을 근절시킬 것이다. 농업 협동조합은 사적인 교역을 몰아낼 것이다. 농업의 공업화가 쿨라크들을 사멸하게 만들 것이다.

그 결과 소비에트 러시아에는 단 하나의 해결책만이 열려 있었다. 바로 러시아의 공업화였다. 몇 년 후 러시아의 공업은 전쟁 이전 수준을 능가했다. 그러나 러시아가 생존하기 위해서는 이것만으로 충분하지 않다. 러시아는 계속해서 자신의 공업 생산 — 양적으로, 질적으로, 경제적으로 — 을 전쟁 이전 러시아의 수준이 아니라, 현대 유럽과 아메리카의 공업 생산 수준과 비교해야 한다.

자본주의 세계는 더욱 발전된 기계들과 더욱 숙련된 기술 전문가, 그리고 무서울 만큼 조직화된 힘을 갖추고 있으며, 젊은 러시아의 기술이 만들어 낼 수 있는 것보다 더 나은 공산품을 더욱 싸게, 더 많이 생산해 낸다. 지금의 러시아가 어떻게 자본주의 생산 수준을 따라잡을 수 있을 것인가? 러시아가 자본주의를 뿌리 뽑고 그 자리에 공산주의를 심으려면, 우선 그 수준에 도달해야 한다. 뿐만 아니라 그것을 능가해야 할 것이다.

승리의 왕관은 최고의 생활수준을 보장하는 사회에 돌아간다. 러시아가 경제 및 공업의 잠재력을 발전시키고 방대한 자연 자원을 이용하려면 시간이 필요한데, 자본주의 국가들이 그 시간을 허락해 줄까?

자본주의 국가들은 시간이 새로운 러시아의 편임을 너무도 잘 알고 있다. 그러나 그들끼리 힘을 합쳐 러시아를 상대로 성공적인 전쟁을 수행하는 것도 결코 할 수 없을 것이다. 실제로 그들에게는 정신적, 경제적 응집력이 없기 때문이다. 러시아는 소중한 이 휴지 기간 중에 스스로를 재건해서 적들을 제압하기 위해 모든 힘을 동원하고 있다. 과연 러시아가 시간을 벌 수 있을까?

지금 러시아가 지나고 있는 이 순간은 아주 중대하다. 평화는 반드시 필요하다. 러시아가 계속해서 기술 발전을 이루어 가는 동시에 — 러시아는 틀림없이 공격을 받게 될 것이므로 — 군사적으로 대비해야 하기 때문이다. 그러나 과연 러시아의 적들이 시간을 줄 것인가?

러시아는 큰 야망을 품고 있다. 그리고 그 희망의 기초가 되는 것은 첫째, 러시아의 군대이다(자본주의 국가들은 러시아의 군대가 막강하고 광신적이란 것을 잘 알고 있다). 둘째, 그 적국들 사이에 조화가 없다는 것이다(자본주의 국가들은 단지 소련만 미워하는 것이 아니다. 그들은 서로를 미워하며, 결정적인 순간에는 러시아와 손을 잡을 자본주의 국가들도 있을 것이다). 마지막으로 만약에 그런 전쟁이 일어난다면, 그 전쟁이 사회적 투쟁으로 급속히 바뀔 수 있다고 보는 자본주의 국가들의 두려움이다.

서로 적대적인 두 세계의 상황은 실로 비극적이다. 한쪽은 아직 여물지 못한 채, 준비를 갖추고 스스로 굳건히 다질 수 있는 몇 년의 기간을 요구하고 있다. 다른 한쪽은 지나치게 무르익어서 평화가 그들에게 얼마나 큰 재앙이 될 수 있는지, 그러나 전쟁 상태 또한 마찬가지로 얼마나 위험할지를 너무도 분명히 깨닫고 있다.

우리는 역사에서 풍요로운 결실을 위한 고비를 맞고 있다. 낡은 세계는 흔들리거나 비틀거리고 있으며, 또 다른 세계, 새로운 세계는 상승하기 위해 애쓰고 있다. 이 중대한 시기에는 사태가 어떻게 돌아가든, 적이든 친구이든, 이 떠오르는 세계와 의식적으로 또는 무의식적으로 불가피하게 협력할 수밖에 없다. 우리가 살고 있는 이 역사적인 신기원에서는, 우리가 원하든 원하지 않든 소련에 도움이 되지 않을 일은 절대 일어날 수가 없는 것이다.

붉은 군대

〈붉은 군대〉는 붉은 제복을 입은 군대가 아니다. 붉은 군대의 군인들은 발까지 내려오는 회색 망토를 두르고, 투구처럼 생긴 뾰족한 회색 모직 모자를 쓴다. 붉은 것이라곤 그들의 모자에 붙은 붉은 별뿐이다.

붉은 군대는 필요에 의해 탄생되었다. 붉은 소비에트 혁명은 3년 동안 안팎의 적들과 끊임없는 전투를 치렀다. 부르주아 세계는 새로운 이데아를 피로 익사시키기 위해 맹공격을 가했다. 방대한 국경 곳곳에서 적들이 밀려왔다. 북쪽에서는 영국의 해군과 육군이, 서쪽과 남서쪽에서는 폴란드와 독일, 핀란드, 에스토니아, 리투아니아, 체코슬로바키아, 세르비아, 그리스, 이탈리아, 루마니아가, 그리고 남동쪽에서는 다시 영국과 프랑스, 미국과 일본이 쳐들어왔다. 전 세계의 자본주의 국가들이 위험을 감지했던 것이다. 만약 이들이 소련에게 생존권을 허락해 준다면 나중에는 그들 자신이 패배할 판이었다. 당장 이 새로운 이데아를 쓸어버리기 위해 모든 희생을 치러야만 했다.

그러나 위험은 단지 외부에서만 오는 것은 아니었다. 자본주의 국가들은 러시아 내의 모든 반동적 집단들을 조직하기 위해 인력과 군수 물자, 참모와 풍부한 자금을 쏟아 부으며 도와주었다. 그들은 피폐해진 이 나라를 피의 내전으로 몰아넣었다. 코르닐로프, 데니킨, 브랑겔, 유데니치, 콜차크 등이 이끄는 거센 반동이 터져 나왔다.[1]

3년 내내 계속되었던 이 내전의 시기는 실로 대단히 위험하고 결정적인 고비였다. 새로운 세계적 강령을 믿는 이들은 돈도 없었고, 전쟁과 굶주림으로 힘이 다 빠진 채 제대로 입지도 못하고 제대로 조직화되지도 않았지만, 분연히 일어서서 붉은 깃발을 중심으로 굳게 단결했다. 이들은 새로운 군대를 설립해서 새로운 전쟁을 시작해야 할 필요성을 깨닫고 있었다. 눈부신 기술로 차르 군대를 해체시키는 데 성공하고, 인류의 형제애를 선언하며 전쟁에 대한 전쟁을 선포한 이들은, 이제 그들 자신의 군대, 철의 규율과 광신적일 만큼 호전적인 정신을 지닌 군대를 조직해야 했다. 그렇지 않으면 패할 수밖에 없었다.

레닌은 이렇게 강조했다. 상대방의 군대를 해체시키지 않고 성공을 거둔 혁명은 지금까지 없었으며 앞으로도 없을 것이라고. 군대란 언제나 지배 계급 — 우리 시대에는 자본주의 — 의 수호자이기 때문이다. 마찬가지로 자기 자신의 새로운 군대, 즉 새로운 질서의 수호자를 만들어 내지 못한다면 그 어떤 혁명도 스스로를 확립하고 번영해 나가지 못한다. 그리하여 이제 무장한 노동자들이 붉은 군대의 핵으로, 새로운 사회적 위계질서에서 무장 속의 무장한 살아 있는 세포로 우뚝 서게 되었다.

새로운 프롤레타리아 군대를 설립하기 위한 이 투쟁은 매우 극적인 것이었다. 1917년 3월 이후 볼셰비키는 노동자와 빈농들을

---

[1] 이들은 모두 제정 러시아의 장군 및 제독으로서 1918~1920년의 러시아 내전 때 백위군을 이끌고 볼셰비키에 맞서 싸웠다.

무장시키기 시작했다. 볼셰비키는 이 두 집단에게만 무기를 맡겼다. 몇 달이 지난 후 케렌스키는 신병 모집을 금지했지만, 곧이어 코르닐로프와 전쟁을 치르기 위해 프롤레타리아 군대에 의지할 수밖에 없었고, 결국 코르닐로프를 패배시켰다. 얼마 안 되는 수의 붉은 군대는 용기백배해서 공개적으로, 그리고 더욱 체계적으로 스스로를 조직하기 시작했다. 공장 위원회에서는 노동자들에게 군사 훈련을 받도록 했으며, 징병은 신속하고 열광적으로 이루어졌다.

동시에 옛날 육군과 해군의 잔당들을 상대로 강도 높은 선전이 병행되었다. 그 결과 수십만 명의 장교와 병사, 수병들이 붉은 깃발 아래 대열에 합류했다. 그리고 10월 혁명이 일어났다. 혁명은 승리를 거두었고, 레닌은 프롤레타리아 군대 조직을 위한 법안에 서명했다. 「노동자와 농민의 붉은 군대는 조직화된 자들 및 계급 의식을 가진 자들로 구성해야 한다. 이 새로운 군대를 중심핵으로 하여 모든 무장 인민들로 구성된 대규모 군대가 탄생할 것이며, 이들이 다가올 유럽의 사회 혁명에 대처할 것이다.」

트로츠키의 천재적인 조직력은 기적을 이루어 냈다. 이 놀라운 능력의 유대인은 붉은 군대의 아버지로 떠올랐다. 한 달 두 달이 지날수록 프롤레타리아 무장 병력은 더욱더 커져 갔다. 1918년 4월 붉은 군대의 병력은 10만 6천 명이었으나 8월에는 39만 2천 명, 12월에는 79만 명에 이르렀다. 그러다가 1920년 4월에는 366만 명이더니 1921년 1월에는 530만 명에 이르렀다.

믿음과 무자비한 필요성이 붉은 군대를 창설했고, 그들을 승리로 이끈 것이다. 이들은 맨발에 주린 배를 안고, 제대로 된 군수품도 없이 풋내기 지휘관들을 따라 싸웠다. 그리고 3년 후 기적이, 다시 말해 붉은 군대를 탄생시켰던 바로 그 존재 이유가 실현

되었다. 새로운 이데아에 대한 내부와 외부의 모든 적들이 뿔뿔이 흩어지게 된 것이다.

승리를 거둔 뒤 붉은 군대의 대원들은 다시 공장으로, 농장으로 돌아가 이제는 다른 분야에서 계속 투쟁해 나갔다.

붉은 군대가 세계의 모든 군대들과 다른 점은 무엇일까? 내 생각에는 네 가지 근본적인 차이점이 있다.

1. 붉은 군대는 군사 훈련을 강조하는 것과 똑같이 군인들을 인간으로서, 특히 공산주의자로서 교육시키는 것 역시 중요하다고 강조한다는 점에서 독특하다.

이들의 정치 교육과 군사 교육은 복무를 시작하는 시점부터 이루어진다. 그러나 군인으로 징집되기 위해서는, 그전에 2년 동안 일반 교육을 통해 군사 체육 및 학교 교육을 받아야 한다. 아무런 교육도 받지 못했던 사람은 그 2년이라는 기간 동안 읽기를 배우며, 이렇게 해서 모두가 글을 깨치고 난 다음 붉은 군대에 들어가게 된다.

일단 특정 부대에 배속된 군인은 날마다 2시간의 일반교양 강의와 1시간의 공산주의 이론 교육을 받는다. 각각의 병영마다 새로운 러시아가 자랑하는 유명한 문화 조직, 즉 클럽이 있다. 이 클럽의 넓은 방은 붉은 깃발들과 한 장의 레닌 사진, 스텐가제타(벽신문) 등으로 장식되어 있다. 이 벽신문에는 군인들이 그들의 생활과 특별히 관계된 내용들을 싣는다. 클럽에는 도서실과 열람실이 있으며, 이곳에서 토론과 연극 상연, 음악회 및 공휴일 기념 행사가 벌어진다. 이 방은 다른 부대에서 온 사절단을 대접하는 장소가 되기도 한다.

2. 붉은 군대의 규율은 근무 시간 중에는 철통같다. 그러나 근무 중이 아닐 때면 군인들은 장교들과도 허물없이 친근하게 지낸

다. 러시아에서는 더 이상 혼자 지내는 콧대 높은 장교 계급이 존재하지 않는다. 장교나 사병을 막론하고 누구나 노동 인민 출신인 것이다.

따라서 우리는 붉은 군대의 세 번째 특징에 이르게 된다.

3. 일하는 시민만이 붉은 군대에 입대할 〈권리〉를 가진다. 다른 사람의 노동으로 먹고사는 모든 이들, 사업가나 사제, 쿨라크들은 군대에서 복무할 수 없다. 붉은 군대는 오직 프롤레타리아 출신들만 징집하며, 일하는 사람들만을 대표한다. 따라서 이들이 소비에트 이념의 확고한 수호자가 되는 것은 당연하다.

4. 붉은 군대는 스스로를 단순히 러시아 프롤레타리아 조직으로 여기는 것이 아니라, 세계 프롤레타리아를 대표하는 조직으로 여긴다. 인류 역사상 최초로 한 나라의 정규군이 한 국가의 문화를 지키기 위한 군대가 아니라, 국제적인 책임을 지닌 군대라고 교육받고 있는 것이다. 붉은 군대의 장교와 사병들은 그들이 신봉하는 세계적 이데올로기가 모든 국가와 민족의 경계를 넘어서, 국제적인 계급의식으로 확장된다는 것을 잘 이해하고 있다. 피억압 계급은 전 세계에서 수백 년 동안 부당한 대우와 고난을 겪어왔다. 러시아 프롤레타리아가 최초로 해방된 까닭에, 그들은 붉은 군대를 가지고 세계의 다른 프롤레타리아들이 자유를 얻도록 도와줄 의무를 지닌다.

조국이라는 개념이 세계 나머지 국가들의 군대를 열광시키듯이, 국제적 프롤레타리아라는 개념은 붉은 군대에 불을 지핀다. 인류의 내적인 자산을 결집시키라는 새로운 외침에 억누를 수 없는 힘이 넘치는 이유는 이처럼 새로운 공통의 희망이 주는 에너지가 아직도 쓰이지 않았기 때문이다.

물론 공산주의 이데올로기는 전쟁에 반대한다. 그러나 붉은 군대는 필요성 때문에 탄생하게 되었으며, 오직 붉은 군대만이 늘 경계하면서 날뛰는 적들의 손에서 갓 태어난 이데아를 구할 힘을 지니고 있다.

최근에 모스크바에서 열렸던 국제 대회에서는 전쟁을 비난하는 많은 목소리들이 터져 나왔다. 그러나 분위기는 자본주의 국가들이 소비에트에 대한 십자군 전쟁을 준비하고 있다는 믿음이 만연해 있었다.

1천 명이 넘는 대표자들, 전 세계에서 온 노동자와 지식인들이 그들의 견해를 표출했다. 전쟁이 다가오고 있다. 우리는 무엇을 해야 할 것인가? 노동조합 중앙 연맹의 거대한 홀을 가득 메운 백인과 흑인, 황색인들은 저마다 타오르는 표정들로 뒤섞여 묘한 혼합을 이루고 있었다. 옛날 이 거대한 건물에는 부유한 사업가들과 귀족들이 사적인 클럽을 운영했었다. 그들은 여기서 술을 마시고 상스러운 농담이나 하면서 녹색 테이블에서 도박을 즐겼다. 오늘날에는 전 세계의 대표자들이 이곳에 모여 다음의 난감한 질문에 답을 내놓고 있다. 새로운 세계 전쟁을 피하기 위해 무엇을 할 수 있을까?

대회는 사흘 동안 열렸다. 많은 목소리가 터져 나왔다. 유럽인들의 소리에서부터 아프리카인들의 꾸르륵거리는 듯한 외침, 시암과 중국에서 온 이들의 새처럼 비명 지르는 듯한 소리까지. 그 목소리의 거의 대부분은 평화를 위한 대대적인 선전을 시작할 필요가 있으며, 전쟁에 대한 전쟁을 선포하고, 동원의 순간이 왔을 때 무기를 버리게끔 미리 준비시킴으로써 노동 대중을 조직화하고, 상대편 전장에 있는 노동자 형제를 죽이기를 거부하도록 해야 한다는 견해를 지지하는 것들이었다.

내 생각에 이런 인식은 참으로 위험천만한 것이었다. 비록 그날의 격앙된 분위기에 휩쓸리기는 했지만, 나는 나의 대중 연설 혐오증을 억누르고 다음과 같이 내 의견을 밝혔다.

「여러분이 제안하는 평화 선전은 제가 보기엔 매우 지나칠 정도로 낙관적이고 또 위험한 것 같습니다. 우리가 세계의 노동 대중을 조직함으로써, 결정적인 순간에 그들이 전쟁에 종군하기를 거부하게 만들 수 있다는 희망은 사실 우리의 파멸을 부를 수도 있습니다. 노동자들은 모두 학살될 것이며, 프롤레타리아는 다시 프롤레타리아들을 죽이게 될 것이 틀림없습니다.

저는 위험에 정면으로 맞서야 한다고 믿습니다. 여러분은 이렇게 말합니다. 〈대중에게 그들 스스로가 조직된다면 또 한 번의 세계 전쟁을 피할 수 있다고 말하자〉라고. 하지만 저는 이렇게 제안합니다. 새로운 자본주의 전쟁이 틀림없이 일어난다는 사실을 대중에게 알리자는 것입니다. 부르주아 국가들을 통치하는 자본가들은 전쟁이 그들에게 유리하다는 것을 잘 알고 있으며, 따라서 전쟁은 시작될 것입니다. 평화 선전을 믿지 마십시오. 우리가 새로운 전쟁을 피해 갈 거라는 그 어떤 희망도 가져서는 안 됩니다. 전쟁은 분명 빠른 속도로 다가오고 있습니다. 전 세계의 프롤레타리아여, 새로운 세계 전쟁에 대비하십시오!

지금 나온 두 가지 의견 사이에는 깊은 차이가 있습니다. 만약 우리가 첫 번째 의견을 따른다면, 어쩌면 또다시 치명적인 결과를 부를 낙관주의로 수많은 민족을 몰아가는 셈입니다. 그들은 좋은 취지의 희망에 빠진 채, 어쩌면 알아차리지도 못하는 사이에 피할 수 있을 거라고 순진하게 생각했던 그 전쟁의 상황에 다시 처하게 된 자신을 발견할 것입니다. 만약 우리가 두 번째 의견을 따른다면, 전 세계의 인민들이 헛된 희망에 속을 일도 없을 것이며, 그들의 목표 또한 어떻게 전쟁을 피할까 하는 부정적이거나 유토피아적인 것이 아니라 긍정적이고 현실적인 것이 될 것입니다. 〈전쟁이 일어난다면 — 그것은 틀림없이 일어나고 말 텐데 — 우리가 자본주의 전쟁을 어떻게 사회적 투쟁으로 전환시킬 수 있을까?〉 하는 것이 목표가 될 것입니다.」

대회는 끝났다. 43개국에서 온 1천여 명의 대표들은 일사불란하게 일어서서 「인터내셔널 가」를 부르기 시작했다. 그들 모두는 러시아가 위험에 처한 어머니임을 느끼고 있었다. 내 옆자리의 시에라리온에서 온 아프리카인은 웃으면서 소리치고 있었는데, 그가 노래할 때면 야만스러운 식인종 같은 입이 오르락내리락했다. 중국인들은 가늘게 치켜 올라간 눈을 꼼짝도 하지 않았다. 독일인과 영국인들 — 쭉 뻗은 목과 넓은 가슴, 금발에 혈색이 좋은 이들 — 은 얼굴을 빛내면서, 백인종의 완벽한 유형을 뽐내고 있었다. 그리고 이 모든 인종들 사이에서 두드러진 광대뼈와 작은 코, 반은 동양인이고 반은 서양인인 듯 약간 올라간 채 이글거리는 눈에, 예리한 판단력과 광신적인 열정을 지닌 — 열정적인 목표를 가장 불가사의한 방법으로 행동에 옮기는 무자비한 현실주의자들 — 러시아인들이 끼어 있었다.

한순간, 초기 그리스도교의 종교 회의가 내 머리를 스쳤다. 이와 비슷했던 각종 인종들의 혼합, 이와 비슷했던 분위기의 형제애와 열정. 거기에는 그리스인, 유대인, 백인, 흑인이 존재하지 않았다. 그들 모두는 이데아라는 최초의 회오리바람 속에서, 분열되었던 세계의 가장 높은 열망을 현실화시켰다. 그들은 하나가 되었던 것이다.

붉은 법원

붉은 법은 어떤 것일까? 소비에트 러시아에서 정의의 심판은 어떻게 내려질까? 낡은 경제, 사회, 정치적 관계를 전복시킨 혁명이 과연 정의의 의미에 더 낫고 광범위한 새로운 내용을 가져다주었을까? 궁금하다.

나는 한 법원을 찾아 그곳에서 열리고 있는 어떤 재판을 상당 시간 지켜보았다. 법정에 있는 가구들은 아주 소박했다. 나무 벤치들과 붉은 천을 덮은 작은 탁자, 그리고 그 위로 마르크스와 레닌의 커다란 초상화가 하나씩 놓여 있었다. 벽에는 붉은 글씨가 큼지막하게 쓰여 있었다. 〈인민의 법원은 인민을 위해 정의를 집행한다. 인민의 법원은 부르주아들과 싸우고 가난한 이들을 보호한다.〉 〈농민과 노동자 동맹이여, 영원하라!〉 〈만국의 프롤레타리아여, 단결하라!〉 군대와 마찬가지로 법원 역시 프롤레타리아들의 손에 쥐어진 일종의 전투 무기이다.

조잡한 솜씨로 그려진 커다란 벽화가 벽을 장식하고 있었다. 망치를 든 노동자들과 둥그런 낫을 든 농민들, 가운데에 강인해 보이는 한 여성이 붉은 깃발을 들고 있고, 그 옆에서 모두가 눈 속으로 달려가는 장면이다.

피고인인 두 명의 젊은 노동자가 도착했다. 그들이 자리에 앉혀졌다. 청중은 극히 적었다. 젊은 두 여성, 어린아이들을 데리고 온 한 가족, 노인 대여섯 명이 전부였다. 얼마 후 세 명의 판사가 모습을 나타냈다. 주재 판사는 농부 같은 무거운 인상에 사람 좋아 보이는 소박함을 지닌 인물로, 엄하게 보이려고 애쓰는 듯 눈살을 찌푸리며 자리에 앉았다. 주재 판사의 오른쪽으로 어딘지 퉁명스럽고 희극적으로 보이는 젊은 노동자가 자리를 잡았다. 그는 가리발디 군대의 군인처럼 붉은 셔츠를 입고, 나폴레옹처럼 앞이마에 머리카락 한 줌을 늘어뜨리고 있었다.

재판이 시작되었다. 피고들이 변호사도 없이 혼자서 조용히 말했다. 주재 판사가 그들에게 질문을 던지면서 진실을 밝히려고 했다. 여러분이 그 장면을 본다면, 그의 의도가 법의 문제를 해결하려는 것이지, 유쾌하지 못한 사건을 모두에게 만족스러운 방법으로 대충 넘어가려는 것이 아니라는 사실을 느끼게 될 것이다.

전체적인 재판 과정은 원시적인 정의의 심판을 연상시켰다. 판사는 나무 아래 앉아서 가능한 한 부성애적 방법으로 진실을 파헤치려고 시도하며, 나중에는 훌륭한 가장(家長)으로서의 간결하고 단호한 논리를 준수하면서 판결을 내린다.

정의의 심판을 내리는 이 단순한 방식은 오늘날 소비에트 러시아의 특징이다. 혁명이 일어난 후, 법의 본질을 서서히 질식시켜 왔던 복잡한 절차들은 곧바로 법정에서 폐지되었다. 차르 법정의 꽉 짜인 법망도 사라졌다. 낡은 법체계는 폐지되고 새롭고 혁명적인 체계가 만들어졌다.

재판권의 상당 부분이 판사에게 맡겨진다. 법정의 목적은 기존 법률 조문을 찾아서 글자 그대로를 적용하여 하나의 사건을 특정한 법 조항에 꿰어 맞추는 것이 아니라, 발생하는 여러 사건의 사회적 측면을 각각 고려하면서 그 사건을 재판하는 것이다. 공동체의 이익이 요구할 때면 판사는 성문법의 테두리를 벗어나 자신의 양심이 지시하는 대로, 글로 쓰이지 않은 법을 충족시킬 권리와 의무를 지닌다. 소비에트 러시아에서 판사는 수동적이고 무정한 법의 집행자가 아니다. 공동의 선이 요구할 때에는 판사는 입법자가 되기도 한다.

러시아의 판사들은 또 다음과 같은 특권을 가지고 있다. 민사 사건의 경우 판사는 〈제출되고 증명된 증거〉에 좌우되어 재판하는 것이 아니라, 온갖 방법을 동원하여 더욱 깊은 진실을 찾고 발견해야 한다.

절차에 관한 법률은 상당 수준 단순해졌다. 그러나 이런 것들이 없어진다고 해도 근본적인 정의는 여전히 가능할 것이다. 그리고 종종, 이렇게 절차가 단순화된 덕택에 소송 당사자는 변호사를 둘 필요가 없어진다. 대신 판사가 소송 당사자에게 자신의 권리를 지키는 방법을 설명해 준다.

법정 구성 방식, 판사의 임명 및 해고 방식, 최고 법으로서 공동의 선을 충족시키기 위해 판사에게 주어지는 창조적인 지령 등은 모두 소비에트 이데올로기의 반(反)개인주의적인 원칙과 조화를 이룬다. 개인의 모든 권리는 보편적인 선(善)에 종속된다. 볼셰비즘은 모든 개인주의에게는 잔인한 적이다. 볼셰비즘은 개인을 단지 더 높은 목표를 위한 수단으로 인식하기 때문이다. 개인의 자유, 영예로운 소유권의 신성함, 각 개인의 적법한 자율성 따위는 전체의 필요성에 복종해야 하는 것이다.

살인, 절도 및 권리 침해 등의 죄를 처벌하는 이유는 이런 것들이 개인에게 해를 끼치는 대표적인 행위이기 때문이 아니다. 이런 행위를 처벌하는 이유는 무엇보다도 이것이 공동체를 파괴하고 해를 입히기 때문이다. 전체의 번영이 요구한다면 개인적 자유의 침해, 재산의 압류, 추방 및 처형 등도 타당한 법적 절차로 받아들여진다.

그렇기 때문에 러시아의 새로운 생활에 대한 여러 선언에서와 마찬가지로 법의 영역에서도 우리에게 깊이 뿌리내린 수많은 개념들이 뒤흔들리고 대신 다른 개념들이 그 자리에 들어서고 있으며, 그것들은 언제나 다음과 같은 일반 원리에 근거를 두었다. 인간관계를 지배하는 최고 법칙은 바로 전체의 이익이란 원리이다.

개인은 개인으로서 아무런 권리를 갖지 못한다. 그는 자유롭지도 않고 침해할 수 없는 존재도 아니며, 이른바 〈자연권〉을 타고난 것도 아니다. 왜냐하면 개인은 전체의 성원이지 다른 무엇도 아니기 때문에 전체 공동체 안에서 일정한 사명을 수행할 의무가 있으며, 그 의무를 다할 때에만 권리를 가지는 것이다. 자연권이란 존재하지 않으며, 오직 공동체의 권리만 존재한다. 생산 수단을 소유하고서, 그것을 자기 마음대로 할 자유는 누구에게도 없다. 땅을 가진 사람이라면, 그 땅을 경작하지 않고 놀릴 자유가 없다. 소비에트 법에 따르면 그는 오직 땅을 갈 때에만 권리를 가진다. 만약 땅을 갈지 않으면 그는 그 땅에 대한 권리를 잃게 된다. 붉은 법은 재산 소유자가 자기 이익을 위해 자신의 재산을 마음대로 처분할 권리를 보호하지 않는다. 다만 모든 소유권에 수반되는 공동체적 책임을 이해할 수 있도록 보호해 줄 뿐이다. 개인의 권리는 그것이 사회의 이익과 충돌하지 않는 한에서만 타당성을 지니며 보호받을 수 있다. 만약 충돌이 생기면 개인의 권리는 폐기된다.

러시아 생활에 대한 모든 선언과 마찬가지로, 붉은 법의 영역에서도 소비에트 사회의 실험과 변화를 지배하고 있는 일반적 법칙은 상당한 강도를 지니고, 마치 하나의 음악적인 리듬이 전체 유기체에서 살아 있는 다른 모든 가지로 전해지는 것처럼 전파되고 있다.

여기에는 하나의 믿음이 있다. 여러분은 그 믿음이 과연 옳은 것인지, 또는 여러분의 이익에 부합할지 아니면 상반될지 궁금해할 수도 있다. 그렇지만 그것이 존재한다는 사실은 부정할 수 없을 것이다. 모름지기 믿음이란 항상 다음과 같이 근본적이면서 심오한 결과를 불러온다. 그것은 가장 이질적인 조직들, 가장 반항적이고 복잡한 기구들을 단결시켜 결속을 만들어 내며, 이들이 하나의 방향으로 나아가도록 정렬시킨다. 이곳 입법자들과 법 집행자들의 특성이라고 할 수 있는 규율과 간결성, 완고함은 사실 이들 개개인의 성격이라기보다는 더욱 깊은 곳에 근원을 둔 것이다.

엄격하고 완고하며 확고부동한 리듬이 소비에트 러시아를 지배하고 있으며, 그 힘은 도덕과 정의의 자리를 개인의 행복보다 더 높은 곳에 둔다.

붉은 교도소

그리스의 파나이스 스쿠리오티스[1]와 똑같이, 소비에트의 스쿠리오티스는 씩씩한 성격에 자기가 인생에서 세운 중요한 목표를 위해 불타는 광신주의를 가지고 헌신하는 사람이다. 그 목표란 교도소의 개혁이다. 금발에 기쁨이 넘치는 파란 눈을 가진 그는, 크나큰 열정에 사로잡혀서 그 열정을 만족시키며 즐거워하는 사람처럼 보인다. 유쾌하고 정력적인 그는 나를 자기 차에 밀어 넣고 모스크바 교외에 있는 커다란 교도소로 향했다.

짙은 아침 안개 속에서 교회와 집들은 마치 연기와 수증기로 지은 이국적 건물들처럼 뚜렷한 형체 없이 흐릿하게 빛나고 있었다. 거리와 얼어붙은 가게의 창 위로 가로등이 희미하게 붉은 빛을 던져 주었다. 머리 위를 소리 없이 날던 까마귀들은 서리가 내려 투명하게 얼어 버린 나무 위로 내려앉았다. 모스크바 외곽의 들판으로 들어갈수록 집들이 점점 뜸해졌다. 그리고 우리는 교도소에 도착했다.

나의 새 친구는 차를 타고 오는 내내, 교도소와 수감이라는 아

---

[1] Panayis Skouriotis(1881~1960). 그리스 법무부의 교도국 국장 — 원주.

주 어려운 문제에 대해 소비에트 러시아가 어떻게 대처하고 있는지 설명해 주었다.

「저희들은 두 가지 근본 원칙을 가지고 있습니다. 죄수들의 사회 복귀와 고용입니다.

각 교도소마다 문맹자들을 가르치는 학교가 있기 때문에 모든 죄수들은 석방될 때면 읽고 쓸 줄 알게 됩니다. 또한 부속 극장과 영화관, 도서관, 레크리에이션 룸이 있어 거기에서 토론이나 강연, 연극 상연이 이루어지고 죄수들은 책을 읽거나 공부를 할 수 있지요. 또 모든 교도소에는 나름의 〈벽신문〉이 있는데, 죄수들이 주체가 되어 자신들의 물질적, 정신적 생활에 관련된 모든 문제를 완전히 자유롭게 실을 수 있습니다. 수감된 죄수들은 여러 그룹으로 나뉘는데, 그룹마다 특정한 과제를 수행하게 되어 있습니다. 각각 교육, 정치학, 경제학, 건강 관련 프로그램 등을 준비합니다. 문학이나 음악, 휴일 축제에 관심을 가진 그룹들도 있고요. 그룹 성원들은 모두 기결수들이지만 그룹 회장만큼은 국가에서 고용한 사람이 맡습니다. 동시에 우리는 죄수들의 신체와 건강에도 각별한 관심을 기울입니다. 청소, 일광 치료, 신선한 공기 마시기, 체육, 산보 등의 프로그램이 있지요.

또한 고용이라는 두 번째 원칙에 따라서, 능력이 있는 죄수들은 누구나 일을 해야 합니다. 여기서 일은 처벌의 형태가 아니라 인간적인 계발, 직업 능력 계발의 수단으로 사용되고 있습니다. 그렇기 때문에 죄수마다 적성과 능력에 맞는 일을 하게 되지요. 물리적, 정신적 처벌은 금지되어 있습니다. 그것은 우리 소비에트 원칙에 위배될 뿐 아니라 죄수들을 힘들게 함으로써 결국 사회에 대한 반감을 더욱 악화시키기 때문입니다. 경험으로 보건대, 수감자들의 인격을 존중해 주는 것만큼 그들에게 도움이 되는 것은 없었습니다.

유죄 판결을 받은 사람은 교도소에 들어오는 즉시 교도소장, 교육 또는 작업 담당 부서장들과 만나게 됩니다. 그들은 새로 입소한 기결수와 이야기를 나누면서 성격과 교육 정도, 직업 능력을 파악합니다. 그리고 다음 날, 우리는 그에게 그의 권리와 의무가 쓰인 소책자를 줍니다.

죄수들은 상중하 세 학급으로 나뉘어 배정됩니다. 각자 배정받은 학급에서 정해진 연한을 채우면 교도소장의 허가를 받아 다음 학급으로 진급할 수 있지요. 죄수가 한 학급에서 보내야 하는 기간이나 다른 학급으로의 진급 여부는 그 죄수의 작업 향상 정도나 품행, 그리고 교정 체제에 대한 그의 태도에 따라 좌우됩니다.

상위 학급으로 진급하면 일정한 특혜가 따릅니다. 규율 적용이 완화되고, 때로는 형기를 다 채우기 전에 석방될 수도 있습니다. 가장 하급 학급의 죄수들에게 면회나 우편물 수신이 15일마다 가능하다면 최고 학급의 죄수들은 날마다 가능합니다. 최고 학급에 진급한 죄수들은 자신들이 번 돈을 사용할 때나 음식, 옷, 책을 살 때에도 상당한 자유를 누립니다. 중간 학급에는 1년 중 7일간의 휴가가 주어지지만 최고 학급의 죄수들은 14일마다 휴가를 받지요. 또한 품행이 좋은 농민들은 추수기가 되면 석 달에서 넉 달간의 휴가를 받아 자기 농장에 가서 일손을 도울 수도 있습니다. 물론 그 기간은 형기의 일부로 간주합니다.

우리는 공동체 보호를 위한 다양한 요구에 따라 교도소도 여러 가지 형태로 나누어 운영하고 있습니다.

우선 교정 교도소가 있지요. 교정 교도소는 다시 여러 수용소, 교정 시설, 농업 수용소, 직업 수용소 및 공업 수용소, 특별 격리 센터, 임시 교정소 등으로 나뉩니다.

의료 및 교육 교도소는 미성년자들과 어린 농장 노동자 죄수를 위한 작업소입니다.

치료 교도소는 심리적, 육체적 환자들을 위한 시설입니다. 심리 치료를 위한 설비와 병원이 갖추어져 있지요.

뿐만 아니라, 소비에트 교정 체계는 또 하나의 중요한 혁신을 시작했습니다. 지금까지는 사법부가 형벌을 결정한다는 생각이 지배적이었죠. 그러나 우리에게 사법 당국과 교정 당국은 국가의 통일된 형법 정책에서 동등한 위치를 가지는 프로그램입니다. 교정 당국의 업무에선 기계적인 성격을 찾아볼 수 없습니다. 이제 그것은 창조적인 것으로 바뀌었습니다.

재판이 끝나는 즉시 중심적인 책임은 교정 당국으로 넘어갑니다. 교정 간부들은 기결수들의 심리, 육체, 정신을 연구하기 시작합니다. 그들은 죄수들을 분류하고 특별한 규정을 결정합니다. 각각의 카테고리에 맞추어 교정 및 교육의 기술을 다르게 적용하면서 접근하는 것입니다.

그리고 가장 중요한 것은, 교정 당국이 사법부의 판결 집행 방식을 변화시킬 수 있을 뿐 아니라 법원이 정한 형기를 단축시킬 수도 있기 때문에, 결과적으로 사회 보호 체계를 과감하게 전환하고 있다는 사실입니다. 소비에트 러시아는 법원의 판결은 침해할 수 없다는 기존의 확신을 뒤흔들었지요. 교도 행정 집단이 죄수의 품행 여부에 따라 과감하게 형벌을 수정할 수 있습니다.

우리는 이런 조치들을 통해 죄수를 처벌하기보다는 그가 인류 공동체 안에서 서로 협력하면서 일할 수 있도록 노력하고 있습니다. 그들에게 읽고 쓰는 법을 가르치고, 그들의 정신과 육체를 치료해 주고, 그들이 전체 사회에서 생활하면서 스스로를 쓸모 있는 사람으로 여길 수 있도록 기술을 가르칩니다.

인간의 마음과 영혼 속에 자리 잡은 어둠을 정복하기 위해 우리가 할 수 있는 일을 하는 거죠.」

나는 짙은 안개 속에서 두 개의 불꽃처럼 이글거리는 이 친구의 북구인다운 눈을 보았다. 우리는 거대한 교도소의 구내로 들어갔다.

낡고 방대한 교도소 건물은 평원 속에 외따로 떨어져 있다. 몇몇 죄수들이 나무를 패고 몇몇은 석탄을 나르고 있다. 교도국장이 〈교도소 동지〉들에게 성심껏 인사한다. 우리는 빛이 잘 드는 기다란 복도로 들어섰다. 교도소가 아니라 조용히 잘 돌아가는 공장에 온 듯한 인상을 받는다.

우리는 여러 개의 문을 차례로 열고 들어간다. 그럴 때마다 새로운 작업장이 나타난다. 여기에서는 인쇄소를 차려 놓고 교도소 직인이 찍힌 책을 인쇄한다. 좀 더 들어가면 제본소가 나오고, 그 다음은 목공소, 제화 공장, 기계 공작소, 빵집이 이어진다. 죄수들이 직접 빵을 굽고, 화덕에 불을 때고, 요리하고 씻는다. 어디서나 죄수들이 진심으로 유쾌하게 우리를 맞아 준다. 제복을 입고 있거나 무기를 든 간수들은 한 명도 보이지 않는다. 다만 사복을 입은 간수들이 몇몇 있기는 하다. 죄수들 역시 저 하고 싶은 대로의 옷차림이다. 이곳이 교도소라는 걸 짐작하게 해주는 것은 하나도 없다.

내가 외국인이라는 것을 알자 많은 죄수들이 호기심과 강렬한 인간적 흥미를 보이며 다가오더니 나의 조국에 관해 묻는다. 그 아래쪽에서는 어떤 일이 벌어지고 있는가? 남을 착취하며 사는 자들이 아직도 있는가? 고통 받는 동지들은 없는가? 인민을 계몽하고 해방시키기 위해 당신네는 어떤 조치를 취하고 있는가? 그들은 내 손을 꼭 잡고 질문한다. 진지하게 나를 쳐다보며 기다린

붉은 교도소 97

다. 그러나 나는 모호하게 대답한다.

기계 공작소에서 한 죄수가 팔짱을 낀 채 구석에 서 있었다. 「저 친구는 일하고 싶지 않은 겁니다.」 교도국장이 성격 좋게 설명했다. 「하지만 며칠 후면 따분해지고 스스로 부끄러움을 느낄 겁니다. 다른 사람들을 부러워하며 일하러 가겠죠. 기결수가 도착하면 우리는 그에게 일하고 싶은지, 어디서 일하고 싶은지 물어봅니다. 더러는 그럴 생각이 없다고 대답하지요. 그러면 우리는 그를 내버려 둡니다. 각자가 자유롭습니다. 하지만 우리는 일하는 죄수는 물론이고 일하지 않는 죄수들까지 도우려고 노력합니다. 그러면 며칠 후에는 어김없이 그들이 제 발로 우리를 찾아와서 일을 달라고 요구하지요.」

우리는 클럽하우스에 갔다. 원래 그곳은 교회였다. 제단 위에 몇 점의 종교 벽화들이 간신히 살아남아 있었다. 그곳은 지금 붉은 깃발과 붉은 구호들로 장식되어 있다. 그리고 뒤쪽, 한때 성찬대가 있던 자리에는 레닌의 대리석 흉상이 놓여 있다. 그 오른쪽으로 붉은 광장에 있는 그의 기념비를 본뜬 나무 비가 서 있다. 왼쪽으로는 레닌이 차르의 요원들에게 쫓기던 시절 피신했던 농가의 오두막 모형이 있다.

우리가 들어가자 죄수 밴드가 「인터내셔널 가」를 연주했다. 무대 커튼이 열리고, 반라의 운동선수들 40명 정도가 등장하더니 다양하고 어려운 체조 동작을 선보였다.

교도국장이 설명해 주었다. 「우리의 가장 큰 관심사 중 하나가 죄수 동지들에게 정확한 호흡법을 가르치고, 또 어떻게 몸을 단련시켜 강인하고 청결하게 유지할 것인지를 알려 주고, 가능한 한 많은 시간을 야외에서 생활하도록 가르치는 것입니다. 보시다시피 그 때문에 이들이 저토록 혈색이 좋고 힘이 넘치는 거지요.」

정오가 되었다. 우리 모두는 기다란 나무 벤치에 앉아 수프, 감자를 곁들인 고기 요리를 먹고 차를 마셨다. 죄수들이 저마다 일하던 작업장에서 들어왔다. 그들은 세수를 하고 맑은 정신으로 앉아 우리와 함께 식사를 했다.

나는 국장에게 말했다. 「우리 그리스에서도 때로는 노동을 시키면서, 수감자들의 육체와 영혼을 향상시키기 위해 애쓰고 있습니다. 당신들이 실행하고 있는 이론적 관점은 우리 또한 잘 알고 있고, 그것을 실천하려고 노력하고 있습니다. 제 친구 중 하나가 이 중요한 과업에 자기 인생을 걸었지요. 그 친구가 파나이스 스쿠리오티스입니다.」

국장은 고개를 저었다. 「그런 노력은 전 세계적으로도 많습니다. 그 모든 이론이 충분히 알려져 있는 데다 지금 시대에 그것을 모르는 관계자는 거의 없을 겁니다. 어느 나라나 그 이론을 실천하기 위해 일생을 희생할 순수하고 열렬한 이상주의자들이 있어요. 하지만 그것은 모두 헛된 일일 겁니다. 부르주아 국가에서 이 분야의 중대한 변화를 이룬다는 것은 불가능해요. 교도소는 전체 사회 구조의 일부입니다. 때문에 교도소가 고립되어 있는 한 근본적인 개혁은 절대 일어날 수가 없습니다.

부르주아 사회에서 처벌의 대상이 되는 행위들을 살펴보면, 그 원인이 범법자의 개인적 기질 때문이 아니라 기존의 총체적인 사회 상황에 뿌리를 둔 경우가 허다합니다. 대부분의 경우, 사회가 그 사람에게 범죄를 저지르도록 몰아가는 것이죠. 그런데 사회가 그 범죄자를 감옥에 가두면, 그 사람은 범죄자는 자신이 아니라 사회라고 굳게 믿게 됩니다. 사실 그는 희생자일 뿐이지요. 이런 믿음은 그를 쓰라림과 증오로 가득 채웁니다. 이런 심리적 자세를 가지고 있다면 그는 당연히, 자신의 갱생을 위한 사회의 모든 노력에 저항하게 됩니다.

 교정을 위한 부르주아들의 노력은 일관될 수도, 계속될 수도 없습니다. 바로 부르주아 사회의 속성 때문입니다. 그 사회는 인간의 영혼을 철저히 일깨우기를 절대 바라지 않습니다. 그런 일은 자신에게 득이 되지 않으니까요. 인민들에게 그들이 어떻게, 누구에 의해서 불의를 저지르게 되었는지 보여 주는 것이나, 그들 스스로 손에 쥔 권력을 깨닫게 하는 것은 부르주아의 이익에 부합하는 게 아니죠. 때문에 어떤 국가적 또는 사회적 구성원들이 순수한 노력을 기울인다고 해도, 그때마다 그 노력은 필연적으로 고립되고 불안할 수밖에 없습니다. 그런 노력은 일부 비순종적인 이상주의자들의 인식의 결과일 뿐입니다. 그것은 결국 공개적으로, 또한 암암리에 조직적인 거센 반발에 부딪혀 곧 용두사미로 끝나기 마련입니다.」

 나중에 언제인가, 내가 소비에트 교도소를 방문해서 보았던 놀라운 장면들을 설명했을 때, 내가 아는 한 교활하고 반동적인 폴란드계 유대인은 빈정대는 미소로 이렇게 대답했다. 「포촘킨 장군이 자신의 애인이었던 황족 예카테리나 여제를 데리고 여행할 때의 이야기가 있습니다. 그는 한 발 앞서 판지로 짜맞춘 집들을 보내어 여제가 지나갈 길목에 마을을 짓게 했지요. 남자들과 여자들은 화사한 옷을 입고 나무 아래에서 즐겁게 노래를 불렀습니다. 그들은 발랄라이카를 연주했고, 춤을 추면서 여제에게 술을 권했습니다. 사실 그들은 마을 사람들이 아니었습니다. 포촘킨이 고용한 배우들이었죠. 하지만 사랑에 빠진 뚱뚱한 예카테리나는 북받치는 환희에 울먹였습니다.[2]

 모스크바의 산책로에서 볼셰비키들이 하는 짓이 바로 그것입니다. 판지로 만든 도시에 배우들과 발랄라이카를 동원해 가면서 말이죠. 모스크바는 러시아를 보여 주는 커다란 진열장이에요. 거기에서 그들은 당신들에게(러시아인들은 전통적으로 타고난 무대 연출가들이죠) 잘 짜이고 멋지게 정돈된 장면들을 제시합니다. 학교며 요양소, 교도소, 법정 등을요. 당신이 지나갈 때 울어 대는 공장 사이렌은 마치 공장이 끊임없이 가동되고 있는 듯한 인상을 줍니다. 그리고 항상 똑같은 농기계가 지나는 거리를 우연히 당신이 지나가게 되는 겁니다. 그러면 멍청한 당신네 유럽인들은 입을 쩍 벌리고 포촘킨의 함정 중 가장 최신 작품 — 〈카를 마르크스 함정〉에 빠지고 맙니다.」

내 친구는 빈정대며 웃음을 터뜨리더니 작고 교활한 눈으로 나를 가만히 보았다. 나는 가벼운 전율에 몸을 떨었다. 애정을 가지고 끈기 있게 일하는 열성분자와 광신적인 추종자들도 있지만, 학식이 높고 악의적인 회의론자들 역시 존재한다. 그들은 모든 것을 알고 있으며, 그 어떤 것에도 속지 않는다. 그들은 아주 능란하게, 누구에게나 새로운 믿음을 세우기 위해 없어서는 안 될 〈성스러운 책략〉을 슬그머니 갉아먹으며 공공연히 규탄한다.

예절은 바르지만 믿음이 없는 이들은 모든 답을 알고 있다. 그러나 그들이 잊은 것이 하나 있다. 인간은 오직 갈망하고 속고 또 속임으로써만 — 다시 말해서 믿음으로써만 — 세상의 모습을 바꿀 수 있다는 사실을.

---

2 이 일화에서 바람직하지 못한 사실이나 상태를 은폐하기 위한 겉치레를 뜻하는 〈포촘킨 마을〉이라는 말이 생겨났다.

붉은 학교

나는 소비에트의 붉은 학교들을 돌아다니며 교사들과 이야기하는 것이 좋다. 교사들은 모두 젊고 판에 박힌 듯 똑같은 모습이다. 짧게 깎은 머리, 블라우스에 가죽 벨트, 긴 부츠. 이들은 많은 이론을 알고 있는 것은 아니다. 그래서 내가 던지는 지적이고 약간은 경솔한 질문들은 이들을 성가시게 한다. 그들이 수준 높은 공부를 하지 못한 것은 시간이 없었기 때문이다. 그들은 싸우고 있었다. 지금 당장 그들이 맡은 임무에는 광범위한 교육은 필요 없는 것이다. 오히려 그런 교육은 위험한 사치일 수 있다. 이들에게 필요한 것은 우리가 몸담고 있는 역사적인 순간을 살기 위한, 그리고 눈앞의 의무를 실천하기 위한 종교적인 열정과 열광뿐이다.

내 질문에 피곤해진 한 교사는 이렇게 말했다. 「우리가 양성하고자 하는 것은 현명한 개인이 아니라 투사들입니다. 보시다시피 저렇게 책상에 앉아 있거나 운동장에서 소리치고 있는 이들 세대에게는 당면한 특별한 사명이 있습니다. 바로 투쟁입니다. 그 때문에 우리는 이들을 무장시키고 있는 것입니다. 이들이 그 사명을 실천하기 위해서는 강인한 신체를 지니고, 치명적인 무기들을 사용할 줄 알아야 하며, 기계를 돌릴 수 있어야 하고, 또 회피하거나 망설이는 일 없이 목표를 향해 나아가야 합니다. 지나치게 지적인 분석이나 이론 게임, 그리고 방어나 공격용 무기가 될 수 없는 학식은 아무런 쓸모가 없습니다. 더 이상의 질문은 하지 말아 주십시오.」

내가 방문했던 모든 학교에서 나는 이 전투태세의 분위기를 감지할 수 있었다. 오늘날 소비에트 학교에서 키워지는 새로운 세대들은 단언하건대, 가까운 미래에 가공할 만한 군사적 역할을 해낼 것이다.

레닌이 이 특별한 분야에서 다음과 같이 제시한 길을, 러시아 교육은 이처럼 광신주의와 신앙을 가지고 따르고 있는 것이다. 〈학교에서의 아주 작은 행동, 보육과 교육에서의 아주 작은 걸음이라도 절대적으로 계급투쟁과 조화를 이루어야 한다.〉 또 다른 지도자인 카메네프는 이렇게 선언한다. 〈교사들의 붉은 군대는 오직 한 가지 목적을 가져야 한다. 학교를 프롤레타리아의 무기로 전환시키는 것이다.〉

지금까지 학교는 항상 지배 계급의 손에 들려진 무기였으며, 새로 자라나는 세대들은 언제나 이 계급의 이익에 봉사하도록 교육받아 왔다. 종교, 윤리, 역사, 과학, 예술 등 모든 것이 교회와 국왕, 귀족, 또는 부르주아들의 이익에 종사하기 위한 방법으로 교육되었다. 학교의 목적 뒤에 숨은 이론은 항상 이것이었다. 〈선량한 시민들〉을 양성하는 것, 다시 말해 지배 계급의 착실한 수비대와 종들을 양성하는 것이었다. 그렇기 때문에 교육에 새로운 목적과 내용을 부여하려는 선구적인 개혁주의자들의 시도는 언제나 미움을 받았다. 그런 시도는 덧없이 끝났고 무자비한 공격을 받았다. 〈새로운 학교〉는 항상 새로운 사회와 새로운 정치 상황, 그리고 전체 사회의 철저한 변화를 전제 조건으로 삼는다. 그래서 오늘날 자본주의 사회에서는 학교가 제아무리 더 높은 사회주의 이념과 더욱 폭넓고 계몽된 도덕, 종교, 정의를 구현하려고 해도 필연적으로 잔혹한 박해를 받을 수밖에 없으며, 결국에는 실패하고 마는 것이다. 그 뿌리가 거꾸로 공기 중에 박힌 까닭이다.

그러므로 새로운 학교는 오직 소련에서만, 프롤레타리아 계급이 권력을 쥐고 있는 소련에서만 성공할 수 있다. 그리고 바로 여기에 소비에트 학교를 연구해야 할 위대한 가치가 있는 것이다.

이 새로운 교육에는 두 가지 주요 목표가 있다.

우선 부정적인 목표로서 부르주아 계급과 싸우는 것, 어린이들 사이에서 부르주아적인 모든 인식 및 관습을 근절시키는 것이다. 레닌은 외쳤다. 「그리고 학교에서, 우리는 부르주아들을 전복시킬 의무가 있다. 우리는 공개적으로 선언한다. 정치 생활과 분리된 학교란 허위이며 위선이다.」

긍정적인 목표로는 어린이들을 공동 협력이란 개념에 익숙해지게 만들고, 이들의 정신과 행동에 새로운 공산주의 사회의 원칙을 위한 기초를 놓는 것이다.

소비에트의 공식 프로그램에 따르면 공립학교에서 해야 할 일은 다음과 같다. 어린이들에게 그 주변 환경에 대한 적극적인 관심을 일깨우고, 모든 자연 및 사회 현상을 탐험할 욕구를 불러일으킨다. 어린이들에게 과학에 관해 질문하도록 가르쳐서 모든 질문에 답을 찾을 수 있도록 한다. 어린이들이 전체 사회와 조화롭게 살며 일할 수 있도록 길들인다. 어린이들에게 일정량의 과학 지식을 전해 줌으로써, 그것을 가지고 스스로 깨달아 가게 하며, 현대의 일상생활과 모든 요구에 효과적으로 적응할 수 있도록 한다.

새로운 학교 프로그램의 특징을 크게 결정하는 것은 그 교수법이 아니라 교육적 목표이다. 그것은 교육적 의도와 사고, 학생들의 에너지에 전혀 새롭고 객관적인 목적을 부여한다. 그리고 이 목적은 러시아의 사회 및 정치 현실과 불가분의 관계가 있다. 노동자와 농민의 아이들은 사회적으로 같은 출신보다 더 많이 배워서 의사나 변호사, 과학자가 되기 위해서, 다시 말해 자본주의 사회에서 그렇듯이 계급 상승을 위해 학교에 다니는 것이 아니다. 여기 러시아의 아이들이 학교에 다니는 것은 자기 계급에 관해 더 잘 인식하기 위해서, 그리하여 깨어 있는 수비대로서 그 투쟁에 참여하기 위해서이다. 그들은 자신들의 확신 속에서, 전 세계의 노동 계급을 무지와 노예 상태에서 해방시킬 의무가 있다는 광신적인 믿음을 얻는다. 그리고 이것이 바로 소비에트 교육의 두 번째 주요 특징이다. 소비에트 교육은 스스로에게 국제적인 사명, 세계적인 책임을 부여한다. 오늘날 러시아 학교의 책상에 앉아 있거나 운동장에서 뛰노는 어린아이들은 세상의 남자와 여자들을 러시아인, 아르메니아인, 중국인, 기독교도, 이슬람교도, 백인, 황색인, 흑인으로 구분하지 않는, 세계에 대한 새로운 관점을 통해 그들 자신이 선구자라는 확신을 얻게 된다. 인간은 불의의 가해자도 피해자도 아니다. 따라서 이 어린 학생들은 나중에 자라서 세계에 정의를 실현해야 한다는 의무를 지게 된다.

이런 이유로, 어린이들은 입학 선서를 하면서 진지하고 자랑스러운 약속을 한다. 〈나는 노동자, 농민과 함께 일할 것입니다. 나는 이들의 공동의 적과 싸우고 싶습니다. 나는 우리의 이념을 전파하는 데 도움이 되고 싶습니다. 나는 나의 선배 동지들에게 충실하고 유익한 동업자가 되고 싶습니다. 이것이 내가 학교에 온 이유입니다.〉

국제 자본가 계급을 전복할 미래의 투사들을 양성하고 동시에 새로운 사회를 위한 계몽된 협력자들을 창출하는 것, 이것이 소비에트 학교가 지닌 두 가지 목적이다. 그리고 그 목적을 추구하기 위해서 가장 확실한 교수법이 동원된다. 이것은 가장 단순한 질문과 대답으로 시작되지만 학생들을 오늘날의 현실에 계속적으로 접촉시킴으로써, 항상 좀 더 깊은 시야를 갖게 해준다. 이런 방법으로 학생은 자신의 정신적, 심리적 능력에 따라 그가 혁명적 사명을 실천할 때 유용하게 쓰일 지식과 기술, 습관으로 무장하게 된다. 러시아 교사들은 소비에트 혁명을 통해 인류 또한 사회 혁명의 국면에 접어들었다는 굳건한 확신을 가지고 일한다. 교사는 이 중요한 역사의 순간에, 혁명 투사에게 필요한 가장 현대적인 무기로 새로운 세대를 무장시키고 있는 것이다.

그러므로 학생들에게 무엇을 가르치든 — 역사, 사회학, 과학, 예술, 기술 — 상관없이 거기에는 긴박하고 특별한 목적이 있다. 이 세계가 지나고 있는 현재의 중요한 전환점이 교육적 관심의 초점이 된다. 소비에트 교육은 과학적 이론에는 거의 관심이 없는 대신 사회 투쟁에서 실제로 쓸모가 있는 과학, 역사, 지식의 측면에 관심을 기울인다.

동시에 어린이들은 학교에서, 미래의 공산주의 사회의 바탕이 될 협력적인 자제심과 자치를 연습한다. 소비에트 학교는 어린이들의 사회적 본능, 협동의 습관, 그룹 작업 및 공동 놀이들 — 편협하고 이기적인 개인주의를 넘어서는 정서들 — 을 살찌우고 강화시킨다. 그리고 어린이들의 의지를 강화시키고 상호 봉사와 협력의 필요성을 깨닫게 하며, 책임을 지는 데 익숙해지도록 하기 위해 어린이가 즐기는 놀이는 각별히 신중하게 선택된다.

학생들은 교사들과 함께 학교를 운영한다. 학생들은 또한 스스로를 벌하고 포상하며 평가한다. 이들은 나름의 독자적인 위원회를 구성해서, 학교가 제대로 기능을 수행하고 있는지 위생 상태는 어떤지 감독한다. 학생들은 혁명 기념행사 때에는 선두에 서며, 군대 행렬에 참가하고, 노동자들의 대중 집회에 동참한다. 한편으로는 밭을 갈고 씨를 뿌리며 추수와 타작 등의 일을 함으로써 농민들을 돕는다. 농민의 자식과 공장 노동자의 자식은 친구가 된다. 이들은 함께함으로써 서로를 잘 알게 된다. 서로서로 편지를 주고받으며 더욱 진심으로 접촉하게 된다. 따라서 도시와 농촌은 서로를 잘 알게 되고, 서서히 둘 사이에 사랑이 싹터 간다.

어린 볼셰비키의 생활은, 이제 지금까지의 평범한 학생의 의무를 넘어 확장되고 있다.

공식 프로그램에 따라 초등학교를 마친 어린이는 아래와 같은 습관 및 지식을 습득하고 있어야만 한다.

방위 인식 훈련이 되어 있어야 한다. 땅의 방위 — 지도상에서 도시나 시골의 어느 특정 지점을 정확히 찾아낼 줄 알아야 한다. 시간의 방위 — 지리학적인 규모에서 일정 거리를 지나는 데 필요한 시간을 측정할 줄 알아야 한다. 크기와 양의 방위 — 측량하고 계산하는 방법을 알아야 하며, 저울 및 자를 비롯한 모든 측량 기구들을 사용할 줄 알아야 한다. 질의 방위 — 가장 우선적으로 필요한 특질을 판단할 수 있어야 한다. 지식의 방위 — 자기 나라의 정부 체계를 알아야 하며, 마지막으로 전차, 열차, 우체국, 전보, 전화 등을 사용할 줄 알아야 한다.

분석적인 작업에 훈련이 되어 있어야 한다. 마당, 집, 거리, 그리고 한 지역의 평면도를 그릴 수 있어야 한다. 간단한 물건을 설계할 수 있어야 한다. 어떤 대상의 구성 요소를 써낼 줄 알아야 하며, 계산서나 수치 통계표, 적재 명세서, 신문 칼럼을 작성할 수 있어야 한다.

가사에 훈련이 되어 있어야 한다. 개인위생, 청소, 빨래, 환기, 소독 등을 할 줄 알아야 한다. 옷을 수선하거나 속옷 및 겉옷을 빨 줄 알아야 하며, 간단한 음식을 요리하고 응급조치를 취할 수 있어야 한다.

연장 사용에 훈련이 되어 있어야 한다. 가구를 수리할 수 있으며 간단한 기계를 해체, 분해한 뒤 재조립할 수 있어야 한다. 전기를 다룰 줄 알아야 한다.

농사에 훈련이 되어 있어야 한다. 가축을 돌보고 식물을 키울 줄 알아야 하며, 땅을 경작하는(씨 뿌리고 물 주고 수확하는) 방법 및 낚시, 사냥법을 알아야 한다.

과학적 인식에 훈련이 되어 있어야 한다. 어떤 현상을 체계적으로 관찰할 수 있어야 하며, 곤충 채집 및 광물 채집을 할 수 있어야 한다. 사전이나 색인, 도서 목록, 신문, 안내문, 도서관 등을 이용할 줄 알아야 한다.

정치적, 사회적 사안에 훈련이 되어 있어야 한다. 교내 회의에 적극적으로 참여하고 그룹 활동에 참가하며 의사록 등을 작성할 수 있어야 하고, 그룹이 맡긴 임무를 혼자서 또는 다른 학생과 공동으로 수행할 줄 알아야 한다. 특정 사안을 위해 클럽이나 축제, 강의, 소풍, 선전을 조직할 수 있어야 한다. 〈벽신문〉의 편집자로서 협동 작업을 하며, 특정 주제에 관해 잡지, 신문 등의 언론 발췌문을 분류할 줄 알아야 한다.

우리 부르주아의 틀에 박힌 관점에서 보면 놀랍기만 한 이런 프로그램들이 바로 공식 소비에트 교육 체계에서 초등학교를 졸업한 사람이 갖추어야 할 자질이다. 어린이의 오감을 극한까지 예리하게 발달시킴으로써 미래의 투쟁에 준비시키는 이 프로그램을 이른바 레닌주의라고 한다.

「레닌주의 체계가 무엇입니까?」 언젠가 나는 한 교사에게 물어보았다.

그가 대답했다. 「나를 둘러싼 물질적, 도덕적, 정신적 세계를 명확하게 파악하고, 또 그것을 당면한 목표, 즉 전 세계 부르주아의 파멸과 공산주의 사회 건설이란 목표에 적용하는 것입니다.」

우리 주변에는 그 학교 아이들이 있었는데, 아이들은 눈 덮인 운동장 위에서 스케이트를 타고 있었다. 나를 보는 그 교사의 눈이 빛났다.

「레닌이 낳은 한 어린이와 이야기를 나누고 싶으십니까?」

그는 내 대답을 기다리지도 않고 소리 높여 학생을 불렀다. 「이반 미하일로비치!」

얼굴이 발갛게 달아오른 한 가냘픈 학생이 무리에서 떨어져 나와 우리한테 달려왔다. 붉은 타이를 매고 가슴에는 레닌 배지를 달고 있었다. 그는 뾰족한 스케이트 날로 민첩하고 우아하게 균형을 잡으며 인사했다.

우리는 말을 나누기 시작했다. 그는 공산주의 보이스카우트인 피오네르 단원이었다. 내가 피오네르에서 어떻게 지내는지 이야기해 달라고 하자 그의 눈이 빛났다.

「작년 여름 우리는 작은 마을에 갔습니다. 하루 종일 마을 동지들의 작업을 도와드렸죠. 우리는 작물을 베고 거둬들이고 탈곡했습니다. 밀을 나르기도 하고, 양들에게 풀을 먹이기도 했습니다. 밤에는 마을 청년들을 만나 레닌에 관해 이야기해 주었습니다. 그리고 밤이 깊으면 캠프 주변에 불을 지핀 후 보초를 세우고는 잠을 자러 갔습니다.

그런데 어느 날 밤, 맞은편 언덕에 캠프를 쳤던 다른 피오네르 단원들이 우리 깃발을 가져가려고 했습니다. 한밤중에 몰래 나와서 낟가리를 따라 기어와서는 우리 보초들한테로 다가온 겁니다. 마침 그날 밤 보초는 두 여학생이었습니다. 그들은 여학생들을 공격해서 재킷으로 한 여학생의 입을 틀어막았지만, 다른 여학생이 용케 호루라기를 불었습니다. 캠프 전체가 당장에 벌떡 일어났죠. 우리는 침입자들을 찾기 위해 달려갔습니다. 횃불을 밝히고 샅샅이 수색한 끝에 그들을 찾아냈는데, 그 현명한 친구들은 들판에 몸을 웅크리고 있었습니다. 우리는 그들에게 달려갔습니다. 다행히 우리 쪽 수가 많아 그들을 사로잡았습니다. 그들은 우리가 깃발을 잘 지키고 있는지 확인하러 와본 거라고 고백하더군요. 그들은 우리에게 잠시 불가에서 몸을 녹여도 되는지, 또 자기들을 그들의 진영으로 돌아가게 허락해 줄 것인지 물었습니다. 우리는 그들에게 차와 삶은 감자를 대접하고, 그들이 떠날 때 이렇게 말했습니다. 〈정신 단단히 차려! 다음에는 우리가 너희들의 깃발을 빼앗으러 갈 테니까!〉」

어린 피오네르는 소리 내어 웃더니 스케이트로 큰 원을 그리며 뒤로 미끄러졌다가 다시 우리 앞에 섰다.

「그래서 빼앗았는가?」 내가 물었다.

「뭘요?」

「그들의 깃발 말이네.」

「어림도 없었죠! 그들이라고 보초를 단단히 세우지 않을 리가 있겠습니까?」

그는 다시 한 번 소리 내어 웃었다. 나는 그의 어깨를 잡았다. 「동지, 나는 피오네르들이 다른 아이들과 어떻게 다른지 알고 싶다네.」

그는 금세 진지해졌다. 「피오네르는 절대 거짓말하지 않고, 절대 두려워하지 않습니다. 피오네르는 배고픔과 추위를 견디며, 지도자에게 복종합니다. 피오네르는 담배를 피우지 않고 해바라기 씨를 씹지 않으며 이를 잘 닦습니다. 그리고 마을에 가서 농부들을 도와주고, 레닌에 관해 말해 줍니다. 붉은 타이를 맨 우리 피오네르 단원은 모두 레닌의 자식입니다.」

「그런데 레닌이 누구인가?」

그는 나에게 엄격한 표정을 지어 보이더니 계속 말을 이었다. 「우리 피오네르 단원은 독일과 미국, 중국의 어린이들에게, 어느 곳에서든 붉은 타이를 맨, 심지어 보이지 않게 셔츠 안에 타이를 맨 다른 나라 어린이들에게 편지를 씁니다.」

「이유가 뭔가?」

「그 어린이들의 나라는 여전히 자유롭지 않기 때문이지요. 우리가 어른이 되면 서로 연락을 주고받으면서 인류를 구하기 위한 혁명 세력에 동참하게 될 것입니다.」

「그들을 누구에게서 구한다는 거지?」

「누구에게서라뇨? 자본가들에게서, 국왕과 사제들에게서죠!」

그는 얼굴을 붉혔다. 아직 소년다운 그의 눈은 멀리 눈 덮인 나무들을 바라보고 있었다. 그가 다시 나에게 돌아섰다.

「그런데 선생님 나라에는 남을 착취하는 사람들이 있습니까?」

벌써 밤이 다가와 있었다. 새까맣게 무리 지은 까마귀 떼가 머리 위를 날다가 수정으로 뒤덮인 나뭇가지 위에 앉았다.

소년은 잠시 기다렸다. 내가 대답하지 않자 그는 스케이트를 돌려 동료들에게 가버렸다.

나는 교사에게 고개를 돌렸다. 「왜 러시아의 모든 어린이들이 피오네르에 가입하지 않습니까?」

교사의 엄격한 표정이 미소로 풀어졌다.

「그건 쉽지 않습니다. 피오네르가 되길 원하는 아이는 누구나 될 수 있다는 식으로 그렇게 쉬운 일이어선 안 됩니다. 피오네르는 까다로운 필요조건을 갖춘 일종의 대대이기 때문에 어린 소년이 붉은 넥타이를 매기 위한 자격을 얻기 위해서는 훈련을 받아야 하며, 수많은 심사를 통과해야 합니다.

우리에게는 세 대대가 있습니다. 시월 어린이단(6세에서 9세까지), 피오네르(9세에서 16세까지), 그리고 콤소몰(16세에서 23세까지)이죠.

시월 어린이단의 각 지부는 한 명의 피오네르를 지도자로 두고 그에게 복종합니다. 각각의 피오네르단은 한 명의 콤소몰 단원을 지도자로 두고요. 이 지도자는 학교와는 별도로 이 어린이들에게 절대적 권력을 행사합니다. 그는 일일 여행을 이끌고, 이들에게 공산주의 훈련을 시키고 시골에서 함께 정치 계몽 운동을 벌이며, 협동 작업 및 협동 생활을 습관화하도록 훈련시킵니다.

이렇게 시월 어린이단, 피오네르, 콤소몰이라는 세 과정에 걸쳐 오랜 기간 활동해 온 젊은이는 소비에트 러시아에서 가장 높고 책임 있는 계층, 즉 공산당에 들어갈 준비를 마치게 됩니다.

우리 세대의 역할은 부르주아 계급을 전복시키는 것이지만 시월 어린이단, 피오네르, 콤소몰 세대는 훨씬 더 힘든 과업을 이루어야 합니다. 바로 새로운 사회의 창조이지요. 우리는 썩은 집을 무너뜨렸습니다. 새 세대들에게는 훌륭하고 안락한 새집을 지어야 할 사명이 있지요. 우리는 우리나라의 불공평한 경제 체제를 무너뜨렸습니다. 새 세대는 자본주의 세계의 기술적 힘을 가지고 계급이 없는 새로운 경제적 삶을 창조할 의무가 있습니다. 우리는 자본가들이라는 신의 토대가 되었던 낡은 도덕을 허물어뜨렸습니다. 이제 새 세대의 젊은이들은 인간을 기반으로 하는, 천국이 바로 지상이 되는, 미래의 삶이 곧 현재의 삶이 되는 새로운 도덕을 세워 주어야 합니다.

청년들의 이런 책임은 비단 러시아에 국한된 것이 아니라 전 세계를 포괄하는 위대한 사명입니다. 따라서 그런 책임을 질 어린이들을 아주 엄격한 기준에 따라 선발하는 것은 당연합니다.」

나는 교사에게 작별 인사를 하고 모스크바의 눈 내리는 거리로 나섰다. 이제 까마귀들은 모두 제 둥지로 돌아간 뒤였다. 수천 개에 달하는 색색의 전등이 수많은 사람이 오가는 소비에트 러시아의 이 신비스러운 심장부를 밝혔다. 낮 동안 내내 학교들을 돌아다니면서, 나는 이곳 소비에트 러시아에서 무서운 무기가 만들어지고 있다는 사실을 점점 더 생생하게 느낄 수 있었다. 그 무기란 분명하고 비타협적인 목표, 즉 낡은 세계를 무너뜨리고 새로운 세계를 건설하는 목표를 위해 훈련받고 있는 학생, 노동자, 농민, 여성들로 이루어진 광신적인 군대였다.

전 세계의 자본가, 사제, 국왕, 군인, 글쟁이들이여, 정신을 바짝 차릴지어다!

하루는 밤에 어린이 극장에 가게 되었다. 〈드디어 오늘 밤은 극장에서 어린이들이 마음껏 웃으며 노는 모습을 볼 수 있겠구나. 노예 제도니 경제적 불평등 따위를 걱정하는 일 없이, 어른처럼 질문하고 대답하는 일 없이 천진하게 노는 모습을.〉 나는 이런 생각을 했다.

극장은 소년 소녀들로 붐볐고, 어디를 가나 레닌의 붉은 넥타이와 붉은 장미가 넘쳐 났다. 막이 오르지 않은 무대 위에서는 혈기 왕성한 한 콤소몰 단원이 올라가서, 익살스러운 말로 아이들에게 프로그램을 설명해 주고 있었다. 「조용, 조용히 하세요! 이제 곧 시작됩니다!」 그는 무대 위에서 전개될 상황을 관객들에게 해석해 주면서 그들이 무엇을 해야 할지, 언제 무대에 끼어들고 극중에 참여해야 할지 지시를 내렸다. 마음이 급한 아이들은 고함을 치고 비명을 지르며 발을 굴렀다.

 붉은색 종이 가면이 모든 아이들에게 건네졌다. 아이들은 눈 깜짝할 사이에 흥분된 얼굴 위로 가면을 묶었다. 분위기는 순식간에 바뀌었다. 가면을 쓴 아이들은 사나워지고 있었다. 붉은 공산주의의 획일성 뒤에서 개인적인 차이들은 사라져 버렸다. 이제는 모두가 똑같이 타오르는 열광에 휩쓸리고 있었다. 그들의 눈은 초조하게 막 위에 고정되었다.

 막이 올랐다. 느닷없이 빠른 움직임의 격렬하고 단순한 드라마가 무대 위에서 시작되었다. 아메리카의 첫 번째 거주민이던 초콜릿색 피부의 인디언들이 색색의 깃털을 꽂고 혁명을 선포한다. 이들은 자신들을 착취하고 죽이는 짐승 같은 미국 자본가들을 더 이상 참지 못한다. 그러자 붉은 넥타이를 맨 몇 명의 아이가 등장하더니 혁명을 격려하는 말을 한다. 아이들이 붉은 깃발을 들어 올린다. 한 비행사가 등장한다. 그가 조그마한 장비를 켜자 대지의 목소리가 들려온다. 여자들이 절규하고 노동자들이 외치는 소리이다. 절망에 빠지고 수없이 희생당한 대중의 목소리가 점점 커지더니, 갑자기 의기양양한 외침이 천둥처럼 터져 나온다. 레닌이다!

 그 순간 해골을 쓰고 검은 옷을 입은, 가슴에 뼈를 그린 파시스트들이 달려 나온다. 이들은 대포를 장치하고 총공격을 준비한다. 혁명가들은 위험에 빠진다. 그러자 하나의 파도처럼 물결치면서 어린이 관객 전체가, 그 육체와 영혼들이 벌떡 일어선다. 붉은 가면을 쓴 성난 아이들이 무대 위로 올라가고, 피오네르 단원들 및 인디언들과 힘을 합쳐 파시스트들을 갈가리 찢어 버리려고 달려든다. 파시스트 역을 맡은 불행한 배우들은 오케스트라석으로 굴러 떨어지고, 좌석들을 훌쩍 뛰어넘어서 출입문 쪽으로 달아난다.

똑바로 서 있는 아이들은 전투의 흥분이 가시지 않은 듯 숨을 헐떡이며 소란스럽게 굴더니, 이제 작은 가슴을 부풀리며 뭔가에 홀린 듯 공산주의 찬가를 부른다.

아이들이 복도로 빠져나가자 극장 안은 텅 비었다. 아이들은 소리 높여 떠들면서 다른 아이들과 떨어지기 싫은 듯 무리를 떠나려 하지 않았다. 극장 감독은 불타는 듯한 짧은 금발에 몸매가 호리호리하고 힘이 넘치는 여성이다. 그녀는 담배에 불을 붙이고 커다란 콧구멍으로 연기를 뿜어내더니 나에게 물었다. 「우리 아이들의 연극을 어떻게 보셨습니까?」

나는 충격을 받아 당황한 상태였다. 「이건 아이들이 아닙니다. 몸집만 작았지 무자비한 성인 남자, 여자들이에요. 감독님은 그 아이들이 지닌 천진한 영혼의 이슬을 빨아먹어 버렸어요. 당신네는 이 게임에서 당장의 선전이란 목적을 띠지 않으면, 단 한순간도 아이들이 놀도록 내버려 두지 않는군요. 아이들은 연극을 하는 게 아니라 훈련을 받는 겁니다.」

감독은 빈정대듯 소리 내어 웃었다. 「무슨 말씀이신지 알겠습니다. 선생님은 동화를 원하시는군요. 아름다운 새와 요정, 용, 임금님과 금발의 공주가 나오는 동화를요. 존재하지 않는 환상의 세계로 아이들의 머리를 채우고, 바다는 얼마나 깊고 구름은 얼마나 높은지 궁금해하면서도 땅에 관해서는 아무것도 질문하지 않도록 만들고 싶어 하시는 겁니다. 당신네는 그런 식으로 아이들의 눈을 흐려 놓고 절대 진실을 보지 못하게 만들지요.」

나는 화가 났다. 「어른들한테는 환상적으로 보이는 것이 아이들한테는 가장 뚜렷한 현실입니다. 아이들은 대나무 피리에 올라탑니다. 우리 어른들은 그것을 피리로만 보지요. 하지만 아이들에게 그것은 말, 세상에서 가장 진짜 같은 말이 됩니다. 신화와 옛이야기는 아이들을 위한 가장 깊고 마르지 않는 창조력의 근원입니다. 아이들에겐 우리 어른의 세계와는 전혀 다른, 아이들만의 세계가 있어요. 아이들이 전인적으로 성장하기를, 다시 말해 나중에 남자가 되고 여자가 되기를 바란다면 그 세계를 일깨워 줘야 합니다.」

감독은 담배를 내던졌다. 그녀는 어깨를 으쓱했다. 「선생님은 아주 낡은 세계에서 오셨군요. 우리 사이엔 전혀 의사소통이 되지 않고 있어요. 우리 교사들은 아이들의 상상력을 자극한다거나 아이들이 보이지 않는 것, 쓸모없는 것들을 꿈꾸도록 만들지 않습니다. 우리 어린이 극장도 학교와 마찬가지로 뚜렷하고 분명한 목적성을 늘 염두에 두고 있습니다. 아이들에게 새롭고 호전적이며 굳건한 정신을 심어 주는 거죠. 현실 세계를 분명히 바라보고 무엇을 미워해야 하는지, 목숨 바쳐 투쟁해야 할 이념은 무엇인지 정확히 구분할 수 있게 말입니다.

우리는 새 세계를 창조해 나가고 있습니다. 당신네는 그 세계가 가혹하고 광신적이고 구속적이라고 하죠. 하지만 우리가 보기에 당신들의 세계는 불평등하고 위선적이며 정직하지 못합니다. 당신네 세계는 퇴폐의 세련미와 구시대의 유창한 지혜를 갖추고 있지만 우리 세계에는 야만적인 비타협성, 젊음의 순수한 활력이 있습니다. 어느 것을 선택하시겠습니까? 하지만 이것은 선택의 문제가 아닙니다. 그 젊음을 따를 것인가, 자기 종족의 구세대를 따를 것인가는 운명 지어져 있으니까요.」

이 거칠고 열성적인 슬라브인의 말을 듣는 것은 즐거웠다. 나는 그녀가 더 많은 말을 늘어놓도록 일부러 거슬리는 대답을 했다. 사실 서로가 그런 일은 피하고 싶었지만, 서서히 우리의 목소리는 높아지고 있었다. 우리는 마주 선 두 편의 군대, 두 개의 적대 세계였다. 나는 웃음을 터뜨렸다.

「난 감독님이 생각하시는 그런 케케묵은 그리스인이 아닙니다. 난 크레타 출신이에요. 우리 크레타인은 오히려 아프리카인에 가깝습니다. 우리에게는 아직 쓰지 않은 야만적인 힘이 있습니다. 신께 영광이 있기를.」

「그렇게 이루어지기를!」 그 슬라브인이 말을 받았지만 입술은 여전히 굳어 있었다. 「그렇다면 우리가 무엇을 원하는지, 또 그것을 어떻게 이루고자 하는지 이해하실 수도 있겠군요. 우리를 알고 우리와 동지가 되려면 그 맥박의 리듬이 우리 맥박의 것과 똑같아야 합니다. 그것이 절대적으로 필요한 조건이죠. 토론은 낡은 세계의 병폐일 뿐입니다.」

그녀는 슬라브인의 한없고 신비로운 눈길로 나를 쳐다보았다. 나는 얼굴이 화끈거렸다. 마치 그녀가 내 얼굴에 불타오르는 공산주의 가면을 내던진 것 같은 느낌이었다.

러시아의 여성들

 모스크바는 프롤레타리아가 군주임을 느낄 수 있는 도시이다. 거리에 나가 보면 가죽 작업복이며 닳아 해진 목깃들, 거친 손들을 보게 된다. 여기서는 어슬렁거리며 산책하는 사람이나 장난삼아 집적거리는 멋쟁이 신사들, 공작을 연상케 하는 여인들은 만나 볼 수가 없다. 사람들은 하나같이 뚜렷한 목적지를 향해 **빠른** 걸음으로 걸어 다닌다. 꿀벌처럼 저마다 명확한 지령을 가지고 오고 간다.

 여러분이 이곳에서 가장 흔히 듣게 되는 단어, 동사의 모든 시제와 인칭을 막론하고 가장 많이 들리는 단어가 일하다는 동사 〈라보타트*rabotat*〉이다. 여러분은 마치 쉴 새 없이 부지런히 일하는 벌집 속에 들어온 듯한 느낌을 받는다. 모두가 일에 대한 열정으로 불타고 있다. 당연히 여기서 일하지 않는 사람은 자연의 이방인 취급을 받는다. 그는 어떤 제도나 관습에도 안전을 의지할 수 없다. 물론 신경제 정책의 구성원 중 일부는 다른 이들을 착취한 결과로 용케 자기 이익을 챙기는 이른바 〈네프만〉[1]들도

---

[1] NEP의 비(非)국유화 정책으로 벼락부자가 된 신흥 부르주아 계급.

있기는 하다. 또한 아주 적지만 부자들도 있다. 그러나 이들은 세계 다른 나라의 부자들과 정말 다르다! 이곳의 부자들은 남들보다 좋은 음식과 좋은 술을 먹고, 좋은 옷을 입을 수는 있지만, 사회와 정책 또는 정부에 대해 어떤 힘이나 영향력도 갖지 않는다. 오히려 이들은 의심을 받고 있으며, 주거지도 일정하지 않다. 모든 명예와 권력은 일하는 사람들의 손에 쥐어져 있다. 볼셰비키의 〈유물론적〉 세계관이 이 예상치 못했던 이상을, 부에 대한 경멸을 실현시킨 것이다.

거리를 돌아다니면서 사람들의 대화에 귀를 기울여 보라. 세계에서 유일하게, 사람들의 대화가 돈이라는 주제를 놓고 지루하고 고통스럽게 맴돌지 않는 곳이 바로 러시아이다. 이곳 사람들은 그 보편적인 악몽에서 벗어나 안식을 찾은 것이다. 그들이 부자에 관해 떠들어야 할 이유가 어디 있단 말인가? 소비에트 러시아에서는 아무도 농장이나 광산, 공장, 주택을 취득할 수 없다. 수입과 수출로, 또는 주식을 사고파는 놀이로 이윤을 추구할 수도 없다. 모두가 각자의 일터에서, 전반적인 경제 개선에 이바지하기 위해 더 열심히 일하며 애쓴다. 전 사회가 번영할 때에만 개인은 자신의 고통이 줄어들고 자기가 부유해진다는 느낌을 가질 수 있다. 생계비는 내려가고 임금은 오를 것이며, 노동 조건은 개선되고 여가 시간은 몇 배로 늘어날 것이다. 모두가 한 가족이 된 것이다. 가족의 구성원 하나가 앞서 나가면 나머지 성원들도 모두 그와 함께 번영한다.

자본주의 사회의 체면을 깎아내리는 또 하나의 수치가 이곳에는 존재하지 않는다. 그 수치란 바로 구역질 나는 에로티시즘이다. 쾌락의 추구, 역겨운 감상, 여성에 대한 집요하고 파렴치한 이야기들 — 모두가 쇠퇴하는 문명의 증후군이다 — 은 이 선구적인 노동자와 농민의 나라 러시아에서는 알려지지 않은 것들이다. 사랑, 건강한 개인이나 사회 속에서 꽃을 피우는 그런 사랑이 마땅히 고귀하고 특별한 자리에 올려져 있다.

그렇게 해서 현대 인간들의 영혼을 싸구려로 타락시키는 강력한 두 열정, 즉 돈의 추구와 에로틱한 정열이 소비에트 러시아에서는 그 힘을 못 쓰게 된 것이다. 여기에서는 질적으로 훨씬 더 뛰어난, 그 밖의 가치 있는 생각들이 개인과 대중의 마음을 차지하고 있다.

눈이 내리고 있었다. 나는 급하게 걸음을 재촉하면서 인간의 새로운 관심사에 관해 생각했다. 인간의 관심사란 없을 수가 없다. 그것은 단지 변화하고 방향을 바꿀 뿐이며, 우리는 그런 변화를 통해서 한 개인 또는 한 문명의 가치를 판단할 수 있다.

넓찍한 스베르들로프 광장으로 가기 위해 모퉁이를 돌면 길과 나란히 서 있는 한 초등학교가 보인다. 나는 발끝으로 서서 창문 안을 들여다본다. 교실 벽은 붉은 깃발로 덮여 있고, 그 깃발들 위에 핀으로 꽂힌 많은 사진과 카드, 스케치, 오려 낸 신문 기사들에는 레닌의 모습이 담겨 있다. 먼저 어릴 적 곱슬머리의 포동포동하고 귀여운 소년이었을 때와, 상큼하고 진지함이 넘치는 젊은 청년이었을 때의 레닌이 보인다. 그리고 노동자 모자를 쓴 레닌이 난폭하고 냉소적이며 충동적인 측면을 드러내면서 입을 벌려 노동자들에게 이야기하며 주먹을 공중에 들어 올린 모습이다.

나는 교사의 머리만 겨우 볼 수 있었다. 열여섯 살쯤 되었을까, 노동자 차림에 머리에는 붉은 수건을 썼다. 여성다움이나 매력은 느껴지지 않는 얼굴이지만 공산주의 이념에 대해 고집스럽게 골몰하고 있다는 것이 느껴진다. 이곳의 수많은 여성들이 그런 사나운 얼굴을 하고 있다. 이들의 여성성이 변형되면서 그 중심이 성(性)적인 것에서 새롭고 좀 더 엄격한 영역으로 이동한 것이다.

극장 박물관에 가는 동안 나는 한 발짝 앞으로 나아가려는 인간들의 이 새로운 시도에 관해 계속 생각했다. 쉬지 않고 눈이 내렸다. 사람들의 입과 콧구멍에서는 김이 피어올랐다. 아직 한낮인데도 전등이 켜졌다. 보도 위에서는 나이 든 사람들이 사과와 닭, 레닌의 사진이나 노란 나무로 깎아 녹색 장식을 붙인 농부 인형 등을 팔고 있었다.

러시아의 유명했던 한 귀족은 극장에 관련된 것이면 뭐든지 그러모으는 일에 평생을 바쳤다. 무대 배경과 무대 의상들을 비롯하여 연극 작품이 서로 다른 시기에 각각 어떻게 상연되었는지 충실히 보여 주는 포스터와 위대한 배우들의 친필 편지, 유명한 무희들의 실크 슬리퍼, 부채, 장갑, 담배 상자……. 그는 극장에서 약탈해 온 물건들로 자신의 으리으리한 대저택을 가득 채웠다. 혁명이 그 귀족을 찾아가서 말했다. 「당신이 모은 이 모든 보물을 당신의 이기적인 욕심을 위해 간직할 순 없소. 그것들은 모든 인민의 것이오. 누구나 그것들을 보고 즐길 권리가 있소. 그렇기 때문에 그것들은 내가 가지겠소. 또한 당신의 건물 소유권도 내가 가져 그곳을 박물관으로 만들겠소. 당신은 연극에 관해 잘 알고 있고 또 연극을 사랑하오. 그러니 당신을 그 박물관의 관장으로 임명하겠소.」

늙은 귀족은 그 제안을 받아들였다. 이제 그는 나를 그 호화로운 방으로 안내해 준다. 그는 다양한 물건들을 보여 주면서 포스터와 편지, 슬리퍼들에 대해 탁월한 식견과 애정을 가지고 향수에 젖어 설명해 주었다. 몇 시간 동안 그와 함께하면서 나는 러시아 연극의 놀라운 발전을 다시 체험했다. 그 늙은 귀족은 옛날 배우들과 아름다운 여배우들, 유명한 무희들을 내 앞에서 되살려 냈다.

나는 작별 인사를 나누고 떠날 준비를 했다. 어두운 복도를 가다가 젊은 여인과 부딪쳤다. 나는 내가 구사할 수 있는 몇 마디 러시아어로 그녀에게 사과를 했다. 나의 호들갑에 그녀가 소리 내어 웃으면서 완벽한 독일어로 대답했다. 어스름 속에서 나는 위로 살짝 들린 러시아인의 코와 작고 파란 눈, 짧은 금발을 알아볼 수 있었다.

우리는 밖으로 나왔다. 그녀는 내가 그렇게 먼 나라에서 왔다는 사실에 반가워했다. 사방이 눈으로 가득한 이 추운 날 오후, 그녀에게 크레타는 세계의 끝에 있는 넓고 푸른 바다 속에서 햇빛을 흠뻑 받는 바위처럼 느껴지는 모양이었다. 그녀는 그리스에 관해서는 옛것이든 새것이든 아는 것이 거의 없었다. 물론 그녀도 페리클레스나 플라톤, 베니젤로스[2]에 관해서는 들은 적이 있다고 했다. 그러나 그들 모두가 그녀에게는 쾌락을 좋아하는 부르주아들의 공상의 산물로 다가왔다.

그녀가 담배를 꺼냈다. 한 썰매 운전사가 양가죽으로 몸을 감싼 채 눈썰매에 앉아 있었다. 그녀가 그에게 다가가더니 담배를 빌려 불을 붙였다. 그녀가 탐욕스럽게 연기를 들이마시는 동안 나는 불빛 아래에서 그녀의 슬라브인다운 육중한 체구와 두터운 입술을 보았다.

「어디로 갈까요?」

「배가 고프네요. 먹으러 가요.」 그녀가 대답했다.

그녀가 내 팔을 잡아끌었고, 우리는 아주 깨끗한 지하 식당으

---

2 Eleuthérios Venizélos(1864~1936). 그리스의 정치가로 다섯 차례에 걸쳐 총리를 역임했다.

로 내려갔다. 김이 모락모락 나는, 러시아의 유명한 보르시치 수프가 우리 앞에 놓여졌다. 그 친구는 배가 고팠는지 행복하게 수프를 먹으면서, 이 숭고한 육체의 의식에 완전히 몰두했다. 얼마나 힘차고 솔직한 동물인가! 나는 이 건장한 여자에게 감탄했다. 무릎과 무릎을 대고 내 옆에 앉아 있는 그녀는 수백만의 다른 젊은 여성과 다를 바 없이, 모든 경계선을 다 부숴 버리는 열정적인 러시아인의 호방함을 지니고 있었다. 불쌍한 유럽인들은 사랑에 빠졌을 때나 술을 마실 때, 잠시 동안 그럴 수 있을 뿐이다.

식사가 끝나자 그녀는 다시 담배에 불을 붙였다. 이제 배를 채운 그녀는 열심히 떠들어 댔다. 그녀는 한 국가 기관의 사무원이었으며 혼자 살고 있었다. 그녀의 어머니는 대기근 때에 세상을 떠났고,[3] 아버지는 재혼해서 다른 아이들의 아버지 노릇을 하며 멀리 떨어진 우랄 지방의 한 광산에서 일한다고 했다. 우리는 결혼에 관해 이야기했는데, 그녀는 아주 퉁명스럽게 자기 생각을 말했다.

「만약 내가 누군가를 사랑한다면 그를 남편으로 받아들이고, 그를 사랑하는 한 그와 함께 살겠지요. 물론 그 기간 동안은 내내 그에게 충실할 겁니다. 그를 사랑하니까요. 하지만 사랑이 끝나면 그를 떠날 거예요. 당신네 부르주아들에게 부르주아의 도덕이 있는 것처럼 나한테도 도덕이 있습니다. 하지만 그건 서로 달라요. 댁들은 여자가 추문을 일으키지 않는 한, 남편을 속이는 걸 허용하지요. 남자가 여자들을 거느릴 수 있듯이 여자가 많은 남자를 몰래 만나는 것을 허락합니다. 우리 공산주의자들에게는 있을 수 없는 일이지요. 우리의 도덕은 고귀하고 힘든 것입니다. 당

---

[3] 오랜 내전에 가뭄이 덮친 결과. 1921년에서 1922년 사이에 러시아 인구의 20퍼센트가 목숨을 잃었다.

신네 도덕은 편리하고 비도덕적이지만요.」

나는 입이 쩍 벌어져서 그녀를 보았다. 그녀가 웃었다.

「물론 우리 러시아인들이 아직도 도모스트로이[4] 시대에 산다고 생각하시지는 않겠지요?」

「도모스트로이가 뭡니까?」

「15세기의 낡은 가족법이에요. 가족의 그리스도교적 가장에게 최고의 영역(성 삼위일체에 대한 믿음)부터 일상생활에 관한 것까지 온갖 의무를 정해 놓은 규범이지요. 옷은 어떻게 지어 입고 남은 것들은 어떻게 보관해야 하는지, 그리고 좋은 맥주는 어떻게 만드는지 일일이 일러 주지요. 여자는 노예예요. 여자가 복종하지 않으면 남편은 회초리로 사정없이 아내를 때려야 하죠. 남자는 이 끔찍한 도모스트로이의 지시대로 아내를 회초리로 때립니다. 아내를 때리면서 훈계하라는 거지요. 회초리는 아프지만 건강에는 좋다면서. 그리고 조심해야 합니다. 누가 보거나 들어서는 안 되니까요. 그런 것이 러시아 여자의 운명이었어요. 노예. 저희 아버지는 어머니를 그렇게 때리곤 했어요. 하지만 지금은······.」

눈을 뒤집어쓴 창백한 얼굴의 작은 소녀가 들어와서 석간신문을 팔고 있었다. 부랑자 한 사람이 탁자 밑으로 기어 들어가 담배꽁초를 찾고 있었다. 갑자기 그가 몸을 일으키더니 남은 빵을 움켜쥐고 달아났다.

「이 굶주리는 존재들이 모두 생각 없는 결혼의 결과이지요. 이들이 가엾지 않습니까?」 나는 이 친구에게 물었다.

「3년 안으로 거리에는 부랑자들이 단 한 명도 남지 않게 될 거예요. 국가에서 그들을 모아 교육시키고 기술을 가르쳐 줄 겁니

---

4 〈가정 경영〉이란 뜻으로 16세기에 사제 실베스트르가 완성한 가훈집 제목이다. 이 책에서는 15세기라고 되어 있지만 16세기가 맞다.

다. 댁이 보시는 이 아이들은 모두 최고의 공산주의자가 될 거예요. 물론 더러는 추위와 굶주림으로 죽기도 하겠죠. 하지만 러시아 땅은 넓습니다.」

문득 러시아가 거대하고 풍요롭고 정복할 수 없는 곳이며, 대지처럼 끊임없이 스스로 새로워지는 나라라는 사실이 새삼스레 다가왔다. 불과 몇 년 전만 해도 5백만 명이 굶어 죽었으며, 더 많은 이들이 계속된 전쟁 통에 목숨을 잃었다. 그러나 그 흙에서 새로이 수백만 명의 아이들이 솟아 나와서 죽은 자들을 대신했다. 그 수를 계산해 본다면 실보다는 득이 훨씬 더 크리라.

우리는 일어섰다. 모스크바의 식당에서는 오랫동안 앉아서 대화를 나눌 수가 없다. 배고픈 사람들이 서서 기다리면서 우리를 굽어보기 때문이다.

「오늘 저녁은 같이 보내죠.」 내가 그녀에게 제안했다. 「말씀을 참 재미있게 하시네요. 댁과 함께 러시아를 여행하고 탐험하는 기분입니다.」

그 젊은 여자가 웃었다. 「무슨 시인처럼 말씀하시는군요.」 그녀는 미심쩍은 눈으로 나를 보더니 곧바로 어깨를 으쓱했다.

「니체보!」 그녀가 허락했다. 「이름이 뭐죠?」

「니콜라이 미하일로비치. 댁은요?」

「타티야나 이바노브나. 어디로 갈까요?」

우리는 유대인 극장으로 향했다. 그곳에서는 유대인 시인 페레츠Peretz가 쓴 희곡 「옛 시장의 어느 밤」이 상연되고 있었다. 막이 올라갔다. 중세의 한 시장, 뾰족한 창에 철제 등불이 걸린 고딕식 주택들. 랍비와 사제, 도둑, 상인, 매춘부들이 한데 모여서 티격태격 말싸움을 벌인다. 다들 사이좋게 지내다가 뿔뿔이 흩어지고 다시 한데 뒤섞인다. 모두가 신에게, 더러는 야훼에게, 나머

러시아의 여성들 125

지는 그리스도에게 기원하고, 각자가 섬기는 신의 이름으로 수상한 계획들을 꾸미면서 한심하고 가련한 열정을 충족시킨다. 그러다가 마침내, 느닷없이 거대한 빗자루가 무대에 등장하더니 이들을 모두 쓸어버린다.

배우들은 최고의 연기를 선보였다. 그 힘, 다른 사람에 대한 탁월한 이해력과 동일시. 그 악마적인 유쾌함! 내 친구는 오직 한 가지만을, 그러나 나보다 훨씬 더 깊이 그것을 간파했다. 이들 랍비와 사제, 도둑, 상인, 매춘부들을 지켜 주던 옛날의 신은 휩쓸려 가버렸다. 그는 더 이상 존재하지 않는다.

「누가 그 빗자루를 쥐고 있었는지 아세요?」 눈 덮인 바깥 거리로 나왔을 때 그녀가 물었다.

「누구 말입니까? 난 아무도 못 봤는데.」

「레닌이에요. 댁은 못 봤지만 난 봤어요.」

나는 기뻤다. 전설은 바로 어제까지 살아 있던 한 남자의 이름 주변으로 계속 굳어지고 있다. 그것은 야수를 죽이고 공주 ─ 인간의 영혼 ─ 를 구한 성 게오르기우스의 힘을 이어받고 있었다, 인간의 영혼을 구하기 위해.

우리는 눈썰매에 올랐다. 이 탈것은 비좁아서 두 사람이 여유 있게 앉을 만큼 자리가 넉넉하지 않았다. 그러므로 떨어지지 않으려면 동승자가 여자라고 해도 상대의 허리를 단단히 붙들고 있어야 한다.

눈이 내리고 있었다. 가로등 주변에서는 소리 없이 떨어지며 나무와 대지를 뒤덮어 버리는 큼직한 눈송이들을 볼 수 있었다. 용기를 내어 내 친구에게 그녀의 집으로 가자고 제안했지만, 내 목소리는 떨리고 있었다. 그녀가 웃음을 터뜨렸다.

「자신은 부르주아가 아니라는 말씀이시군요. 뭔가 아주 끔찍한 것을 요구하시는 것 같네요. 가요.」

나는 이 현대 러시아 여성의 집을 구경할 생각에 흥분되었다. 그녀가 불을 켜자 레닌의 초상화 — 잘생기고 활발하고 칼처럼 날카로운 모습의 — 가 벽에서 빛났다. 붉은 사라사 천으로 덮인 작은 소파 하나와, 책과 소책자가 쌓인 탁자도 있었다. 책꽂이에는 사제처럼 짧고 숱이 많은 마르크스의 무거운 석고 흉상이 놓여 있었다.

그녀는 작은 구리 사모바르에 불을 지폈다. 그리고 찬장을 열어 빵과 버터, 훈제 생선을 꺼냈다. 우리는 먹고 마시며 오랜 친구라도 되는 것처럼 짤막짤막하고 따스하게 이야기를 나누었다. 우리는 레닌에 관해 이야기했다. 그러다 갑자기 울화가 치밀고 초조해졌는지 타티야나 이바노브나의 눈에 눈물이 고였다. 언제쯤 붉은 깃발이 전 세계를 뒤덮게 될까?

그녀는 그리스와 내 친구들에 관해 이야기해 달라고 청했다. 우리가 어떻게 일하는지, 인민을 일깨우고 구하기 위해 무얼 하는지를. 갑자기 차와 버터, 두터운 빵 조각 위로 난생처음 생생하게 느껴졌다, 저 무시무시한 이념의 존재가.

이 작고 누추한 방에서 우리는 서로가 남자와 여자라는 사실을 잊어버리고 있었다. 우리는 동이 틀 때까지 인간과 인간의 부당한 고통, 그리고 우리가 죽기 전에 힘닿는 데까지 조금이나마 삶을 고양시켜야 할 의무에 관해서 이야기했다.

「타티야나 이바노브나.」 나는 사라사 커튼을 열며 말했다. 「날이 밝았군요……」

결혼과 사랑

 전기 공학을 공부하고 학위를 딴 한 젊은 여자가 오늘 오후 나를 자기 집으로 초대했다. 그녀의 집은 배움을 위한 검소한 작업장이었다. 과학 서적들, 침대 위의 작은 칠판에 쓰인 방정식, 대수 공식들. 베라 그리고리예브나는 스물두 살이다. 마른 몸에 입술이 다부지다. 그녀는 두꺼운 안경을 쓰고 톨스토이 블라우스를 입고 있다. 우리는 이야기를 나눈다.

「공산당원입니까?」 내가 묻는다.

그녀가 한숨을 쉰다.

「아뇨. 가입할 수가 없었어요. 두 번이나 입당 원서를 냈는데, 당은 내가 지식인 집안 출신이라는 이유로 받아 주지 않았죠. 불행히도 우리 집안사람들은 한 명도 자기 손으로 일한 적이 없었거든요.」

「무얼 믿으세요? 자신의 인생에 어떤 목적을 부여하고 있습니까?」

「나는 물질을 믿어요. 존재하는 것만 믿죠. 내 역할은 스스로 선택한 분야에서 사회 전체를 위해 적극적이고 생산적이 되는 거라고 생각해요.」

「당신이 말하는 〈물질〉이 뭔가를 설명해 주는 단어일까요? 〈물질〉과 〈정신〉이란 단어는 우리의 무지를 덮어 버리는 가면이라는 생각은 들지 않나요? 이 편리한 단어 뒤에 무엇이 존재할까요? 그 본질은 무엇일까요?」

베라 그리고리예브나가 웃었다. 그녀는 약간 삐딱하게 나를 쳐다보았다. 「한 번도 본질 때문에 고민한 적 없어요. 본질을 가지고 제가 뭘 할 수 있죠? 그것 역시 부르주아들의 발명품이에요. 나는 과학자이지 철학자가 아니에요. 나한테는 현상이면 충분해요. 대중들에게 번영을 안겨 주기 위해 우리가 통제하고 사용해야 할 현상 말이에요. 그리고 그것이 우리 과학의 목적이죠.」

등줄기가 오싹해졌다. 마치 다른 행성, 훨씬 발전되어 이미 엄청난 동결 과정이 시작된 행성에서 온 냉혹하고 완전 무장한 유기체와 말하는 기분이었다.

약간의 침묵이 흐른 뒤 내가 물었다. 「당신의 즐거움은 뭔가요, 베라 그리고리예브나? 이제 스물두 살인데.」

「생산적으로 일하는 거요.」

「그래요, 하지만 일하지 않을 때도 있잖아요.」

「전 항상 일해요.」

「그럼 사랑은?」

「사랑은 제 인생에서 중요한 역할을 하지 못해요. 전 감상주의자가 아니고, 또 시간도 없어요. 우리 러시아에서는 삶의 리듬이 아주 빨라요. 시간은 소중하고 해야 할 일도 많지요. 감성적인 사랑을 하려면 시간과 어느 정도의 여가가 있어야 해요. 부르주아들에게는 그런 사랑이 좋은 것이지요. 하지만 저한테 가장 큰 기쁨은 남편을 얻는 것이 아니라 일하는 거예요. 난 기생충이 아니고, 따라서 전체 사회를 위해 뭔가 기여할 수 있다는 사실을 잘 알고 있으니까요. 저도 언젠가는 분명 사랑을 하겠지요. 완전한 금욕주의자는 아니거든요. 하지만 사랑의 속삭임이나 시간 낭비 같은 건 없이 간단하게 사랑할 거예요.」

「그럼 사랑이 스웨덴식 체조 같은 건가요?」

베라 그리고리예브나는 미간을 찌푸렸다. 그녀의 맑고 파란 눈이 잠깐 동안 엄격하게 빛났다.

「선생님이 무슨 생각을 하시는지 알겠어요.」 그녀가 말했다. 「우리가 경직되고 메말라 있다. 우리에게는 시적이고 은밀한 동경이 결여되어 있다. 우리는 사랑에 빠진 지붕 위의 비둘기가 못 된다고 생각하시는 거죠. 하지만 열린 마음을 가지고 시적으로 흥분하는 망명자나 신비주의자보다는 편협하고 강인한 인간이 나아요. 니콜라이 미하일로비치, 우리는 많은 고통을 받아 왔어요. 몇 년 전만 해도 러시아는 죽어 가고 있었죠. 이제 겨우 대량 출혈에서 회복되고 있어요. 지금의 러시아는 먹고 마셔서 뼈를 강화시켜야 해요. 앞으로 한두 세기가 지나면 철학적인 사색을 할 수 있겠죠. 어쩌면 그때가 되면 나도 시간이 나겠죠. 그때가 되면 아마 사랑 고백도 시작할 수 있을지 몰라요. 하지만 지금은 보세요……」

그녀는 펼쳐 놓은 공책들과, 대수 방정식이 가득 적힌 침대 위의 칠판, 자신의 방에 밴 궁핍함, 온기 없는 화덕을 보여 주었다.

나는 이렇게 그녀의 시간을 허비하는 것은 옳지 않다는 생각이 들어서 일어났다. 그녀가 손을 내밀었다. 그 차갑고 긴장된 손은 나와는 반대편에 있는 다른 해안 사람의 손처럼 느껴졌다. 몸서리가 쳐졌다. 우리 사이의 깊은 심연이 느껴졌다. 어떤 심연일까? 그건 러시아가 만들어 낸 골이었다.

실제로 소련의 생활 리듬은 매우 엄격하다. 커다란 위협과 위대한 희망이 모든 사람들의 머리 위에 걸려 있다. 남자와 여자들은 자신의 일에 헌신하고 집중한다. 그들은 지금 당장 요구되는 문제들을 풀어야 한다. 그들에게는 성애를 좇을 시간이나 정신이 없다. 이 강인한 유기체들에게 사랑이란 배고픔과 같은 하나의 생리적인 기능이지, 배부른 자들이 집요하게 매달리는 개념이나 어지러운 고민이 아니다.

밤의 어둠이 깊어져도 이곳에서는 자본주의 도시들의 체면을 깎아내리는 한심한 장면들을 볼 수가 없다. 짙게 화장하고 거리에서 남자들을 쫓아다니는 배고픈 〈누이들〉이 없다. 차르 시절에는 이곳에도 유명한 매음굴들이 있었다. 그런 업소의 개업식을 치를 때면 화려한 축하 행사에 경찰이 참석하고, 지역 사제가 와서 축복해 주기도 했다. 소련에서는 이런 낯 뜨거운 매음굴이 더 이상 허락되지 않는다. 물론 지금도 자청해서 몸을 파는 여자들은 있다. 그러나 이들이 적발되면 돈을 치른 남자가 처벌받는다.

이처럼 매춘은 매우 드문 일이다. 처음에는 놀라겠지만 이곳의 새로운 공기를 숨 쉬다 보면 점차 그 이유를 이해하게 된다.

이곳 소비에트의 나라에서는 전 세계의 여자들을 수치스러운 일로 내모는 사치에 대한 열정이 사라져 버린 것이다. 그런 열정이 식은 것은, 처음에는 어쩔 수 없어서 그렇게 된 것이었지만 나중에는 습관, 그리고 새로운 내적 관심 때문이었다. 이곳의 여자들은 금붙이나 깃털 장식이 없는 아주 간소한 옷차림을 하고 다닌다. 그들은 새롭고 더 나은 매혹의 방식을 발견하였으며, 남자를 유혹하는 자신의 내재적 능력을 사치스러운 장식보다 더욱 높이 평가하게 되었던 것이다.

러시아에서 매춘이 더 이상 성행하지 않는 또 하나의 이유는,

자본주의 사회를 감염시키고 타락시키는 또 다른 요인이 되는 성적 자극을 주는 볼거리나 읽을거리들이 존재하지 않기 때문이다. 영화관이나 극장에서 여러분은 상상력과 육욕을 간질이는 작품을 절대 볼 수 없을 것이다. 그런 장소들은 이제 대중을 교육시키는 기능을 가진 국가 기관이 되었다. 러시아에서는 인민을 정치, 경제, 문화적으로 향상시키는 것이 무엇보다 중요한 과제로 여겨진다. 교육적으로 인민을 살찌워야만 공산주의 이념이 뿌리를 내리고 번성할 것이기 때문이다. 자본가들은 그들의 도시 중심부로 달려가 여흥을 즐기고 흥분한다. 반면에 이곳의 대중들은 배우고 알기 위해서 한데 모인다.

이와 마찬가지로, 모든 인쇄 매체는 엄격하게 교육적인 내용을 담고 있다. 러시아에서 한 권의 책이 출간되기 위해서는 원고를 특별한 편집 위원회에 제출해서 허가를 받아야 한다. 인민의 교육 수준 향상에 도움이 되지 않을 책이나 정기 간행물, 또는 신문의 발행은 아주 엄격하게 금지되어 있다. 포르노그래피 책자들은 이곳 새로운 러시아에서는 아예 알려져 있지도 않다. 러시아에서 펜을 쥔 자들은 자신에게 엄청난 책임이 있다는 사실을 배워야만 한다.

더욱이 이곳에서는 모든 여자들이 일을 한다. 여자들도 남자와 똑같은 일을 하면 남자와 똑같은 임금을 받는다. 여자들 사이에 새로운 호기심이 고개를 들었고, 새롭게 몰두할 관심사가 떠오른 것이다. 여자들이 관리를 선출하고 또 관리로 선출된다. 그리고 소비에트에도 참여한다. 이들은 책임 있는 의식과 관심을 가지고 집단의 이익을 위한 사안에 따른다. 이들은 더 이상 실업자가 아니며, 권태에 시달리면서 파우더 룸에서 또는 희롱 속에서 자신의 영혼과 육체를 상실하지 않는다. 여자들의 영혼과 육체에 새롭고 신선한 바람이 불고 있다. 그리고 이 바람이 그들의 인생에서 새롭고 예상치 못한 일종의 고결함을 불러일으키고 있다. 혁명 초기 몇 년 동안에 맛보았던 자유는 여자들을 중독시켰고, 부끄러운 줄 모르는 과도함으로 이들을 몰아갔다. 이제 그것은 균형 감각과 자제심을 찾아가고 있으며, 가장 근엄한 모습을 띤다. 바로 책임감이라는 얼굴이다.

이렇게 훨씬 깊은 차원에서 새로운 삶을 경험한 여자들은 도시와 농촌의 수백만 명의 다른 여자들에게 이런 책임 의식을 일깨우기 위해 사명감을 가지고 열성적으로 투쟁하고 있다. 노동자와 학생, 콤소몰 단원들과 함께, 무엇보다 교사들이 앞장서서, 광신주의와 방법론을 동원해 이 여성 해방 운동을 이끌고 있다. 오직 여자들만을 대상으로 한 수많은 신문과 정기 간행물이 발행된다. 일부는 여성 노동자들을 위해서, 일부는 여성 농민들을 위해서, 또 일부는 반은 미개 상태인 수많은 여성과 다양한 민족을 위해서 다양한 지역 언어로 발행된다.

이 광대하고 원시적인 땅에서 구시대의 무감각에 젖은 여성을 일깨우는 것은 힘들고도 벅찬 과제이다. 그러나 이제 계몽된 여성들이 끈기와 결단력, 흔들리지 않는 믿음을 가지고 앞으로 나아감으로써 그 길을 열고 있다. 이 엄청난 과제를 수행해 온 여성들 중 가장 눈부신 활약을 보였던 뉴리나는 그저께 자기 사무실에서 이런 말을 했다.

「잊지 마세요, 니콜라이 미하일로비치. 우리가 과도기를 거치고 있다는 사실을요. 낡은 여성은 아직 죽지 않았고, 새로운 여성은 실행 가능한 뚜렷한 틀을 아직 찾아내지 못한 상태예요. 종의 진화가 그렇듯이, 변화의 시간에는 수많은 사산과 희화화가 일어나고 지나친 것과 불완전한 것들이 숱하게 빚어지기 마련이지요. 최종 형태는 아직 마련되지 않았어요. 하지만 시간이 지나면 이 모든 다양성이 견고하고 생산적인 형태로 자리 잡을 겁니다. 서두르지 마세요. 우리가 자유를 얻은 지 몇 년이 되었고, 우리가 일하기 시작한 지 얼마나 되었다고 그러세요? 우리에게 시간을 주세요. 그러면 우리는 새로운 여성, 동지이자 아내이며 어머니를 창조해 낼 것입니다.」

「그럼, 결혼은요?」 내가 물었다.

뉴리나 니콜라예브나가 웃었다. 「볼셰비키의 결혼이 어쩌면 그렇게도 왜곡되었는지. 러시아 밖에 있는 사람들은 이렇게 생각하지요. 우리의 새로운 사회에는 결혼이 존재하지 않는다, 여자는 원하는 한 많은 남자를 둘 수 있다, 남자는 능력이 닿는 한 많은 여자를 거느릴 수 있다, 그러면 그 사회는 분열되지 않을까? 실제로 내심 불안해하는 자본주의자들이 이런 보고를 퍼뜨리면서 불행하고 몽매한 대중을 독살시키고 있어요. 그들은 그런 일부다처제 떼거리 가족을 이루는 데 소비에트 러시아만큼 제약이 많은 나라는 없다는 사실을 무시하고 있어요.」

그 순간, 비록 마른 체구이지만 힘이 넘치는 한 젊은 여자가 사무실에 들어왔다. 매부리코에 칠흑 같은 짧은 머리, 이글거리는 아몬드형 눈을 하고 있었다. 그녀는 맞은편 탁자에 앉더니 서류가 가득한 가방을 열었다. 나는 그녀 또한 세계를 흔드는 그 신비의 민족, 하나의 메시아를 데려왔다가 이제 다른 메시아를 낳고 있는 민족 출신임을 직감했다. 그녀가 잠깐 동안 눈을 들어 나를 쳐다보았다. 마치 내가 어떤 가치를 지니는지, 내가 왜 살아가는지, 그리고 내가 투쟁에 어떤 기여를 하고 있는지 저울질하는 것 같았다. 그러더니 달려오느라 여전히 가쁜 숨을 몰아쉬면서 재빨리 서류로 다시 눈을 돌렸다.

뉴리나는 빠른 말로 뭐라고 그녀에게 지시를 내린 뒤 두꺼운 봉투를 건네주고는 나에게 돌아섰다. 「여기는 제 조수인 이트카 호로비치예요. 소비에트의 결혼에 관련해서 농촌 지역을 상대로 홍보 업무를 맡고 있죠. 그건 어려운 사업입니다. 하지만 저희는 계속 나아가고 있답니다.」

「결혼에 관한 소비에트 법의 주요 특징은 무엇입니까?」

그녀가 사무실에 들어온 순간부터, 마치 무자비한 어떤 정신이 불쑥 내 안에 들어와 내 영혼을 저울질한 뒤 무가치하다고 판단하고 내팽개쳐 버리기라도 한 것처럼, 나는 제대로 숨을 쉬지 못하고 있었다.

「종교적인 결혼은 물론 폐지되었어요.」 뉴리나가 대답했다. 「관공서 사무실에서 한 남자와 한 여자가 서로 결혼하고 싶다고 선언하는 것으로 충분합니다. 일부다처제는 금지되었죠. 여성의 재산은 결혼 후에도 그 여자의 것으로 남습니다. 각각의 배우자가 가난하거나 일할 수 없을 때에는 서로를 부양할 의무를 가지고요. 결혼을 한 어머니든 미혼모든 어머니라면 모두 똑같은 권리를 가집니다. 합법적으로 출생한 아이나 사생아나 똑같은 권리를 가지지요. 부모는 아이들이 열여덟 살이 될 때까지 육체적 건강과 정신적 교육을 제공할 의무가 있습니다. 한편 자식은 부모가 가난하거나 일할 수 없을 때 부모를 부양할 의무가 있지요. 부모 중 한쪽이 이혼을 원할 때는 이혼이 인정됩니다. 그러나 이런 제도로 인한 경제적인 결과는 전혀 예상 밖입니다. 소비에트 러시아에서는 선생님이 생각하시는 것처럼 이혼이 그리 흔하지 않거든요. 자유와 책임이 계몽적으로 종합됨에 따라 더욱 강화되어 온 것이죠.

사실 인류의 법률에서 여성의 권리가 이처럼 광범위하게 보호받고, 결혼에 이처럼 초개인적인 의미가 부여된 것은 사상 처음 있는 일입니다. 그렇다고 우리가 여성을 공동의 재산으로 만드는 것은 아닙니다. 아이들을 부모와 떼어 놓거나 병든 사람들을 죽이지도 않습니다. 선생님네 자본주의 세계에서 아내로서 또 어머니로서의 여성을 이처럼 폭넓은 이해와 사랑으로 보호해 주는 나라는 어디에도 없습니다. 또 전체 사회에 이바지하는 여성들의 능력이 이처럼 강화된 곳도 없죠.

우리는 트로츠키의 선각자적인 말을 늘 명심하고 있습니다. 〈우리가 개인의 가치를 드높이려 한다면 결혼을 강화해야 한다. 한 나라의 문명화 정도는 그 나라가 어머니를, 따라서 그 아이들을 지원해 주는 정도에 비례한다.〉」

인민의 계몽

삶을 끊임없이 갱생시키기 위해 투쟁하는 다양하고 중요한 전투원들을 구분해 본다면 다음과 같이 나눌 수 있을 것이다.

첫째로 맨 초기의 가장 낮은 단계에 있는 전투원들이다. 이들은 각종 폐해들을 최고점에 이르게 하는 데 가장 많이 기여한다. 따라서 스스로 깨닫지도 못한 채, 미래 세계의 가장 뚜렷한 적이며 동시에 가장 효율적인 동반자가 된다. 자본가와 사제, 늙은 장군과 판사, 왕이 바로 그들이다. 이들은 부정과 거짓을 한껏 배양시키면서 분노의 물결을 부풀리고 폭풍에 여세를 몰아준다.

초기의 두 번째 단계에 있는 자들은 낡은 것을 무너뜨리기 위해, 앞으로 새로운 씨앗을 뿌릴 수 있도록 땅을 갈아엎기 위해, 〈대화재〉를 요구하는 이들이다. 이들은 낡은 계급과 그들의 경제, 사회, 윤리, 정신적 구조들을 싸잡아 맹목적으로 혐오하며 새로운 질서에 대해 절대적인 믿음을 가지고 일한다.

세 번째 단계에 올라간 자들은 갈아엎어 속살이 파헤쳐진 채 피를 흘리는 땅에 씨를 뿌린 이들이다.

불가피하게 노예 제도에 오랜 기간 몸담고 있었던 러시아는 이미 첫 번째 단계를 넘어섰다. 공산주의 전투를 종결짓는다는 피의 사명을 완수함으로써 두 번째 단계도 지나갔다. 그리고 이제 러시아는 세 번째 국면에 접어들면서 가장 힘든 과업을 시작했다. 바로 새로운 사회의 창조이다.

이런 까닭에 수많은 영혼과 수많은 씨앗이 뿌려진 이 땅을 연구한다는 일이 지금처럼 매력적일 때가 없으며, 현재의 실용적인 측면에서 볼 때 그렇게 유용할 수가 없다. 혁명 초기의 광기 어린 시기의 러시아는 시인과 철학자, 구경꾼들에게는 더욱 비극적이고 더욱 매혹적이었다. 그러나 지금의 러시아는 경제학자, 정치가, 과학자들의 관심을 끌고 있다. 모든 자본주의 국가들은 이 새로운 권력 체제가 어떻게 흘러가고, 기력이 다한 사회적 유기체에 어떻게 활력을 불어넣을지 연구함으로써 스스로를 돕고 한동안 그 수명을 연장할 수 있을 것이다.

내가 아는 한 사람은 위생 인민 위원회의 고위 공직자인데, 그를 따라갔던 어떤 장소에서 나는 진정 독창적이고 계몽적인 선전의 한 형태를 볼 수 있었다.

공장에 붙어 있는 커다란 홀 하나가 남녀 노동자들로 꽉 메워져 있었다. 머리 위로 모자를 눌러쓴 남자들과 바부슈카를 동여맨 여자들이 서로 빽빽하게 붙어 앉아서 해바라기 씨와 사과를 먹고 있었다. 모두들 무대의 막에 시선을 고정시킨 채 기다리고 있었다.

갑자기 앞쪽의 막이 올라가면서, 우리가 있는 곳이 소비에트 법정이 되었다. 무대에는 붉은 천으로 덮인 긴 탁자와 높고 붉은 의자가 놓여 있었고, 벽에는 마르크스, 레닌, 로자 룩셈부르크의 초상화가 걸려 있었다.

나를 안내한 사람이 설명해 주었다. 「이곳은 공중위생 법정입니다. 당신은 한 편의 진짜 드라마를 보게 될 겁니다. 판사 세 명과 검사, 변호인단이 곧 등장할 거예요. 하지만 사실 이들은 모두 의사들입니다. 남녀 의사들이 하루 일과를 마친 후 노동자와 농민들 앞에서 적절한 연극 작품을 상연하면서 여러 가지 질병으로부터 어떻게 몸을 보호해야 하는지 대중에게 가르치는 것입니다. 관객이 된 이 노동자들은 그저 연극이나 보며 시간을 보내기 위해 온 것이 아니라, 드라마 속에서 스스로 판단하고 판결을 내립니다. 그러니까 여기 보이는 모든 사람이 배심원인 셈이지요.」

바로 그때 판사 세 명과 검사, 변호인단이 무대에 올라왔다. 재판장이 종을 울렸다. 재판이 시작되었다. 문 하나가 다시 열리고 피고가 들어왔다. 자기 아내한테 몹쓸 병을 감염시킨 노동자였다. 아내는 결국 아이를 낳다가 죽었다. 그는 핏기 없는 얼굴로 수치스러워하며 자신의 잘못을 고백하고 자비를 구했다. 남자의 장모가 들어왔다. 키가 크고 힘이 좋아 보이는 그 여인은 신랄하게 사위를 고발하며, 자기 딸을 죽인 자를 처벌해 달라고 요구했다. 목격자들이 일어서고, 검사가 말을 하고, 변호사들이 법적인 견해를 토로했다.

관객들은 굉장한 관심을 가지고 그 절차를 지켜보았다. 동의하는 사람도 있었고, 그러지 않는 사람도 있었다. 견해들이 서로 양분되었다. 여러분은 이 드라마가 재미를 위해 지어낸 허구가 아니라는 걸 느꼈을 것이다. 그것은 그들의 고통스러운 시련에서 따온 생생하고 소름 끼치는 현실이었다.

모든 절차가 끝났다. 재판장은 배심원, 다시 말해 전체 관객에게 다음과 같은 질문을 제시했다.

「피고는 결혼 전에 이미 그 병에 걸렸었다는 이유로 유죄가 됩니까?」 남자들이 소리쳤다. 「아니요!」 여자들은 단호하게 반감을 가지고 외쳤다. 「네!」

「피고는 치료를 받지 않고 결혼했고, 따라서 병을 옮겼다는 이유로 유죄입니까?」 이번에는 모두가, 남녀 할 것 없이 망설이지 않고 대답했다. 「네!」

「경감 사유가 있습니까?」 세 번째 질문에 대한 답을 찾기 위해 10분 정도 뜨거운 토론이 이어졌다. 여자들은 무자비했고, 그중 다수는 이런 문제에 얽힌 개인적인 경험 때문인지 선고에서 어떠한 감형도 허용하지 않으려고 했다. 반면에 남자들은 훨씬 관대해서 피고가 이미 후회하고 있는 이상 방면시켜야 한다고 주장했다.

「난 방면을 지지합니다.」 나이 많은 어떤 여자가 손을 들며 소리쳤다. 「남자가 후회한다고 죽은 마누라가 살아날 수 있다면 말입니다!」

그 노파의 외침이 승리를 거두었다.

법정이 판결을 내리고 집회가 끝났지만 모두들 흥분한 얼굴이었다. 이날 저녁 내내, 이 모든 사람들은 동시대의 무시무시한 드라마를 경험했던 것이다.

우리가 그 자리를 뜨고 거리에 도착할 즈음, 재판장 역할을 했던 의사가 말을 걸어 왔다. 「지금까지 우리는 이런 식의 공연으로 굉장한 성공을 거두고 있습니다. 연극적인 표현은 강연이나 영화, 책보다 더 큰 감화력을 지닙니다. 더 효과적으로 인민들을 깨우쳐 주지요. 우리가 만든 작품은 여러 작품을 채택해서 단순화한 다음 하나로 엮어 낸 것입니다. 마르그리트의 『매춘』, 모파상의 『매독 환자』, 입센의 『유령』 등에서 따왔죠. 또 알코올 중독과 폐결핵, 매독, 말라리아, 불결함의 폐해를 일깨워 줄 목적으로 만든 간단하고 독창적이면서 감동적인 다른 작품들도 있습니다. 아직도 어둠 속에 있는 우리 동지들에게 작은 빛을 전해 주기 위해 우리가 할 수 있는 일을 하는 겁니다. 이 불이 좀 더 거세게, 좀 더 빨리 퍼지면서 타올랐으면 좋겠습니다. 하지만 계몽이란 불꽃은 항상 투쟁을 지펴야 타오르는 법이고, 움직이는 속도도 아주 느리지요. 우리도 그 사실을 잘 알고 있습니다. 그렇기 때문에 인내심을 가지고 꾸준히 노력하는 것입니다. 하지만 결국에는 그 불이 지배할 거라고 확신합니다.」

우리는 눈이 쌓인 모스크바의 길을 따라갔다. 그리고 붉은 광장을 지났다. 크렘린의 황금 돔이 얼어붙은 별빛 아래에서 빛나고 있었다.

그 친구가 한숨을 쉬었다. 「러시아는 끝이 없어요.」 그가 말을 이었다. 「그리고 인민들은 아직도 무지와 미신에 젖어 있고요. 차르가 원했던 게 바로 그것이었죠. 선생님의 이해를 돕기 위해 두 가지 사건을 말씀드리겠습니다. 1923년에 우리는 시베리아의 황량하고 외딴 오지에 알려지지 않은 한 부족이 완전히 고립된 채 살고 있다는 사실을 처음으로 알게 되었습니다. 그들은 물을 마시는 용도로만 사용했지, 그것을 가지고 몸을 씻거나 빨래한다는 건 아예 생각도 못 하는 사람들이었습니다. 이들을 발견했던 공중 보건 책임자들은 곧바로 목욕의 필요성을 알리고 그들에게 목욕을 하도록 지시했습니다. 그러나 아무도 말을 듣지 않았어요. 마침내 그중에서 용감한 한 사내가 강물 속으로 들어가 목욕을 하겠다고 나섰습니다. 그러나 얼마나 두려워했던지 물이 목까지 올라오자 그만 죽고 말았습니다. 성난 마을 사람들은 모조리 보건국 사람들한테 달려들었고, 그 의사들은 간신히 도망쳐 나왔지요.」

나는 웃음이 나왔다. 그러나 그 의사는 고개를 저었다. 「전 웃을 수가 없습니다. 다음 이야기도 마저 들어 보시죠. 똑같이 비극적, 아니 선생님한테는 희극적일지 모르겠지만요. 많은 마을에서, 농민들이 이사를 하거나 여행을 떠날 때 액막이로 이[蝨]를 몇 마리 가져갑니다. 자기 조상들이 이 끔찍한 기생충으로 다시 태어났다고 믿기 때문이죠!

이것이 우리 인민들입니다. 채찍과 문맹, 경제적인 노예 상태가 그들을 그렇게 몰고 갔던 거죠. 우리가 얼마나 막대한 책임을 앞에 두고 있는지, 그리고 그런 대중을 계몽하기 위해 얼마나 큰 고충을 감당해야 하는지 이제 이해하실 겁니다. 하지만 믿음은 모든 것을 정복하기 마련이죠. 우리는 반드시 이길 겁니다.」

오늘 저녁에 만난 이 친구가, 많은 생명을 구하기 위해 러시아에서 불과 몇몇만이 수행해 온 거룩한 성전에 관해서, 명쾌하고 열정적으로, 한참 동안이나 이야기하는 것을 들으면서, 나는 깊은 감동을 받았다. 소비에트 공중 보건의 방대한 그물이 이 거대한 땅 위로 퍼져 가고 있었다. 각각의 공장과 각 부처에서, 모든 학교와 병영에서, 각 농촌의 주거 단위에서, 이 공중 보건 군단은 위생 규정을 홍보하고 감독하면서 그것들이 실천되고 있는지 확인한다. 이런 홍보 업무에는 가능한 한 많은 사람들이 동원된다. 사무원, 과학자, 노동자, 학생, 초등학생, 군인들……. 대중적인 소책자들도 발행된다. 일부는 노동자를 위해, 또 일부는 농민을 위해, 청년과 젊은 여성, 어머니를 위한 것들도 있다. 강연과 토론회가 공장과 학교, 병영, 마을에서 마련된다. 이런 행사가 없는 곳이 없다. 전시회가 마을에서 마을로, 도시에서 도시로 장소를 옮기며 열리고, 그런 곳에서는 결핵, 매독, 말라리아, 알코올 의존증이 인체에 미치는 끔찍한 해악을 선명히 보여 주도록 색칠한 석고 모형들이 전시된다. 또한 소비에트 최고의 화가들이 다채로운 색으로 그린 포스터들은 나쁜 습관이나 우연한 사건, 나쁜 친구가 어떻게 이런 끔찍한 질병을 부르는지, 그리고 그것들과 어떻게 싸워야 하는지를 단순하고 극적으로 말해 준다. 이와 같은 공중 보건 선전 활동에서는 무엇보다도 영화가 가장 중요한 역할을 한다. 영화는 가장 추상적인 개념을 분명히 해준다. 그리고 가장 무지하고 덜 계몽된 농민들은 아무런 정신적 수고도 하지 않은 채 눈만 뜨고서, 신속하게 그 영향력을 받아들인다.

소비에트 보건을 위해 애쓰는 사도는 이렇게 말을 마쳤다.「사실 우리는 최신 매체들을 활용하고 있습니다. 사기업이 성공을 위해 사용하는 것과 똑같은 방법들이죠. 미국의 보험 회사들은 보장에 대한 대가로 돈을 지불하는 고객들의 수명을 연장하기 위해 수많은 홍보 책자를 고객에게 보냅니다. 어떻게 생활해야 하는지, 어떻게 먹고 숨을 쉴 것이며 잠은 어떻게 잘 것인지 지시하는 글들을 하루가 멀다 하고 보내지요. 그들은 고객의 수명을 연장시킴으로써 훨씬 더 막대한 이윤을 올리기 위해 이와 같은 선전에 엄청난 돈을 지불합니다. 소비에트 러시아도 시민들을 보호하기 위해 그와 똑같은 일을 하고 있는 것입니다.」

그의 말을 귀담아들으며 나는 그 빛이 어둠을 뚫기 위해서는 얼마나 큰 위험을 감수하고서 얼마나 큰 용기와 끈기를 가지고 투쟁해야 하는지 깨닫게 되었고, 또 감동했다. 그 친구를 돌아보니 이제 그는 입을 다물고 머릿속으로, 또 다른 러시아, 또 다른 세계, 더 낫고 더 계몽된 세계를 만들기 위해 투쟁을 계속하고 있었다. 내 안에서 절망적인 외침이 터져 나왔다. 억누르려 애썼지만 그것을 가슴속에 묶어 둘 수가 없었다.

「대체 무슨 목표를 향해서, 이러한 인간의 투쟁이 나아가고 있는 걸까요?」 나는 그 친구에게 물었다.

그러나 그는 깜짝 놀라서 대답도 없이 나를 쳐다볼 뿐이었다.

이튿날 나는 한 미술관을 거닐다가 어느 농촌에서 온 군중을 뒤따라갔다. 그들은 무리를 지어 서서, 그들이 키우는 수소나 암소들이 그 커다란 눈으로 쳐다볼 때와 같은 표정으로 렘브란트의 성스러운 걸작들을 보고 있었다. 러시아 방방곡곡에서 떼거리로 실려 온 사람들이었다. 그들은 박물관으로, 도서관으로, 극장으로 끌려 다니고 있었다. 그들 앞에는 이 단단한 농민들 머릿속의 진흙 덩어리를 휘젓기 위해 안간힘을 쓰는 열성적인 젊은 안내원들이 앞장서고 있었다.

오늘은 20대의 한 젊은이가, 파란 셔츠에 반짝이는 눈, 유대인의 굽은 매부리코를 한 청년이 이 대중들 앞에서 렘브란트에 관해 설명하고 있었다. 예술이란 무엇인지, 화가들은 왜 그림을 그리는지, 렘브란트는 누구인지, 그가 어떻게 인민을 사랑했는지, 그가 얼마나 고생스럽게 살았는지, 노인이 된 그를 채권자들이 집에서 쫓아낸 이야기며, 그가 돈을 갚지 않는다는 이유로 그들이 그의 물건을 죄다 팔아 버리고 그를 거리에 버린 이야기들을……

농민들은 그의 이야기에 귀를 기울였다. 머리를 숙여 절을 하는 사람들도 있었고, 목을 길게 빼는 사람들도 있었다. 한 젊은 여자 농부는 뭔가 감이 잡히는지 종종 얼굴을 빛냈다. 또 한 농부는 워낙 오랜 시간 동안 계속 듣고 있던 이야기라 마침내 뭔가 알 것 같다는 듯한 표정이었다. 무언가 작은 곤충처럼, 또는 그들의 두뇌 속 기름진 진흙에 떨어진 해바라기 씨앗처럼 꿈틀대고 있었다. 한편 젊은 안내원은 땀을 흘리고 있었다. 그는 농민들 위로 몸을 기울이며 소리쳤다. 「사람들은 종종 저에게 말합니다. 우리의 모든 희망은 인민의 교육에 달려 있다고. 인민의 계몽은 자본주의 나라에서는 큰 위험이지만 우리에게는 유일한 구원입니다.」

실제로 이런 이유에서, 볼셰비즘의 가장 큰 관심사는 글을 모르는 수백만 명의 인민들에게 읽고 쓰기를 가르치는 것이다. 〈문맹을 몰아내자!〉라는 구호와 함께 수많은 단체가 설립되었다. 회원들은 이 마을에서 저 마을로 순회를 다녔다. 그들은 서너 달씩 머무르면서 가능한 한 많은 사람들에게 읽고 쓰기를 가르쳤다. 그들은 자신이 가르쳤던 이들에게 다시 다른 사람을 가르치는 임무를 맡겼다. 그런 후에 그들은 다른 마을로 옮겨 갔다.

학생, 교사, 사무원, 노동자 등 모두가 일정 지역에서 각 집단을 교육하는 임무를 떠안았다. 문맹에 대한 거룩한 성전이 시작되었다. 그러나 그 목적은 단지 교육받지 못한 사람들에게 읽고 쓰기를 가르치는 것이 아니라, 그들에게 계급의식을 일깨우고 소비에트가 한 나라로 부활하는 데에 일정한 역할을 하도록 만드는 것이었다. 이들을 깨우치고 공산주의 방식으로 교육한다는 목적과 관련이 없는 것이라면, 그 어떤 것이든 단 한 구절도 가르치지 않았다.

동시에 그들은 조직되지 않은 이 대중에게 과학적이고 기술적인 관심을 일깨웠다. 가능하다면 언제든지, 볼셰비키는 인민들 가까이 과학을 끌고 가기 위한 시도를 하고 있다. 이들은 특별 전시회를 마련함으로써, 토지를 사회적·경제적으로 재편하기 위해서는 반드시 과학이 필요하며, 과학자들이 공장에서는 노동자와, 들판에서는 농민들과 아주 실질적인 방법으로 함께 일하고 있다는 사실을 대중에게 보여 준다.

이런 전시회를 본 인민들은 과학이 인간의 생활에 얼마나 필요한 것인지 깨닫는다. 이들은 러시아 상품의 양적·질적 가치가 예전에는 어떠했었는지, 그리고 과학적으로 연구하고 생산 과정을 거친 후 그 상품에 어떤 변화가 일어났는지 알게 된다. 사상 처음으로 이 둔탁한 두뇌를 가진 농민들은 과학이 무익하고 추상적인 이론이 아니며, 배운 사람이라고 해서 사무실에 앉아 있는 하릴없는 미치광이가 아니라는 사실을 이해하게 되는 것이다. 이제 배운 사람은 둘도 없이 소중한 지도자이며 노동자들의 동업자이다.

토지라는 당면한 실제적인 필요에 과학을 밀접하게 접목시키려는 시도는 소련에서 가장 눈에 띄게 실행되고 있는 사업 중 하나이다. 과학은 프롤레타리아의 도구이자 궁극적 승리를 위한 무기가 되어야 한다. 그러므로 모든 과학 이론과 연구는 당면한 실용적인 목적을 가질 수밖에 없다. 다시 말해, 과학 이론과 연구는 생산 수준을 높여야 하며, 동시에 인민의 지적 능력을 향상시킴으로써 프롤레타리아가 계몽된 인간의 무리들 사이에 스스로 설 수 있게 해야 한다.

과학은 언제나 지배 계급의 무기가 되어 왔다. 인류 발전의 초기에는 마법사와 사제들이 어느 정도 과학적인 인식을 지니고 있었다. 그들은 별들이 어떻게 움직이는지 알았고, 그것으로 시간을 구분하는 달력을 만들어 냈으며, 어떤 질병은 어떻게 치료하는지, 어떻게 하면 땅을 더 잘 경작할 수 있는지, 더 강력한 무기는 어떻게 만드는지 알고 있었다. 이런 것에 관한 지식은 비밀에 부쳐져 인민들을 통제하고 겁을 주기 위해 사용되었다.

오늘날 자본주의 국가에서 과학은 지배 계급의 도구이다. 물론 더 이상 비밀스러운 것은 아니다. 정반대로 문명화된 나라에서는 과학적 개념을 대중화하는 경향이 있다. 그럼에도 과학은 여전히 특정 사회 계급, 부자들의 특권으로 남아 있다. 왜 그럴까?

여기에는 많은 이유가 있다. 과학은 대학교와 공업 전문학교에서 상품처럼 팔리고 있으며, 가난한 사람들에게는 그것이 너무 비싸다. 인민 출신이 수많은 투쟁을 거쳐 가까스로 고등 기술 교육을 받고 자기 분야에서 두각을 나타냈다고 해도, 그가 과학자로 살면서 성공하기를 바란다면 어쩔 수 없이 지배 계급의 기관에 들어가서, 인민 출신임에도 불구하고 지배 계급의 이익을 위해 일해야 한다. 그렇기 때문에 한 나라의 경제와 사회, 지적인 집단의 성원을 구성하고 있는 모든 과학자들은 필연적으로 부르주아의 도구가 된다. 의식적이든 아니든, 모든 과학은 부르주아를 이롭게 하고 그 힘을 강화시키기 위해 일하게 된다.

러시아에서 과학이 지배 계급(프롤레타리아)을 위해 봉사하면서, 새롭고 더 광범위한 기초 위에서 인민의 사회 경제적 생활을 조직할 때가 왔다. 프롤레타리아 독재의 최종 목적이 계급 구조를 무너뜨리는 것인 만큼, 현재 상충되는 과학의 목표들을 조직하여 화해시키고, 사회에서와 마찬가지로 과학에서도 조화를 가져올 새로운 과학을 창조해야 한다.

이 거창한 목적을 이루기 위해서 과학은 우선, 모두에게 접근할 수 있는 능력을 갖추어야 한다. 어떻게? 필요에 따라 피상적이고 빈약하게 이루어지는 과학의 대중화로는 분명 불가능한 일일 것이다. 그러나 자본가 계급은 이런 선전을 추진한다. 노동자들에게 과학 기술을 가르쳐 주고, 그들을 좀 더 생산적으로 만들고, 결국 목표를 초과해 이윤을 안겨 주는 종으로 만드는 것이 자신들에게 이익이 되기 때문이다. 그러나 이와 같은 당면한 실용적 필요 이상으로 인민을 교육하는 것은 자본가들에게는 이익이 아니다. 인민들을 진정으로 계몽하기 위해서는 교수법이 단순화되어야 하며, 국가가 과학적 채비를 갖추기 위해서는 더 많은 선택의 여지가 있어야 한다. 결국 예외적인 몇몇 개인들뿐만이 아니라, 대다수 군중이 계몽되어야 하는 것이다. 과학적으로 훈련을 받은 인민 모두가 오늘날의 생활에서 부딪히게 되는 수많은 경제적, 기술적 문제의 해결책을 찾아 함께 일해야 한다.

소비에트 러시아의 방대한 계몽 선전 분야에서는 두 개의 새로운 교육 기구가 중요한 역할을 하고 있다. 도시의 클럽(레크리에이션 홀)과 농촌의 독서실이다.

각 공장과 교도소, 병영, 그리고 모든 학교와 병원, 선박에는 저마다 레크리에이션 홀이 있다. 여기서 문맹자들은 읽고 쓰기를 배운다. 강연회와 토론회도 열린다. 한 사람이 큰 소리로 읽으면 다른 사람들은 듣고 평가한다. 문화 프로그램과 기념행사, 축제들도 열린다. 레크리에이션 홀은 일종의 정치, 사회, 정신적 기구로서, 인민들은 여기서 문화 수준을 향상시키며 자신의 권리와 책임을 배운다.

이런 레크리에이션 홀들은 저마다 독서실과 도서관을 갖추고 있다. 또한 한 지역 내에서 악단을 꾸릴 수도 있으며, 종종 영화 상연이나 연극 공연도 개최한다. 초기에는 순회 전문 배우들이 여러 홀에서 공연을 했지만 나중에는 노동자들이, 이어서 농민들이 서서히 무대 공연에 참여하기 시작했다. 러시아인들이 마임과 연기, 춤에 놀라운 능력을 가진 덕에 여러분은 종종 이들의 아마추어 작품을 보면서 진정한 예술적 기쁨을 느낄 수도 있을 것이다.

따로 레크리에이션 홀을 둘 수 없는 소규모 공장이나 작은 선박, 그 밖의 소규모 조직들에는 〈붉은 방〉이라는 것이 있다. 붉은 기와 공산주의 슬로건으로 벽을 뒤덮은 방이다 — 그리고 레닌의 초상화가 빠지는 법이 없다. 붉은 방에는 동지들이 모인다. 이들은 신문과 책을 읽고, 토론을 하며, 친구들의 대화에 귀를 기울이고, 차를 마신다.

「새로운 파종꾼이 들판을 걸어 다닌다 — 밭고랑마다 새 밀 씨를 뿌린다……」 러시아의 풍요로운 들판에 뭔가 새로운 것이 싹을 틔우고 있다. 만약 씨를 뿌리는 이 작업이 10년 또는 20년 동안 빠른 속도로 지속된다면, 레닌의 말대로 〈세계적인 승리는 확실하다, 우리 국경선 너머의 프롤레타리아들이 혁명적인 자세를 갖추지 않는다고 해도 말이다〉.

모름지기 계몽이란 폭발력을 가지는 까닭에 그것이 자기 집에서 폭발하게 되면, 원하든 원하지 않든 이웃집까지 밝게 비춰 주게 된다. 그리고 실제로 누군가 나에게 러시아에서 가장 인상 깊었던 것, 가장 든든한 희망을 준 것이 무엇이냐고 묻는다면, 나는 주저하지 않고 대답하겠다. 몽매하고 전능한 대중을 계몽시키기 위한 러시아 지도자들의 성스러운 광란이라고.

우리의 목자 카를 포겔의 말이 옳았다. 그는 소비에트를 여행하고 돌아와서 다음과 같은 감동적인 말로 자신의 경험을 짤막하게 압축했다. 「내가 러시아에서 본 것들이 인류에 대한 나의 믿음, 내가 잃어버렸던 믿음을 되찾게 해주었다.」

종교

 이곳 소련에서는 거리거리에서, 벽 속의 우묵한 공간에 있는, 혹은 그냥 교회 문에 걸려 있는 성인들의 모습을 심심치 않게 보게 된다. 그것들은 버려져 있다. 그 옷은 꾀죄죄하고 더럽다. 그들의 수염은 왁스 칠이 되지 않아 흐트러져 있다. 사람들은 기도와 제물로써 이들을 보살피는 일을 그만두었다.

 나는 모스크바의 대로에 있는 교회에서 나사가 풀어진 채 문에 매달린 한 나무 천사를 보았다. 출입문을 지켜 주십사 하고 누군가 그 자리에 못질해 놓았던 천사였다. 이제 그 천사는 상처 입은 새처럼 한쪽 날개를 떨어뜨린 채 그곳에 걸려 있다. 그리고 모스크바의 어느 교차로에 있는 주석으로 된 성 니콜라스 역시 이제는 경첩이 떨어져서 얼어붙은 보도 위에 위태롭게 걸려 있다. 바람이 불 때면 그는 헐거워진 가게 간판처럼 끽끽거리며 소리를 지른다. 아무도 관심을 가진 사람이 없어 그의 다리를 붙잡아 고정시켜 준다거나, 적어도 그가 계속 고통 받지 않도록 아예 내려 줄 생각을 못 한다.

 러시아의 성자들은 배가 고프다. 천사들은 하늘과 땅 사이에 걸린 채 고통 받고 있다. 신은 이 거리 저 거리를 배회한다. 집도,

일자리도 없이 박해를 받는다 — 마치 부르주아처럼.

매주 일요일에는 스몰렌스크 대로에 거대한 야외 시장이 열린다. 그 시장에서는 모두가 자신이 가진 것 중 낡았거나 쓸모없어진 온갖 물건들을 내다 판다. 또 어떤 배고픔이 그들을 시장으로 내몰았는지 모르겠지만, 낡은 성상들 — 은으로 된 관을 쓰고 화려한 틀 속에 모셔진 그리스도와 성모상 — 을 들고 있는 늙은 여자들을 만나게 된다. 그들은 낡은 쇠붙이와 금이 간 찻잔들과 함께 성상을 판다. 나는 사람들이 도무지 이해가 안 갈 정도로 쓸모없고 낡은 물건들을 사가는 광경을 지켜보았다. 찌그러진 모자, 부러진 틀니, 내부 스프링이 빠진 손목시계, 퀼트 조각. 그러나 성상을 사는 사람은 거의 보지 못했다. 어느 일요일에는 창백한 얼굴의 한 노파가 혈색이 좋은 성모 마리아를 품에 안고서 팔고 있었다. 나는 오랜 시간 동안 그 노파 옆에 서 있었다. 아무도 그 노파 근처에 오지 않았고, 그녀를 비웃거나 십자가를 긋는 사람도 없었다. 사람들은 그냥 무관심했다. 여기에는 그들한테 필요한 물건이 없다는 것을 알고 지나쳐 갔을 뿐이다.

나는 그 창백한 노파에게 말을 걸었다. 「마모치카(아주머니), 성모 마리아는 이제 안 파실 겁니까?」

눈 덮인 머릿수건 밑에서 그녀가 평온하게 대답했다. 「우리가 뭘 할 수 있겠수, 젊은 양반? 참고 기다려야지. 사람들은 저걸 사갈 거요, 테두리가 훌륭하잖우.」

그렇다, 사람들은 그 성모상을 사갈 것이다. 그리고 그 틀 안에 레닌의 상을 놓을 것이다. 테두리는 여전히 남는다, 인간의 마음이기에. 다만 상만 바뀔 뿐이다.

그저께는 그리스도교 축일이었다. 나는 모스크바 강 옆에 있는 새 모스크바 성당을 찾아갔다. 제정 러시아의 자랑이었던 이 웅장한 교회는 텅 비어 있었고, 불도 켜 있지 않은 채 온기 하나 없이 싸늘했다. 여러 가지 색의 물감을 입고 늘어선 성자들은 황금색 후광을 배경으로 영광스러운 순교자의 관을 머리에 쓰고서, 혹한 속의 짐승들처럼 황량한 겨울의 어스름 속에서 몸을 떨고 있었다. 뚱뚱하고 늙은 한 귀족 여인이 출입구 근처의 벤치에 웅크리고 있었지만, 얼어붙은 공기 속에서 연기처럼 피어오르는 그녀의 숨결은 이 거룩한 성자 무리들의 몸을 따뜻이 해주기에는 역부족이었다.

나는 러시아가 배출한 참으로 걸출한 작가 한 명을 떠올렸다. 바실리 바실리예비치 로자노프.[1] 어떤 이념에서도 자유로웠던 동시에 모든 이념에 사로잡혀 있었으며, 퉁명스러우면서도 상냥하고 항상 혼자였던 사람. 그는 말했다. 「나를 둘러싼 공허와 고요가 너무도 강렬하게 느껴진다. 세상에 다른 사람들이 존재한다는 사실을 믿거나 인정할 수도 없을 만큼.」

모순된 천재인 그는 자유를 사랑하는 열정으로 기사를 쓰다가도 같은 날 다른 이름으로, 광신주의에 사로잡혀 격렬하게 자유를 반대하는 기사를 쓰곤 했다. 러시아 혁명이 일어났을 때 그는 〈총체적으로 부패한〉 차리즘과 〈천한〉 혁명을 똑같이 거세게 공격했다. 그는 생명과 다산을 관장하는 신을 극구 찬양했다. 그는 집에서 게으르게 빈둥거리면서도 운동과 에너지를 숭배했다. 그는 끊임없이 차를 마시고, 밖에 나갔을 때는 담배꽁초를 찾아 쓰레기를 뒤지면서 이렇게 말했다. 「나는 진실을 찾고 있는 게 아니다. 나는 마음의 평화를 원한다.」

---

1 Vasilii Vasilievich Rozanov(1865~1919). 이단적 종교 이념과 개성 있는 산문으로 유명했던 러시아 작가.

자기 내면의 생각에 관해서 그렇게 대담하게, 또 그렇게 뻔뻔스럽게 글을 쓴 사람은 없었다. 「나는 문학을 느낀다, 내 손으로 내 바지를 만지는 것처럼.」 그는 앞뒤가 맞지 않는 자신의 작품을 보고 스스로를 비웃었다. 「흩어진 각재, 모래, 바위, 도랑들. 이게 다 무엇에 쓰이는 것일까? 길을 놓고 있는 걸까? 아니, 그것들은 로자노프, 바실리 바실리예비치 로자노프의 작품이다.」

오늘 나는 이 얼어붙은 교회 안에서 그를 생각했다. 그만큼 그리스도의 종교를 혐오한 사람이 없었기 때문이다. 그에게 신은 살아 있는 자들의 신이어야지, 죽은 자들의 신일 수가 없었다. 죽음은 〈최후의 추위〉이다. 우리는 그리스도를 무찔러야 한다. 다시 말해 원죄를, 다시 말해 추위를, 다시 말해 죽음을. 왜냐하면 〈그리스도 = 추위 = 죽음〉이니까. 그리스도를 정복하기 위해서는 단 한 가지 방법이 있을 뿐이다. 아이가 되는 것. 즉 생명을, 대지의 생산력을, 태양을 숭배하는 것이다. 우리는 서로 다른 것을 등식화하는 그리스도교의 방정식에 맞서야 한다. 〈신 = 태양 = 갓난아이〉라는.

나는 조금이라도 몸을 녹여 보려고 이 웅장한 교회 안을 잰걸음으로 오락가락했다. 나는 생각했다. 그리스도는 추위가 아니다. 그는 결국 차가워지고 얼어붙어 버렸지만 그것은 우리 가슴이 얼어붙어 버렸기 때문이었다. 온유하신 하느님은 이제 더 이상 사과와 꿀 같은 냄새를 풍기지 않는다고, 시인 예세닌은 단언한다. 그에게서는 황폐해진 폐가의 냄새, 흙냄새가 난다.

갑작스러운 일이었다. 역사적 시기마다 인간들의 가장 깊은 열망이 어떻게 이처럼 절대 무류(無謬)의 기술을 통해 새로운 신화로 구체화되는지, 그리고 어떻게 이 신화가 선봉에 나아가면서 인간들에게 상승할 용기를 주는지 곰곰이 생각하고 있었는데, 정말 갑작스럽게, 교회의 높은 위쪽 어느 구석에선가 남자와 여자들이 가장 아름다운 목소리로 부르는 찬송가가 들려왔던 것이다. 소리의 출처를 찾아 헤매던 나는 원형의 대리석 계단을 발견했다. 한 계단 한 계단 올라갈수록 그 송가는 더욱더 뚜렷해졌다. 양쪽 벽으로 성자들의 그림이 걸린 복도를 따라가서, 또 하나의 계단을 올라갔다. 내 앞의 컴컴한 어둠 속에서 몇몇 노인과 무거운 숄을 두른 노파들이 숨을 헐떡이며 위로 올라가는 것을 알아볼 수 있었다.

두 번째 계단 꼭대기에 도착하고 보니 나는 어느새 따뜻한 구석방에 와 있었다. 불 밝힌 촛불 아래 금박이 반짝이는 예배실 안에는 남자와 여자들이 무릎을 꿇고 있었다. 제단을 가득 메운 부제와 사제, 주교들은 머리부터 발끝까지 금색 비단으로 휘감은 채 무거운 은제 봉헌 램프 아래에서 공작새들처럼 빛을 발하고 있었다.

그 구석에서 내가 발견했던 따스함과 달콤함, 밀랍과 유향과 나프탈렌의 냄새를 나는 결코 잊지 못할 것이다. 양쪽으로 귀밑수염을 기르고 너덜너덜해진 모피 코트를 입고 있는 나이 지긋한 남자들은 예전의 귀족이나 귀족 영지의 문지기들 같아 보였다. 여자들은 머릿수건을 쓰고 있었는데, 북받치는 행복감에 금방이라도 기절할 듯한 모습이었다. 한편 성상 칸막이벽에서는 금빛 머리카락을 아름답게 빗어 넘기고, 관능적인 입술과 화려하게 장식된 가슴, 금과 은으로 된 다리에 인간의 손과 눈, 인간의 마음을 가진 그리스도가 장밋빛 뺨의 흐뭇한 얼굴을 빛내고 있었다.

나는 무릎을 꿇고 있는 이 노인들 틈에서 우두커니 서 있었다. 그리고 시작과 쇠망은 얼마나 다른지, 그러면서도 얼마나 가슴 뭉클할 정도로 닮았는지를 생각했다. 참으로 가슴이 찢어지는 이별,

이제 길을 떠나면 영원히 돌아오지 못할 정든 한 친구를 떠나보내는 친구들의 모임, 나에게 이 회합은 그렇게 여겨졌다.

그런 쓰라림과 비애 속에서 마지막 신도들은 그동안 친숙했던 사랑하는 신의 형상과 이별하고 있었지만, 조금도 울지 않았다. 그리고 다시 인간에 대한 새로운 갈망을 구현하는 새로운 신도들 중 맨 첫 번째 대열에 선 사람들은 낡아서 이제는 힘을 잃은, 또한 그런 이유로 가짜가 된 우상을 무자비하게 공격하고 파괴한다.

볼셰비키는 그들의 연설에서, 신문과 책에서, 학교에서, 그리고 인민을 깨우치기 위해 유포시키는 모든 정보 속에서 그리스도교뿐만 아니라 그 밖의 모든 종교까지 무자비하게 공격한다. 그러면서도 이들이 아직까지 교회를 폐쇄하지 않은 까닭에 그럭저럭 교회가 유지될 만큼의 신도들이 남아 있다. 더욱이 볼셰비키는 예배를 금지시키지도 않았다. 이들은 인민들이 스스로 선택할 수 있게 계몽시키려고 애쓰고 있는 것이다. 크렘린의 붉은 광장 입구, 기적을 행한다는 유명한 이베르스크의 성모상 건너편, 성모상을 마주보는 돌벽에는 볼셰비키가 큼지막하게 새겨 놓은 카를 마르크스의 한 구절이 있다. 〈종교는 대중의 아편이다.〉 한쪽에는 성모 마리아, 또 한쪽엔 카를 마르크스. 여러분은 원하는 것을 선택하고 받아들이면 된다.

그러나 학교에서는 사정이 다르다. 이들은 종교 수업을 폐지했을 뿐 아니라, 신과 악마는 사제들이 만들어 냈으며, 인간은 흙의 자손으로 흙 속에서 삶을 시작하고 끝낸다는 사실을 체계적으로, 또 광신적으로 가르치고 있다. 이 유물론적인 세계관은 초등학교 수준에서부터 가르친다. 종교적 성향을 띠는 서적들은 어떤 식으로든 출간이 허락되지 않는다. 또한 특별히 따로 박물관을 설립하여 다윈 이론에 따라 유기체가 어떻게 발달해 왔는지, 인간이 누대를 거치며 어떻게 유인원에서 진화해 왔는지를 보여 준다.

볼셰비키는 낡은 종교 모델을 제거하고 새로운 모델을 창조했다. 새로운 공산주의 숭배 의식이 서서히 구체화되고 있으며, 여기서 새로운 의식을 통해 인간 삶의 위대한 순간들이 신성시된다. 이곳에서는 아이가 태어났을 때 여러 노동자가 대부가 되는 경우가 많다. 이들은 소비에트의 붉은 아기에게 새 이름을 지어 준다. 니넬(Ninel, 레닌Lenin의 철자를 거꾸로 놓은 것), 트루드(Trud, 노동), 프로프소유즈(Profsoiuz, 노동조합), 킴(Kim, 어린 공산주의자) 등이다. 이들이 갓 태어난 아기에게 주는 문서에는 다음과 같은 구절이 붉은 잉크로 아름답게 적혀 있다.

> 우리는 무지와 노예 제도의 상징인 십자가의 이름으로가 아닌, 노동과 투쟁의 붉은 깃발의 이름으로 너를 축복한다. 부디 네가 온 누리 온 민족 온 인종의 노동자를 똑같이 사랑하기를. 똑같은 열정으로 온 세계의 왕과 은행가, 기업가와 사제들을 미워하기를. 레닌의 충성스러운 제자가 되어 과학의 깃발을 확고하게 드높이기를, 그리고 항상 제3 인터내셔널의 수호자로 남기를 바란다.

그리고 무신론에 관한 특별한 정기 간행물들이 있는데, 그 목적은 낡은 신앙을 고집하는 대중들을 계몽하는 것이다. 풍자적인 시사 주간지 『아테이스트*Ateist*』 편집장을 찾아간 적이 있었다. 편집부 기자들(남자와 여자들) 및 학자, 과학자, 신학자, 유머 작가들이 널찍한 사무실 안을 가득 메우고서 머리를 책상에 처박은 채 종교적인 열성으로, 종교를 공격하는 대중적 형태의 풍자적인 기사들을 쓰고 있었다.

매력이라곤 찾아볼 수 없는 빨강 머리의 한 젊은 여자가 입술에 담배를 물고서, 나에게 이 간행물 여러 권을 자랑스레 보여 주었다. 나는 한 권을 들고 대충 넘겨 보았다. 그 내용은 캐리커처들, 술 취한 수사들, 선술집에서 춤추는 성자들, 상스러운 농담들, 헐뜯는 식의 일화와 조잡한 과학들로 채워져 있었다.

「무엇보다도 이곳의 광신적 분위기와 신앙에 대한 당신네의 신앙이 마음에 드는군요. 이것 자체가 새로운 종교 아닐까요?」 나는 이렇게 물었다.

그 젊은 여자는 콧구멍으로 담배 연기를 내뿜었다.

「편집장님이 곧 오실 거예요.」 그녀는 이렇게 대답하고 자리를 떴다.

나는 기다리면서 주위를 둘러보았다. 벽들은 캐리커처로 뒤덮여 있었다. 3인분이나 되는 배를 내민 사제들을 뚱뚱한 천사들, 귀밑 수염을 기른 비대하고 멍청해 보이는 신, 수사들, 그리고 숫염소를 탄 수녀들이 함께 떠받치고 있는 그림이었다.

얼마 후 금욕주의자처럼 홀쭉하고 붉은 턱수염을 기른 편집장이 들어왔다. 독기가 뚝뚝 떨어지는 얼굴이었다.

나는 여러 가지 질문을 준비하고 정신 무장을 마친 후였다. 이 무신론의 심장부에서 신을 지지하는 논쟁을 시작하고 싶었던 것이다. 나는 쓰러져 버린 봉건 영주를 위해 기꺼이 전투에 나설 태세가 되어 있었다. 그러나 이 무신론 지도자를 보는 순간, 나는 굳어져 버렸다. 그가 내세울 〈과학적〉 주장의 모든 내용을 나는 이미 알고 있었다. 그 씩씩거리는 입술과 독을 품은 목구멍에서 솟아 나올 빈정대는 목소리를 너무도 분명하게 간파하고 있었다.

그가 무엇을 원하느냐고 묻는 듯한 표정으로 나를 쳐다보았다.

「아무것도 아닙니다.」 나는 그의 무언의 질문에 대답했다. 「그냥 편집장님을 한번 뵙고 싶어서요. 이제 만나 뵈었으니 가보겠습니다.」

그는 양손을 비비면서 사무실 문까지 나를 배웅해 주었다. 문간에서 그가 미소를 지으려고 했지만, 웃음에 익숙하지 않은 그 입술은 상대를 물기 직전인 개의 입처럼 팽팽히 뒤로 찢어졌다.

「우리 편이신가요?」 그가 물었다.

「무슨 말씀이시죠?」

「신을 부정하십니까?」

「신이라면 무얼 뜻하는 겁니까?」 나는 당황해서 대꾸했다. 「악마는 또 뭘까요? 그 둘이 뭐가 다르죠? 전 이해가 되지 않습니다.」

그는 나를 가볍게 밀고는 문을 닫았다.

길을 걸으면서, 나는 그의 갑작스러운 분노를 떠올리며 킬킬거렸다. 서서히 내 머릿속에서 사태가 정리되었다. 내가 보기에는 유물론의 이 정력적인 제자들 모두가 소박한 확신을 가지고 묻는 영원한 질문들에 대해 강압적인 답을 제시하고 있었다. 그리고 모든 종교에서 그렇듯, 그들은 이 답을 전파하기 위해, 사람들에게 그 강압적인 답을 이해시키기 위해 애쓰고 있었다. 오늘날 소련에는 광신적이고 신비스러울 만큼 열정적이며 교조적인 종교가 하나 있다. 바로 무신론이다. 수백만의 군대로 무장한 이 잔인하고 무자비한 종교는 수백만의 어린아이들을 자기 손에 쥐고 원하는 대로 아이들의 모습을 빚어낸다. 이것은 전능하다. 이것에도 나름의 성서가 있다. 마르크스의 위대한 『자본론』이다. 그리고 이 종교의 위대한 예언자는 레닌이다. 이 종교가 거느린 광신적인 사도들은 여러 나라들을 여행하면서 새로운 복음을 전파하고 있다. 이것은 자기 나름의 순교자와 영웅, 교리, 신부들, 호교학자들, 교리학자들, 설교자들을 두었다. 이것에도 나름의 교회 회의와 이단과 파문이 있다. 무엇보다도 이것은 자기가 진리를 쥐고 있으며, 삶의 문제들에 관해 결정적인 답을 준다고 굳게 믿고 있다.

따라서, 이 시기에 살고 있는 우리는 새로운 종교가 탄생하는 오늘날의 이 외경스러운 순간을 이해하기 위하여 최고의 지적 노력을 기울일 필요가 있다.

급작스러운 충격은 없었지만 낡은 종교는 시들어 가고 있다. 그것에는 여전히 사제들과 황금 정복과 교회가 있고, 깊고 아름다운 소리를 내는 종과 찬송가가 있지만, 생명의 수액은 말라 버렸고, 그 나무는 시들고 있다. 러시아에는 낡은 종교와 수도원들이 아직도 남아 있다. 그중 가장 유명한 트로이츠키 수도원이 모스크바 외곽에 있다.

어느 날, 성인전(聖人傳) 박물관 관장이자 인정 많은 옛 귀족인 이반 알렉산드로비치 아니시모프가 기뻐하면서 나한테 알려 주었다. 「약간의 햇빛이 비치는 날씨로군요. 트로이츠키 수도원으로 같이 나들이 가십시다. 성상들을 좋아하시는지요? 그곳에 가면 우리의 위대한 성상 제작자 안드레이 루블레프[2]의 걸작인 〈성삼위일체〉를 볼 수 있습니다.」

그 며칠 동안 나는 볼셰비키들이 진이 다 빠질 정도로 인내심과 애정을 가지고 일하는 모습을 지켜보았다. 그들은 러시아 전역에서 성상들을 수집했다. 그리고 성상의 원래 모습을 훼손시켰던 모든 덧칠을 말끔히 벗겨 내고 있었다. 그들은 특별 작업장을 설립했고, 그 작업장에서 노동자들은 원래 형상을 되찾기 위해

---

2 Andrei Rublev(1370?~1430?). 중세 러시아의 화가.

진정 종교적인 관심을 쏟으며 한 층 한 층 덧씌워졌던 색깔을 벗겨 내고 있었다.

나는 오랜 시간 이들의 노동을 지켜보며 감동을 받았다. 한 성상은 여러 시기를 거쳐 오면서 하도 여러 번 덧칠되었던 탓에 무려 열 번, 어떤 부분에서는 열두 번이나 덧칠을 벗겨 낸 후에야 맨 처음의 가장 오래된, 그리고 가장 아름다운 그림을 찾아낼 수 있었다. 그저께는 이런 복원 작업실 중 한 곳을 찾아갔다. 그곳에서는 두껍게 칠해진 19세기의 거대한 성모 마리아 상을 놓고 작업하고 있었다. 작업장 한구석에는 열세 개의 물감층을 벗겨 낸 끝에 참모습을 드러낸 13세기의 한 천사가 있었는데, 그 아름다움은 말로 표현할 수 없을 정도였다. 그것은 비잔틴 양식의 원형대로 검소한 아름다움을 지님과 동시에, 슬라브인들의 격하고 신비스러운 열정을 뿜어내고 있었다. 세 명의 숙련된 장인들이 매우 섬세한 도구를 가지고 원래의 성상을 해방시키기 위해 아주 느린 속도로 일하고 있었다. 그들은 완전한 모습의 성모를 구출하기까지 6개월이 걸릴 것으로 예상했다.

이런 방법으로 성상 숭배자 아니시모프는 현존하는 세계에서 가장 아름다운 성모를 구해 냈다. 1157년 안드레이 보골류프스키 공이 비잔티움에서 블라디미르 시로 이 성상화를 가져왔다. 이 성상화는 1355년 다시 모스크바 크렘린의 교회 중 한 곳으로 옮겨졌다. 수 세기를 지나면서 그 그림에는 연기와 초의 그을음, 덧칠로 인한 더께가 쌓여 갔다. 이제 복원된 성모는 성상화의 정수로 박물관에서 빛을 발하고 있다. 그녀에게는 모든 슬픔과 다정함, 고결함이 깃들어 있다. 커다란 아몬드형의 눈이 절망스럽게, 그러나 한없는 사랑과 슬픔으로 마치 이 세상이 십자가에 달린 그녀의 아들인 양 세상을 굽어보고 있다.

볼셰비키가 성상을 놓고 하는 일의 성격이야 어떻든, 이들은 낡고 역사적인 수도원과 궁전에 대해서도 똑같은 작업을 하고 있다. 이들은 가장 최근에 가해진 덧칠들과 볼썽사납고 역겨운 장식들을 조심스럽게 제거해 낸다. 그러면 건물들이 원래의 형태를 드러낸다. 볼셰비키는 대개 이런 건물들을 박물관으로 바꾸어 똑같은 시기의 가구와 성상, 카펫, 서적들로 장식한다.

「그만 가셔야죠?」 또 한 번 이반 알렉산드로비치 아니시모프가 재촉했다.

우리는 길을 나섰다. 바깥쪽을 향해 몸을 기대고 차창 밖을 내다본다. 눈에 뒤덮여 햇빛을 흠뻑 받은 평원이 보인다. 우리는 울창한 전나무 숲을 지난다. 미동도 없이 서 있는 전나무들, 이 자부심에 꽉 찬 나무들은 수정으로 뒤덮여 있다. 모든 것이 하나의 기적이다. 아프리카인에 가까운 내 눈은 아직도 이 풍경에 익숙하지 않아서, 아무리 봐도 이 히페르보레이오이[3]의 기적에 만족할 줄 모른다. 그가 성상화에 관해 떠드는 소리가 들리고, 이 동화 같은 북극 땅의 모든 것이 꿈처럼 여겨진다.

「우리 러시아 최초의 위대한 화가는 선생과 같은 고향에서 온 사람입니다. 크레타인 테오파니스였죠. 그는 거칠고 창조적인 자신의 숨결로 노브고로트의 교회들을 가득 채웠습니다. 그가 그린 예언자들은 온통 불꽃에 휩싸인 채 열정을 불어넣었고, 그가 탄생시킨 성모는 자연의 강력한 힘처럼 부드러움이라곤 없이 가혹했습니다.

그리고 크레타인 테오파니스의 강인한 뿌리에서 좀 더 나긋나긋한 어린 싹이 솟아 나왔습니다. 안드레이 루블레프는 좀 더 인

---

3 그리스 신화 속에 나오는 항상 봄이 계속되는 북녘 나라에 사는 민족.

간적이고 온화한 표정으로 미소 짓는 건장한 천사들과 평온하고 금빛 수염을 기른 러시아의 그리스도를 만들어 냈지요.

나중에 16세기에 들어와서 디오니시오스가 등장했는데, 여성성과 우아함이 넘치는 부드럽고 사랑스러운 화가였습니다. 파도바 아레나 성당의 조토[4]처럼 그는 성 페라폰트에 처박혀서 자신의 영혼을 담은 여러 가지 색채의 고요한 그림으로 그 교회의 벽을 메워 나갔습니다.」

우리가 도착한 그 수도원은 눈 위로 초록색 돔을 드러내고 있었다. 우리는 기차에서 내렸다. 빨강, 초록, 노랑의 옷을 입은 마을 여자들이 눈 위를 돌아다녔고, 그 뒤를 양가죽으로 몸을 감싼 농민들이 둔한 걸음걸이로 따라가고 있었다. 마침 이날은 수도원 안뜰에서 시장이 열리는 날이었고, 이 농민들은 물건을 교환하기 위해 근처 여러 마을에서 온 것이었다.

우리는 커다란 문지방을 넘어 수도원 안으로 들어섰다. 마당 한가운데에 있는 교회 문을 열었다. 다음 순간, 루블레프의「성 삼위일체」가 맞은편 성상 칸막이벽 위에서 눈부시게 빛났다. 평화로운 세 천사가 곱슬머리를 넓은 띠로 묶고서 탁자 주변에 앉아 대화를 나누는 듯 서로를 바라보고 있었다. 나는 완전히 압도되어 멍하니 서 있었다. 내 눈앞에 다시 한 번 깊고도 단순한, 무엇으로도 꾸미지 않은 불멸의 인간 영혼이 나타났던 것이다. 난생처음으로 내 앞에 성 삼위일체가 그렇게 인간적인, 다시 말해 신성한 모습으로 자신을 드러내고 있었다. 이 삼위일체는 따뜻했고, 우리와 똑같은, 우리와 피를 나눈 인간들의 것이었다. 그것은

---

[4] Giotto di Bondone(1266?~1337). 14세기 이탈리아 회화의 거장. 아레나 성당에 있는 예수의 생애를 이야기식으로 그린 그의 대규모 프레스코 연작이 유명하다.

이제 범접할 수 없는 하늘의 일부가 아니라 이 보잘것없는 초록의 대지에 속한 것이었다.

우리는 천천히 거닐었다. 나는 이 모든 보물을 탐욕스럽게 집어삼켰다. 성상화들은 하나같이 아름다운 색채로 빛났고 — 빛에 목마른 이 북국의 회화들이 다 그렇다 — 동양적인 직물들, 귀중한 십자가, 진주를 수놓은 왕실 예복, 생생한 세밀화로 장식한 필사본들, 향로, 묵직한 주교관, 은제 세례반. 물속에 가라앉아 사라져 버린 어느 먼 세계에서 온 이 작고 빛나는 유물들은 죽음이 감히 앗아가지 못하고 남긴 유물들의 전부였다.

우리는 난방이 되고 있는 수도원 감독관실로 들어갔다. 책으로 가득 채워진 방이었다.

감독관은 친절한 사람으로, 학식이 높고 현명한 은둔자였다. 그의 인생 전체가 사랑이고 일이었다. 그는 어릴 때부터 이 구역, 작지만 무한한 이 수도원에 자신을 바쳤다. 그는 트로이츠키 수도원에 관한 책을 몇 권 썼을 뿐 아니라, 이 아름다운 르네상스기의 건물을 예전의 천박한 보수 작업에서 구출해 내는 일을 직접 감독하면서, 성상화 위에 덕지덕지 칠해져 있었던 차르 시대의 금박을 벗겨 내어 나무 위에 그려진 원래 색깔의 꽃들을 드러내게 한 사람이었다. 오랜 세월, 신앙의 유물들 사이로 부지런히 발을 놀리면서 그 유물들과 이야기를 주고받았던 사람이었다. 그가 창백하면서도 평온해 보이고, 곧잘 웃을 줄 알았으며, 자기 방에서 우리를 맞을 때는 어린아이처럼 펄쩍 뛸 수 있었던 것도 바로 그런 이유에서였다.

「어서 오십시오.」 그가 내 두 손을 꽉 잡으면서 말했다. 「그리스에서 오셨다니 반갑습니다. 내가 사랑하는 현인의 고향이죠.」

「어느 현인 말씀이십니까?」 나는 미소를 띠며 말했다. 「우리나라에는 현인이 워낙 많아서 말이죠.」

「러시아의 위대한 은인, 그리스인 막시모스 말입니다. 1480년 아르타에서 태어난 그는 파리와 베네치아, 피렌체에서 공부하다가 마침내 거룩한 산[5]의 바토페디 수도원에서 마지막 안식처를 찾았지요. 아주 특별한 인물이었어요. 현명하고 과감하면서 성인다운 데가 있었습니다. 마침 모스크바 대공이 콘스탄티노플 총대주교에게 편지를 썼습니다. 〈우리 백성을 계몽시킬 사람이 필요하니 현명한 그리스인 한 사람만 보내 주시오〉라고요. 그러자 총대주교는 막시모스를 보냈지요. 그는 이곳에 와서 융숭한 대접을 받은 뒤 비잔틴의 망명자들이 가지고 들어왔던 필사본들을 분류하기 시작했고, 새로운 필사본을 번역하고 오래된 번역을 바로잡았습니다. 그는 이렇게 선언했어요. 〈오직 하나만이 러시아를 구할 수 있다. 글자를 이해하는 좁은 교육이 아니라 성서의 정신을 간파할 수 있는 넓은 교육이다.〉 이 위대한 현자는 두려워하지 않고 자기 견해를 과감하게 표현하면서 수많은 이의 가슴에 불을 지르고 수많은 사람을 깨우쳤습니다. 그의 시대에 가장 훌륭한 러시아인은 그의 제자들이었어요. 신께서 그리스를 보호해 주시길! 정말 잘 오셨습니다!」

말하는 동안 그는 한 손을 번쩍이는 사모바르에 올려놓았는데, 그것은 방구석에 놓인 제단처럼 빛나고 있었다. 사실 우리는 춥고 배고프고 목이 마른 상태였다. 그런 차에 그 커다란 사모바르를 보게 되자, 순간 나는 북방의 원시적인 신들, 돌에 새겨진 작은 키의 배가 불룩한 신들이 생각났다. 그들은 올빼미들처럼 느긋하게 앉아 있으며, 인간들을 즐겁게 해준다.

---

5 그리스의 아토스 산 — 원주.

차. 버터. 캐비아. 훈제 생선. 우리는 먹고 마셨다. 우리의 혀가 풀리기 시작했다. 우리는 거룩한 산과 미스트라스,[6] 다프네, 포키스에 있는 성 루가 수도원에 관해 떠들었다. 향수에 젖어서 비잔틴 시대의 그리스에 관해 이야기하는 동안 나이 많은 두 친구의 눈은 점점 뿌옇게 흐려졌다.

그날 밤, 농부 차림의 키 큰 남자가 기차역까지 우리를 배웅해 주었다. 아까 낮에 성상을 복원하는 공방에서 일하고 있던 사람이었다. 그는 우리가 눈 속에서 길을 잃지 않도록 커다란 초롱을 들고 왔다.

그는 완벽한 프랑스어로 말했다. 「전 그리스에 세 번 가봤습니다. 하지만 그때는 고대 그리스에만 관심이 있었죠. 스파르타에도 갔었는데, 몇 발짝 더 가서 미스트라스까지 가볼 생각은 미처 하지 못했어요. 그런데 지금은 다시 선생님의 나라에 가보고 싶습니다. 오직 그리스도교 시절의 그리스를 보기 위해서 말이죠. 하지만 불가능한 얘기죠. 지금 무슨 수로 여행을 한단 말입니까? 이런 벌을 받아도 싸죠.」

그가 씁쓸하게 미소 지었다. 흔들리는 초롱불빛 속에서 나는 그의 귀족적인 자태와 긴 금빛 수염, 섬세한 손을 볼 수 있었다.

「그래서 발전하고, 앞으로 나아가는 사람들은 항상 벌을 받는 겁니다. 만약 선생 스스로가 자신의 낡은 사상과 사랑을 고수하겠다고 결정했다면 지금 그런 슬픔 같은 것도 없었을 테지요. 좋은 것을 받기 위해서는 항상 커다란 대가를 치르기 마련이니까요.」 내가 대답했다.

---

[6] 그리스에 있는 중세 유적지.

「바로 그겁니다. 가는 말이 고와야 오는 말도 고운 법인데.」

한동안 그의 목소리 때문에 마음이 불편했지만 벌써 역에 도착해 있었다. 나는 그에게 작별 인사를 했다. 우리 둘만 남게 되자 이반 알렉산드로비치가 나에게 귀띔해 주었다. 「그 사람은 ○○○ 백작입니다. 평생 수많은 인민을 억압했던 대귀족이지요. 한때 우크라이나에 굉장한 영지를 가지고 있었는데 지금은······.」

말을 다 잇지 못하고 그는 입을 다물었다.

러시아 문학

나 역시 러시아 문학의 젖을 먹고 자랐다. 아니, 불꽃을 먹고 자랐다고 해야겠다, 거기에는 젖이라고는 없으니까. 러시아 문학에 등장하는 반항적인 주인공들의 통렬한 고통과 열정은 확실히 우리 조상들의 유명한 걸작들보다 훨씬 더 강도 높게 내 영혼을 매혹시켜 왔다. 흡입력이 강한 이 예술에는 유럽의 작품들과는 구분되는 그만의 독특한 특질 — 크게는 다섯 가지 특질 — 이 있으며, 그것들의 양상은 젊은 날의 내 피를 강력하게 흥분시키는 그런 것이었다.

1. 러시아 문학은 아름다움을 넘어서 종교적, 윤리적, 형이상학적 목표를 추구한다. 러시아 작가들은 항상 삶과 죽음이라는 중대한 문제에 휘둘리고 있었다. 그들은 묻는다. 이 지상에서 살아가는 목적은 무엇이며, 삶의 의미는 무엇인가? 우리는 왜 살며 일하고 고통 받는가? 러시아 작가의 목적은 자유분방하고 무관심한 예술의 게임이 아니라 시적 창조에서 오는 고상하고 순수한 기쁨이다. 그의 목표는 가치의 새로운 위계질서를 찾아 독자들에게 전달해 주는 것이다. 인간의 권리는 무엇이고, 인간의 의무와 희망은 무엇인가? 따라서 예술은 형이상학적인 탐색이며 윤리적

인 투쟁, 즉 교훈적인 선언이 된다.

2. 러시아 문학은 그 밑바탕 자체가 혁명적이다. 그것은 인민을 일깨우고 계몽시키기를 원하며, 인민의 정신적인 인식을 드높이고, 그들에게 그들 자신의 권리 의식과 자유에 대한 사랑을 심어 주고자 한다. 러시아 백성은 글을 모르고 게으르며 운명론적이다. 표트르 대제가 실시한 급격한 유럽화는 인텔리겐치아와 대중 사이의 간극을 한층 더 심화시켰다. 자기 생각을 종이에 옮겨 쓸 줄 아는 문학 예술가들은 극히 드물었다. 따라서 그는 이 마법의 힘을 사용해서 화려하고 아름다운 저작을 창조하는 것은 물론이고, 좀 더 직접적으로는 시급한 목적에 도움을 주어야 한다는 의무감을 느꼈다. 그것은 바로 낙후한 백성들을 계몽시키는 것이었다.

러시아 작가들은 정치·경제적 억압이 사회악의 뿌리임을 처음으로 깨달은 사람들이다. 그것이 뿌리 뽑힐 때에만 백성들은 해방될 수 있다. 러시아 작가는 이런 확신에 도달하는 즉시 용감하게 자신의 책임을 떠맡는다. 과거 러시아에는 자유로운 정치가나 저널리스트, 사회학자, 또는 심지어 교사라고 부를 만한 사람이 한 명도 없었다. 작가가 이들 모두를 대신했다. 그는 제정 러시아의 광활한 땅에서 자유를 부르짖기 위해 일어서던 유일한 목소리였다. 그 혼자서 모든 피해자들, 굶주린 자들, 노예가 된 자들을 지켜 주었다. 오직 작가만이 상상력의 산물을 통해 과감하게 자기 양심의 목소리를 높일 수 있었기 때문이다. 작가는 백성들의 지도자인 동시에 정신적 고해 신부였다. 독자들은 고통을 느끼며 작가에게 물었다. 「나는 어떻게 해야 합니까? 어떻게 하면 내가 깨우치게 되며, 어떻게 해야 우리가 스스로를 해방시킬 수 있습니까?」

3. 러시아 문학에는 하나의 영웅적인 등장인물이 있다. 그것은 하나같이 그 창조자들로부터 박해를 받는다는 특징을 지닌다. 러시아 문학의 역사 전체가 끊임없이 길게 이어지는 영웅적인 순교라고 할 수 있다. 그것은 전능한 어둠의 적들과 싸움을 치러야만 한다. 전제주의의 세력(차르, 검열, 경찰)과 싸워야 한다. 그리고 교양 있는 상류층, 실상은 천박하고 무관심하며 쾌락주의적이고 비겁한 상류층과도 맞서야 한다. 또한 무식하고 운명론적인 다수의 인민 대중과도 싸워야 한다.

이런 이유로 러시아 문학에는 세계의 그 어떤 문학에서보다 지적인 주인공이 많으며, 젊은 나이에 죽는 순교자들이 많다. 그들은 고문당하고 추방당하고 살해되거나, 또는 미쳐 버린다. 러시아 작가들은 전체를 구원하기 위해 개인이 스스로를 희생해야 한다고 천명했을 뿐 아니라, 그들 자신이 피로 얼룩진 첫 번째의 순교자가 되었다.

4. 러시아 문학은 아주 독특한 방식을 통해 가장 날카로운 심리적 분석과, 외적 현실에 대한 가장 정확한 관찰 및 묘사를 일체화시킨다. 그때까지는 그 어떤 문학도 인간 영혼의 어두컴컴한 지하실 속을 그렇게 깊이, 때로는 병적인 감수성으로, 그러나 항상 따뜻하고 인간적인 측은지심(惻隱之心)을 가지고 치밀하게 파고든 적이 없었다. 그와 동시에 바깥 세계가 그렇게 생생하고 정확하게 묘사된 적도 없었다. 순수한 관념론과 사실주의가 하나로 통합되었다.

그래서 러시아 문학은 러시아다운 풍경에 깊이 뿌리를 내리고 있으면서도 아주 빠른 속도로 지역적 경계를 넘어 보편적인 문학이 된 것이다.

5. 러시아 문학은 길고 짐스러운 전통에 제약을 받지 않는다.

젊은 만큼, 향수를 가지고 뒤돌아보며 과거를 숭배할 의무를 지지 않는다. 러시아 문학에 위대한 조상들이 있어서 우스꽝스럽게 모방을 해야 하는 것도 아니고, 또한 과거를 전면 부정하고 그 뿌리를 잃어야 할 필요도 없다. 그것은 앞을 바라본다. 그것은 자유롭다. 그것이 새로운 형식을 찾고 과감하게 새로운 길을 열어 가는 데에는 어떤 장애물도 없다.

그 결과 러시아 문학은 급진적인 이론 속으로 단호하게 뛰어들 수 있게 된다. 그것은 형식을 무시할 수 있으며, 내용을 위해 건축적인 균형미를 희생시킬 수 있다. 러시아 문학에는 여전히 균형감과 절제력, 오랜 경험의 열매가 부족하다. 다시 말해 그것은 젊음의 모든 미덕을 지니고 있으나, 동시에 그로 인한 온갖 오류에 흔들리기 쉽다.

일찍이 그 어떤 문학도 러시아 문학만큼 짧은 시간 안에 그렇게 강렬하게, 또 그렇게 깊고 풍부하게 인간을 감화시킨 예가 없었다. 러시아 문학은 우리가 현실을 더한층 깊이 있게 이해하도록, 우리 영혼의 어둠을 좀 더 깊이, 더욱 두려운 마음으로 파헤치도록 도와주었다. 그것은 낭만주의나 고전주의라는 틀에서, 자아나 간통이라는 질식할 것 같은 주제에서 우리를 해방시켰으며, 새로운 눈으로 우리 내면과 외부 세계를 보도록 가르쳐 주었다.

러시아를 향해 길을 떠난 후부터 여행하는 동안 내내 나는, 억압을 받아 순교한 이 차르의 제국에 로고스가 새겨 놓았던 혈통에 관해 경건한 마음으로 상념에 빠져 있었다. 야만주의와 폭정의 한가운데서 채찍질을 당하면서 피로 얼룩진 불멸의 〈말씀〉이 불쑥 나타났다. 키예프의 영웅 발라드에 나오는 무적의 신비한 천사처럼. 승리를 거둔 일곱 명의 지도자가 말을 타고 돌아와 술에 취해 노래를 한다. 「우리의 적이 하늘에서 내려와 우리를 덮친다고 해도 우리는 적을 무찌를 것이다!」

그들의 호언장담이 채 끝나기도 전에 한 천사가 나타났다. 「오너라. 붙어 보자.」 그가 말했다. 「너희는 일곱이고 나는 혼자이지만 상관없다.」

사나운 지도자들 중 하나였던 알료샤 포포비치가 칼을 들고 천사에게 달려들어 머리부터 아래로 몸을 두 동강 내버렸다. 그러나 다음 순간, 그 앞의 천사는 하나가 아니라 둘이 되었다. 동강난 반쪽이 각각 온전한 한 천사가 된 것이다. 그러자 도브리냐가 두 천사를 공격해 이들을 네 조각내었다. 그런데 이번에는 천사가 넷이 되었다. 일리야 무로메츠가 이들을 동강 내자 천사는 여덟이 되었다. 그렇게 기적이 일어나 천사의 수는 자꾸만 불어났다. 여덟이 열여섯이 되고 서른둘, 예순넷, 백스물여덟…….

이 천사처럼 러시아의 로고스도 그렇게 불어났다.

몇 세기에 걸쳐 전제 정치가 그것을 내리치고 조각조각 베어 버렸지만, 그것은 계속 불어나고 번져 갔다. 표트르 대제의 통치 말년에는 지식인 선각자들이 앞으로 나아가고 있었고, 풍요로운 수많은 영혼들이 모든 르네상스와 함께 탄생하기 마련인 불과 열의로 타오르고 있었다. 떠들썩한 술잔치를 즐겼던 타티시체프 ─ 공학자, 박물학자, 화가, 철학자 ─ 는 러시아 최초의 역사가가 되었다. 프랑스 문학을 찬양했던 귀족 칸테미르는 새로운 시대의 첫 번째 시인이 되었다. 그는 대서사시 「조국」을 쓰는 데 착수했지만 완성하지는 못했다. 그러자 그는 풍자 작품을 쓰기로 결심했다. 「나는 풍자를 쓴다. 그래야 독자들을 잠들게 하지 않을 테니까. 이런 식으로 나는 장군처럼 승리를 향해 도약할 것이다.」 그는 이러한 배포와 총명함을 사용함으로써 무지하고 비참하게 살아가는 러시아 백성들과 싸웠고, 잔인하고 속 좁은 귀족들에게 대항했으며, 탐욕스럽고 만족할 줄 모르는 사제들, 뇌물을 밝히는 판사들, 철면피한 아첨꾼들과 전투를 치렀다.

트레댜코프스키 Trediakovskii는 언어의 최고 마술사이자 상트페테르부르크 아카데미의 교수로 차르 궁정의 어릿광대들과 더불어 귀족들을 즐겁게 해주었다. 어느 날 한 장관이 그를 채찍으로 때리더니 감옥에 처넣으라고 명령했다. 다음 날 아침까지 궁정의 축하 행사에서 낭송할 시를 한 편 준비해 놓으라는 것이었다. 이튿날, 매를 맞아 아직도 퉁퉁 부은 몸으로 배고픔과 공포로 죽어가면서, 이 핍박받은 르네상스적 인물은 어릿광대 복장을 하고서 간밤에 울며 써내려 간 유쾌한 노래를 읊었다. 시인으로서는 평범했지만 트레댜코프스키는 언어의 대가였다. 사실 그의 시대에 이르기까지 러시아어에는 이질적인 요소들이 무질서하게 혼합되어 있었다. 민간전승의 숙어들과 고대 교회 언어가 뒤섞여 있었고, 프랑스어, 폴란드어, 독일어와 라틴어가 넘쳐 났다. 트레댜코프스키는 그 언어를 순화시키고 정돈된 러시아적 특성을 부여하기 위해 애썼다. 동시에 그는 살아 있는 이 새로운 언어에 더 잘 어울리는 새로운 운문을 창조했다. 그리고 마지막으로, 그때까지 업신여겨져 왔던 민요들을 애정을 가지고 연구했다.

이제 개혁가들의 수는 몇 배로 불어난다. 그 가운데에는 러시아 연극의 아버지 수마로코프가 있다. 그의 작품은 외국 작품을 독창성 없이 모방한 것들이었으나 그 주인공들만큼은 참으로 러시아적이다. 그는 잔뜩 허세를 부리면서 이야기하지만, 한편으로는 정치, 윤리, 사회적 개혁에 대한 자유주의적 이념을 선포한다. 어느 작품에서 그는 외국 땅에 갔다가 돌아온 철새에 관해 굉장히 호소력 있게 써내려 가는데, 외국에서는 사람이 소처럼 팔리는 일도 없고, 아들들이 카드놀이에 빠져 아버지의 재산을 탕진하는 일도 없다고 말한다. 그럼에도 그 새는 기쁜 마음으로 정든 러시아의 떡갈나무 가지 위로 돌아와 둥지를 틀 준비를 한다.

마침내, 러시아 르네상스의 다재다능한 거장이 등장한다. 로모노소프이다. 그는 박물학자이자 역사가, 언어학자, 화학자였으며, 푸슈킨이 말했듯〈러시아 최초의 대학교〉였다. 벤저민 프랭클린과는 별개로 번개의 전기적 성질을 발견했으며, 석탄과 호박의 식물성 요소를 처음으로 설명해 냈다. 그는 또한 러시아어의 새로운 규칙을 정하고, 운문과 산문 모델을 창조한 최초의 인물이었다. 그에게는 러시아가 유럽의 지성이라는 굴레에서 스스로를 해방시켜 과학과 예술에서 순수하게 러시아적인 업적을 창조하기를 바라는 꿈이 있었으며, 이와 함께 그의 가슴은 열렬한 애국심과 꺾을 수 없는 자존심, 러시아인들의 영혼에 대한 흔들리지 않는 믿음으로 타오르고 있었다. 운동선수처럼 거대한 체구의 소유자였던 그는 술을 마시기 시작했고, 결국 견해가 다른 사람들과의 이데올로기 충돌로 물리적 싸움을 빚기에 이르렀다. 그는 셀 수 없을 만큼 많은 송가를 썼지만 시인의 숨결이 배어 있는 작품들은 아니었다. 그에 대한 푸슈킨의 지적은 옳았다. 「로모노소프는 러시아 최초의 대학교이다. 그러나 이 대학교에서 시작(詩作) 교수는 훌륭한 직원이지 타고난 시인은 아니다.」

다양한 양분을 필요로 하는 머리, 다재다능하고 전투적인 기질의 소유자, 현인이자 과감한 선구자였던 로모노소프는 러시아 르네상스에서 가장 위대한 인물이다. 그는 무절제한 열광으로 넘치던 세대에 속하지만 바로 그 열광 속에서 새 길이 열리고 거대한 열정이 터져 나왔으며, 그 머리는 지칠 줄 모르고 어떠한 두려움도 없이, 아이 같은 낙천적인 순진함과 불쑥불쑥 뻗쳐오르는 기운으로, 인류 지식의 모든 가지마다 스스로를 내던졌던 것이다.

그리고 차리나 예카테리나 역시 르네상스 인물의 대열에 올라 마땅하다. 그녀에게 바쳐진 한 추도문은 그녀에 관해 정확하게 설명하고 있다. 〈표트르 대제는 러시아에 육체적 형태를 주었지만, 예카테리나는 그 안의 영혼에 숨을 불어넣었습니다.〉 실제로 이 놀라운 여장부는 자신의 위대한 선조를 뛰어넘어 한 발짝 더 멀리 가기를 열망했다. 그녀는 러시아에 기술 및 과학 문명을 도입하는 것 외에 철학과 문학, 예술을 들여옴으로써 러시아인들의 영혼까지 문명화시키고자 했다. 철학과 문학 수업을 받은 그녀는 프랑스 백과전서파의 제자였으며, 당대의 내노라하는 작가, 철학자, 시인들과 주기적으로 편지를 교환했다. 그녀는 또한 러시아적인 주제로 비극과 희극을 썼으며, 그 밖에도 우화, 단편, 철학 및 교육 논문을 쓰기도 했다.

지식인들은 이에 용기를 얻어 신문과 정기 간행물을 발행하고 책을 썼으며, 그 속에서 자유주의적 정치 사회 이념을 선포했다. 그런 차에 프랑스 혁명이 터졌다. 겁을 먹은 여제는 곧바로 엄격한 독재자로 변해 버렸다. 그녀는 폭정을 펴기 시작했고, 자유를 사랑하는 모든 사람들을 추방했다. 이제 러시아의 〈말씀〉은 새로운 순교의 길을 가기 시작했다.

과감한 대중 계몽가였던 노비코프는 15년 형을 선고받았다. 라디시체프는 유명한 『상트페테르부르크에서 모스크바로의 여행』을 썼는데, 이 기행문에서 부유한 귀족들의 지배하에서 고통받는 인민들의 모습을 섬뜩할 만큼 솔직하게 묘사했다. 결국 그는 10년 동안 시베리아 추방을 선고받는다. 또 한 명의 개혁가이자 위대한 희극 시인인 폰비진은 「미성년」이라는 희극에서 귀족들에게 무자비한 공격을 가한다. 이 작품의 여주인공인 포악한 프로스타코바[1]는 자신의 농노들에게 짐승보다 못한 대우를 한다. 그녀는 글도 모르면서 배움에 대해서는 냉소적이다. 한번은 그녀가 〈지리〉라는 말을 듣고서 이 기술은 무엇에 사용하는 것인지 묻는다. 〈어떤 곳을 여행할 때 나의 위치가 어디쯤인지 알게 해준다〉고 누군가 그녀에게 설명한다. 그러자 프로스타코바가 경멸스럽다는 듯 대답한다. 「그럼 마부는 왜 있는 거죠? 그게 그들의 일이잖아요. 말도 안 돼! 귀족이 그런 기술을 공부하다니 수치스런 일이에요. 귀족은 이렇게 말만 하면 된다고요. 마부, 여기로 가자, 저기로 가자!」 이 희극은 엄청난 성공을 거둔다. 그러나 여제의 애인인 포촘킨은 작가에게 이런 전갈을 보낸다. 〈더 이상 글을 쓰면 죽을 것이다!〉 이 말뜻을 알아들은 시인은 그 순간부터 절대로 글을 쓰지 않는다. 그는 자신을 포기한 채 술과 여자에 탐닉하고, 마지막에는 종교적 신비주의에 빠져 든다.

〈말씀〉은 예카테리나의 뒤를 이은 차르 파벨에 의해 더욱 무자비하게 목이 졸린다. 아무도 감히 목소리를 높여 자신의 고통이나 희망을 말하지 않는다. 모든 자유 양심들이 억눌린다. 시는 침묵하고, 그러지 않으면 아첨함으로써 타락하게 된다. 오직 비굴한 문관들만이 차르를 찬양하는 시나 산문을 쓸 뿐이다.

그러나 비밀스러운 발효 작용은 여전히 계속된다. 탄압의 손길은 더욱 뻗쳐 가지만 그와 동시에 미래의 자유에 대한 갈망 역시 번져 간다. 혼돈. 젊은 귀족들은 교육을 받았지만 피상적으로 고민할 뿐이고 혼란스러워한다. 늙은 귀족들은 교육을 받지 못해 무식하고 폭압적이며 세습 재산에 광신적 애착을 보인다. 대중들은 무지와 아시아적 운명론에 물들어 있다. 그러나 씨앗은 이미

---

[1] 얼뜨기라는 뜻을 지닌 이름.

비옥한 러시아의 흙 속에 떨어졌다. 축축한 어둠 속에서 무력무력 자라나 첫 번째 싹을 틔울 준비를 한다. 물론 몇 안 되는 제비들, 즉 르네상스적 러시아인들이 봄을 몰고 온 것은 아니었지만, 어딘가에서 봄이 오고 있지 않았다면 그들은 아예 오지도 않았을 것이다.

자유주의 몽상가이자 신비론자인 알렉산드르 1세가 차르가 되었다는 소식은 봄의 숨결처럼 러시아 전역으로 퍼져 나갔다. 이 차르는 사명감에 사로잡혀 러시아, 나아가 전 유럽을 우선 나폴레옹에게서, 그리고 정치적 노예 제도에서 해방시키겠다는 야망을 불태운다. 그는 파리에 있는 마담 드 스탈의 살롱에서 자신이 머지않아 러시아의 농노를 해방시키고, 땅을 일구는 사람들에게 밭을 주겠노라고 맹세하지 않았던가?

차르의 자리에 오르자마자 그는 비밀 검열 제도를 폐지하고 고문을 금지시켰으며, 새로이 학교들을 설립하고 행정부를 개편하고 사법 분야의 부패를 일소했을 뿐 아니라, 언론에 자유를 선물하는 한편으로 애덤 스미스의 경제 이론에 호의적으로 귀를 기울였다.

자유를 사랑하는 지식인들은 다시 용기를 얻었다. 프랑스의 의사 고전주의가 쇠퇴하고 독일과 영국에서 쏟아져 나온 낭만주의가 러시아를 사로잡으면서 문학 세계도 다시 활기를 띠었다. 추상적인 고전적 용어들, 인간애, 아름다움, 자유, 이데아 등 활력을 잃고 진부해졌던 것들이 이제 새로운 생명력을 얻었다. 이런 단어들은 인간이 누려야 할 강렬하고 열정적인 경험이 되었다. 가슴에서 솟아나는 노래를 1인칭으로 부르는 것을 허용하지 않았던 의사 고전주의의 낡은 규범은 폐기되었다. 시인들은 이제 생명이 없는 신화학적 알레고리로 수의를 입힐 필요 없이, 개인적인 열정과 기쁨 그리고 슬픔을 마음껏 고백하게 되었다. 그 주인공들은 더 이상 영혼이 없는 상징이 아니었다. 〈그들은 피와 살을 가진 인간이다〉라고 시인들은 외쳤다.

러시아어는 이렇게 영혼과 함께 자유를 얻었다. 그때까지 작가들은 〈말하듯이 쓰라〉는 지령은 오직 희극에만 적용될 수 있다고 생각했다. 그러나 이제, 역사가이기도 했던 젊은 작가 카람진은 고상한 창작품에서도 구어(口語)가 얼마든지 가장 고귀한 감정과 최고의 이념을 표현해 내는 힘을 가지고 있음을 보여 주었다. 많은 동시대인들이 이 언어 혁신을 거세게 공격했으나 새로운 작가들은 이 계몽된 선구자를 지지했으며, 언제나 그렇듯이 격렬한 투쟁 끝에 새로운 작가들이 승리를 거두었다.

러시아 낭만주의의 아버지는 주코프스키이다. 부유한 지주와 터키인 노예 사이에서 태어난 그는 조용하고 상냥한 성격이었고, 정의되지 않은 어떤 초지상적인 존재에 대한 향수를 느끼고 있었다. 그는 이렇게 주장했다. 「이 세상은 우리가 갇혀 있는 대기실에 불과하다. 겸허한 마음으로 인내심을 가지고 해방자, 즉 죽음을 기다리자.」 그는 이승의 희망을 내세로 유보시켰다. 그리고 이승의 헛된 존재를 차리즘과 교회적 전제 정치에 고분고분 넘겨 버림으로써 삶을 즐겼다.

그리하여 새로운 이상으로서 고삐 풀린 낭만주의가, 즉 생명력이 없는 고전주의만큼 그릇된 낭만주의가 러시아 문학의 일부로 자리 잡게 되었다. 중세의 전설, 기사들의 모험, 무기력한 사랑놀이, 음유 시인과 높은 탑 속에 갇힌 숙녀들, 러시아의 역사나 영혼에는 눈곱만치도 관심이 없는 유령들. 러시아 문학은 낭만주의와 더불어 자유로워지지 못했다. 단순히 구속의 형태가 바뀌었을 뿐이었다.

가장 정력적인 젊은 지성인들은 이와 같은 정신의 노예제 속에서 질식당하고, 정치적 속박 밑에서 짓눌리고 있었다. 자유를 사랑하는 차르는 나폴레옹을 물리치자마자 곧바로 전제 정치의 수호자로 탈바꿈했다. 이에 젊은이들은 비밀 결사를 조직했다. 선동은 계속적으로 증가했다. 더 이상 드러내 놓고 자신을 표현할 수 없게 된 작가들 역시 정치 음모에 가담하거나 비유적인 노래들을 만들었다. 크릴로프가 쓴 우화 「고양이와 나이팅게일」은 강렬한 인상을 주었다. 그 명쾌한 상징 속에서 우리는 러시아의 비극적 현실, 젊은 시인들이 노래를 부르기도 전에 전제 정치의 발톱 앞에 쓰러져 가는 현실을 감지하게 된다.

고양이 한 마리가 나이팅게일을 붙잡아 달콤한 목소리로 말을 건넨다. 「나는 너처럼 아름답게 노래하는 녀석을 본 적이 없다. 너를 잡아먹지는 않겠다. 네가 노래를 불러서 나를 기쁘게 해주면 너를 놓아주마. 왜냐하면 말이지, 나도 음악을 미치게 좋아하거든.」 그러나 이 가련한 나이팅게일은 고양이의 발밑에 깔려 있는 한 노래를 부르지 못한다. 제 목소리를 내지 못하고 몇 마디의 절망적인 소리만 나온다. 고양이가 실망한다. 「그 유명한 너의 노래가 고작 이거란 말이냐? 내 새끼가 부르는 노래도 그보다는 낫다. 너의 살을 먹어야겠다. 아마 노래보다는 맛있을 테지.」 그리고 고양이는 나이팅게일을 먹는다.

시인은 씁쓸하게 덧붙인다. 「당신을 믿고 뭔가 중요한 것을 얘기해도 되겠는가? 하지만 전적으로 우리끼리만 알고 있어야 한다. 고양이의 발톱에 붙잡혀 있는 동안에는 당신도 형편없는 노래를 부르게 될 것이다.」

고양이의 발밑에서 파멸해 버린 두 마리의 빼어난 나이팅게일이 바로 푸슈킨과 레르몬토프였다.

「에토 보크(그는 신이다).」 러시아인들은 젊었든 늙었든, 볼셰비키건 국외로 추방된 사람들이건 푸슈킨을 가리켜 이렇게 말한다. 푸슈킨은 러시아 리얼리즘과 이상주의라는 위대한 두 개의 길을 열었다. 그는 편협한 의사 고전주의적 모델과 거들먹거리는 낭만주의를 뛰어넘어 감히 비교할 수 없는 마술 같은 기품을 언어와 운문에 부여했다. 그는 날마다 더욱 성숙해졌고 계속 발전했다. 죽기 며칠 전 그는 한 친구에게 이런 편지를 썼다. 〈지금 나는 내 영혼이 크게 확장되어 비로소 창조를 할 수 있을 것 같은 기분이네.〉

그러나 그는 그 기회를 누리지 못한다. 서른여덟의 나이에 결투를 하다가 죽었던 것이다. 젊은 청년 레르몬토프는 곧바로 앞으로 나서서 울분에 찬 신랄한 운문을 발표함으로써 세상을 등진 이 위대한 영혼에게 작별 인사를 고했다.

> 시인은 죽었다, 명예에 순종해서.
> 사람들의 비방에 쓰러졌다.
> 그 당당한 머리를 떨구었다.
> 그 빛나던 천재성은 촛불처럼 꺼져 버렸고
> 승리의 왕관은 빛이 바랬다.
> 그대들, 옥좌 주변을 배회하는 탐욕스러운 무리여,
> 자유와 천재, 명예의 목을 매다는 이들이여,
> 법의 그늘 아래 몸을 숨겨라.
> 그러나 신의 심판이 있으니 —
> 무서운 심판이
> 금으로도 살 수 없는 심판이 기다리고 있다.
> 그것은 그대들의 생각과 행실을 속속들이 알고 있다.

그대들이 다시 헛된 비방을 시작하고 —
그대들의 더러운 검은 피를 모두 쏟아 부어도
결코 씻어 내지 못하리라
시인의 명예로운 피를!

  레르몬토프의 운명도 이와 비슷한 비극으로 끝났다. 스물일곱이라는, 훨씬 더 젊은 나이에 죽음을 당했던 것이다. 그러나 그는 열정적인 노래들, 풍자와 고통, 그리고 자유에 대한 사랑이 가득한 시들을 통해 자신의 힘을 한껏 과시할 수 있었다. 그는 바이런이란 시의 전차(戰車)에 노예처럼 달라붙어 있다는 비난을 받았다. 이에 대해 그는 다음과 같이 대답했다.

  아니, 나는 바이런이 아니다. 아직은 알려지지 않았지만 나는 사회의 박해를 받는, 그렇지만 러시아의 영혼을 지닌 무사가 택한 또 하나의 자식이다. 나는 보다 어린 나이에 시작했으며, 젊어서 끝낼 것이다. 나는 위대한 작품들을 창조하지는 못하리라. 내 영혼 깊은 곳에는 저 바다 속에서처럼 산산이 부서진 희망들이 있다. 오, 어두운 바다여. 누가 그대의 어두운 신비를 꿰뚫어 볼 수 있을까? 누가 내 생각을 대중에게 전달해 줄 수 있을까? 그건 바로 나 또는 신만이 할 수 있다. 다른 그 누구도 아니다!

톨스토이와 도스토예프스키

 그 무엇보다도, 우리의 찬란했던 젊은 날을 사로잡았던 두 마리의 러시아 용이 있다. 톨스토이와 도스토예프스키. 이 두 사람은 우리의 위대한 〈아버지〉들로 우뚝 서 있었다.

 어느 날 스위스 루체른에 있는 한 호텔에 가난한 가수 한 사람이 서 있었다. 그 앞에 늘어선 식탁에서는 화려하게 차려입은 숙녀들과 혈색 좋은 신사들이 식사를 하고 있었다. 그는 아주 달콤하게 노래를 부르기 시작했다. 노래가 끝나고 그 가수가 손을 벌렸으나 그에게 돈을 주는 사람은 한 명도 없었다. 이 일상적인 사건은 그냥 잊혀 버릴 수도 있었다. 그러나 이 장면을 목격하고 그 본질을 포착한 무자비한 눈이 있었다. 톨스토이의 눈이었다.

 갑자기 무시무시한 불꽃이 이 거친 영혼을 빛으로 가득 채웠다. 그리고 그는 진실을 보았다. 과학의 진보와 산업 발전 속에 물들어 있는 유럽인들의 그 유명한 문명이라는 것은 모두가 냉혹하고 비인간적이라는 사실을 말이다. 부는 몇몇 사람에게만 집중되어 있으며, 대중은 가난과 무지에 허덕인다. 인간에 대한 사랑은 결핍되어 있고, 우리 문화 깊은 곳에는 야만주의와 이기주의, 금에 대한 광적인 갈증이 도사리고 있다! 그리고 처음으로 톨스토이는 이런 질문을 던졌다. 「스스로 문명화되었노라고 자부하는 이 이기적인 사회가 동료를 돕고자 하는 인간의 본능적인 성향을 파괴할 수도 있지 않을까? 그렇다면 그렇게 많은 피를 흘리고, 그렇게 많은 비인간적 행위를 저지르면서 이루고자 했던 정의가 이런 것이란 말인가?」

톨스토이는 깊은 고민에 빠져 러시아로 돌아왔다. 그의 내부에서 서서히 하나의 이념이 탄생되었다. 〈만약 대중을 끌어올리려면 먼저 대중의 아이들부터 시작해야 한다. 학교를 열고 그들을 교육시켜라.〉 그는 자기 나름의 교육 체계에 따라 학교를 설립했다. 그러나 그는 다시 불안해졌고 머뭇거리게 된다. 「내 영혼이 순수하게 느껴지지 않는다. 내가 이 농부 아이들의 정신을 부패시키고 있는 것 같다.」 그의 육신은 피로해졌고, 영혼은 괴로워했다. 그는 모든 것을 포기하고 광활한 초원으로 도피했다. 소박하고 원시적인 삶을 살기 위해 바슈키르족에게 가서 암말의 젖을 발효시킨 쿠미스로 양분을 섭취했다.

그는 다시 젊어진 몸과 마음으로 초원에서 돌아왔다. 결혼하고 안정을 찾았으며, 20년 동안 야스나야 폴랴나에서 자신의 최고 걸작들을 쓰면서 행복하게 살았다. 이 무렵 톨스토이의 아내를 만났던 시인 페트는 그녀를 이상적인 동반자로 묘사했다. 〈온통 순백의 옷을 입고 허리에 열쇠 꾸러미를 두른 그녀는 소박하고 명랑했으며 계속 아기를 가졌다.〉

톨스토이는 행복했다. 그는 페트에게 이렇게 썼다. 〈나는 새사람이 되었습니다. 행복에 푹 빠져 있습니다. 어떤 즐거운 정령이 나의 집안에, 나의 밭에, 그리고 보이든 보이지 않든 내가 기울이는 다양한 노력에 함께합니다! 나에게는 벌집과 양들이 있으며, 열매가 열리는 과수원이 있습니다.〉 그는 계속해서 더 많은 땅을 사들이고 암말을 1백 마리 사서 쿠미스를 만들었다. 그는 돼지를 키우고, 무슨 전설 속의 대가장처럼 러시아의 흙 속으로 좀 더 깊고 넓게 뿌리를 내렸다.

그러나 그 안에서 서서히 두 가지의 두려운 문제가 고개를 들더니, 곧이어 그의 머리를 가득 채웠다. 〈왜?〉〈무엇을 위해?〉 그가 고백한 바에 따르면, 그것은 마치 몇 년 동안 계속 걸어가고 있었는데 문득 심연의 가장자리에 와 있는 자신을 발견한 것 같은 느낌이었다. 그는 자신을 죽이고 싶었다. 그래서 그는 스스로 목매달지 않게끔 자기 방에서 밧줄을 치워 버렸으며, 총으로 자신의 심장을 겨누고 목숨을 끊는 일이 없도록 사냥을 나가는 것도 그만두었다.

톨스토이의 고통은 어디에서 온 것일까? 어떻게 해서 그와 같은 가부장적 행복의 정점에서 그런 절망과 혼란 속으로 떨어진 것일까? 톨스토이는 노년에 접어들면서 삶의 숙명적인 열매가 주는 공포에 직면하기 시작했다. 그것은 죽음이었다. 공포에 질려서, 그는 자기 육신과 힘이 노쇠해 감을 느꼈다. 그는 거울 속에 비친 자신의 모습을 어떻게 살펴보았는지, 팔이 가늘어지고 머리카락이 백발이 되고 이가 빠지는 것은 또 어떻게 보았는지 묘사했다.

그는 육신의 노화와 함께 자기 영혼 속의 고통도 감지할 수 있었다. 톨스토이에게 육신과 영혼은 떼어 낼 수 없는 하나의 전체였다. 이제 삶이란 모순으로 가득하고 고통스러우며 의미 없는 것처럼 느껴졌다. 「우리의 행동, 우리의 지적 관심사, 우리의 예술과 과학의 모든 것을 나는 이제 완전히 다른 빛 속에서 보게 되었다. 이 모든 것은 무의미한 시바리스[1]적 놀이였다. 나는 내 모

---

[1] 부와 향락으로 유명했던 그리스의 고대 도시.

습이 역겨워지기 시작했고, 진실을 깨닫게 되었다.」

더 이상 그에게는 자신의 내적 존재를 찢어 놓는 그 어둠의 목소리를 억누를 힘이 없었다. 그는 모든 것을 포기하고 달아나고 싶었다. 「나는 보잘것없는 기생충, 나무를 갉아먹는 비참한 벌레이다. 구원의 길은 오직 하나뿐이다. 모든 것 — 가족, 부, 영예 — 을 포기하고 그리스도의 순결한 계율 속에서 자유롭게 사는 것이다.」

그 순간부터 그의 삶에서 이율배반은 계속 심화되었다. 이제 그의 이상은, 그리고 유일한 의무는 소박한 삶, 고립, 완전한 자유가 되어야 했다. 그러나 자신의 나약함과 비겁함 때문에 그는 자신이 이룬 가부장적인 부유한 가정과, 적개심을 가지고 자신을 대하는 대가족 속에서 정반대의 삶을 살았다. 가족들은 그를 감독하고 노예로 만들었다. 그런 한편으로 러시아 각지에서, 또 먼 나라에서 그를 찬양하는 사람들이 찾아와 경의를 표했다.

그는 이제 자기가 살지 않는 삶의 방식을 설교한다는 이유로 스스로를 혐오하고 힐책했다. 그는 일종의 타협점을 찾으려고 애를 썼고, 또 타협점을 찾아내기는 했지만 그것은 비겁하고 안락한 것이었다. 톨스토이 자신도 그 사실을 알고 있었다. 실제로 그는 자신의 재산을 포기했으나 그것을 가족에게 양도한 것이었다. 들에서는 소박한 농부의 셔츠를 입고 맨발로 일하다가도, 밤이면 아늑한 자기 집으로 돌아왔고, 마당에는 줄지어 서 있는 그의 추종자들이 그를 흐뭇하게 바라보고 있었다. 그는 고기를 먹지 않았으나 거추장스러운 수사복을 입어야 했던 하인들은 그가 택한 채식을, 아주 훌륭하고 다양한 요리법에 따라 준비해서 차려 주었다.

이런 식으로 톨스토이는 신의 의지와, 아내 소피아 안드레예브나 백작 부인의 소망을 화해시키려고 애썼다. 그러나 마음 깊은 곳에서는 스스로를 비겁하고 비도덕적이라고 느꼈다. 「명예롭고 풍족한 한 가족의 안락함이란 것은, 그 이웃에서 굶주리는 수백 명을 먹여 살릴 수 있는 것을 가지고 자기들만의 즐거움을 위해 쓰도록 요구한다. 그 안락은 가장 추잡한 술잔치보다 훨씬 더 비도덕적이다.」

그가 예술을 혐오하고 비난했던 것은 예술을 너무나 사랑했기 때문이었다. 그는 좀 더 소박한 사람들 — 농부들, 가난하고 글을 모르는 사람들, 수사들 — 에게 눈을 돌렸고, 그들의 소박한 입에서 자기 내면의 고통에 대한 답을 찾길 기대했다. 그리고 그것을 찾아냈다. 우리는 순수하고 소박했던 최초의 그리스도교 사회로 돌아가야 한다. 삶은 단순화되어야 한다. 이상에 이르는 길은 결코 쉽지 않다. 따라서 우리는 끈기를 가지고 계속 싸워야만 한다. 우리는 고통 받아야 한다. 이 이상에 이르는 것을 방해하는 것이라면 무엇이든 — 재산, 교회, 국가, 전쟁 — 피해야 하며, 그것을 비난하되 무력이 아니라 수동적이면서 확고한 저항으로 임해야 한다. 결국 무력으로 악에 저항하지 말라는 것이 톨스토이의 윤리에서 중심적인 가르침이다.

투르게네프는 죽음에 임박하여 톨스토이에게 편지를 썼지만 소용없었다. 〈오 내 벗이여, 문학으로 돌아오게나. 문학의 재능 역시 똑같이 신성한 샘에서 나와 우리에게 온 것이 아닌가? 그대가 나의 애원을 들어준다면 정말 행복하련만! 오 내 벗이여, 러시아의 위대한 작가여, 부디 내 간청을 들어주게나!〉

톨스토이는 듣지 않았다. 그의 도덕적 투쟁은 더욱 치열해질 뿐이었다. 경의를 표하기 위해 톨스토이를 찾아온 사람들은 그를 성자로 여겼지만 그는 이렇게 소리쳤다. 「나는 농부들의 노동을 게걸스레 먹었으며, 그들을 잔인하게 대했다. 나는 도둑질하고 거짓말을 했으며 간통을 저질렀다. 살인도 했다. 세상에 내가 저지르지 않은 범죄 행위는 없다.」

그는 더 이상 자신을 제어할 수 없었다. 1910년 10월 28일 밤, 그는 결심하고 집을 떠났다. 그러나 때가 너무 늦었다. 그의 나이 여든둘, 고생스러운 겨울의 도피 생활을 감당할 수 있는 몸이 아니었다. 그는 아스타포보라는 작은 기차역에서 쓰러졌고, 11월 7일 〈러시아의 살아 있는 양심〉은 결국 숨을 거두었다.

이렇게 해서 가장 위대한 작가, 〈러시아 대지의 코끼리〉는 세상을 떴다. 그는 최고의 조화에 도달할 수 없었던 것이다. 그는 마지막 순간까지 자기 안에 자리 잡은, 정복할 수 없는 어두운 무언가를 극복하기 위해 싸웠다. 그는 사랑하고 싶었고 인류를 위해 자신을 희생하고 싶었지만, 평생 이기적이고 자존심 강한 사람으로 남아 있었으며, 친구도 없이 철저하게 혼자였다. 그는 죽음의 공포를 정복할 힘을 얻고 싶어서 믿음을 찾고자 갈구했다. 그러나 삶을 바꾸고 우리의 행위와 생각을 완전무결한 단순성으로 변환시켜 주는 믿음을 끝내 찾지 못했다. 그는 스스로 이렇게 말했다. 「나는 둥지에서 떨어진 한 마리 새, 뒤로 자빠진 채 키 큰 풀밭 한가운데에서 운다.」

톨스토이라는 거대하고 서사적인 인물 옆에는 나란히, 도스토예프스키라는 비극적인 얼굴이 있다. 두 사람 모두 현상 너머의 〈신〉을 찾아 형상화하려고 했으나, 그들이 탐색을 위해 떠났던 길은 전혀 달랐다.

톨스토이는 귀족 출신이었고 부유했으며, 놀랄 만큼 건강한 체질로 떡갈나무처럼 러시아 대지에 뿌리박고 있었다. 도스토예프스키는 프티 부르주아였다. 그는 평생 가난과 배고픔, 그리고 병마에 시달렸다. 그의 신경 체계는 영혼이 숨을 쉴 때마다 상처를 입었고, 그 영혼은 신경병에 걸린 대도시의 프롤레타리아 같았다.

톨스토이의 눈은 기가 막힐 정도로 명쾌하게 바깥 세계를 본다. 그는 놀라운 애정과 예민함으로 육체를 향유했다. 도스토예프스키는 육체를 혐오했다. 그에게 육체는 어둡고 악마적인 장애물이었다. 그는 단 한 번의 도약으로 인간 영혼의 심연으로 들어갈 수 있었다.

톨스토이의 내면은 차분한 논리가 최고의 자리를 차지하고 있었다. 그는 자기가 무엇을 원하는지 잘 아는 현실주의자였다. 그는 윤리적 탐색을 위한 자신의 방법과 자신의 삶은 물론, 자신의 예술 위에 논리 정연한 건축물을 짓고자 심혈을 기울였다. 톨스토이에게 삶이란 그가 논리로 풀어내고자 했던 하나의 문제였다. 반면에 도스토예프스키의 내면은 어두운 가슴, 불가사의한 동요와 혼돈이 지배하고 있었다. 그는 괴로워하는 몽상가였다. 그의 작품은 무질서하고 고르지 않다. 그의 내면적 삶은 번갯불이요, 외면적 생활은 암흑이었다. 도스토예프스키에게 인간의 삶과 영혼이란 무시무시한 수수께끼, 논리로는 도저히 풀지 못할 수수께끼로 가득 찬 암울한 여행이었다. 오직 가슴만이 사랑을 통해 그것을 감지할 수 있을 뿐이었다.

톨스토이에게 고통은 우리를 구원에 이르게 하는 길이었다. 도스토예프스키에게 고통과 삶, 고통과 사랑은 하나였다. 고통이 곧 구원이었다.

톨스토이 내면의 극적인 투쟁, 말년에 그를 괴롭혔던 도덕주의자와 예술가 사이의 투쟁은 도스토예프스키에게서는 찾아볼 수 없다. 도스토예프스키는 자신의 예술적 사명과 윤리적 사명 사이에 어떤 모순도 느끼지 않았다. 그에게는 시적 창조, 다시 말해 인간 영혼의 심연에 들어가서 그것을 예술 작품으로 표현하려는 시도가 가장 큰 의무가 되었다.

도스토예프스키의 주인공들은 자기를 둘러싼 제도와 충돌하지 않는다. 그들은 국가, 교회, 지역과의 관계를 부정하지 않는다. 오히려 그것들의 횡포한 권력을 인식하고 있으며, 그것이 지닌 좀 더 깊은 의미를 찾고자 한다. 그의 주인공들은 대지, 농부, 자연과 접촉하게 되었을 때에는 차분해지지 않는다. 그들이 움직이고 숨 쉴 수 있는 유일한 대기는 더럽고 소란스럽고 사납고 절규로 가득한 대도시의 공기이다. 이 복잡하고 악마적인 대도시라는 발명품 속에서 인간들의 영혼은 저주를 받는다. 톨스토이의 주인공들이 부유한 지주, 공작, 공작부인 또는 농부들인 데 반해 도스토예프스키의 주인공들은 프롤레타리아 지식인들로 대도시의 보도를 걸어 다니며 살인과 광기, 기아 직전의 상태로 비틀거린다. 영혼의 혼돈. 바로 이것이 도스토예프스키가 뛰어들어 힘들게 헤쳐 나가는 정신적 시련의 도가니이다.

그가 자연에 관해서 말하는 법은 거의 없지만, 몇 안 되는 그런 묘사 속에서는 땅과 바람, 나무에 대한 깊은 감정과, 심미안을 지닌 신비주의적인 애정이 느껴진다. 톨스토이와는 달리 도스토예프스키는 피와 진흙, 냄새가 가득한 러시아의 〈애욕의 육신〉을 묘사하지 않는다. 그가 조명하는 것은 신비주의적인 육체이며, 그 육체는 영혼의 불꽃에 의해 머리끝에서 발끝까지 소진되어 버린다.

도스토예프스키의 모든 작품에서 중심이 되는 인물은 초라하고 멸시받는 반미치광이들로서, 이들은 단지 용기만이 아니라 열정과 감사하는 마음을 가지고 자신의 고통을 살아간다. 인간의 의무이자 동시에 인간의 행복이 되는 것이 바로 이것이다. 인류를 사랑하는 것, 인류의 고통을 느끼고 자신을 희생하는 것. 이런 사랑이 도스토예프스키의 주인공에게 육감 — 다른 이의 고통을 이해할 수 있으며, 그 고통을 나누어 가짐으로써 자신을 위로할 줄 아는 능력 — 을 준다. 그는 그리스도처럼 십자가에 매달리기를 갈망하고, 세상의 모든 죄악을 자신이 떠맡아 인류를 구하기를 갈망한다.

도스토예프스키의 주인공들은 어두운 힘, 그들이 평생에 걸쳐 싸우게 되는 〈악령〉들에게 사로잡혀 있다. 무신론자, 허무주의자, 호색가, 범죄자 — 이들 모두가 막강한 열정을 가지고, 루시페르 같은 당당함을 지니고 자신의 파멸로 뛰어든다. 독자들은 도스토예프스키의 영혼이 그 주인공들 안에서 싸우고 있으며, 그들과 함께 저주받는 것을 느낀다. 그것은 인간의 영혼이 되고 전 우주의 영혼이 된다. 낙원은 존재한다. 그러나 그곳에 가기 위해서 여러분은 모든 지옥을 거쳐 가야만 하는 것이다.

신은 어떤 이를 구원하는가? 스스로를 겸허하게 여기고 자기 내면을 사랑하는 사람들만 구원한다. 이 두 개의 불꽃은 무신론자와 범죄자의 영혼 안에서도 타오를 수 있다. 열성적인 영혼, 정열적인 육체가 되는 것, 이것이야말로 구원에 필수 불가결한 요소인 것이다. 차갑고 계산적이며 자기만족에 빠진 자들 — 자신의 문제를 해결함으로써 더 이상 자기 안에서 어떤 두려움도 느끼지 못하는 자들 — 은 절대 구원받지 못한다.

도스토예프스키가 볼 때, 논리적 기초에서 출발하여 인류에게 정의와 행복을 약속하는 사회학자들만큼 경멸스러운 사람들은 없다. 그는 대중에게 평등을 가져다주겠다며 대중을 정치 행동에 말려들게 하는 사회학자와 자유주의자들을 혐오했다. 반면에 모호하게만 인식되던 신에게 형태를 부여하고, 군주제를 지지한다는 이유로 그는 교회를 옹호했다. 물론 여기서 군주제란 차르의 군주제가 아니라 백성의 아버지인 신과 같았던 옛 러시아의 군주제를 말한다.

광신적인 범슬라브주의자였던 도스토예프스키는 하나의 러시아인, 또는 그가 의미 부여한 대로라면 하나의 인간으로 남고 싶어 한다. 러시아인들은 모든 것과 더불어 모든 것 속에서 살아간다. 인간적인 것은 무엇이든 지니고 있으며 국적이나 민족, 지역을 따지고 차별하지 않기 때문에 러시아인들은 〈범인류〉라는 감정을 지니고 있는 것이다.

도스토예프스키에게는 러시아가 세계를 구하기 위해 〈위에서부터〉 운명 지어졌다는 확고한 믿음이 있었다. 그가 본 유럽은 하나의 묘지, 힘 있는 영혼들이 모두 죽어 버리고 영혼이 없는 껍데기들, 실리적이고 자기 이익만 챙기는 〈식료품상들〉만이 가득한 곳이었다. 부활의 첫 울음이 터져 나올 곳은 바로 러시아이다. 도스토예프스키는 종종 러시아를 「요한의 묵시록」 속의 여인, 태양이 그 위로 떨어져서 수태하게 되는 여인에 비유했다. 러시아가 낳게 될 아들이 바로 세계를 구원할 새로운 말씀인 것이다.

톨스토이 작품에 등장하는 〈악마〉 — 죄악, 육욕, 열정 — 는 단순하고 생리학적이며 근본적으로 위험하지 않은 존재이다. 강인한 인간이라면 악마와 싸워서 이길 수 있다. 그러나 도스토예프스키에게 이 악마는 정복할 수 없는 신비한 어둠의 힘이며, 우리 육체뿐 아니라 우리 영혼에까지 녹아든 존재이다. 어쩌면 신에게까지 융화되었을지도 모른다. 조화로움은 인간들의 논리에 꼭 필요한 것이지만 신은 논리를, 조화를 넘어선 존재이다. 아마 우리가 톨스토이와 도스토예프스키를 구분할 수 있는 가장 심오한 차이는 이것이 아닐까. 톨스토이가 그와 같은 조화의 예언자였다면, 도스토예프스키는 그런 신의 예언자였다는 것이다.

붉은 문학

여행하는 내내 내 머릿속에는 로고스의 영웅적 순교자들이 러시아의 흙 위에 새겨 놓은 붉은 선이 선명히 그려져 있었다. 나는 러시아 혁명이 낳은 새로운 작가들, 자유를 누리는 이 행운의 작가들과 사귀고 싶어서 애가 달았다. 그들은 이제 러시아 세계를 어떻게 이해하고 있을까? 그 선구자들이 뿌린 씨에서 나서, 피를 먹고 자란 풍부한 수확을 어떻게 거둬들이고 있을까?

그러나 소비에트 땅에 발을 딛자마자, 고달프기만 한 실용적인 관심사들이 새로운 유형의 젊은이들을 철저하게 사로잡고 있다는 사실을 알게 되었고, 그러면서부터 지식인을 사귀고 싶다는 나의 욕망은 완전히 사라져 버렸다. 새로운 러시아가 비슷비슷하게 빚어낸 동시대인의 틀 — 노동자, 교사, 과학자, 사무원 — 을 보면 여러분도 그들과 사귈 마음이 없어질 것이다. 아무리 펜을 가지고 투쟁하는 사람들과 사귀고 싶은 마음이 있었다고 해도 말이다.

지난 시기, 이 창조적 에너지의 폭풍이 닥치기 전에 시인과 작가들은 자유에 대한 인류의 갈망을 글로 형상화하기 위해 분투했으며, 이들은 러시아가 가질 수 있었던 유일한 지식인 지도자들이었다. 이들의 말은 생각과 행동으로 채워져 있었으며, 그 시절 그 말들은 노예로서 살아가던 러시아인들의 가슴속에서 소리 없이 천천히 꽃을 피웠다. 이 말들은 차르 체제가 참고 맞아 줄 만한 돌멩이에 불과했다. 차르 체제는 그 말들이 폭발적 잠재력을 지닌 무기라는 점을 깨닫지 못했기 때문이었다.

그 말들이 살이 되었을 때 — 그것들은 혁명, 전쟁, 학살, 기아가 되었고, 총안이 있는 흉벽처럼 언제나 그 자리에서 버티고 있는 현실이 되었다 — 소설과 시를 쓰던 이들의 사명은 다했고, 필요에 의해 생겨났던 지식인들은 이제 전위에서 물러났다. 그들은 예전에 자신들이 러시아의 흙에 뿌렸던 말들이 자라나서 새로운 형태를 갖출 수 있게 길을 비켜 주었다. 그렇게 해서 나타난 것이 붉은 군인들, 투쟁을 위임받은 노동자들, 계몽된 농민들이다.

지식인들 중 많은 수는 겁에 질려 달아났다. 그들은 자기가 뿌린 씨앗의 수확을 부정하고 저주했다. 갈망해 마지않던 구원이 피와 범죄, 폭력을 동반하지 않고 찾아오리라며 선의의 영혼 속에서 열광했던 그들은, 그 이데아가 마치 〈아름다운 숙녀〉라도 되는 양 상상했다. 이 처녀에 대해서는 알렉산드르 블로크가 1905년 초 「아름다운 숙녀에 관한 시」에서 노래한 바 있다. 그녀가 도착하기 전, 연인은 그녀를 고대하면서 꿈속에 빠져 있다. 아침 안개 속에서 그는 그녀의 목소리를 듣고, 그녀의 발자국 소리에 귀를 기울인다. 그녀의 〈숫처녀다운 신비스러움〉, 〈여왕 같은 순수함〉이 실제처럼 더욱 뚜렷하게 느껴지면서 그녀의 〈피할 수 없는 결말이 다가온다〉. 그리고 갑자기 그녀가 그 자리에 와 있다. 그녀가 땅으로 〈하강〉한 것이다. 그 아름다운 숙녀는 세속적인 여자의 모습이다. 그녀의 외모와 옷차림은 바뀌어 있다. 그녀는 떠들면서 커다란 도시의 거리를 걸어 다니고, 부끄러운 줄 모르고 남자들에게 자신을 내어 준다.

혁명 또한 그런 것이다. 그러자 그 시인, 순진했던 연인은 이제 풍자를 시작한다. 블로크는 새로운 작품 「뜻하지 않은 즐거움」에서 그토록 순진하고 순수했으며 어리석었던 자신을 풍자하고 깎아내린다. 그 아름다운 숙녀를 위해 그가 흘리고 싶었던 피는 〈레모네이드〉에 불과했다. 그의 투구는 판지로 만든 것이었으며, 칼은 나무칼이었다. 시인은 한때 자기가 숭배했던 모든 것을 조롱한다. 이상적이던 풍경은 이제 도시의 진흙탕 길, 지저분한 방, 술꾼들과 매춘부가 득실대는 식당이 되었다. 아름다운 숙녀는 이제 더 이상 그 연인이 상상 속에서 그렸던 천상의 둘시네아가 아니었다. 그녀는 거무스름하고, 향수를 짙게 뿌린 천박하고 음탕한 매춘부이다. 목소리는 쉬어 있다. 그녀는 염치없이 웃어 대고, 자신을 그토록 사랑했던 시인을 버리고 〈머리에 비버 털모자〉를 쓴 누군가를 쫓아간다.

지치고 역겨워서, 이제 희망도 사라져 버린 시인은 무덤덤하게 자신의 운명을 받아들인다. 그의 어조는 좀 더 건조해지고 냉소적이 된다.

> 밤. 거리. 등불. 약국.
> 무지하고 우중충한 사람들.[1]
> 그대가 다시 사반세기를 산다 해도
> 아무것도 변하지 않으리.
> 출구는 없다.
> 그대가 죽게 되면 — 처음부터 다시 시작되니
> 모든 것이 되풀이되리, 예전 그대로.

---

1 블로크의 원래 시에서는 〈무의미하고 희미한 빛〉으로 되어 있다.

밤, 운하의 싸늘한 잔물결,
약국, 거리, 가로등.

블로크처럼 그 아름다운 숙녀, 그들의 이데아가 살을 입은 모습을 본 많은 러시아 지식인들은 충격을 받았다. 그들은 머릿속으로 그녀의 모습을 한쪽에서만 보아 왔으나, 막상 그녀는 다른 쪽의 모습으로 지상에 내려왔던 것이다. 혁명처럼 피와 진흙으로 뒤범벅된 채. 그녀의 까다로운 연인들은 공포에 질려 달아나거나, 또는 슬픔으로 초췌해지고 쓰러져 갔다.

이에 반해 좀 더 강인하고 좀 더 현실적이었던 나머지 지식인들은 이를 견뎌 낼 수 있었으며, 완전한 원을 보기 위해서 무시무시한 세부들 — 세부들은 항상 그런 법이다 — 을 접어 둘 수 있었다. 이들은 기쁨에 겨워 소리를 지르며 그 이데아의 구현을 맞이했다. 그들은 혁명에게, 레닌에게 열광적인 찬가를 바쳤다. 더러는 어떤 낭만적인 환멸도 없이, 진창과 피로 얼룩진 혁명 초기의 나날에 있었던 순교와 영웅주의를 적나라하게 기록하기도 했다.

그러나 기쁨이나 고통이란 마르지 않는 예술의 근원이 될 수 없는 법이며, 과거를 계속해서 다른 식으로 읊어 대는 것도 지루해지기 마련이다. 그것은 곧 피상적인 일로 여겨지고, 초조하고 고통스럽게 앞을 바라보는 이들과 오늘과 내일의 출구를 찾아 분투하는 개인들에 대한 관심은 금세 식어 버리게 된다. 실제로 러시아에서는 모든 정신이 말에서 빠져나가 행동으로 집중되어 왔음을 여러분도 느낄 수 있을 것이다.

지식인들 역시 거대한 병영의 일부로서 자원하여 나선다. 이들은 행동대에 속한 개인들로부터 무엇을 어떻게 쓸 것인지에 관해서 지시 또는 명령을 받으며, 대대가 총공격을 준비하는 것처럼 작품에 특별하고 객관적인 목적을 부여하게 된다. 이런 책임으로 말미암아 이들의 삶이, 더 나아가서는 이들의 예술이 위험해지게 되었다. 이 시기가 프롤레타리아들의 독재가 이루어지는 위험한 과도기로, 로고스의 자유가 필요성에 복종해야 하는 때인 것이다.

따라서 좀 더 시급하고 긴박한 문제가 주어진 시대인 까닭에, 나는 지식인들과의 교제를 피했던 것이다. 그러던 중 하루는 어떤 초대를 받았는데, 나는 아무래도 그것마저 빠져나갈 수는 없는 상황이었다. 루나차르스키의 아내가 몇몇 문인들과 함께 크렘린에 있는 그녀의 집에서 나를 기다리고 있었다.

나는 타타르인처럼 생긴 거대한 체구의 경비병에게 다가가 마담 루나차르스카야가 나를 기다리고 있다고 설명했다. 경비병이 전화를 건다. 허락이 떨어진다. 육중한 크렘린의 문이 열리고 나는 눈 덮인 무시무시한 요새 안으로 들어간다.

경내 중앙에는 경비병들이 긴 코트로 몸을 감은 채 미동도 없이 서 있는데, 그 모습이 마치 눈으로 조각해 놓은 거대한 입상처럼 보였다. 그 주변을 황금 돔으로 빛나는 그 유명한 교회들이 둘러싸고 있다. 경내 끝에는 세계에서 가장 크다는 무시무시한 교회 종이 있다. 높이가 8미터에 무게가 200톤이다. 종은 바닥에 떨어져서 한쪽이 흙 속에 묻혀 있다. 나는 총안을 통해 성스러운 도시가 눈 속에서 뻗어 나가는 모습을 약간의 거리를 두고 볼 수 있었다. 그 도시 위에는 광선을 잃은 시뻘건 태양이 타오르는 구체(球體)처럼 걸려 있다.

내가 들어가는 이 거대한 차르의 궁전은 현재 인민 위원회 위원들이 거주하는 곳이다. 복도에서 나이 든 부인이 불쑥 나타나서 나를 안내한다. 지금은 사용되지 않는 크고 싸늘한 방들을 지나간다. 갑자기 작은 문이 열리고 짧은 금발의 정력적인 한 여인이 유쾌한 표정을 지으며 묻는다. 「그리스에서 오신 손님이세요?」

「네.」

「제가 루나차르스키의 아내, 안나 알렉산드로브나예요. 들어오세요.」

무거운 소파가 있는 작고 따뜻한 방. 책과 서류가 쌓여 있는 책상. 벽에는 유명한 회화가 걸려 있다. 휘슬러의 「어머니」. 반대편에는 「모나리자」.

머리를 빡빡 깎은 대여섯 명의 작가들이 작업복 셔츠에 대위처럼 긴 부츠를 신고 있다. 활발한 토론이 시작된다. 러시아인들과 몇 분 같이 있다 보면 종종 따뜻하고 진심 어린 분위기 속에서 마음이 편안해지는 걸 느끼게 된다. 그들은 범인류 통합의 삶을 온몸으로 살고 있으며, 다른 사람들보다 훨씬 빨리 형제를 알아보는 능력이 있다.

만족을 모르는 인간인 나는 몇 가지 질문을 했다. 그들은 준비된 확실한 대답, 고압적인 답으로 응답했다.

작은 키에 통통하고 아직도 솜털이 보송보송한 한 젊은 시인이 다른 사람들보다 더 큰소리로 말했다.

「카를 마르크스.」 그가 소리쳤다. 「우리 문학 분야에서도 카를 마르크스가 대장입니다. 낡은 이상들은 무너졌어요. 푸슈킨, 톨스토이, 도스토예프스키 같은 작가들은 더 이상 오늘날 우리가 당면한 문제에 답을 줄 수 없습니다. 사실 농도 해방과 함께 러시아의 문제가 해결될 수 있다고 믿는 사람은 아무도 없어요. 다시 활력을 얻은 미르와 아르텔[2]로도 러시아를 구원할 수 없습니다.

---

2 미르*mir*는 평화, 아르텔*artel*은 소규모 동업 조합 — 원주.

아울러 범슬라브주의나 서방의 빛도 문제를 해결할 수 없죠. 아무것도 못 합니다. 모든 이상은 실패했습니다.

 희망은 오직 하나입니다. 무력으로 현 상태를 전복시키는 것. 그러나 그런 반란은 농민들에 의해 이루어지지는 않을 겁니다. 그들은 늘 보수적이고 땅에 얽매여 있으니까요. 오직 노동자들만이 혁명을 시작할 수 있어요. 그리고 우리의 구원에 이르는 분명한 길을 선언한 예언자는 오직 하나였습니다. 카를 마르크스.

 카를 마르크스는 이전 세대의 무의미한 탄식과 유토피아적 꿈에서 우리를 구해 주었습니다. 그는 희망을 주었을 뿐 아니라, 우리의 투쟁이 흔들림 없는 역사의 법칙에 맞추어서 생겨나고, 결국에는 승리한다는 과학적 믿음을 주었습니다.

 이렇게 터져 나온 약속의 숨결은 정치, 사회, 경제의 낡은 형태를 파괴했지만 또한 우리 문학에도 영향을 끼쳤지요. 우리 작가들은 이 새로운 영감을 받아들였고, 시작(詩作) 기술을 새로 만들고 아카데미 제도를 파괴함으로써 낡고 인위적인 형식들을 부수기 시작했습니다. 그러나 이들은 과학적 유물론을 제대로 이해하지 못했고, 자신들의 생각을 일정한 틀에 복종시키는 데 실패했지요. 창작의 자유를 온전히 지키길 원하다가 결국은 덫에 걸리고 말았던 겁니다.

 이들은 카를 마르크스가 제시한 길에서 벗어나면서 결국 엉뚱한 결론에 이르렀습니다. 〈보이는 현실은 감옥이다.〉 이들은 그렇게 말했죠. 이전 세대가 믿었던 대로 러시아의 현실뿐만이 아니라, 모든 현실이 다 감옥이라는 겁니다. 그러면서도 그 문을 부수고 자유를 찾을 수 있다고 생각했습니다. 보이는 현실은 더 높은 곳의 보이지 않는 현실이 상징적으로 단순하게 나타난 것이며, 그 고차원의 현실을 인류에게 제시할 사명은 바로 작가들에게 있다고 믿었죠. 그렇게 해서 혁명이 일어나기 몇 년 전에 태어났던 것이 시큼하고 과즙도 씨앗도 없는 열매, 바로 상징주의였습니다.

그들은 이렇게 속삭입니다. 〈이 세계는 상징의 숲이다, 그리고 우리는 이 숲 속을 거닐고 노래한다. 우리는 자유이다. 우리는 오직 영원한 것에만 의지한다.〉 그런데 이 잘난 영원한 것이 무엇일까요? 사람은 저마다 자기 안에서 그것을 발견합니다. 그래서 각자는 자신의 자아를 우주의 근원이자 중심으로 숭배하게 되죠. 그중 한 사람인 발몬트는 이렇게 외쳤습니다. 〈나는 혼자이다. 밤의 적막 속에서 나는 혼자이다.〉 그가 계속 밤의 적막 속에서 혼자 외치게 내버려 두자고요.」

청년은 웃음을 터뜨렸다. 그는 찻잔을 채우더니 힘세고 목마른 짐승처럼 요란하게 차를 마셨다.

「그건 부당한 말씀이에요, 이반 디미트리예비치. 부당하다고요.」 마담 루나차르스카야가 항변했지만 그녀 역시 웃고 있었다. 「우리 상징주의의 주요 작가들이 자기 의무를 다하고 러시아의 정신을 위해 커다란 문을 열어 주었다는 사실을 당신은 잊고 있군요. 섬세한 안넨스키Annenskii가 누구보다 우리 언어에 이바지했고, 보이지 않는 존재의 훌륭한 후광을 가지고 그가 손대는 물질적인 것마다 풍요롭게 만들어 주었다는 사실 또한 잊고 계신 거예요. 그리고 발몬트한테도 너무하신 겁니다. 그는 스쳐 지나가는 매 순간의 아름다움을 숭배했는데, 사실 그런 사람은 아직 아무도 없었어요. 그는 타오르는 디오니소스주의에 사로잡혀 영원한 요소들, 바다며 대지며 공기에 동화되려고 애썼어요. 그의 시작 기술, 내적인 운율, 소리의 유희, 천상의 리듬, 그 색채는 또 얼마나 놀라운 마술입니까! 그는 오늘날 우리의 모습을 — 특히 이반 디미트리예비치 잘 들으세요 — 그리고 사랑을 열렬히 찬양한 사람이었어요. 그 강인하고 풍부한 인격 속에서는 선과 악이 똑같은 힘을 가지고 움직입니다. 만약 이 두 가지 힘의 근원 중 어느 하나가 말라 버리면, 그것이 선이든 악이든 상관없이 영혼은 가난해집니다. 발몬트는 영원의 강렬함을 삶의 매 순간 순간에 부여함으로써 그것을 신격화하는 거예요. 순간이란 오직 하나뿐이며 대체할 수 없는 것이라고 믿으니까요. 그는 이렇게 주장했습니다. 예술의 목적은 이런 순간들에 가장 완전한 형태를 부여함으로써 그것을 구하는 것이라고요. 당신은 또 고지식하고 심오하며 은둔자 같은 성격의 뱌체슬라프 이바노프도 잊고 있어요. 그는 구약 성서가 히브리인들의 것이 아니라 고대 그리스인들의 디오니소스적 종교라고 주장했죠. 더욱이 당신이 잊고 있는 브류소프는 의지와 엄격함으로 똘똘 뭉친 사람으로, 시를 어떤 영감이나 신성한 재능으로 보지 않아요. 그에게 시란 체계적인 노동의 결과물이자 인간의 승리예요. 〈어서 가거라, 꿈아, 내 충직한 황소야!〉 우리의 거대한 선구자는 이렇게 선언합니다. 시인은 자신의 기술을 위해 모든 것을 희생해야 한다고 말이죠. 시인이 〈리라와 운문의 이름으로 피를 흘리며〉 위로 올라가면서, 어쩌면 〈일곱 줄 또는 여덟 줄〉을 창작함으로써 자신을 구원하기를 소망할 때 그의 최고 작품은 그를 커다란 불덩이로 데려다 줍니다. 잊지 마세요, 이반 디미트리예비치. 브류소프는 예언자적인 힘으로 〈미래의 혼족〉에게 호소했습니다. 이들이야말로 오늘날 산업 문명의 폐허 속에 자신들의 천막을 칠 주인공들이죠. 당신이 헐뜯고 있는 상징주의자들 모두가 영웅다운 방식으로 자신의 의무를 다했습니다. 그들이 부수어서 터준 넓은 문 덕택에 그 자식들과 손자들이 들어올 수 있었던 겁니다. 모르는 말씀 마시고 그만 조롱하세요!」

「제가 심했습니다.」 이반 디미트리예비치가 조용히 대답했다. 「아직 어려서 자세히 공부하고 검토할 시간이 없었습니다. 제가 너무 성급했습니다.」

루나차르스카야는 고개를 돌려 나를 보며 미소 지었다.

「젊은 사람들의 말은 신경 쓰지 마세요.」 그녀가 말했다. 「우리 젊은이들은 모질거든요. 서두르고 있지요. 그들은 앞을 바라보고 있고, 사실 그들이 옳기도 해요. 하지만 러시아에서 상징주의는 많은 혜택을 주었어요. 사실주의의 좁은 테두리를 넓혀 주었고, 시인들의 영혼을 심화시킴으로써 그들이 외부 세계를 독창성 없이 그대로 비추는 거울이 되지 않게 해주었죠. 덕분에 시인은 지금까지 감추어져 있었던 은유와 유사(類似)를 찾아내면서 세계의 내적 조화를 분명하게 만들 수 있었죠. 동시에 상징주의는 언어에 놀라운 유연성을, 그리고 운문에는 탁월한 음악성을 가져다주었어요.」

「그럼 소비에트 문학에는요?」 내가 조급하게 물었다.

「선생님도 역시 성급하시군요.」 그녀가 말했다. 「지금 이 순간에 소비에트 문학이라뇨? 예술은 물리적, 정신적 시간을 필요로 합니다. 그래야 열정이 진정되고, 사실들이 어느 정도 거리감을 가질 수 있죠. 우리는 우선 그 소용돌이를 빠져나가야 합니다. 오늘날 글을 쓰고 있는 새로운 작가들이 펜을 들기 전에 몇 년씩이나 소총을 들고 있었다는 사실을 잊지 마세요. 그들은 추위와 배고픔으로 엄청난 시련을 거치면서, 다른 때 같았으면 평생이 걸려도 겪지 못할 일들을 3, 4년 만에 보고 배웠습니다. 오늘날 러시아에서 글을 쓰는 새로운 작가들은 모두 너무도 풍부하고 고통스러운 경험을 가지고 있는 까닭에 그의 정신과 창조력은 동시대 세계 다른 곳의 문인들과 어떤 식으로든 교류할 수가 없었습니다. 러시아 혁명과 프롤레타리아의 승리는 시인들과 산문 작가들에게 〈상아탑〉에서 내려와 인민 속으로 뛰어들라고 강요했죠. 잡담이나 서투른 성적 편력, 또는 끝없는 내적 독백 따위에 몰두해서는 안 되었던 겁니다. 그 대신 커다란 움직임, 대중의 요구, 보다 명예롭고 정의로운 새로운 사회적 공생을 위한 투쟁을 표현해야 했지요.

선생님이 혁명 중에 여기 계시면서 우리가 겪은 시련을 보고 또 경험하셨다면 이해하실 수 있었을 겁니다. 혁명 초기의 몇 년 동안 작가들은 시간은커녕 글을 쓰는 데 필요한 종이와 잉크도 없었고, 출판해 줄 인쇄소도 없었습니다. 그렇기 때문에 병영에서, 막사에서, 클럽과 공공 시위에서 자신들의 시를 낭송했어요. 물론 그 시들의 내용은 전적으로 혁명적인 것들이었어요. 전 세계 자본주의와 러시아 반동분자들에 대한 증오, 구원받은 러시아에 대한 기쁨, 전 세계가 해방되리라는 믿음 등이었죠. 이들의 표현 수단은 소박하고 충격적이었습니다. 그래야 대중이 이해할 수 있었으니까요. 꽁꽁 얼어붙은 건물 안에서, 눈 덮인 도시와 마을의 광장에서, 병영에서, 굶주리고 제대로 입지도 못한 불타는 눈을 가진 수많은 군중이 이들의 시에 열광적으로 귀를 기울였습니다.

당시 모스크바는 미래주의자들이 장악하고 있었는데, 이들은 과거를 무너뜨리고 근본부터 새로운 세계를 창조하라고 부르짖었어요. 우리의 위대한 시인 마야코프스키는 붉은 근위대에게 이렇게 외쳤습니다.

그대들은 백위군을 벽에 꽂아 넣고 죽였다.
그런데 왜 라파엘로는 잊었는가?
불 질러라, 불을, 박물관에!

왜 푸슈킨에게는 덤벼들지 않는가?

 반면, 상트페테르부르크의 시인들은 여전히 전통과 형식의 가치를 존중하고 있었지요. 그들은 균형과 보격(步格)을 사랑했습니다. 이런 인식은 혁명의 열기가 가라앉자마자 만연하게 되었습니다. 새로운 삶이 시작되었어요. 넘쳐 나는 종이, 전례 없이 활발한 출판 활동, 수많은 책들이 몇백만 부씩 출간되었고 신문과 정기 간행물이 쏟아졌습니다. 혁명에 봉사하기 위해 동원되었던 예술은 이제 해산하게 됩니다. 구시대 작가들은 맨 처음 받았던 충격에서 벗어나 기력을 되찾기 시작했어요. 그리고 새로 태어난 혁명 이후 문학이 이제 말을 하기 시작했죠.

 문학은 세 가지 범주로 분리되기 시작했습니다.

 첫째가 우파 추종자들이었죠. 이들은 혁명가들이 아닙니다. 이들의 영혼은 새로운 우주 생성 활동의 바깥쪽에 남아 있었어요. 이들은 그저 혁명가들의 오른쪽, 맨 가장자리에서 그들과 함께 여행하면서 러시아에서 일어난 이 엄청난 정신의 부활을 깨닫게 되었던 것입니다. 그중 한 명이었던 사펜코Sapenko는 자기 집단의 신조를 이렇게 표현했죠.

> 나는 공산주의자도 사회주의자도 아니다. 그렇다고 왕정주의자도 아니다. 나는 러시아인이다. 나는 정치적 계획을 가지고 있지 않다. 이런 이유로 많은 이들이 나를 비난한다. 이들은 말한다, 세 차례의 혁명을 거치고 이자가 고집하는 순결이란 과연 무엇인가? 그러나 그런 것이 바로 나의 순박함이며, 그것이 나에게 큰 기쁨을 준다. 나는 누구도 미워하지 않는다. 이것이 나의 이데올로기이다.

그런 우파 추종자 중 하나가 우리의 대표적인 시인인 니콜라이 알렉세예비치 클류예프입니다. 〈나는 칼과 대포를 만드는 러시아인이 아니라 성스러운 형상과 노래를 창조하는 지하의 황금 혈통을 타고났다.〉 클류예프는 신비주의적 열정으로 성스러운 러시아를 사랑하고 찬양합니다. 그는 신에게, 세계의 신비에 송가를 바치고, 또 러시아의 흙을 찬양하면서 대도시를 〈바위와 철이 낳은 딸〉이라고 경멸합니다. 처음에 그는 열광적으로 혁명을 맞이했습니다. 농민들이 해방되리라고 기대했던 거죠. 그는 바이칼 호에서 따뜻한 크림 반도의 바다까지 펼쳐지는 밀밭의 바다를 꿈꾸고, 밀짚으로 만든 왕관을 쓴 〈밀의 차르〉를 반깁니다. 그런 한편 레닌을 〈교미 이야기 속의 붉은 수소〉에, 〈전사처럼 가혹하게 태양이 내리쬐는 고산 삼나무의 낙원〉에 비유하죠. 그는 이렇게 외칩니다, 〈레닌이란 이 피의 이름이 공작의 꼬리처럼 땅 위로 펴지기를!〉 그러나 클류예프는 혁명이 보이는 새롭고 가혹한 모습들을 견뎌 내지 못합니다. 그래서 금세 미몽에서 깨어나 다시 자신의 신비주의 속으로 빠져 들었던 것이지요.

둘째가 좌파 추종자들입니다. 이들은 온 영혼으로 혁명을 받아들이지만 어느 정도의 독립성을 유지합니다. 형식에 중요한 의미를 부여하면서 한편으로는 자신의 예술을 프롤레타리아 이데올로기에 전적으로 복종시키지는 않지요. 이들 좌파 추종자들은 전쟁과 혁명 중에 군인, 장교, 선전가로서 아주 적극적으로 활동했습니다. 이들은 날마다 생명의 위험과 마주하면서 역사를 창조했습니다. 바벨은 남부의 루마니아 전선에서, 그리고 북부에서는 유데니치 반란에 맞서 싸웠습니다. 한편 체카[3]와 오데사 소비에

---

3 반혁명 운동을 단속하던 비상 위원회 — 원주.

트에서도 활동했죠. 상트페테르부르크와 트빌리시에서는 기자로도 활동했어요. 또 한 사람 브세볼로트 이바노프는 인쇄공으로 시작해서 탁발승, 레슬링 선수, 배우를 전전했죠. 그는 군인으로서 용감하게 싸웠고, 두 번이나 처형당할 뻔했습니다.

작가가 될 거라고는 꿈도 꾸지 못했던 수많은 젊은이들이 전쟁과 굶주림, 위험 속에서 오랜 세월을 살았습니다. 그들에게는 글을 쓸 시간도, 종이와 잉크도 없었습니다. 그저 혁명적 노래들을 지어서 군대에서 낭송하곤 했을 뿐입니다. 산문에서는 필냐크가 작가로서는 처음으로 용기를 내어, 이데올로기나 낭만주의를 배제한 있는 그대로의 혁명의 모습을 묘사했어요. 그는 무정부 상태의 공포와 고개를 든 어두운 본능들, 굶주림, 성적 열정, 남을 죽임으로써 살아남아야 하는 절박함 등을 묘사합니다. 비극적이면서 머리카락이 쭈뼛해지는 묘사들이죠. 어느 마을에서는 먹을 것이며 입을 것은 찾아볼 수 없고, 오직 관만 팔고 있습니다. 사람들은 먼저 관을 사기 위해 서로를 짓밟죠. 그들 역시 곧 죽을 테니까요.

필냐크는 자신의 모든 작품에서 하루살이 같은 덧없는 얼굴들, 농부들, 볼셰비키, 차르 추종자, 지식인들의 모습 뒤로 어렴풋이 보이는 러시아의 영원한 얼굴을 찾고 묘사하려고 애씁니다.

필냐크보다 탁월하고 풍부한 작품을 보여 준 이가 브세볼로트 이바노프입니다. 그 역시 시베리아와 극동에서 혁명의 소름 끼치는 장면들을 모두 경험한 사람이지요. 넓은 대로에 얼어붙어 있는 수천 구의 시체들, 공포와 두려움으로 가득한 마을 풍경. 그는 자신의 묘사에 형식을 부여하려고 노력하면서, 애써 자신의 서정성을 억누릅니다. 광활한 초원은 〈붉은 빛 감도는 푸른 동물〉이며 농부들은 〈무겁게, 땀에 젖어, 일요일의 새 셔츠를 입고 상기되어〉 있습니다. 그는 인간적 본능, 식욕, 천박한 질병, 동물적인 성욕 등을 모두 지닌 인간에 대한 강렬한 묘사들을 창조합니다.

리디아 세이풀리나Lydia Seifullina는 시베리아 출신 작가입니다. 혁명을 불쾌할 만큼 적나라하고 생경하게, 철저한 사실주의를 동원해 격정적인 방식으로 묘사했죠. 그녀의 작품은 외설스러운 욕설과 강간, 혐오스러운 세부와 자연주의적 가혹함으로 가득합니다.

이보다는 훨씬 뛰어난 예술가였던 바벨은 자신의 쓰라린 기억들이 모두 자기 안에서 결정화되도록 한 다음, 간결하고 침착하며 응축된 힘을 지닌 글로 써내려 갔습니다. 그는 자신의 풍부한 경험을 단순화하면서 주제를 정확하게 묘사했어요. 전쟁을 통해 삶과 죽음이 얼마나 간단한 것인지 배운 그는 이와 같은 현실의 본질적 특성을 자기 예술에 투영시키려고 애썼지요.

하지만 선생님은 이런 모든 작품들이 아직 끝나지 않은 서사시의 단편들이라고 말씀하실 수도 있을 겁니다. 세이풀리나는 이렇게 말했죠. 〈인생은 방대하다. 그것을 묘사하기 위해서는 많은 권수가 필요하다. 모든 것이 우리 주변을 휘감는다. 우리는 글을 쓸 시간이 없다. 차라리 단편들을 창조하는 게 낫다.〉

그러나 이미 몇몇 작가들은 좀 더 넓은 조망을 지닌 작품을 쓰기 시작합니다. 콘스탄틴 페딘은 『도시와 세월』에서 혁명과 혁명 이후 러시아와 독일이 겪은 결정적인 시기들을 묘사하려고 애쓰죠. 젊은 러시아 작가로서는 독보적일 만큼 당파성 없이 공정하게 생생한 유형들을 창조합니다. 노동자, 농민, 공산주의자, 반동분자, 융커들……. 똑같은 식으로 레오니트 레오노프는 러시아의 새로운 삶을 구성하고 있는 요소들을 장편소설을 통해 구체화하려고 애쓰죠. 러시아의 전통을 좀 더 충실하게 따르면서 훌륭한 심리적 분석을 통해 주인공들을 묘사합니다. 수많은 등장인물, 무질서, 모호함 — 그러나 이 속에서도 작가의 힘이 종종 드러납니다.

세 번째가 프롤레타리아들입니다. 이 부류의 작가들은 자신의 예술을 완전히 프롤레타리아 이념에 종속시키죠. 아름다움과 형식에 무관심한 이들은 내용에만 관심을 가지는데, 이들의 기교가 지닌 목적은 단 하나입니다. 프롤레타리아 이데올로기를 선전하기 위한 것이죠. 이런 작가들 역시 대부분 여러 전선에서 돌아온, 피로 물든 암울한 그림들을 넘치도록 보아 온 사람들입니다. 이들의 기억은 말이라는 옷을 입고, 터지듯 쏟아져 나옵니다. 필요성 때문에 그 어조는 빠르고 영화적이며 격렬합니다. 그 주제는 상징이나 목가적인 모험, 삶의 권태 따위와는 아무런 관계가 없습니다. 이 젊은 작가들은 상당히 많은 것들을 보았습니다. 이들은 사람을 죽였고, 또한 죽음의 고비를 넘기기도 했어요. 이들은 굶주림이 무엇인지 배웠고 가장 원시적인 고통을 경험했으며 가장 원시적인 기쁨을 맛보았습니다. 이들은 그렇게 살았고, 그래서 삶을 사랑했습니다. 실존하는 현실은 백일몽이나 상징이 아니라 소름 끼치고 피로 얼룩진 진실이며, 이런 현실이 나아져야 한다고 뼈저리게 느꼈습니다. 삶은 체호프 시대에 그랬듯이, 단조롭고 우울한 것이 아닙니다. 오히려 다양성과 열기, 상승하는 강렬함으로 가득 찬 것이죠. 삶은 끝없는 흐름이자 행동입니다. 영혼이 그것을 붙잡았다 싶으면 삶은 벌써 변해 있고, 다시 저만치 앞서 있습니다. 그렇기 때문에 새 작가들의 문학적 어조가 이 끝없는 흐름과 다양성을 따라가는 건 당연한 일입니다. 빨라지고 열이 오르고 조급해지며, 앞서 가는 삶을 따라잡기 위해 숨 가쁘게 달리게 됩니다.

분명 우리는, 지금 이 시기에 새로 태어난 붉은 문학에서 걸작을 기대해서는 안 될 것입니다. 말씀드렸다시피 그러기에는 아직 너무 일러요. 우리의 붉은 예술은 지금도 선전 활동을 수행하고 있어요. 공산주의자들은 순수한 이데올로기 신봉자이며 두려움을 모르는 영웅들이다. 반동분자들은 잔인하고 파렴치한 건달들이다…… 이렇게 일방적으로 삶을 왜곡한다면 걸작이 나올 수 없겠죠. 하지만 앞으로 그런 날이 올 겁니다. 언젠가 신열이 가라앉아 정신은 맑아지고 필요에 따른 부담이 가벼워질 날이 오면, 러시아의 영혼은 다시 굵직한 예술 작품들을 창조하게 되겠지요. 우리가 필요한 것은 시간뿐입니다. 다른 건 없습니다.」

「전 트로츠키의 생각에 동의합니다.」마마 자국이 있는 한 젊은이가 자리에서 벌떡 일어나며 소리쳤다.「우리는 프롤레타리아 문학에서 기적을 기대해선 안 됩니다. 프롤레타리아 독재는 일시적인 겁니다. 얼마나 오래 지속될까요? 몇십 년은 되겠죠. 절대 몇백 년은 아닐 겁니다. 그 기간에 우리가 프롤레타리아 예술을 창조할 시간이 있을까요? 전 매우 회의적입니다. 자본주의의 폭정에서 공산주의로 이행하는 그 몇십 년은 아주 중요한 시기입니다. 죽음을 건 치열한 싸움으로 가득한 시기인 만큼 그동안에는 투쟁이 우리의 주요 관심사가 되겠지요. 우리의 힘은 주로 방어를 위해, 그다음에는 마침내 승리할 때까지 공격하는 데 바쳐질 겁니다. 그런 후에야 비로소 프롤레타리아 독재가 완전한 공산주의에 자리를 넘겨주겠죠. 결국, 프롤레타리아의 승리가 뜻하는 게 뭡니까? 프롤레타리아 독재가 사라지고 공산주의가 그 자리를 대신하는 것입니다. 그 승리가 이루어진 뒤에 창조되는 어떤 문학도 프롤레타리아적이 아닐 겁니다. 그건 공산주의 문학이 되겠죠. 그것이 제 견해입니다, 용서하십시오. 우리는 지금 예술을 창조하고 있지 않습니다. 선전을 하고 있는 것입니다.」

반박. 고함. 격렬한 토론이 시작되었다. 루나차르스키가 살고 있는 이 하늘 아래에서는 공산주의 이념은 경직되지 않았고, 교조적이지도 않다. 물론 이 러시아인들은 마르크스의 가르침을 굳게 믿고 있지만, 거기에 아주 폭넓고 개방적인 의미를 두고 있으며 의견이 다르다고 해서 배신이라거나 모욕적이라고 보지 않는다.

상반되는 이 모든 견해 속에서 나는 동시대 러시아 문학에 대해 다음과 같은 결론을 구체화할 수 있었다.

새로운 러시아의 작가들은 대학 출신이나 일류 가문 출신이 아니었다. 이들은 굶주림, 위험, 혁명이라는 아주 상급의 학교에서 공부했다. 이들은 농부, 군인, 노동자들 속에서 살았으며, 인민이 아니면서 인민을 연구하기 위해 일부러 낮은 곳으로 갔던 이들과는 달리, 실제로 군인, 농민, 노동자들처럼 언젠가 자신이 작가가 되리라는 사실을 알지 못하고 있었다.

러시아 리얼리즘은 과거 리얼리즘의 대가들조차도 상상하지 못할 만큼 더 깊고 풍부한 내용을 가지게 되었다. 삶과 죽음, 이념과 굶주림, 꿈과 일상적인 사회 관심이 서로 밀접하게 맞물려 결합되고 다양한 리얼리티가 되었으며, 이것의 풍부함은 모든 상상과 모든 상징을 압도한다.

러시아 문학의 내용이 바뀌었다는 사실은 전혀 놀라운 일이 아니다. 낡은 테마들, 불평과 탄식, 권태, 끝이 보이지 않는 심리학적 담론, 히스테리, 퇴폐적인 관능 등은 모두 사라져 버렸다. 비극적이며 행동으로 가득 찬 새로운 테마들이 풍미하고 있다. 전쟁, 죽음의 위협, 무자비한 계급투쟁, 새로운 공산주의 세계의 예술 작품을 형상화하기 위한 시도들이 그것이다.

문학의 기술 역시 바뀌었다. 우선 영화로부터 큰 영향을 받았다. 장면들은 빠른 속도로 단속적으로 펼쳐진다. 텍스트에는 종종 간극이 있으며, 의미를 암시하는 데 그침에 따라 독자들은 더 이상 텍스트를 읽고 수동적으로 받아들일 수 없게 된다. 독자는 완성을 향해서 작가와 함께 글을 만들어 나가야 한다.

외국 문학의 영향력은 줄어들었다. 그 이유는 이렇다. 작가들이 보는 러시아 동시대인들의 삶은 유럽인들이 누리는 어떤 삶의 양상보다 단연 흥미롭다. 또 신인 작가들 대부분은 전장에서 싸우고 있었으므로 외국어를 배울 시간이 없었다. 그리고 신인 작가들이 도움을 받을 수 있는 강한 러시아 문학 전통이 이미 확립되어 있었다. 더욱이 오늘날 러시아 지식인들에게 영감을 줄 대규모 문학 운동은 존재하지 않는다. 오히려 바깥에서는 생명을 다시 찾은 러시아에서 새로운 아이디어들이 솟아나기를 기대하고 있다.

문학은 더 이상 차르 시대에 보여 주었던 것 같은 주도적 역할을 하지 않는다. 과거에는 오직 작가들만이 상대적으로 자유로운 목소리로 사회의 관심을 표현할 수 있었다. 작가들은 러시아에서 유일한 사회학자이자 정치 분석가, 저널리스트, 교사였고 도덕과 정신의 안내자였다.

지금의 상황은 근본적으로 다르다. 러시아의 투쟁에서 가장 위험한 전선, 최선봉에서 전투를 벌이는 것은 정치가, 군인, 경제학자, 공학자, 과학자 등 행동하는 사람들이다.

전투태세에 들어간 이 새로운 사회에서, 문학은 동시대의 삶을 충실하게 반영할 수 있도록 새 길을 열기 위해, 좀 더 엄격하고 다양한 어조를 찾기 위해 애쓰고 있다. 문학은 아름다움에 새로운 얼굴을 주기 위해, 지금까지와는 다른 좀 더 비극적이고 더욱 단순하며 인간적인 얼굴을 부여하기 위해 애쓰고 있다.

내가 자리를 뜬 것은 밤이 깊어서였다. 루나차르스카야는 작별 인사를 고하면서, 자신이 좋아하는 시인 클류예프의 다음 시로 상충되는 모든 견해들을 조화시켰다.

형제들이여 단결하자. 인민의 가슴과
거센 시월 바람의 불타오르는 결혼 속에서
그리고 투르게네프일랑 책꽂이에 내버려 두자,
귀족들의 궁전 위로
종이 눈물을 떨구도록.

나는 그 긴 밤 동안 시(詩)라는 달콤한 포도주에 취해 있었다. 집에 도착한 나는 성난 마야코프스키의 책을 펴들고, 커다란 목소리로 그의 활활 타오르는 시를 읽었다.

들어라, 악당들아!
다음의 내 말에 못이 박힌 채로 조용히 있어라.
노래를 닮은 데가 없는
늑대의 이 울부짖음을 들어라.

가장 살찐 자를 공격하라,
가장 뻔뻔스러운 자를
그의 멱살을 잡고
밀어 버려라
진흙탕 속에 계산서 속에!
〈기아 원조 위원회!〉
이 벌거벗은 숫자들 뒤를 보아라.

갑작스런 돌풍은
너무나 거세고 너무나도 상쾌하다 —
눈에 휘감겨서
수천
수백만의 지붕에 몰아친다.

까마귀조차 모습을 감추고 있구나.
냄새를 맡았기에 —
저기, 그 냄새가 풍겨 온다 —
달콤하고 메스꺼워라
그들이 굽고 있는 아들, 아버지,
어머니,
그리고 딸의 냄새.
이제 누구 차례인가? 아무도 돕지 않구나!
눈 속에 길을 잃었지만 —
그래, 아무도 전혀 도와주지 않는다!

도움은 없다!
길의 진흙까지도 —
우리는 먹는다.
열 개 지방에서
무덤의 수를 세어 보라.
2천만 —
2천만이 —
죽었다!
홀로 외로이 저주를 담아

목쉰 울음을 운다.
바람이 흩어 버린
눈 덮인 머리카락으로
대지는 만가를 부른다.

빵,
약간의 빵을
조금만 더!
도시는 노동자의 손을 뻗게 한다.
약간의 빵! 약간의 빵을!
모든 전선에서 무전기가 아우성친다.
그러자 그들이 대답한다,
백치의 무더기인
신문들이.
런던.
공식 오찬
왕과 왕비가 참석한 가운데
그들은 황금이 아닌 것을 조롱한다.

저주받을 것이다!
관을 쓴 너희들의 머리 위로
식민지에서 온
야수 같은 이들
식인종들이 떨어질 것이다.
너희의 왕국은
반란의 불길로 타오를 것이며,

너희의 수도는 기초까지 타버릴 것이다!
왕위 후계자들, 공주들은 냄비 대신
왕관에다 음식을 요리해야 할 것이다.

파리.
의회는 회기 중이다.
프리디오프 난센[4]의
기아 전시회가 열린다.

그들은 웃으며 듣는다.
나이팅게일 소리를 듣는 것처럼,
유행가를 부르는
테너 노래를 듣는 것처럼.

저주받을 것이다!
너희는 다시 인간의 목소리를
듣지 못할 것이다.
프랑스의 프롤레타리아여 ─
아니!
수천 명의 목이
올가미에 매여 있구나!

워싱턴.

---

4 Fridtjof Nansen(1861~1930). 노르웨이의 북극 탐험가, 정치가, 인도주의자. 적십자가 후원하는 러시아 기아 구제 활동을 감독했고, 각종 전쟁 포로 송환, 망명자 구제 등의 활동으로 1922년 노벨 평화상을 받았다.

영지 소유주들이
배가 꽉 차도록 먹었구나
마실 만큼 많이 마셨구나 —

기중기를 가져와라
그 배를 들어 올리자 —
고운 밀가루에서 남은 건 모두 바다에 처넣는구나.
밀을 공장에 쌓아 두는구나.

저주받을 것이다!
너희들의 길은 범람할 것이다 —
피로 —
남과 북의 아메리카가.
그들이 너희가 가진 부드러운 걸 찾아낼 것이다 —
너희들의 배를 —
그리고 그 배로 축구를 할 것이다!

베를린.
망명객들이 생기를 찾는다 —
그 패거리가 좋아서 어쩔 줄 모르는구나.
베를린에서
콧수염을 말고
우쭐대고 거드름 피우는
러시아 군인이여.

저주받을 것이다!

꺼져라!
영원히 꺼져라.
세계가 너에게 침 뱉을 것이다 —
유다들 같으니!
러시아의 숲들아 —
다들 모여 가장 키 큰 나무들을 골라서
망명자의 몸을 매달아라.
그 몸이 흔들리게 하여라 —
암울하게 —
영원히
하늘에서.

저주받을 것이다!
너희들이 한 입 베어 먹는 것마다
너희들 배를 태울 것이다.
핏물 흐르는 비프스테이크는 —
한 자루 칼이 되어
내장을 찢어 놓을 것이다!
저주받을 것이다
언제까지나 영원히 —
그 가득 찬 입을 볼가 강에서
돌리는 자들은!

붉은 예술

소비에트 현실에서 예술의 위치는 어떤 것일까? 러시아 혁명은 정치, 경제, 사회 분야에서 부르주아 계급에 뿌리를 두었던 모든 것을 거세게 쓸어버렸다. 그러나 구시대의 예술 작품에 대해서도 예외 없이 가차 없는 광신주의를 적용했을까? 그리고 좀 더 일반적인 의미에서, 소비에트가 보는 예술의 개념은 무엇일까? 이 새로운 세계관이 미(美)에 경의를 표하면서 열어젖힌 새로운 지평은 어떤 것이며, 인민의 정신적 고양과 미학 교육을 위해서 예술은 어떻게 사용되고 있을까?

혁명이 일어난 처음 몇 개월 동안 예술 작품들은 심각한 위기에 처해 있었다. 그것은 귀중한 예술적 보물들이 보관되어 있던 귀족들의 집이 종종 광적인 농민들에게 약탈되었기 때문만은 아니었다. 광신적이고 배우지 못한 노동자들 또한 프롤레타리아의 문명이 자유롭게 꽃을 피우기 위해서는 낡은 부르주아 예술이 사라져야 한다고 선언했던 것이다. 〈부유한 외국 문명보다 가난해도 우리 자신의 문명을 가지는 것이 낫다.〉

그러나 소비에트 정부는 이와 같은 반달리즘의 물결을 가로막고 나섰다. 소비에트는 부르주아들이 남긴 모든 예술 작품을 구하기 위해 노력을 기울였고, 개인들이 소장하던 모든 작품을 박물관에 집결시켜 인민들이 즐길 수 있도록 했다. 그 계획에는 수도원과 교회, 귀족들의 궁전을 원래의 건축 형태로 복구시키는 작업도 포함되어 있었다. 아울러 정부는 새롭고 혁명적인 미학 형식을 찾고 구체화하려는 예술가들을 지원하기 시작했으며, 수많은 인민들이 예술을 직접 접할 수 있도록 했다.

이 격정의 시기에 그렇게 복잡한 계획을 실시하는 데에는 사실 엄청난 난관이 뒤따랐다. 돈도 없었고, 이렇다 할 만한 기술자들도 없었다. 새로운 러시아의 모든 관심과 힘이 죄다 군사 및 경제 문제에 바쳐졌던 것이다.

그럼에도 예술을 보호한다는 이 과제는 주목할 만한 성과를 거두었다. 몇 개월 만에 예전에 개인들이 소장하고 있던 작품들과 역사적 또는 예술적 가치를 지닌 교회 물건들은 물론이고, 교회, 수도원, 개인의 대저택과 차르의 궁전들이 그 건물 안의 보물들과 함께 목록으로 작성되어 국가의 보호를 받게 되었다. 낡은 박물관에는 전시물이 넘쳐 나게 되었고, 수백 개의 박물관이 새로 만들어졌다. 그리고 러시아의 가장 외진 곳에서부터 평범한 인민들이, 마치 순례를 떠나듯, 그때까지 오직 특혜 받은 극소수 사람들만 보고 즐겼던 예술 작품들을 보고 향유했다.

이와 동시에 소비에트 러시아는 새로운 예술을 창조하기 위해서 애쓴다. 노동자, 농민들에게 회화와 음악, 극장 예술을 가르치려는 목적으로 예술학교들이 설립된다.

볼셰비키는 구시대 부르주아들의 생활 방식을 혐오하면서 그들 자신의 프롤레타리아적인 감성을 새로운 형식으로 표현하고자 노력한다. 그들의 머릿속에는 새로운 광경들이 떠오른다. 혁명의 장면들, 기근에 허덕이던 끔찍한 시절들, 붉은 군대 — 그 맨발의 굶주린 승리자들. 그러다 보면 나중에, 우리 시대가 숨 가쁘고 발작적인 리듬으로 거쳐 가고 있는 이 과감하고 새로운 탐색의 여행은 자기만의 표현 수단을 찾을 수 있을 것이다.

과거에 유명했던 쿠스타리의 공예 산업은 다시 활력을 얻고 새로운 주제를 발견한다. 쿠스타리인들은 남녀를 막론하고 자신의 오두막에서 유명한 수공예품을 생산한다. 레이스, 자수, 직물, 도자기, 소형 조상, 장난감 인형, 회화, 그리고 깎아서 색칠한 목공예품 등을 만든다. 그러나 지금은 새로운 공산주의 모티프가 지배적이다. 혁명, 노동자, 붉은 군인, 소비에트 생활, 청소년 단원, 레닌…….

나에게는 니주니노브고로드의 노천 시장에서 구입했던 세밀화가 하나 있다. 예전에 성상 채색가였던 골리코프Golikov가 그린 작품인데, 나는 종종 이것을 볼 때마다 감탄하곤 한다. 검은색 래커 칠을 한 작은 상자에 농부가 밭을 가는 모습이 그려져 있다. 말은 초자연적으로 아주 크며 시뻘겋게 묘사되었다. 갈기는 촘촘한 불꽃 다발로 표현되었고, 머리는 떠오르는 태양 같다. 말 뒤에는 그 말처럼 붉게 색칠된 농부가 허리를 굽힌 채, 흙 속의 쟁기 날을 밀고 있다. 이 늙은 화가는 신비주의적 영혼을 간직한 채, 타오르는 자신의 감성에 새로운 내용을 부여했다. 자기 시대 인민들의 리듬을 따라서 인간, 동물, 흙이라는 세 가지 영원한 모티프를 바탕으로 새로운 종교의 성상을 그려 낸 것이다.

새 러시아의 모든 기능공과 화가들은 새로운 공산주의 테마에서 영감을 받는다. 이들은 선언한다. 〈예술은 단순히 미를 창조해서는 안 된다. 예술은 삶을 지시해야 한다.〉 오늘날의 예술적 미는 동시대 생활을 충실히 표현해야 한다. 예술과 기계는 서로 조화를 이루어야 한다. 결국 소비에트 화가들의 이상은 우리 산업 시대의 달라진 모습과 요구를 표현하는 것이다.

그런데 이 이상에 도달하기란 쉽지 않다. 기계가 가진 기술적 기교는 예술가가 내뿜는 창조의 숨결과는 본질부터가 다르다. 그럼에도 불구하고 소비에트 정부는 예술학교들을 신설하고, 새로운 교수법을 적용함으로써 새로운 부류의 예술가들을 빚어내기 위한 노력을 기울이고 있다. 이 예술가들은 창조적 영감과 기계적 기술을 결합시키며, 따라서 그 창조자는 — 산업적 질서의 노예나 그에 대항하는 반란자가 아니라 — 산업화의 동료 노동자인 동시에 친구로 남을 수 있게 된다는 것이다.

이와 같은 협력적인 노력이 가장 뚜렷이 나타난 것이 건축 분야이다. 혁명 전의 러시아 건축은 기존의 바로크, 고딕, 신고전주의, 신낭만주의 등 서로 다른 양식들을 모방한 것이었다. 혁명 정신은 보다 정통적인 예술에서 인위적으로 이탈했던 이 모든 양식들을 휩쓸어 버렸다. 러시아인들은 자신들의 영혼 속을 파고드는 한편, 우리가 거쳐 가는 역사적인 순간을 치열하게 살고 있다. 이들은 건축에서 오늘날의 경제, 사회적 요구뿐 아니라 미학적 요구에 부합하는 가장 실질적이고 완벽한 형태를 찾기 위해 분투하고 있다. 불필요한 장식은 이제 사라졌다. 새로운 건축은 논리처럼 치장되어서는 안 된다. 공장, 정부 청사, 철도역, 노동자를 위한 주택, 학교, 병원, 극장, 신도시들이 모두 새로운 재료인 시멘트, 철, 유리와 엄격하게 조화를 이루어야 한다. 장식을 배제한 우아함, 기능적인 적용, 견고함 등이 러시아 새 건축의 특징이다.

예술과 기계 사이의 이런 협력 관계는 과감한 극장 연출자 메이에르홀트Meierkhold가 자신의 모스크바 극장에서도 추구한 바 있다. 그의 무대는 마치 한 대의 완벽한 기계가 지닌 논리처럼 아무런 꾸밈이 없다. 이것은 연기의 방식에서도 똑같이 나타난다. 배우들의 연기는 빠르고 발작적이며, 서정성이 배제되어 건조하다.

러시아인들은 타고난 춤꾼이자 마임 연기자들이다. 이들에게는 행동으로 나타내고 표현해 내는 끼와 능력이 있다. 이들은 빠른 속도로 디오니소스적인 도취에 빠지고, 다른 이와 쉽게 교감을 나누며, 쉽게 그들의 일원이 될 수 있다. 러시아 연극이 단연 세계 최고인 이유가 바로 여기에 있다.

「오늘 밤 메이에르홀트의 극장에 가보실래요?」 젊은 러시아 친구가 묻는다. 〈D. E.〉가 상연 중이거든요.」

「〈D. E.〉라뇨?」

「〈유럽의 파괴 The Destruction of Europe〉예요. 줄여서 〈D. E.〉라고 하죠.」

「갑시다.」 내가 대답했다. 「제목이 맘에 드네요.」

바깥에는 눈이 내린다. 길을 따라 늘어선 벌거벗은 포플러나무들은 수정으로 뒤덮여 있다. 얼어붙은 거리 위로 썰매들이 미끄러져 간다. 달콤하고 애수에 젖은 썰매 종소리가 눈 덮인 극장 밖의 적막 속으로 떨어진다.

입구는 만원이다. 여자들이 서둘러 도착하고 있다. 그중 일부는 스키타이 여전사들처럼 키가 크고 유연하며, 나머지는 북국 출신의 엉덩이가 큰 기혼녀들이다. 남자들이 양가죽 코트와 털모자를 벗고 허리띠를 졸라맨 긴 작업복과 빡빡 깎은 머리를 드러낸다. 잘 차려입은 여자는 한 명도 없다. 다이아몬드와 진주로 치장한 귀족 숙녀들은 사라졌다. 그중 가까스로 보석을 가지고 탈출하는 데 성공한 일부는 망명지에서 생계를 유지하기 위해 그것을 하나씩 팔고 있으리라. 시간이 없었던 나머지 숙녀들은 그것들을 러시아에 버리고 떠났고, 이제 그 보석들은 박물관의 보물들을 빛내 주고 있다. 각반을 차고 외눈 안경을 걸치고 에나멜가죽 구두를 신은 멋쟁이 신사들 역시 떠나고 없다.

내 친구와 나는 극장 복도를 천천히 왔다 갔다 하면서 공연이 시작되기를 기다린다. 헐렁한 셔츠에 높은 부츠를 신고 가죽 벨트를 한 남녀 학생들과 노동자들, 가게 점원들. 모두가 젊은 사람들이며 나이 든 사람들은 찾아보기 힘들다.

「나이 많은 사람들은 어떻게 됐나요?」 나는 친구에게 물었다.

「다들 떠나거나 죽었습니다. 아니면 중얼거리면서 집에 앉아 있겠죠.」 그리고 잠시 후 이렇게 덧붙인다. 「오늘 밤 이 극장의 관객들 때문에 당황스러우신가 보죠? 새 러시아를 보기 위해 왔던 대규모 영국 사절단이 차르 시절의 유명한 한 무희에게 물었답니다. 그녀의 새 관객들을 어떻게 생각하느냐고요. 그 무희는 외국으로 떠나지 않고 여기 남아 볼셰비키 노동자들 앞에서 춤을 추거든요. 그 유명한 무희는 이렇게 대답했죠. 〈확실히 보석들과 값비싼 장신구들은 보이지 않아요. 하지만 여기 온 노동자들이 제 예술을 감상한다는 게 피부로 느껴져요. 비록 몇 년 후에는 무대를 떠나야 하겠지만 저는 책임감을 느끼고 있고, 이 새로운 관객들 앞에서 예전보다 더 잘 추기 위해 애쓰고 있답니다.〉」

사방에서 가죽 부츠 냄새와, 남자, 여자 할 것 없이 끊임없이 피워 대는 싸구려 담배 냄새가 난다. 주머니에서 사과를 꺼내는 사람들도 많다. 사과를 외투에 문질러서 껍질이며 속까지 남김없이 먹음직스럽게 베어 먹는다. 다른 사람들은 초조하게 손목시계를 들여다보며 끊임없이 해바라기 씨를 우물거린다.

젊은 얼굴들이 앞뒤로 오간다. 그들의 눈은 반짝이고 튀어나온 광대뼈는 황실의 샹들리에 밑에서 번뜩이며 빛을 발한다. 러시아의 초원에서 내려오기 시작한 이 슬라브족 젊은이들만큼 조용하게 이글거리는 젊음을 나는 그 어느 곳에서도 본 적이 없다. 이들은 그 조상들, 사냥꾼이자 궁수였던 자신의 조상들처럼 넓적한 손을 눈 위에 대어 눈부신 햇살을 가리고, 유럽 쪽의 지평선을 훑어본다. 이들의 눈은 위험한 유혹이 가득한 뱀의 눈처럼 반짝인다.

슬라브 여자들도 이와 비슷하게 위험한 주문을 던진다. 이들은 대개 회녹색의 눈에 견고하고 네모난 턱을 하고 있으며, 울름에서 보았던 고딕 양식의 목재 성모상, 갓 태어난 자신의 아이들을 무릎 위에 안고 앉아 있는 성모상을 연상시키는 커다란 골반을 하고 있다.

나를 둘러싼 짙은 냄새들과 소음, 창문 사이로 어렴풋이 반짝이는 눈, 바깥에 세워 놓은 말들, 들떠서 앞뒤로 왔다 갔다 하는 수수한 여자들, 벨트를 매고 부츠를 신은 남자들. 이 모든 것들이 눈으로 뒤덮인 난잡한 병영의 공기를 숨쉬고 있는 듯한 착각을 불러일으킨다.

갑자기 벨이 울린다. 남자들과 여자들은 잽싸게 담배를 내던지고, 마지막으로 베어 문 사과를 황급히 삼키고, 또 해바라기 씨를 주머니에 쑤셔 넣는다. 막이 오른다. 무대에는 어떤 장식의 흔적도 없다. 색칠한 판자나 판지도 하나 없이 벽을 상징하는 이동식 스크린만 몇 개 있을 뿐이다. 이 스크린은 열리기도 하고 닫히기도 하며, 이동해서 방이 되기도 한다. 가구나 배우들이 들어오면 바닥이 회전한다.

감성적 분위기는 조금도 찾아볼 수 없는 간소한 무대. 예전에는 화가들이 연극 무대를 지배했었다. 러시아 극단이 유럽 순회

공연을 시작하면 서구 사람들은 그 기막힌 색채에 눈이 부시고 취했었다. 유명한 러시아 연출가들 — 베노이스Benois, 박스트 Bakst, 갈로빈Galovin, 코로빈Korovin — 은 무대에 환상적인 색채를 쏟아 부었고, 그 화려함이 지나친 나머지 작품 자체와 배우들의 연기는 빛이 바래곤 했다.

그러나 소비에트 무대는 화려한 배경을 없애 버렸다. 볼셰비키 연출자들에 따르면, 극장은 희곡 작가나 연출가를 위해 존재하는 것이 아니다. 극장은 배우를 위해 만들어진 것이다. 배우들은 가장 단순한 골격으로 이루어진 꾸밈없는 3차원 안에서 움직이고 스스로를 선언한다. 그 밖의 모든 것은 낭만적인 사치이다.

메이에르홀트는 이와 같은 극장의 혁신에 가장 투철한 연출가이다. 그의 무대 장치는 움직이는 단(壇)과 발판과 밧줄로 이루어진다. 그는 배우들에게 서커스 단원처럼 뛰어오르고 올라가는 훈련을 시켰다. 뿐만 아니라 극장은 배우들을 위한 것이라는 자신의 연출 개념에 맞게 희곡 작품들을 개작하고 임의로 변형시킨다.

「유럽의 파괴」 상연 도중 무대에서 분출되었던 그 역동성은 무어라 표현할 수가 없다. 뭔가 내달리는 듯한 느낌, 무척 긴장되면서도 기술적으로 흠잡을 데가 없다. 희극이 새로운 방식으로 비극과 녹아들고, 인간은 무슨 꼭두각시나 위험한 도약 동작을 선보이는 광대처럼 느껴진다. 그것은 독백을 하거나 아름답고 정열적인 대사를 늘어놓을 시간 따위는 전혀 없는, 숨 가쁘고 사납게 몰아치는 동시대의 삶이었다. 이런 식의 삶 — 거칠고 쓰라리며 야만적인 삶 — 은 이런 식의 리듬으로만, 이런 식의 무대 위에서만 표현할 수 있는 것이다.

처음에 여러분은 놀랄 것이다. 과거의 걸작들로 인해 우리가 익숙해져 있던 그 비극적인 장엄함은 어디로 간 걸까? 그러나 서서히 그 에너지, 그 격렬함과 동시대의 진실이 여러분을 휩쓸게 되면 이 회오리바람이 바로 여러분 영혼의 참된 리듬임을 느끼게 된다. 이 기계와 발판, 금속 구조물 — 아름답지는 않지만 그 자체로 어떤 웅장함을 느끼게 하는 — 을 사용한 연출법은 산업화된 무자비한 시대에 어울리는 유일한 골격이다. 메이에르홀트가 그토록 과감하게 사용하는 금속, 나무, 기계들은 우리 마음에 들든 그렇지 않든, 거기에 어떤 아름다움이 있든 없든 상관없이 우리가 갇힌 감옥의 빗장인 것이다.

자정이 되어 내 방으로 돌아온다. 눈 쌓인 거리, 여자들이 거리 모퉁이에서 담배며 사과, 캐비아 샌드위치 등을 팔고 있다. 한 집의 창문에서는 창백한 얼굴에 야윈 몸을 한 중국 남자 두 명이 다림질 판 위에 몸을 굽히고 있는 모습이 보인다. 투박한 소파에 앉은 늙은 여자는 자기 몸의 이를 잡고 있다.

젊은 부랑자 두 명이 화려한 무늬의 누더기를 입고, 높고 더러운 양가죽 모자를 쓴 채 지금도 식당 밖을 뒤지고 있다. 그들은 눈 위에서 구르며 웃다가, 즐거움과 비참함뿐인 셰익스피어의 마귀들처럼 자취를 감춘다. 나는 수도 없이 멈춰 서서 넋을 놓고 지켜보곤 했다. 혁명이 낳은 이 젊은 떠돌이들이 식당 입구에 있는 난로를 껴안고 몸을 녹이는 모습을 넋을 잃고 쳐다본 적이 한두 번이 아니었다. 지하 식당에서는 이들이 뜨거운 불가에 흐뭇하게 앉아 있는 모습을 종종 보게 된다. 추위가 심해지면 이들은 거리에서 불을 피운다. 그 불 주변에서 뛰고 춤출 때면 이들이 걸친 화려한 누더기 밑에서 뻣뻣해진 팔다리가 빛을 낸다. 동틀 녘이 되면 이 떠돌이들은 기차역에서, 화물용 나무 상자 안에서, 대저택의 지붕 입구 아래에서, 몸을 디밀어 누일 수 있다면 어디서든 잠을 이룬다. 인민들의 시위대에서, 군대 행진에서, 화려한 장례식에서, 소비에트의 공휴일 행사에서 이들은 가장 앞에 서서 가장 충실한 역할을 한다. 그리고 그 하루가 저물어 도시 노동자들이 퇴근하여 큰 식당으로 달려가 식사를 할 때면, 이 어린 방랑자들은 식당 입구에 서서 빈정거리는 듯 적개심이 가득한 눈으로 그들을 지켜본다.

중심가의 도로들은 빛으로 넘친다. 곳곳의 거리 한가운데에는 야간 경비원들이 꼼짝도 하지 않고 서 있다. 얼어붙은 강물이 달빛 아래 빛난다. 수천 마리 까마귀들은 눈 덮인 나무 위에서 잠자고 있다. 이따금씩 선잠을 자던 까마귀들이 꿈을 꾸는 듯 목쉰 울음을 운다.

퉁퉁한 몸집에 무거운 모피 외투를 입고 향수 냄새를 풍기는 남자 두 명이 불안한 듯 벽을 따라 황급히 걸어간다. 나는 그 두 사람의 뒤쪽을 살펴보았다. 뒤따르는 사람은 없었다. 그런데도 이들의 걸음은 불안하다. 두 사람은 어디가 불편한 듯 혼란스러워 보인다. 편안하게 숨을 쉬지 못한다. 이들을 불안하게 만드는 뭔가가 공기 중에 있다. 고양이처럼, 소비에트 러시아는 이 살찐 생쥐들을 가지고 논다. 고양이는 이 생쥐들을 잡아먹는 게 아니라 발톱으로 살짝 긁고는 곧바로 관심이 없는 척 눈을 감고 자는 시늉을 한다. 그러나 살찐 생쥐들은 마음이 편치 않다.

이와 똑같은 걸음걸이, 다만 조금 덜 불안하고 조금은 더 민첩한 걸음걸이가 오늘날 러시아의 또 다른 한 집단, 성직자들이 보이는 특징이다. 여러분은 때로 약간은 구부정한 사제를 만나게 될 것이다. 반백의 머리칼을 어깨까지 기르고 손은 양옆으로 어색하게 늘어뜨린 채, 공허하고 겁에 질린 아버지 같은 눈길을 하고 걸어간다. 사제들 역시 마음이 편치 않다. 언젠가 나한테 한 사제가 이렇게 말했었다.「가라고요? 떠나라는 겁니까? 가긴 어딜 간단 말입니까? 우리가 머무는 곳이 바로 여기인데.」
 그가 말하는 〈여기인데〉는 마치 이렇게 들렸다. 〈쥐뎣 안인데.〉

극장

 거리에는 눈이 무릎 깊이만큼 쌓여 있다. 보도는 얼어붙은 수정으로 덮였다. 한 여자가 미끄러져 넘어진다. 개 한 마리가 그녀에게서 킁킁대다가 사라진다. 자부심 강한 〈이즈보치키〉, 즉 마부들은 숱이 많은 농부 수염을 기르고 펠트로 테두리를 두른 녹색 모피 모자를 쓰고서, 아시아의 귀족처럼 마차의 높은 벤치 위에 미동도 없이 꼿꼿이 서 있다. 이들은 더 이상 교회 앞을 지나며 십자가를 긋지 않는다. 마음속으로 귀족들을 전복시킨 이해할 수 없는 광적인 인간들을 저주하고 있으리라. 옛날의 귀족 남녀들은 땅에 발을 디디려 하지 않았고 트로이카를 타고 돌아다니면서 후하게 돈을 주었는데 세상은 싸구려로 변했고, 쇠락해 버렸다. 모두가 진흙탕 속을 터벅터벅 걷거나 그 끔찍하게 붐비는 망할 놈의 시가 전차를 탄다.

 목재나 밀가루를 실은 수레들이 지나간다. 아직 길이 들지 않은 듯 둔한 동작의 말들이 마구를 뒤집어쓴 채 울면서 고개를 흔들고 눈 속에 다리를 푹푹 빠뜨린다. 양가죽으로 휘감은 마부들은 아직도 외딴 초원에 있는 것 마냥 고래고래 고함을 지른다. 이들 역시 자신들의 말처럼 발걸음이 무겁다. 이렇게 목재와 밀가루를 실은 수레의 행렬은 서구 도시에서는 볼 수 없는 풍경이다. 그러나 이곳 크렘린의 붉은 첨탑과 총안 밑에서는 이 모든 행위들이 다채로운 피부색의 거칠고 호전적인 모스크바 사람들과 완벽한 조화를 이룬다.

까마귀 떼가 나무에서 나무로, 지붕에서 지붕으로 날아다닌다. 지붕의 기와 끝에서 얼어붙은 작은 눈덩이를 흔들어 저 아래 지나가는 사람 위로 떨어뜨린다. 러시아의 문학 작품 곳곳에서 자주 등장하는 까마귀는, 아닌 게 아니라 실제로 러시아 하늘을 지배하는 새이다. 내가 처음 본 까마귀는 오데사에서 보았던 수천 마리의 까마귀 떼였다. 그 후 우크라이나에서는 검은 토양의 벌판 위를 나는 까마귀들을 즐겁게 감상하게 되었고, 이제 모스크바에서 나는 크렘린의 탑들 위에서 여전히 동쪽과 서쪽을 응시하고 있는 머리 둘 달린 청동 독수리들 위에 무리 지어 앉은 까마귀들을 보며 감탄한다.

여인네들이 보도 위를 지나간다. 듬직하고 힘이 세며 참을성 많고, 번식력이 좋은 러시아 말들처럼 야성적인 원시 부족 출신의 여인네들. 이 여인들은 아직 흡족할 만큼 먹고 일하고 아이를 낳아 보지 못했다. 다른 여인들, 피로와 지루함, 지성으로 넘치는 섬세한 귀족 여자들은 사라졌다. 추방자가 되었다. 그리고 러시아 시인이 말했듯 〈저주를 받을 것이다〉!

예전에 귀족이었던 한 남자가 거리 모퉁이에 서 있다. 그가 입은 모피는 많이 닳았고, 모자도 해졌다. 그는 드러내 놓고 손을 내밀어 구걸한다. 아무도 그에게 신경 쓰지 않는다. 그의 얼굴은 아주 상냥하고 온화하다. 붉은 피부색은 여전히 남아 있는 기름기로 빛난다. 그는 지나가는 사람마다 일일이 가볍게 눈인사를 하며 말없이 서 있다.

좀 더 멀리 떨어진 곳에서는 한 늙은 농부가 눈 덮인 보도 위에 책상다리를 하고 앉아 있다. 앞에 작은 가방을 열어 놓고서 구슬프고 단조로우며 애절한 노래를 부른다. 그 노래가 마치 러시아의 얼어붙은 광활한 초원에 있는 것처럼 큰소리로 울려 퍼진다. 다채로운 색깔, 다양한 인간들이 조화를 이룬 모스크바에서는 이 모든 소리들 — 희미한 한숨과 말 울음, 노랫소리 — 이 너무나도 조화롭게 어울려서 개인적인 고통 따위는 생각하지 않게 된다. 오히려 그 모든 울음과, 그 모든 소리들이 하나의 교향곡에 필요한 성부인 것처럼 음미하게 된다.

붉은빛이 감도는 회색 하늘 아래, 이 오후에, 나는 가만히 서서 유명한 성 바실리 대성당을 감상한다. 이반 뇌제가 이 성당을 짓도록 했는데, 성당이 완공되자 지구상에 이와 같이 아름다운 건물을 다시 짓지 못하도록 하기 위해 그 건축가의 눈을 뽑아 버렸다.

파르테논 신전 앞에서 내 가슴은 두근거리지 않는다. 다만 내 머리만이 오랜 묵상과 지적 유희 끝에 비로소 그 건물을 이해하고, 그런 다음 그 구조물에 어울리는 차분하고 냉정한 감탄에 사로잡히게 될 뿐이다. 그러나 이 미개한 교회 앞에서는 내 가슴이 솟구쳐 올라 한 마리 매처럼 소리 지른다. 나에게 이 성당은 촉수 같은 가지에 초록 빨강 노랑의 꽃을 활짝 피운 거대하고 오만한 선인장처럼 다가온다. 터번처럼 휘감은 동양적인 돔들 때문에 이 성당은 아랍 토후들의 회합을 닮았다는 느낌을 준다. 이 동양적인 풍부함과 온화함, 그리고 동시에 논리를 반박하는 듯 장쾌하게 굽이치는 물결은 무어라 형용할 수 없다.

이 성당을 머릿속으로 그려 내고, 그런 후에 온갖 돌과 나무, 색채를 가지고 만들어 낸 사람들과, 이 성당을 그토록 사랑했던 황제가 속한 인종은, 그리스의 기하학적 간결함이나 유럽의 침착하고 실용적인 정연함을 지닌 인종들과는 아무런 관계가 없다. 기술에 매료당해서 러시아를 이끌고 있는 오늘날의 선구자적 지도자들이 어떻게 이런 야성의 아시아적인 영혼을 서구의 틀에 맞출 수 있을까?

붉은 군대의 한 소대가 붉은 광장을 가로질러 행군한다. 그들은 큰 보폭으로 걸어간다. 발목까지 오는 회색 외투가 땅을 쓸면서 얼어붙은 공기 속에서 날개처럼 펄럭인다. 그 답은 바로 여기에 있었다! 머리는 망설이면서 〈예〉와 〈아니요〉 사이에 영원히 걸려 있다. 그것은 계산하고 정확히 재어 보면서, 수학적 정확성을 가지고 모든 가능성을 정리한 후에 결정을 내리려 한다. 그것은 우리 내면에 있는 바다의 모래 알갱이들을 끝없이 세어 가면서 찾고 있다. 그러나 행동은 터져 나오는 것이다. 햄릿처럼 독백을 외는 사람들을 경멸하듯 뒤에 남겨 둔 채, 흐릿하지만 확실한 영혼의 충동을 따라가며 길을 여는 것이 행동이다.

상점의 진열창이 반짝인다. 몇 안 되는 직물, 전보다 줄어든 보석들, 어떤 장식물도 구경하기 힘들다. 오직 두 가지 품목만 넘칠 뿐이다. 음식과 책들이다. 이것이 모든 혁명에 따르는 변함없는 현상, 굶주림이다. 육체와 정신의 이중적 굶주림. 새로운 계급은 이 강력한 아마존의 전사, 굶주림에게 이끌려 권력에 올랐다. 여기 러시아에서 여러분은 남녀 노동자들, 그리고 인민들을 보아야 한다. 그들이 어떻게 먹으며, 어떤 식욕을 가지고 책을 펴드는지 보아야 한다. 똑같이 근본적인 이 두 가지 욕구를 만족시키면서 그들이 어떤 활기를 가지고 스스로에게 활력을 주는지를. 빵과 영혼은 다시 한 번 그 본원적인 신비한 합일에 이르게 된다.

내가 비잔티움, 동구와 서구가 뒤섞이는 거대한 도가니 속에서 살고 있다는 느낌이 다시금 내 머리에 강하게 박힌다. 모스크바라는 자줏빛 포도 압착기 속에서 서로 다른 피가 내달리며 포도즙처럼 뒤섞이고 발효한다. 짙은 디오니소스의 회오리바람이 나를 둘러싼 공기를 휘젓는다. 언제쯤이면, 얼마나 많은 세대가 지나야, 이 들끓음이 순수한 포도주로 변하게 될까?

밤이 내리고 있었다. 영화관 입구 앞에 성난 뱀이 몸을 풀었다. 광고이다. 나는 카메르니 극장의 유명한 감독인 타이로프가 나를 기다리고 있다는 사실을 떠올리고 걸음을 재촉했다.

며칠 전 내가 타이로프를 만날 계획이라고 말하자, 한 친구가 웃었다. 「그럴 가치가 없어. 타이로프는 이제 살이 쪘어.」

그의 새로운 작품 「지로플레-지로플라」가 시작되기 바로 전에 사무실에 있는 그를 만났다. 실제로 그는 뚱뚱했지만 우아하고 만족스러워 보였다.

「베를린에서 감독님의 〈살로메〉를 봤습니다, 혁명 전이었죠.」 내가 말했다. 「그리고 요전에 여기서 두 번째로 그 작품을 봤어요. 똑같더군요. 혁명이 감독님의 방향을 바꾸게 하거나 이전의 훌륭한 작품들을 버리게 할 만큼 큰 영향을 주지 못했나 봅니다.」

「마음에 안 들었나 보군요?」

「썩 좋진 않았습니다. 베를린 사람들이 열광적으로 갈채를 보낼 때 그 극장에서 들리던 약간의 휘파람과 야유를 기억하시는지요? 그게 저와 제 친구들 — 유대인, 폴란드인, 러시아 여자들이었습니다. 죄송합니다.」

이 만족스러운 예술가, 빗자국이 선명할 만큼 단정하게 빗어 넘긴 머리에 통통한 얼굴의 예술가는 내 신경을 거스르고 있었다. 그가 상냥하게 미소 지었다. 「그럼 선생은 오늘 밤 적이 군대를 어떻게 배치했는지 보려고 적의 진영을 찾아온 것이로군요?」

「아뇨. 저는 제 동지가 자기 분야에서 어떻게 전투를 치르는지 보려고 동지의 진영에 온 겁니다. 혁명이라는 우주 생성과 같은 일대 사건이 감독님의 예술에 어떤 영향을 끼쳤는지, 그 훌륭한 전사에게서 알아보고 싶어서요.」

「그 영향은 막대합니다. 나는 나 자신의 예술적 발전 과정에서 결정적인 순간에 와 있어요. 나는 좀 더 빠르고 좀 더 진실되며 좀 더 역동적인 것, 우리 시대의 영혼에 맞는 것을 찾고 있습니다. 편협한 리얼리즘도, 구름 가득한 낭만주의도 아닌 것. 뭔가 새로운 종합, 뭐 굳이 이름을 붙인다면 네오리얼리즘이라고 할 수 있겠죠. 나는 낭만주의를 부정하지는 않습니다. 그것이 건강한 낭만주의라면 말입니다.」

「괴테는 낭만주의를 병이라고 정의했습니다. 감독님은 〈낭만주의〉라는 단어에 어떤 내용을 부여하시는지요? 그러니까 오감의 세계뿐 아니라 보이지 않는, 정의할 수 없는 내면세계까지도 사실주의적으로 제시할 수 있다는 것을 받아들이신다는 말씀인가요?」

「그렇습니다. 본질을 표현하자는 것이죠.」

「하지만 그건 고전주의가 받아들이는 것과 똑같습니다. 본질을 간결하게 표현하는 것을 고전적이라고 정의한다면 말이죠. 그렇다면 감독님이 말씀하시는 건강한 낭만주의와 고전주의는 뭐가 다른가요? 어쩌면 이렇게 남용되고 있는 모든 단어들로부터 우리 자신을 해방시켜야 하는 것 아닐까요? 그래야만 감독님이 추구하시는 종합이란 것이 복잡하게 뒤얽힌 서로 다른 정의의 혼합이 아니라 사랑 같은 단순한 행위, 직접적인 접촉 방법이라는 것을 이해할 수 있지 않겠습니까?」

타이로프는 잠시 생각한 끝에 이렇게 대답했다.「벨이 울린 것 같군요. 어서 들어가지 않으면 첫 장면을 놓치시겠습니다. 첫 장면이 가장 중요한 부분이거든요.」

다음 날 저녁 나는 유대인 극장에 갔다. 뚱뚱해져서, 대화에 피곤해하며 더 이상 전진할 수 없는 사람의 극장에서 답답한 공기를 마신 뒤라 좀 더 격동적인 유대인 극장의 공기를 마시고 싶었다.

공연은 벌써 막이 올라 있었다. 단순하고 표현주의적인 무대 배경, 거친 그림자, 가혹한 조명, 화려한 색채감의 무대 의상들. 배우의 눈이며 입술, 얼굴 전체는 원시적인 춤의 가면처럼 조야하게 칠해져 있다. 이른바 리얼리즘에 충실하기 위한 인위적인 시도는 어디에도 없었다. 예를 들면, 진짜로 램프를 달아 놓는 대신 램프 모양으로 대충 잘라 놓은 판지가 있을 뿐이다. 배우는 진짜 신문 대신 포장지 한 장을 들고 있다. 연필과 종이를 가지고 쓰는 대신 그는 자기 손바닥 위에 재빠르게 쓰는 시늉을 한다……

배우들은 흥분한 신경 로봇처럼 발작적으로 움직인다. 그 영혼이 격렬하게 터져 나와 육체를 변형시키는 폭발적인 힘이란 것을 느끼게 된다. 이곳 유대인 극장에 오면 여러분은 현기증의 영역으로 들어가게 된다. 예술이란 삶을 깔끔하고 냉정하게 표현한 것이 아니라 성스러운 도취, 시간과 공간을 박차고 나오는 영웅적인 탈출임을 느낀다.

여러분은 배우들이 말하는 대사에도 흥미가 없고, 플롯에도 큰 관심을 기울이지 않는다. 이것들은 부차적인 역할을 한다. 감정은 누더기를 걸친 채 소리 지르고 찌푸리는 이 모든 연기자들이 지닌 리듬에서 솟아난다. 여기서 여러분은 고대 비극의 본질, 음악과 춤이 어떤 것이었을지 차츰 가늠하기 시작한다. 그런 리듬

극장 233

은 말의 건조한 껍데기, 고전 비극 연기자들이 남긴 찌꺼기를 휘젓고 부서뜨렸을 것이다. 메이에르홀트의 극장에서는 극도의 비이성적인 결과 속에서 논리적이고 비타협적인 예술을 경험한다. 반면에 유대인 극장에서는 도취가 출발점이며, 이것 역시 비타협적이지만 그 강력한 영혼 때문에 예술은 고양된 로고스의 수준으로 올라간다.

그러나 러시아의 극장이 나에게 안겨 준 모든 즐거움 중에서도 가장 새롭고 가장 뜻하지 않았던 것은 〈파란 블라우스〉[1]에서의 즐거움이었다. 잠시 그것은 테스피스[2]의 작품에 나오는 성스러운 디오니소스의 전차가 온통 거친 농담과 야만적인 탄식, 원시적 힘을 가득 싣고 내 앞을 지나가고 있는 듯한 착각을 일으켰다. 또 하나의 신, 프롤레타리아가 갈기갈기 찢어져 괴로워한다. 그리고 모든 인간들, 그 신의 팔다리인 인간들은 아래쪽의 조잡한 좌석에 앉아 그와 함께 고통 받는다. 그 신이 부활한다. 그는 전능함을 얻고 적들을 죽인다. 그리고 인간들 역시 힘을 찾고, 그들의 가슴에는 다시 기쁨이 찾아온다. 동시대의 새 가면을 쓴 신의 영원한 열정을 통해, 이 보잘것없는 프롤레타리아 극장은 새로운 비극을 탄생시킨다.

파란 블라우스는 작은 프롤레타리아 극장으로, 소박하며 투박하고 서투르다. 사실 이것은 모든 극장 중에서 가장 정통한 혁명의 피를 이어받은 적자(嫡子)이다. 이곳의 배우들은 소비에트 예

---

[1] 1920년대 소련의 프롤레타리아 전용 극장. 러시아어로는 시냐야 블루자*Siniaia Bluza*라고 한다.
[2] Thespis(?~?). 그리스의 비극 시인. 기원전 6세기 후반에 활약했던 것으로 추정되나 정확한 전기는 전하지 않는다.

술학교에 다니는 노동자들이다. 무대는 셰익스피어 시대의 것처럼 단순하다. 무대 한가운데에 있는 한 자루 칼은 장교를 뜻하고 소총은 군인을 뜻하며, 서 있는 한 그루 나무가 숲을 대신하고 굴뚝 하나가 공장을 나타낸다……. 여기서 상연되는 희곡들은 노동자가 쓰고 연출한 것이다. 그런 희곡에는 충격적일 만큼 극적인 순간들과 거친 유머가 담겨 있다. 장면 전환은 속도가 빠르며 우연적이다. 여기에는 엄격한 통일성은 없지만 일종의 영화 같은 조급한 리듬이 있다. 모든 정치적 사건들, 소비에트 러시아와 연관된 국내 및 국제적인 사건들이 빠른 보조로 관객 앞에서 펼쳐진다. 파란 블라우스의 배우들은 동시에 가수이자 춤꾼이며 곡예사가 된다. 이들은 하모니카를 연주하며, 대중들을 깨어 있게 하고 주의를 환기시키기 위해 모든 수단을 동원한다.

오늘날 러시아에는 천여 군데의 파란 블라우스가 있으며, 이들 순회 노동자 극단들은 독서실이나 작업장, 교도소, 병영, 식당이나 축제 등에서 공연한다. 옛날에 그랬던 것처럼 관객들은 완전히 몰입하여 공연의 흐름을 따라가면서 욕하고 마음껏 웃는다. 관객들은 무대 위로 뛰어올라 부르주아 주인들을 쓸어버리고 억압받는 자들을 해방시키고 싶은 마음을 애써 억누른다.

상연된 작품은 대부분 특별한 문학적 의미가 없다. 그 목표는 미를 창조하는 것이 아니라 혁명적인 사회 이념의 제창자가 되는 것이다. 따라서 오늘날의 프롤레타리아 작가들이 일상의 문제에서 도피하여 사심 없는 고요한 예술의 영역에 오르는 것은 당연히 불가능하다. 그들은 그것을 원하지도 않는다. 그들은 선언한다. 〈예술은 프롤레타리아 손에 쥐어진 무기〉라고. 그들은 예술을 위한 예술을 창조하지 않는다. 또한 형식의 완성에 대해서는 관심도 없다. 이들이 선언하는 이념은 오직 한 가지 목적을 가진다.

대중을 깨우치고 계몽한다는 것이다. 작가도 배우도 관객들도 순수한 미에 대해서는 신경 쓰지 않는다. 이들은 하나의 이념을 믿으며 세계의 새로운 질서를 위해 투쟁한다. 국제적이며 외적인 위험들이 이들의 삶을 위협하고 있을 뿐더러, 이들을 순수 희곡에 몰입하도록 허락하지 않는다. 그래서 지금 이들은 동지들을 규합하는 이 많은 장소에서, 똑같은 갈망을 가지고 하나의 영혼으로 단결하고서, 무대 위에서 적에게 승리를 거두는 자신들의 이념을 보며 기뻐하는 것이다.

새로운 믿음이 생겨나면 언제나 그렇듯이, 예술 또한 개인이나 집단적 삶의 다른 모든 징후와 마찬가지로 인간의 새로운 유토피아에 맹목적으로, 기꺼이 복종하고 봉사한다.

혁명 이전 억압과 고난의 시기에는 창조력을 가진 이들은 누구나 글을 썼으며, 그들의 무거운 짐을 말과 상징으로 덜어 내곤 했다. 이들은 예술 작품 속에서 도피처를 찾았다. 그러나 지금은 현실화의 시간이 된 것이다. 러시아의 강인한 영혼들, 예전이었다면 노예 상태 속에서 숨을 쉬기 위해 이론과 예술을 지향했을 이들이 이제는 모두 행동으로 나선다. 이들은 소비에트 위원회가 되고 장군이 되고 경제학자, 과학자, 조종사, 교사가 되었다……. 이들은 더 이상 꿈꾸지 않는다. 대신 자신들의 자유가 살아갈 궁전을 짓고 있다.

나중에 이 무시무시한 소용돌이가 가라앉으면, 그리고 새로운 현실이 스스로를 확립하고 눈앞의 위험들이 사라진 후에는, 창조적인 러시아의 영혼들은 당면한 실용적인 행동에서 거리를 두고 다시 치우침이 없는 예술 작품을 창조할 수 있을 것이다. 그때에는 창조에 필요한 자유와 여유를 가지고, 동시에 최고의 희곡 형식으로서 예술을 고려할 권리도 가지게 될 것이다.

숱한 피의 전투를 거치는 동안 창조되었던 새로운 문화는, 먼저 그 안정성과 균형을 찾은 후 비로소 자신의 진정한 예술을 발견하게 될 것이다.

붉은 언론

볼셰비키가 장악한 언론은 대중 계몽에서 가장 가치 있고 효과적인 수단이었다. 정치·사회 생활의 모든 부문에서처럼 언론에서도 역시 집단 선(善)이 최고의 척도가 되었다. 사실 언론처럼 강력한 힘을 지닌 것을 통제하지 않고서 내버려 둘 수는 없었다. 따라서 언론을 새 질서에 복종시키고 최종적인 승리에 기여하도록 만들기 위해서는 군대 같은 엄격한 규율을 가지고 지배해야 했다. 혁명이 좋은 일이었는가, 나쁜 일이었는가? 끝없는 토론을 일으키는 이런 질문들은 위험하고 또 쓸모없는 것으로 간주되었다. 믿음을 가지고 신중하게, 강력하고 통제된 협력을 통해 열어 놓은 길에서 앞으로 나아가는 것, 이것만이 러시아의 구원을 현실화시키고 나머지 세계에 모델을 제시할 수 있는 유일한 길이다.

볼셰비키가 권력을 잡자마자 반동적인 모든 출판물의 발행을 폐쇄시킨 이유도 바로 이것이었다. 혁명 정부는 곧바로 새로운 신문과 정기 간행물을 인쇄하고 유포시키기 시작했으며, 이를 통해 온갖 다양한 어조를 동원해 지칠 줄 모르고 반복적으로 모든 부르주아 이념에 대한 일상적인 전쟁을 선포하고, 낡은 미신을 공격하면서 공산주의의 위대한 덕목들을 찬양했다.

차르 체제에서 워낙 오랜 세월 억압받아 왔기 때문에 대중은 제대로 교육받지 못한 상태였다. 농민들은 무식하고 힘센 동물이었다. 그들은 자기 주변에서 일어나는 사건 중 상당 부분을 명확하게 이해하지 못했다. 농부에게는 가슴으로 알아들을 수 있도록 폭넓은 다짐과 끈기, 지혜를 가지고 간결한 말로 이루어진 똑같은 반복 어구를 사용해서, 했던 말을 또 하고 다시 되풀이해야만 했다. 이런 방법으로 농민들 역시 아주 조금씩 새로운 질서를 믿게 되었고, 그들 자신이 의식적으로, 또 자유롭게 새로운 사회의 협력자가 될 수 있었다.

레닌은 이렇게 말하곤 했다.「우리가 가진 것이 신문밖에 없다고 해도 대중의 모든 미신을 뿌리 뽑을 수 있을 것이다.」그리고 이렇게 덧붙인 그의 말은 옳았다.「만약 혁명의 과정을 통해 인민 대다수가 교육되기를 기다린다면 5백 년이란 시간도 충분하지 않을 것이다.」

이런 이유로 인해 볼셰비키는 일간지의 조직과 그 선전 기능에 최고의 의미를 부여했다. 신문의 목적은 단지 그날그날의 소식을 인쇄하거나 특별한 정치적, 경제적 관심을 충족시켜 주는 것이 아니다. 신문의 의무는 이 광대한 땅의 한쪽 끝에서 다른 쪽 끝까지 새로운 복음을 인민들의 영혼 속에 심어 주는 것이다.

러시아에서는 모든 인민 계층과 모든 민족 집단을 위한 신문들이 수백만 부씩 발행되고 있다. 그리고 독특한 기술을 가지고 작성되는 모든 기사들은 대중 심리학의 세 가지 대원칙을 기초로 한다. 간결하고 명쾌한 문장, 똑같은 주장의 끊임없는 반복, 그리고 독자에 대한 확실한 다짐. 다시 말해, 신문을 만드는 사람 자신이 공산주의 이데아가 세계를 빠른 속도로 정복하게 될 유일한 진리임을 굳게 믿고 있어야 한다.

언론의 힘을 통해 계몽적인 선전을 한다는 이 과업에서, 능력을 가진 사람이라면 누구나 사도와 같은 열성을 가지고 함께 일한다. 인민 위원회, 정치 지도자들, 고위급 및 하위직 관리들, 노동자와 농민들, 남자와 여자 할 것 없이 모두가 저널리스트가 되어 대중을 교육시키기 위해 각자 가장 잘 아는 분야에서 최고의 능력을 발휘하려고 애쓴다. 이들은 종종 공산주의의 각 양상들 — 정치, 사회, 경제 — 을 분석하기 위해 세세한 학문적 특징에 요구되는 집중력과 끈기를 발휘하기도 한다. 소비에트 신문들이 뭔가 단조롭고 무거우며 학문적인 느낌을 주는 것도 그런 이유 때문이다. 이 신문들은 일반적인 부르주아 신문들과는 전혀 다르다. 신문의 목적이 독자를 즐겁게 하거나 착취하는 것이 아니라, 그들을 계몽하는 데 있기 때문이다. 소비에트 신문은 교사, 책, 대중 연설가, 전도사로서의 활동과 역할에 중점을 둔다. 사회적 스캔들, 소름 끼칠 정도로 자세하게 묘사된 끔찍한 범죄 이야기, 낯 뜨거운 관능적 기사 따위는 소비에트 언론에서 찾아볼 수 없다. 소비에트 신문의 모든 것은 더 높은 목적, 일관되고 계몽적인 목적을 위한 것이다.

독자 대중과 신문 사이에는 놀랄 만큼 친밀한 유대감이 형성되어 있었다. 그 유대감 속에서 러시아 전역의 노동자와 농민들은 일반적으로 관심을 가지는 온갖 사건들에 대해 자신의 견해를 표현하고, 자기 지역의 관행들을 자유롭게 비판한다. 이렇게 해서 신문은 살아 있는 유기체가 되고, 계속해서 새로운 요소를 받아들이며 거기에 동화되어 간다. 그리고 이 덕분에 공산주의 원칙의 엄격한 제한이라는 맥락을 고려할 때, 신문이 영혼을 잃고 현학적으로 변해 버릴 위험성이 줄어드는 것이다.

새로운 러시아에서 가장 독창적으로 발전한 저널리즘 가운데 하나가 〈벽신문〉이다. 모든 공장과 노동자 기술학교, 교도소, 병영, 그리고 온갖 형태의 학교에서는 지역 위원회가 편집해서 벽에 붙인 신문을 볼 수 있다. 그중에는 매일 간행되는 신문들도 있고, 주마다 또는 달마다 나오는 것도 있다. 가끔씩은 인쇄된 〈벽신문〉들도 있다. 그렇지 않은 경우는 타이프로 친 것이거나 손으로 쓴 것들이다. 〈벽신문〉은 항상 한 장으로 나오고, 흔히 캐리커처가 실리며, 건물 입구의 게시판이나 회의실에 붙어 있다.

모든 작업 단위, 모든 기구에서는 3개월 또는 6개월 임기로 선출된 위원회가 새 소식 및 그 집단과 관계된 중요한 정보들을 수집한다. 이 위원회가 기사를 쓰고 인쇄를 관리한다. 〈벽신문〉은 사안들을 검토하고 질문하며, 결론에 도달하여 〈계몽시킨다〉.

〈벽신문〉은 간단하면서도 가장 자연스러운 방식으로 탄생했다. 혁명이 일어날 당시 종이가 부족했기 때문에 공식 신문업자들은 가장 중요한 소식들만을 한 장의 종이에 인쇄해서 여러 공장으로 보냈다. 공장에 도착하면 노동자들이 이것을 벽에 붙였으며, 종잇조각이나 하다못해 담배 포장지 위에 자신의 생각이나 자기가 들은 다른 소식을 써서 덧붙였다. 그럴 형편도 못 되면 목탄이나 연필을 가지고 벽에 끼적거렸다. 머지않아 이런 관행이 하나의 필요성으로 대두되었고, 결국 좀 더 체계적으로 관리되는 〈벽신문〉이 탄생하게 된 것이다.

신문을 편집하는 데 남다른 재능을 보이는 노동자나 농민들은 저널리즘을 공부하기 위해, 소속 집단 또는 공장의 비용으로 특수학교에 보내진다. 이처럼 연속적인 선출 과정을 통해 이들 저널리스트 군단은 인민들 중에서, 모든 직업 및 전문 분야에서, 즉 프롤레타리아 집단의 최고 인재들 중에서 직접적으로 끊임없이 새롭게 보충된다. 나는 젊은 부랑자들을 위한 한 보호소에서 만난 〈벽신문〉을 펴내던 젊은 편집장을 절대 잊지 못할 것이다.

부랑자 보호소 소장이 나에게 말했다. 「우리 보호소에는 건강과 섭생을 관리하는 위원회가 있습니다. 식사하기 전에 아이들이 줄을 서면 위원회의 위원들이 와서 손이 깨끗한지를 검사합니다. 또 아침마다 아이들이 목욕하고 머리를 빗고 이를 닦는 것도 감독하지요. 그리고 소년 특별 위원회가 있어서 독서실과 체조 프로그램, 음악 활동과 〈벽신문〉을 감독합니다. 괜찮으시다면 어린 기자 동지들을 소개해 드리죠. 하르코프에서 온 열 살짜리 소년인데, 우리 월간 신문을 거의 혼자서 펴내고 있습니다.」

그는 한 소년을 부르더니, 그 나이 어린 편집장을 불러오라고 했다. 잠시 후 작은 키에 뺨이 붉고, 붉은 타이를 맨 소년이 들어왔다. 들창코에 반짝이는 파란 눈을 하고 있었다. 우리는 사뭇 진지한 분위기로 인사를 나눈 후 대화를 시작했다.

「소년 동지가 펴내는 신문은 무얼 목표로 삼고 있나요?」 내가 물었다.

「우리 학교의 모든 동지들을 계몽시키는 것입니다!」

「〈계몽시킨다〉는 건 정확히 무슨 뜻이죠?」

「몸을 청결히 하며, 거짓말을 하지 않고, 레닌을 사랑하게 만드는 것입니다.」

그는 몇 마디로 정곡을 찔렀다. 그의 머리는 간단명료하게 돌아갔다. 눈은 호기심으로 가득 차 있었다. 내가 미처 알아차리기도 전에 그는 나를 인터뷰하기 시작했다. 그는 우리 그리스에도 〈벽신문〉과 소년단, 그리고 레닌이 있는지, 또 사제들과 왕이 아직도 존재하는지를 물었다. 그는 벌써 주머니에서 작은 공책을 꺼내어 기록하고 있었다. 나는 그에게 푸스타넬라[1]와 차루히[2]를 그려 주었다. 그는 몸짓으로 작별 인사를 하고는 달려 나갔다.

 같은 날 저녁, 나는 언론의 자유에 관해 한 저널리스트와 이야기를 나누었다. 그는 간결하고 열정적으로 대답했다. 「두 가지 중 하나는 해야 했습니다. 토론을 시작하든가 — 아시다시피 러시아인들은 끝도 없이 떠들곤 하니까요 — 아니면 일하러 가든가. 두 가지 모두 같이 하는 건 불가능할 겁니다. 전통적 슬로건들이야 저희도 잘 알고 있지요. 〈개인의 자유〉, 〈토론을 통해 얻어지는 진리〉, 뭐 그런 것들 있잖습니까. 하지만 우리에게는 새로운 가르침과 새로운 계율이 생겼습니다. 〈너의 동지가 온화한 수단으로 구제되기를 바라지 않는다면 무력으로 구제하라.〉 〈개인의 자유가 전체 사회의 해방에 장애물이 된다면 억압하라.〉 〈행동에서, 장애에 맞선 끊임없는 투쟁에서, 길고 인내하는 복종에서 진리가 탄생한다.〉
 우리에게 진리란 토론을 통해 머리로 잡을 수 있는 추상적인 개념이 아닙니다. 그것은 우리 자신의 밖에서 준비되고 완성되어 우리에게 발견되기를 기다리는 것이 아닙니다. 진리는 우리가 날마다 현실과 벌이는 투쟁을 통해 달성되는 하나의 균형입니다. 그것은 드러나는 것이 아니라 발견되는 것, 즉 창조되는 것입니다.
 바로 그 때문에 우리가 행동을 통해서 진리를 찾아 나서게 된 것입니다. 논쟁이나 억지스러운 정신의 곡예를 통하지 않고 말이죠. 우리는 통제받지 않는 언론들이 벌이는 그런 끝없는 말다툼을 뿌리 뽑고, 우리가 선택한 길의 목적에 맞도록 원칙에 순종하

---

1 짧은 주름 치마로 그리스 남자가 입는 민속 의상의 일부이다 — 원주.
2 같은 의상에 신는 나막신. 앞코가 말려 올라갔으며, 뒤에 방울 모양의 술이 달려 있다 — 원주.

며 나아가기로 했습니다. 지금은 힘든 시기입니다. 우리의 적은 수도 많고 잘 조직되어 있습니다. 당면한 필요성 때문에 우리는 지체 없이 전체의 힘을 동원하고, 그것을 우리의 새로운 이데아에 집중시켜야 합니다. 우리가 새로운 길을 연 만큼 그에 대한 책임을 져야 하는 것입니다. 전투는 시작되었습니다. 어떻게 하면 승리할 것인가? 그건 한 가지 방법밖에 없습니다. 우리 모두가 똑같은 방향으로 같이 일하는 겁니다. 왼쪽으로도 오른쪽으로도 아니라, 똑바로 앞을 향해서 말이죠. 모든 길의 끝에는 언제나 승리가 기다리고 있습니다.」

그가 말을 마쳤다. 나는 감탄하면서 그를 쳐다보았지만 그의 말 속에 빠져 들지는 않았다. 그런 사람들은 믿음이 있기 때문에 경직되어 있다. 지금은 새로운 자유를 창조하는 중이기 때문에 자유롭지 못하다. 새로운 도덕을 빚고 있는 까닭에 도덕성이 없다. 강철처럼 단단하다. 니콜라이 티호노프의 시 두 줄이 떠오른다. 〈그런 자들의 손톱을 가져다가 벼려야 한다. 그러면 세상 어디에도 그보다 더 단단한 손톱은 없으리라.〉

11월 7일 — 스탈린과 트로츠키

내 생애 가장 찬란한 나날 중의 하루. 아니, 어쩌면 가장 아름다운 날. 몇 년 동안 나는 어떤 근본적인 개념들을 이해하려고 애써 왔다. 그런데 비로소 오늘, 갑자기, 아무런 수고도 기울이지 않았는데 어느새 내 안에서 그 모든 의미들이 빛을 뿜고 있었던 것이다. 그 진리는 바로 이것이었다. 서구 문화 출신은 누구든 해묵은 형이상학적 질문과 세련된 지적 냉담함을 지닌 까닭에 오늘날 러시아의 우주 생성과 같은 투쟁을, 그것이 매력적인 것이든 혐오스러운 것이든 상관없이, 그 어떤 것도 절대 이해하지 못한다는 것.

세련된 부르주아의 머리로 이해하기에는, 오늘날 소비에트 이데올로기의 요소 대부분은 한 체제에서 대충 잘라 낸 부분들로 만들어진 것처럼 보인다. 그것의 많은 이론들은 고작 행동의 규칙으로밖에 보이지 않는다. 대중들을 위해 극도로 단순화된 슬로건처럼 다가오는 것이다. 서구의 냉철하고 현명한 지식인들은 러시아의 함성이 우리를 어떤 피의 모험 속으로 이끌어 갈지 생각하면서 두려워 몸을 떨게 될 것이다. 그러나 다행히도 삶은 부르주아의 이성적인 머리 따위에는 신경 쓰지 않으며, 따라서 착실하게 앞으로 나아갈 수 있다. 그렇기 때문에 우리가 식물에서 동물로, 동물에서 다시 인간으로 도약해 온 것이다. 그리고 이제 우리는 노예화된 인간에서 자유로운 인간을 향해 진화하고 있다. 새로운 세계가 탄생의 피를 흘리며 다시 태어나고 있는 것이다.

오늘은 위대한 행사의 전야제이다. 러시아 혁명은 그것이 피를 흘리며 도착한 기념일을 축하하고 있다. 혁명은 아직도 어린 소녀 같다. 이제 막 해방을 얻어 대담해져서, 보도 위에서 노닐며 이웃들을 불편하게 만드는 소녀. 지구 반대편에서는 순례자들이 선물을 들고 찾아오고 있다. 이와는 다른 시대에, 이와 똑같은 갈망과 설렘을 안고서, 중동의 암울했던 민족들이 메카에 도착했으리라. 말없는 황인종들의 무리가 바라나시[1]에 도착했으리라. 이제 지구의 중심은 바뀌었다. 오늘 전 세계의 친구와 적들이 저마다 두려움 또는 희망이 가득한 눈으로 크렘린의 붉은 구유를 지켜보고 있다.

어제 붉은 광장을 거닐며 축하 행사를 위한 열띤 준비 과정을 지켜보고 있을 때 스페인의 한 시인은 나에게 이렇게 말했다. 「나는 나 자신을 구원했어요. 유혹적인 늙은 세이렌들과 종교, 조국, 예술을 뒤로한 채 떠나왔죠. 나는 안달루시아 정상에 있는 오두막에서 살며 자유를 만끽했어요. 그 오두막에서 저 아래 들판과 사람들을 지켜보았죠. 그런데 갑자기 새로운 노래가 귓전을 울리는 거예요. 북쪽을 향해서 귀를 기울였죠. 그 후부터 나의 자유는 더 이상 나를 감당할 수 없게 되었어요. 그래서 심해에서 들려오는 그 매혹적인 새로운 노래를 쫓아 여기까지 온 겁니다. 이제 세이렌은 이 북쪽 땅에, 이 눈벌판에 앉아 있어요. 그녀는 초록색

---

[1] 힌두교도라면 누구나 한 번은 가보고 싶어 하는 인도 북부의 힌두교 성지. 자이나교, 시크교, 불교에서도 성지로 여긴다.

눈과 열정이 넘치는 슬라브인의 목소리를 가지고 있지요. 가슴은 피로 덮인 채로 말입니다.」

나는 거리에 있는 인상적인 여인들을 바라본다. 그들은 자기 집 문을 장식하는 데 쓰려고 천으로 만든 붉은 별들을 한 아름씩 안고 있다. 아이들은 검은 글자가 적힌 붉은 리본에 풀칠을 해서 커다란 벽에 붙이고 있다. 〈만국의 프롤레타리아여, 단결하라!〉 거리 모퉁이에서 붉은 군대 두 소대가 불쑥 앞으로 나온다. 사람들이 양쪽으로 흩어지며 길을 내준다. 사과 바구니를 든 여자가 놀라서 비명을 지른다. 사과가 쏟아져 사방으로 흩어진다. 눈 위로 흩어지는 빨간 사과들을 보면서 나는 등줄기로 퍼지는 짜릿함을 느낀다. 그리고, 왜 그런지는 모르지만, 러시아인들이 베를린과 뉴욕, 파리 같은 대도시를 약탈하는 광경이 순간적으로 내 머리를 스친다.

어디를 돌아봐도 노동자들이 색색의 상징들을 매달거나 붙이고 있다. 타오르는 불꽃의 붉은빛 위로 시뻘건 망치와 낫이 떠오른다. 레닌이 우뚝 서 있다. 그는 한 손을 올린 자세이며, 농민과 노동자들이 미켈란젤로의 「최후의 심판」에서처럼 흙에서 솟아나와 시커멓게 진흙을 뒤집어쓴 채 그 빛을 향해 팔을 뻗고 있다. 멀리 뒤쪽에서는 이마에 별을 붙인 한 군인이 손을 쫙 펴서 눈 위에 대고 햇빛을 가리며 탐색하듯이 지평선을 응시한다.

거리 모퉁이마다 붙어 있는 〈소비에트 러시아의 모든 노동자, 농민, 붉은 군대, 그리고 지구상의 모든 프롤레타리아 및 억압받는 모든 이들에게〉 바치는 성명서에서, 소비에트 러시아의 장교들은 지금까지 무엇이 달성되었고, 앞으로 해야 할 위대하고 힘든 과업은 무엇인지에 관해 보고한다. 〈우리는 새롭고 강력한 산업을 건설해서 전기와 협동을 통해 우리의 농업 국가를 변화시켜야 한다. 우리는 우리 내의 상인과 쿨라크들을 없애야 하며, 우리의 관료주의, 문맹, 알코올 의존증, 무지를 타파해야 한다. 동지들이여, 우리는 이제 시작일 뿐이다.〉

우리는 이제 시작일 뿐이다. 그러나 — 이들 속에서 믿음은 아주 확실하게, 그리고 커다란 보폭으로 전진한다 — 이들의 머리는 이미 그 승리의 행진 끝에 도착해 있다. 너무 젊은 나이에 세상을 뜬, 야성의 시인 니콜라이 구밀료프Nikolai Gumiliov는 이렇게 노래했다.

승리, 영광, 용기 —
인간들에게 잊힌 희미한 말들이 —
청동의 벼락처럼 영혼을 울린다 —
사막에 울려 퍼지는 주의 목소리처럼.

날이 밝았다. 나는 내 방 창문에 기대어 있다. 전등들은 여전히 켜져 있다. 흐릿한 새벽빛 속에서 망치와 낫이 빛을 발한다. 붉은 부호들이 여전히 어둠 속에 새겨져 있고, 나는 희미해지는 그 글자들을 알아보려고 애쓴다. 「프롤레타리아들⋯⋯ 1일 7시간⋯⋯ 레닌⋯⋯ 세계 혁명⋯⋯.」

서둘러 옷을 입는다. 호텔 복도와 층계참에서 세계 각국으로부터 온 초대 손님들과 마주친다. 노동자와 지식인들이다. 나는 일본 건축가들과 일본의 프롤레타리아 시인 아키타[2]를 만난다. 페르시아와 아프가니스탄의 대표들, 아랍에서 온 두 명의 이맘 *imām*, 힌두교 학생 셋과 오렌지색 숄을 두른 타이의 매력적인 두

---

2 아키타 우자쿠(1883~1962)를 말하는 것으로 보인다.

노동자들과도 인사를 나눈다. 위층에서는 금발의 세련된 서구인들, 밀처럼 짙은 피부색의 이탈리아인들, 엄격한 얼굴에 베레모를 쓴 스페인 사람들을 만난다. 2층에서는 거인 같은 체구의 몽골인 두 명과 몸은 수척하지만 교활함이 넘치는 눈을 가진 중국인 장군들을 만난다. 우리 모두는 재빠른 동작으로 서로에게 인사를 한다. 만나는 얼굴마다 빛이 난다. 나는 그들의 눈빛에서 위험하게 끓고 있는 지구를 본다.

우리 모두는 개회식을 놓치지 않으려고 서두른다. 회색 하늘 아래의 지독한 추위. 콧구멍과 입, 외투에서 김이 오른다. 광장 한쪽, 레닌의 무덤에는 정부 고관들이 있다. 그 옆은 외국 손님들의 자리이다. 군중들 속에서 둔탁한 소음이 인다. 거리에는 사람들이 강물처럼 흐르면서 홍수를 이룬다. 저 밑에서 지진이 난 것처럼 땅이 울리는 소리가 들려온다. 멀리 광장의 저쪽 끝에서 성 바실리 대성당이, 이반 뇌제(雷帝)가 사랑했던 그 건물이 색색의 돔까지 안개로 싸여 있어 마치 도깨비 같다.

사방 어디나, 크렘린의 붉은 벽마다 세계 인민들에게 형제처럼 단결하라고 호소하는 간판과 새로운 삶을 위한 구호, 숫자, 통계, 도해들이 있다. 이것은 지금까지 달성된 것이며, 저것은 앞으로 몇 년 안에 이루어야 할 과제이다. 얼마나 많은 문맹자들이 빛을 보게 되었는지, 이렇게 해서 생산성이 높아지고 희망도 커진다 등등.

소비에트 러시아에서 삶의 리듬은 급하다. 이곳에서 시간은 본래의 심오한 의미를 가지고 있다. 그것은 조밀하며 다른 것으로 대체할 수 없을 정도로 소중한 물질이다. 여러분이 구원받느냐 죽느냐 하는 것은 시간을 현명하게 쓰느냐 어리석게 쓰느냐에 달려 있다. 러시아인들은 자신들에겐 허비할 시간이 없다고 여긴다. 만약 스스로를 재빨리 조직하지 못하고, 적을 따라잡거나 능가하지 못한다면 그들은 죽는다. 여기서는 종종 이데아의 가쁜 숨, 격렬한 조급증을 느끼게 된다. 공장과 학교와 주택을 짓고, 농민들을 교육하고 천연자원을 에너지로 만들고, 강물을 합치고 새로운 유정을 파기 위한 갈망들이 느껴진다. 소비에트 러시아에서 공업 발전은 탐욕 또는 사치의 문제가 아니다. 그것은 생사가 걸린 문제이다. 생존은 생산력 강화에, 소비에 대한 엄격한 경계에, 체계적이고 단호한 투쟁에 달려 있다.

흐릿한 아침 햇살 속에서 나는 크렘린의 황금 돔과 붉은 벽, 격렬한 슬로건들, 꿈틀거리고 있는 군중을 지켜본다. 레닌 기념비 앞에는 몽골식 투구를 쓴 견고한 인물상이 우뚝 서 있다. 스탈린이다. 이제 나는 조금씩 이해하기 시작한다. 이 모든 것은 온 힘을 쏟아 부어야 할 투쟁에 대비한 엄청난 준비였던 것이다. 러시아 땅 전체는 더 이상 빼앗기고 힘없는 자들의 땅이 아니라, 총동원된 병영이다. 힘은 불의로 희생된 자들을 향해 옮아가고 있다. 세계는 주인을 바꾸고 있다.

갑자기 트럼펫 소리와 함께 붉은 군대의 시가행진이 — 무슨 돌격처럼 — 시작된다. 끝없는 파도처럼 밀려오는 군인들의 대열은 레닌 기념비 앞에서 흩어진다. 이들이 흩어져서 사라지면 다시 새로운 물결이 힘차게 뒤를 잇는다. 보병대, 포병대, 발트해와 흑해의 수병들, 항공병, 낙하산병, 모스크바 근위대, GPU,[3] 가죽 셔츠와 단총을 든 노동자들, 붉은 머릿수건을 쓰고 어깨에 총을 멘 여자 노동자들이 잇따른다. 이어서 시르카시아 기병대,

---

3 국가 정치부로 KGB의 전신 — 원주.

카자흐 기병대, 카프카스 기병대, 몽골 기병대들의 돌격이 이어진다. 통솔자가 맨 앞에서 나아가며 허공으로 칼을 들어 올린다. 전체 기병대가 빠르게 질주한 뒤로 민족의상과 총검들, 색색 깃발의 바다가 펼쳐진다. 그들을 이끄는 것은 허연 수염을 기른 늙은 고참병들의 영광스러운 대대이다.

무장 군인들 뒤로 각 공화국 인민들의 끝없는 대규모 행렬이 이어지는데, 모두 레닌 앞을 지난다. 거대한 사각형의 나머지 세 변에서는 붉은 인간들의 세 줄기 깊은 강이 앞쪽으로 쏟아져 나온다. 시월 어린이단, 피오네르, 콤소몰, 여러 공장의 대표들, 남녀 노동자들, 거추장스럽게 우중충한 수염을 기른 농민들. 러시아뿐만 아니라 지구 전체의 모든 민족 집단이 여기에 모였다. 중앙아프리카에서 온 흑인, 화려한 색깔의 옷을 입고 낙타를 탄 아시아인들, 판지와 천으로 만든 진녹색 용을 머리 위로 들고 용의 입을 열었다 닫았다 하는 중국인들. 커다란 트럭 위에는 거대한 지구가 사슬로 친친 감겨 있다. 한 피오네르 단원이 망치로 사슬을 때려 부순다. 끝없는 대열을 이루며 들어오는 트럭들에는 전쟁에서 불구가 된 상이군인들이 빽빽이 올라탄 채 들떠서 소리를 지르며 의기양양하게 목발을 허공에 대고 흔든다.

갑자기 안개 사이로 해가 쏟아지면서, 수많은 군중의 얼굴이 빛나고 눈이 반짝인다. 환호성을 지르며 움직이는 군중의 무거운 걸음 때문에 거대한 사각형이 흔들린다. 내 앞에서 두 명의 타이 여자가 오렌지색 숄을 들어 공중에 대고 불꽃처럼 흔든다.

몇 시간이 흘렀다. 거리마다 사람들이 계속 광장으로 쏟아져 들어온다. 한 노동자 집단은 목재와 금속, 유리로 만든 그들의 공장 모형을 성묘라도 되는 양 경건하게 들고 옮긴다. 농민들이 번쩍이는 낫을 머리 위로 흔들며 지나간다. 저 뒤쪽으로 다른 무리들이 부르주아 계급을 풍자하는 내용을 담은 나무나 종이로 만든 캐리커처를 들고 있다. 나머지는 아프리카 원시 부족의 가면을 닮은 상들을 들고 있다.

그러나 나에게 가장 깊은 인상을 준 것은 그 풍자적인 만화의 대열이 아니라 그것을 들고 있는 사람들이다. 농민들의 얼굴, 더러는 환희에 넘치고 또 더러는 진지한 것이 마치 무거운 러시아의 진흙으로 빚어 만든 얼굴 같은, 자유를 위한 투쟁 속에서 아직도 겁에 질려 있는 노예들, 원시적인 무감각을 벗어날 수 없는 노예들 같은 느낌을 준다. 그중 키가 크고 적갈색 수염을 기른 강단 있어 보이는 한 농민이 기괴할 만큼 우습게 묘사한 옛 지주의 인형을 들고 있다. 그것을 보면 누구라도 웃음을 억누를 수 없을 것이다. 그러나 정작 그것을 들고 있는 농민은 모두에게 잘 보이도록 인형을 왼쪽 오른쪽으로 돌려 가면서 지극히 심각하게 절을 하는데, 그 모양새가 마치 성스러운 성찬식 기를 들고 있는 사람 또는 죽은 사자를 품에 안은 사람처럼 느껴진다. 그러나 그는 그 사자가 진짜로 죽었다는 사실을 믿지 못하는 것처럼 가볍게 몸을 떨고 있다. 사실 이 농민은 그 나무 인형을 손수 만들었다. 자기의 오두막에서 직접 목각상을 깎고, 검정과 빨강, 녹색으로 칠한 다음 무거운 담요로 싸서 가져온 것이다. 레닌에게 보이고 그를 웃기기 위해서. 그러나 그의 몸은 아직 그의 영혼과 보조를 맞추지 못한다. 영혼이 자기의 옛 주인을 향해 비아냥거리며 웃는 동안, 몸은 그 주인을 보고 부들부들 떨고 있다.

나는 그 처절한 광경에서 눈을 떼지 못한 채 지켜보지만, 이내 모든 것이 흐릿해지면서 더 이상 아무것도 보이지 않는다. 그러지 않기를 바랐건만, 내 눈에서는 〈어린아이 같은 눈물〉이 흘러내린다.

밤이 깊어도 그칠 줄 모르는 세 개의 붉은 강은 레닌 앞을 지나면서, 순례자들이 예배를 드리듯 그에게 절을 한다. 기병들은 크렘린을 완전히 에워싸고 말에서 내려서 있다. 말들이 히힝거리며 운다. 카자흐 기병대와 카프카스 기병대는 노래하고 춤을 춘다. 내 옆에서 불꽃같은 수염을 기른 한 노르웨이인이 훌쩍거린다. 다른 이들은 웃고 있고, 두 명의 늙은 농부는 입을 떡 벌린 채, 한눈에 다 들어오지도 않는 군대와 노동자, 말들을 보고 있다. 발랄라이카와 청동 피리를 연주하며 집시들이 진흙탕에서 춤을 춘다. 뺨이 붉은 독일인들이 가무잡잡한 아제르바이잔의 기병들과 의사소통을 하려 애쓰고 있다. 그들에게 돈은 얼마나 버는지, 얼마나 많이 먹는지, 아직도 차르를 기억하는지 등을 묻는다. 그러나 불타는 눈을 가진 호리호리한 이 동양인들은 그 말을 알아듣지 못한다. 가만히 서서 말끔히 수염을 깎은 그 서구인들을 물끄러미 쳐다보면서 수염만 만지작거린다.

갑자기 고함 소리가 허공을 가르고 웅장한 행렬이 흐트러진다. 광장 건너편의 한 발코니에서, 반대파에 속하는 어느 격렬한 사람이 일어서서 소리를 지른 것이다. 그 속 타는 사람에게는 이 모든 승리의 기념행사가 진실의 검은 얼굴을 뒤덮은 가면으로 여겨졌던 모양이다. 그것은 트로츠키의 외침, 아직도 완전히 굳지 않은 채 지각의 일부가 되어 가는 거센 용암의 폭발이다. 여전히 그칠 줄 모르는 혁명의 격정으로 끓고 있는 그것은 지금 형태를 갖추면서 굳어져 가는 편협한 현실을 받아들일 수 없다. 그의 불은 쿨라크와 상인들, 관료주의로 이루어진 지각을 터뜨려 버리고 싶어 한다. 이들은 날마다 강해지고 있으며, 머지않아 혁명의 거친 불꽃을 질식시키려고 할 무리들인 것이다.

오늘날 러시아 전역에서는 막강한 두 인물이 서로 대립하고 있다. 스탈린과 트로츠키이다. 두 사람 모두 삶의 목표는 똑같다. 공산주의 이념의 승리이다. 그러나 이들이 그 목표에 도달하기 위해 채택한 전술은 다르다. 좀 더 간단하게 말해서, 이들의 기질이 그들을 갈라놓은 것이다.

스탈린의 성격은 어떠한가? 레닌은 그의 유명한 유서에서 스탈린의 성품을 미래 러시아의 독재자라고 가혹하게 평했다. 〈스탈린은 무모하며, 이 단점 때문에 그는 당 서기의 자리를 감당하지 못한다. 이런 이유 때문에 나는 동지들에게 그 대신 좀 더 예의 바르고 너그럽고 유연하며, 자신의 동지들을 대할 때 덜 독단적일 수 있는 사람을 내세울 것을 권하는 바이다.〉

그리고 스탈린은 훗날 전당 대회에서 연설할 때 이렇게 응답했다. 「그렇습니다, 동지들. 나는 내 자신이 변덕스럽다는 것을 알고 있습니다. 그러나 오직 당에 해로운 사람들에게만 그렇습니다. 나는 여러 번 사임을 요청했지만 그들, 트로츠키, 카메네프, 지노비예프가 머물러 달라고 고집했습니다. 나의 임무가 무엇이었습니까? 나는 어느 직책에서든 전투 중에는 나의 자리를 떠난 적이 없습니다. 내가 그만둬야 할 이유가 성격 탓이 될 수는 없습니다.」

스탈린이 트빌리시에서 노동자로 일할 때 그를 알고 지냈던 한 그리스 상인이 나한테 일러 준 이야기가 있는데, 그것은 강인한 지도자의 면모를 여실히 보여 주는 사건이었다. 차르 경찰이 스탈린과 그의 몇몇 동지들을 음모 혐의로 체포했다. 그들 모두가 고문을 받게 되었다. 차르 군인들이 징을 박은 채찍을 들고 줄지어 서 있었다. 동지들이 차례대로 군인들 앞을 지나면 군인들은 저마다 있는 힘을 다해 한 사람씩 채찍질을 했다. 그들 중 대부분은 군인 대열의 중간쯤에서 쓰러졌다. 대열 끝에 도착하기도 전에 죽은 사람도 있었다. 스탈린의 차례가 되자, 그는 땅에서 유리 조각을 하나 주워 잇새에 넣었다. 그런 다음 그는 천천히 그리고 조용히, 채찍을 들고 기다리는 군인들을 한 명씩 지나갔다. 온몸에서 피가 줄줄 흘렀지만, 그는 굽히지 않고 농부 같은 무거운 발걸음으로 계속 걸어갔다. 그는 마지막 군인 앞에 서서 잇새에 넣었던 유리 조각을 꺼내어 보여 주며 이렇게 말했다. 「가지시오. 그것으로 나를 기억하시오. 그리고 잘 보시오. 난 조금도 그 유리를 깨물지 않았다는 걸.」

스탈린은 그런 사람이다. 그의 이름이 그를 말해 준다. 강철.[4] 느릿느릿, 묵묵하게 그는 자신의 목표를 향해 농부처럼 나아간다. 그는 외치지 않고 서두르지 않으며 흥분하지 않는다. 그는 자신 있게 무자비하게, 자연의 힘처럼 전진한다. 그에게 농부의, 대지의 끈기가 있는 것은 다음의 단순하고 오랜 진리를 알고 있기 때문이다. 〈적수보다 오래, 단 15분이라도 더 오래 버티는 사람이 승자이다.〉

그러나 트로츠키의 격하고 고집스러운 성격은 이런 속도를 용납하지 못한다. 그는 서두른다. 스탈린이 땅이라면 그는 불이다.

「우리가 어디로 가고 있습니까?」 그는 그날 발코니에서 특유의 거칠고 열정적인 목소리로 이렇게 물었다. 「스탈린은 빠른 속도로 우리를 우파 쪽으로, 프롤레타리아에서 부르주아 쪽으로, 소박하고 전투적인 공산주의자에서 직업적인 공산주의자로, 가난한 농민에게서 부유한 쿨라크 쪽으로 밀어붙이고 있습니다. 스탈린은 이념을 배신하고 있습니다!」

그날 트로츠키의 목소리는 격렬한 훼방과 욕설과 웃음소리에

---

[4] 러시아어로 stal은 강철을 뜻한다.

묻혀 버렸다. 그러나 이따금씩 그 위대한 공산주의자가 외치는 거친 목소리는 소음을 압도했다. 고함 소리 사이사이에 연결되지 않는 말들이 들려왔다. 「오늘의 체제는 국제 프롤레타리아의 전위대에 방해물이 됩니다⋯⋯ 관료주의는 전능합니다⋯⋯ 천박한 전제 군주⋯⋯ 신흥 부자 소유자들⋯⋯ 계급⋯⋯ 특혜받은 지식인들⋯⋯ 반역입니다! 반역!」

이 거인들끼리의 충돌에서, 조만간 전 세계에 영향을 끼칠 이 충돌에서 누가 과연 옳은 것일까? 스탈린일까, 트로츠키일까? 두 전투원 모두 강인한 사람이다. 스탈린은 집요하고 교활하며 열정에 넘치는 그루지야인으로, 철로 된 바이스처럼 적을 꼼짝 못하게 만든다. 트로츠키는 민첩한 행동과 엄청난 정열을 지닌 유대인으로, 튼튼하고 정력적이며 흐트러짐 없는 스탈린의 몸을 번개처럼 때리고 비추는 야성적인 사람이다.

1922년 12월 29일, 레닌은 자기 삶의 마지막 나날을 보내면서 정치적인 유서를 썼다. 〈나에게 흥미로운 사실은 당이 분열되지 않았다는 것이다. 이것은 다른 무엇보다 스탈린과 트로츠키에게 달렸다. 이 두 사람이 당의 단결 또는 분해를 결정한다. 스탈린 동지, 그는 당 총서기가 되자마자 막대한 권력을 자기 손에 집중시켰지만, 나는 그가 그 권력을 항상 현명하게 사용할지 어떨지 확신이 서지 않는다. 반면에 트로츠키 동지는 남다른 능력으로 스스로를 부각시킨다. 그러나 그의 자신감은 과장되어 있으며, 모든 문제의 행정적 양상에 지나치게 주안점을 둔다. 중앙 위원회에서 가장 중요한 두 사람 사이의 이와 같은 성격 차이는, 만약 당이 때 맞춰 적절한 조치를 취하지 않을 경우 불화를 야기할 수 있다.〉

그러나 살아 있는 모든 유기체들의 대립이 그렇듯, 스탈린과 트로츠키 사이의 대립성은 이로운 결과를 낳을 수도 있다. 만약 트로츠키의 방식이 우세하게 된다면 성급하게 분노하는 농민들로 인해 막대한 위기를 맞을 수 있다. 그들은 다시 수동적 저항, 효과적이면서 매우 파괴적인 전술에 의지할 것이다. 그럼으로써 모든 부르주아 사회 내의 혁명 세력들을 위험하게 격분시킬 수 있으며, 결국 러시아는 아직 준비되지 않은 상태에서 현재 자신이 가진 자원이 허락하는 것보다 더 많은 것을 요구하면서, 스스로 세계적인 규모의 군사적 모험에 뛰어들 가능성이 높다. 만약 반대로 스탈린의 정책이 우세하게 된다면 또 다른 위험이 드러날 수 있다. 쿨라크들이 토지를 차지하기 위해 힘을 결집시킬 시간을 얻게 되고, 그 사이에 도시에서는 네프만들이 세력을 확장할 것이다. 그렇게 되면 스탈린으로서는 이들을 공산주의 이념의 대열에 끌어들이기에는 너무 늦을 수도 있다.

지금은 이들의 대립과 서로에 대한 가혹한 비판 때문에, 오히려 이 두 극단의 지도자들은 상호 작용을 하면서 현명하고 과감한 방향으로 현실을 밀고 가고 있다. 트로츠키식 방법의 과격함은 먼 곳에서부터 전해지는 것이다. 그것은 실질적으로는 위험하지 않으며, 네프만과 관료주의자들, 쿨라크들에 의해 속도가 늦춰지고 있는 소비에트의 공식적 발전 과정에서는 차라리 더 유익할 수도 있다.

레닌

거대한 붉은 광장에는 나무로 된[1] 레닌의 영묘가 소박하고 평온한 모습으로, 눈에 덮인 채 완벽한 균형을 이루며 서 있다. 광장 맞은편의 어둡고 낮은 입구에서 나는 4열 횡대로 빽빽하게 서 있는 남자와 여자, 그리고 아이들을 본다. 그들은 먼동이 틀 때부터 꼼짝하지 않고 기다리고 있다. 모스크바 곳곳에서, 러시아 전역에서, 세계 각국에서, 거의 살아 있는 것처럼 땅 밑에 누워 있는 〈붉은 차르〉를 보고 경의를 표하기 위해 찾아온 이들이다.

나는 그쪽으로 다가가 줄을 서서 기다린다. 새벽의 어스름 속에서도 환희에 차서 끈기 있게 기다리는 얼굴들의 다양한 표정과 모습을 알아볼 수 있다. 물소 냄새를 풍기는 타타르인들, 배가 유난히 두드러져 보이는 농부 여인들, 각진 턱의 미국인들, 어딘가 아픈 것 같은 중국인들, 키 큰 독일 젊은이들과 뾰족한 양가죽 모자를 쓴 카프카스 농부들.

아무도 소리를 내지 않는다. 눈과 서리 속에서 신비한 기대감을 안고 기다리면서 그들 앞의 〈성묘〉에 눈을 고정시키고 있다.

---

1 레닌의 영묘는 나중에 장석과 화강암으로 다시 만들어졌다 — 원주.

나는 머릿속으로 이 새로운 러시아의 〈아버지〉가 살아온 전 생애를 떠올리며 시인 니콜라이 클류예프의 시를 낮게 중얼거린다.

> 레닌! 삼나무의 신비로운 낙원이여
> 그곳에선 태양마저도 열렬한 투사이다.
> 아! 이 피 흘리는 이름이
> 공작의 꼬리처럼 활짝 펴지기를!

느닷없이 거대한 벽돌 하나가, 지금까지 눈으로 만든 상(像)처럼 조용히 서 있던 것이 영묘 입구에서 흔들흔들 움직인다. 붉은 근위대가 문을 열기 위해 움직인 것이다. 그리고 똑같은 동작으로 대열 앞쪽에 선 군중들이 온화한 물결처럼 움직인다. 머리를 쳐들고, 줄의 선두에 있던 사람들이 문지방을 지나 안으로 사라진다. 뒤에 있는 사람들이 가볍게 나를 민다. 나는 조금씩 앞으로 나아간다. 내 차례가 되자 나는 어두운 복도로 들어간다. 탐색하듯 한 발짝씩 나아가, 지하 통로의 계단을 내려가고 다시 계단을 올라간다. 따뜻한 공기, 벽은 인광을 발하는 붉은색이다. 여기서는 다른 사람들의 숨결을 들이마시게 된다. 발을 끌며 계단을 오르는 소리를 듣게 된다.

내 앞에 있는 두 농부의 칙칙하고 순한 얼굴이 갑자기 환해진다. 마치 신비한 지하 세계의 태양이 그들 위로 내려온 것 같다. 나는 목을 빼고 본다. 저 아래, 대지의 심장 깊은 곳에 방부 처리된 새로운 메시아의 몸을 감싼 거대한 수정이 보인다. 그 안의 눈부신 영상. 레닌의 창백한 대머리 두개골.

허리 아래로는 붉은 깃발에 덮인 채, 예전의 회색 노동자복을 입고 누운 그는 마치 살아 있는 것처럼 보인다. 오른손은 주먹을 꽉 쥐고, 왼손은 가슴 위로 뻗어 올렸다. 장밋빛 얼굴에 강렬한 금빛 염소수염을 하고 미소 짓는 모습은 엄격하면서도 무척 온화한 용모 속에서 평온한 흡족함을 띠고 있다.

러시아 군중은 황홀경에 빠져서 바라본다. 몇 년 전, 이 새로운 구원자가 오기 전의 그들은 교회의 제단 앞에서 장밋빛 고운 얼굴의 예수를 보며 똑같이 신비스러운 눈길로 경탄하곤 했었다. 이 〈붉은 그리스도〉를 지켜보는 동안 농부들의 눈에는 싸우는 인간의 영원한 투쟁이란 개념이 머릿속의 그 어떤 이론보다 더 뚜렷하게 나타난다. 본질은 똑같은 모습으로 남는다. 다만 이름이 바뀌었을 뿐이다.

믿음을 지닌 자들은 숭배의 대상이 무엇이건 상관없이, 그 신도들이 영원히 느끼는 감정을 똑같이 그대로 느낀다. 그들의 영혼은 다시 활력을 얻고, 전 세계가 그들을 위해 다시 태어난다. 욕망은 목표점에 다다르고 충만해진다. 힘은 몇 배로 커진다. 이것이 모든 신앙의 무시무시한 비밀이며, 오늘날 그 신앙은 공산주의이다.

농부 같은 걸음으로 걸으면서 이 빛나는 또렷한 두개골을 지켜보는 동안, 그의 전 생애가 번개처럼 내 머리를 스치고 지나간다. 이 〈붉은 차르〉는 투쟁을 했으며, 추방과 가난, 배신과 비방을 겪었다. 그의 확신과 완고함은 가장 믿었던 친구들을 겁에 질리게 만들었고, 결국 많은 이들이 그를 저버렸다. 이제 이마가 높은 이 두개골 아래에서, 그 꺼져 버린 작은 눈 주변에서 러시아가, 그 많은 마을과 도시, 산, 눈 덮인 초원과 큰 강들이 도움을 청하며 울부짖고 있다.

그 자신 가장 강인한 자였고, 따라서 러시아에서 가장 책임 있는 사람이었기 때문에, 그는 조국이 자신을 불러 자기 어깨에 러시아를 구할 책임을 지웠다고 믿었다. 러시아는 자신의 투쟁과 희망으로 그를 빚어냈으며, 그를 가장 강인한 인간으로 만들었고, 결정적인 순간에 그에게 가장 어려운 임무를 맡겼다. 그리하여 레닌은 전설 속의 많은 영웅들처럼 취리히의 허름한 노동자의 집에서 시작하게 되었고, 그곳에서 몇 년 동안 추방자로서 가난하게 살아갔다. 구두 수선공이기도 했던 단순한 스위스인 집주인이 그에게 물었다. 「일리치, 어디를 가려는 거요? 이제 초순인데 방세는 미리 냈잖소. 설마 일찍 집을 나가면 방세를 조금 돌려줄 거라고 생각하는 건 아니겠지요?」

「그건 상관없습니다. 괜찮아요.」 레닌이 웃으면서 대답한다.

「그런데 대체 어디로 가려고?」 단순한 구두장이가 다시 묻는다. 「러시아에 가면 묵을 방을 구할 수 있겠소?」

그러자 레닌이 대답한다. 「방을 구할지 못 구할지 제가 어떻게 알겠습니까? 그건 알 수 없지만 전 가야 합니다!」

그는 스위스와 독일을 지나 러시아 국경에 다다랐고, 끝도 없이 펼쳐져 완전 무장을 한 차르의 제국으로 들어갔다. 노동자 모자에 닳아 해진 옷을 입은 그는 잠시 서서 자기 앞에 펼쳐진 광대한 평야를 바라보았다. 작고 꿰뚫는 듯한 눈을 가진 남루한 차림의 이 무뚝뚝하고 키 작은 여행자의 목표는 무엇이었을까? 거대한 제국을 전복시키고 러시아의 모든 집과 공장, 땅의 소유권을 차지하는 것. 차르와 차리나, 그리고 그 자식들을 쫓아내는 것. 군사 귀족들과 관료들, 귀족, 부르주아와 성직자들을 몰아내는 것. 그리고 비참하고 굶주린 프롤레타리아들에게 독재 권력을 주는 것이었다.

「과대망상증 환자! 미친 사람!」 이성 — 그 인색하고 덕망 높은 늙은 하녀 — 이 세계를 지배한다고 믿는 현명한 이들은 이렇게 외쳤다. 그러나 몇 달 만에 이 남루한 차림의 소박한 남자는 러시아를 차지하고 차르의 정부이자 무희인 체신스카야의 궁전에 입성하여 그녀의 발코니에서 프롤레타리아 대중들에게 연설하게 된다.「역사는 이 궁전을 선택해서 그 작업장으로 삼았습니다. 그리고 낡고 부패한 러시아를 상징하는 이 궁전의 방들에서부터 전제 군주를 파괴하기 위해 돌진해 나아갑니다. 황실 매춘부가 살던 이 궁전은 이제 연기에 절은 공장 노동자들로 붐비고 있습니다. 군인들은 참호에서부터 이투성이의 뒤틀린 몸을 이끌고 여기까지 새로운 복음을 선언하기 위해 달려왔습니다!」

사적 재산, 상업, 돈이 폐지된다. 은행, 공장, 광산, 모든 도시 및 농장 재산이 압수되어 모두의 소유가 된다. 군주제, 귀족 계급, 부르주아, 그리고 남자와 여자, 종교, 성직자들 사이의 법적·사회적 불평등, 백인이 아닌 민족에 대한 탄압, 차르 군대와 경찰, 법원, 교육 체계가 불과 10주 만에 완전히 무너진다.

가차 없는 불꽃, 이데아의 전능함을 믿는 단순하고 풍요로운 믿음은 모든 혁명의 시작에서 볼 수 있는 한결같은 특징이다. 새로운 숨결이 자연 발생적으로, 무질서하게, 억누를 수 없이, 그 적응력과 참을성의 한계를 알지 못한 채 불어온다. 그것은 아직 경험이 없다. 어떤 것도 그것을 괴롭힐 수 없으며, 심지어 훌륭한 분별력조차도 그것이 맨 처음에 보여 주었던 것처럼 세계를 사흘 만에 파괴하고 재건할 수 있는 그 힘의 무아경 속에서 혁명이 하는 그대로를 믿어 버린다.

하나의 이데아가 레닌의 머릿속에 확고히 자리를 잡았다. 그리고 세계는 이 이데아가 열어젖힌 길을 걸어가야 했다. 사용되는 수단이나 최종 목표에 대해서는 의견이 다를 수 있지만 그 영혼의 힘, 금욕적인 순수함, 정신의 대담성과 예리함은 아무도 부정하지 못한다. 레닌은 칭기즈 칸이나 표트르 대제와 비교되곤 한다. 그러나 그런 비교는 항상 피상적이며, 지금 이 시점에서는 설익은 것이다. 전체적인 그림을 바라보고 열매를 가지고 그 나무를 판단하는 데 필요한 시간적 거리를 우리는 아직 가지지 못했다. 그러나 한 가지 진실은 흔들림 없이 역사 속에 남아 있을 것이다. 이 가난하고 소박한 남자, 일생의 투쟁을 끝내고 이제 그에 합당하게 고요히 잠든 이 남자는 지상에 내려와서 자신의 임무를 다했다는 사실이다.

레닌의 영묘에서 나온 뒤, 나는 러시아인들이 이제 레닌의 위대한 동지들을 하나씩 묻어 가고 있는 눈 덮인 크렘린의 벽 밑에서 몇 시간 동안 러시아 친구와 걸어 다니면서, 그가 젊은이다운 혈기를 가지고 이 위인에 관해 늘어놓는 러시아 인민들의 말에 귀를 기울였다. 「레닌은 하나의 암호입니다. 그분은 벌써 인간적인 차원을 넘어서 전설의 영역으로 들어가고 있지요. 혁명기에 태어난 아이들은 〈레닌의 아이들〉이라고 불립니다. 새해 첫날 선물 보따리를 들고 찾아와 아이들에게 선물을 나누어 주는 수수께끼의 손님은 이제 더 이상 성 니콜라스나 성 바실리우스가 아닙니다. 레닌이지요. 모든 인민 여성들, 자신을 보호해 줄 초인간적인 힘에게 기도하려는 욕구가 깊은 여성들은 서서히, 그 소박한 마음과 상상력 속에서 옛 성상들의 자리에 이미 전설이 된 레닌의 성스러운 얼굴을 올려놓고 있지요. 그리고 매일 저녁 그 앞에 촛불을 밝힙니다.
러시아의 가장 외진 마을에서, 북극해의 얼어붙은 해안에서부터 중앙아시아의 열대 마을까지, 소박한 농부들과 어부들, 여자들은 긴 밤을 지새울 때면 늘 그렇듯이 떠들거나 울고 웃으면서 계속해서 레닌의 초상을 만들어 냅니다. 여자들은 색색의 비단 위에 레닌의 모습을 수놓고, 남자들은 나무에 레닌을 새겨 넣고, 아이들은 마을 한가운데에다 레닌의 눈사람을 세우죠. 한번은 투르키스탄에서 온 이슬람교도들이 밀로 만든 레닌 모자이크를 모스크바로 가져온 적도 있었어요. 러시아 전체가 흙 위로 몸을 숙이고, 대지의 따뜻하고 전능한 숨결을 빌려 레닌을 부활시키고 있습니다.

교육을 받았든 못 받았든 우리 모두에게 레닌은 하나의 부호가 되었습니다. 우리 안에서 잠자고 있던 위대한 힘이 이제 깨어났습니다. 러시아의 국가 형태는 이미 변하기 시작했습니다. 이것은 무엇을 의미할까요? 차리즘이 우리 안에서 노예화시켰던 힘을 해방시킨다는 뜻입니다. 물론 레닌이 새로운 에너지를 만들어 낸 것은 아니었습니다. 다만 잠자는 힘을 깨웠던 거지요. 레닌은 사슬에 묶여 있던 그 힘들을 풀어 주었어요. 우리 마르크스주의자들에게 그 위대하신 분은 그를 낳은 인민들 위에 군림하는 독립적이고 새로운 인간이 아닙니다. 오히려 그분은 의식적으로 인민들의 힘과 욕구, 이 시대의 힘과 욕구를 구현해 냈습니다. 아무리 인민들이 엉뚱한 소리를 해도 그분은 시종일관 정연하게 말씀하시죠. 그리고 입 밖으로 나오자마자 그 말은 잊힐 수 없는 것이 됩니다. 하나의 부호가 되는 거죠.

우리는 세계만방에 새로운 사회상을 보여 주었습니다. 새롭고 좀 더 고차원적인 인간 사회의 유형을 창조한 것이죠. 이제 우리와 부르주아 둘 중 하나는 세상에서 사라져야 합니다. 이 두 개의 현실은 그리 오랫동안 공존할 수 없으니까요. 한 벌집 속의 두 여왕벌처럼 서로 싸우게 되어 있습니다. 결국 어느 한쪽이 다른 쪽을 잡아먹겠죠.」

「누가 잡아먹는 쪽이 될까요?」

「러시아의 어린 꼬마들, 시월단이나 레닌 소년단을 보셨죠. 피오네르와 콤소몰을 ─ 그 불꽃, 삶, 믿음을 ─ 직접 보셨을 겁니다. 그들이 시가행진을 벌이고, 놀거나 일을 하는 모습을, 또 선생님의 질문에 어떻게 대답하는지 보셨잖습니까. 이들 새로운 세대 전체가 필연코 부르주아들을 두려움에 떨게 만들 불꽃을 지니고 있습니다. 불꽃을 지니고 있을 뿐 아니라, 또 알고 있습니다. 그리고 가장 중요한 사실은 이것입니다. 그들은 이 불꽃이 어디를 향하고 무엇을 불태울 것인지를 알고 있다는 것입니다!」

그 친구는 한동안 잠잠해졌다. 그는 첫 번째 순교자들이 묻힌 성벽 주변의 무덤들과, 레닌을 보기 위해 끊임없이 이어지며 땅속으로 들어가는 행렬을 가만히 바라보았다. 한순간 그의 얼굴은 농축된 교감과 사랑으로 녹아들었다. 그러더니 그의 입술이 다시 움직였다. 「다듬지 않은 순수한 수정, 그것이 그분의 머리입니다. 그분은 언제, 어디서, 어떻게, 이 세 가지를 알고 있었고, 절대 틀리는 법이 없었죠. 그분은 상상을 초월할 만큼 명쾌하게 사건을 있는 그대로, 더 나쁘게도 더 좋게도 아닌 그대로 볼 수 있었습니다. 그분은 모든 요소를 불러 모았고 수학적인 정확성으로 행동의 고유한 동인을 찾아내셨죠. 혁명이 일어나기 며칠 전, 그분은 조급해하는 동지들과, 반대로 망설이면서 혁명을 연기하려는 동지들에게 이렇게 말씀하셨습니다. 〈11월 6일에 혁명의 신호를 보내는 것은 너무 이르다. 8일은 너무 늦다. 신호는 11월 7일에 보내야 한다.〉

그것이 레닌입니다. 트로츠키가 불꽃, 스탈린이 흙이라면, 레닌은 빛입니다.」

젊은 러시아 친구의 말을 들으며, 나는 대초원에서 달려오는 먼 숨결에 귀를 기울이듯 고개를 높이 들었다. 동풍이 내 관자놀이를 때리며 태우고 있었다. 그리고 귓가에는 붉은 군대의 행진처럼 지나가는 알렉산드르 블로크의 섬뜩한 단어로 짜인 무거운 운율이 들려왔다.

너희는 수백만이다. 그러나 우리는 대초원의 수없이 많은 아이들이다. 우리에게 올 테면 와봐라! 그래, 우리는 스키타이인이다. 그래, 우리는 사팔뜨기에 탐욕스럽게 찢어진 눈을 한 아시아인이다. 수 세기가 우리의 것이고, 이 시간은 우리의 것이다! 아, 늙은 유럽이여! 너희 머리를 쥐어짜서 스핑크스의 수수께끼를 풀 새로운 오이디푸스나 찾아보아라! 러시아가 스핑크스이다. 고통을 받아 피를 흘리는 러시아가, 늙은 세계 앞에 피와 증오로 가득한 문제를 내나니![2]

---

2 이 부분은 블로크의 시 원작 일부를 기억한 것으로 원작은 상히 다르다. 한편 블로크의 시 원문에는 〈수 세기가 너희의 것이고, 지금은 우리의 것〉이라는 내용으로 되어 있다.

대화

그럼 내일은?

레닌그라드. 트로이카를 타고 도시의 이 거리 저 거리를 지난다. 무거운 싸락눈이 떨어진다. 네바 강에서 커다란 소음이 피어오른다. 다리가 가까워 오자 거대한 상 하나가 흐릿하게 눈에 들어온다.

「마부 동지.」 나는 소리를 높여 묻는다. 「저게 누구의 상입니까?」

무거운 쇠가죽 외투를 입고 붉은 머리에 녹색 모자를 쓴 마부가 커다란 손을 들어 상을 가리킨다. 「어제는 저게 예카테리나 여제였어요. 오늘은 라살일 겁니다.」

「그럼 내일은요?」 내가 묻는다.

그는 어깨를 으쓱했다. 「초르트 즈나이트(악마가 알겠죠).」 그의 대답이었다.

아버지와 아들

그 아버지는 조그맣게 장사를 하는 소상인이었다. 그는 아직까지도 거대한 협동조합 점포 근처에서 벌이를 하며 살아 나갔다.

그러나 상인이었기 때문에 그에게는 투표권은 물론 어떤 종류의 권리도 없었는데, 붉은 타이를 맨 피오네르 단원인 열 살짜리 아들은 그런 아버지를 비난했다.

그의 작은 가게가 모스크바에서 내가 묵던 호텔 근처에 있었다. 이따금씩 나는 그에게 들러 버터나 훈제 생선, 검은 캐비아를 사곤 했다. 하루는 눈물에 젖어 있는 그를 보았다.

「무슨 일입니까, 일리야 이바노비치?」

「더 이상 못 해먹겠습니다, 선생. 더 이상 못 해먹겠어요. 떠나렵니다. 죽어 버릴 겁니다. 우리 집에서는 이제 단 하루도 더 못 살겠어요. 낮이면 낮마다 밤이면 밤마다 싸워요. 식탁에 앉으면 아들 녀석이 자리에서 일어나서, 인간답게 성호를 긋지 않고 대신 뭐라고 하는지 아십니까? 증오에 찬 눈으로 나를 보면서 이렇게 외친답니다. 〈돌로이 스페쿨랴치야! 투기를 몰아내자! 아버지의 날은 얼마 안 남았습니다.〉 더 이상 견딜 수가 없어요, 선생. 더 이상은!」

사제

그는 구세계 〈성스러운 러시아〉에서 남들보다 많은 교육을 받은 성직자 중 한 사람이었다. 잘 먹어 기름기가 흐르는 그의 뺨은 여전히 지난날 미식가의 영화를 반영하고 있다. 그의 방 벽과 탁자, 커튼, 베갯잇들은 온통 성상과 석판화, 아름다운 색실로 수놓은 자수와 단정하게 머리 빗은 그리스도로 도배되어 있다. 모든 것이 구역질 난다. 침대 머리맡의 마돈나는 눈물을 흘리고 있다. 방문에 붙은 고리에는 무거운 모피 옷 두 벌이 걸려 있고, 방 안에서는 버터와 보르시치 냄새, 그리고 향 냄새가 난다. 사모바르가 김을 내뿜는다. 그 수증기가 성자들에게 시달리는 방 안 분위기에 구름을 드리운다.

「교회는 훨씬 더 비인간적인 박해를 당해 왔습니다.」 그가 통통한 털북숭이 손을 사모바르 쪽으로 뻗치며 나에게 말한다. 「하지만 항상 승리를 거두며 고난을 헤쳐 왔죠.」

「신부님은 교회가 오늘날의 현실과 공존할 수 있도록 하기 위해 노력하고 계십니까? 이제 시대가 바뀌었습니다.」

「물론 하고말고요! 네, 우리는 사도처럼 열성적으로 일을 합니다. 우선 최고의 숙녀들 협회를 설립했지요. 저는 복음을 해석해 주고, 또 여러 사제들과 함께 가난한 여자들을 위해 일자리를 찾아 줍니다. 속옷이나 여자 실내복에 수를 놓는 일이지요. 그리고 일요일마다 모두 같이 차를 마시죠.」

「제 말뜻은 교회를 부활시키기 위한 내부적 시도를 말하는 겁니다. 교리를 현대적으로 새롭게 해석하고, 종교에 새로운 형태를 부여해서 오늘날 고난 받는 인간들이 종교를 이해하고 사랑할 수 있도록 하는 것 말입니다.」

그는 기분이 상한 모양이었다. 깊은 숨을 들이쉬더니 고래처럼 거세게 내뱉은 뒤 이렇게 대답했다. 「교회는 진화하거나 변화할 필요가 없습니다. 교회는 인간의 유행을 따르지 않아요. 아니고말고! 사람들이 교회에 맞춰야지, 교회가 사람에 맞춰선 안 되죠. 선생이 말씀하시는 건, 실례인 줄 압니다만 마르크스 이론, 반그리스도적인 이론입니다.」

그는 사모바르의 뚜껑을 열었다. 차의 향기가 살집이 통통한 그리스도를 향해 피어올랐다. 사제는 흥분을 가라앉히고 탐욕스럽게 입술을 핥더니 근엄하게 문 쪽으로 고개를 돌리고는 〈안뉴토치카〉 하고 지나치게 상냥한 목소리로 말했다. 「아가야, 찻잔을 가져온. 빵이랑 버터, 훈제 생선하고 캐비아도 조금. 착하지.」

늙은 귀족

그는 아직도 멋진 도자기들을 몇 점 보관하고 있는 자기 집으로 나를 초대했다. 그를 만난 것은 파르포르니 박물관에서였다. 소비에트는 그의 저택을 몰수하고, 그와 노처녀인 누이를 그 저택 현관에 딸린 두 개의 작은 문간방에 살도록 했다. 그 웅장하고 오래된 건물의 나머지는 아이들이 여럿 딸린 노동자 가족들이 차지했고, 아이들은 바닥이며 벽을 못 쓰게 만들고 있었다. 그가 현관을 지날 때면 아이들은 이 늙은 귀족의 주름 장식 스모킹 재킷을 잡아당기며 이렇게 소리를 질렀다. 「박물관 아저씨, 박물관 아저씨!」 그러나 늙은 귀족은 이 모든 것을 묵묵히 체념적으로 감내했다. 그는 스모킹 재킷의 꼬리를 들어 올리고, 마치 도둑처럼 슬며시 자기 집 중정을 통해 빠져나가곤 했다. 가끔씩 아이들의 환심을 사서 놀림을 덜 받아 볼까 하는 생각에, 스모킹 재킷 주머니에서 해바라기 씨를 꺼내 아이들에게 나누어 주기도 했다.

그는 자기가 살아온 이야기를 조용하고 간단하게, 마치 동화를 들려주듯이 해주더니 그날 오후 자신의 도자기 소장품 중 남은 것들을 보여 주겠다며 나를 집으로 초대한 것이었다.

도자기를 늘어놓을 공간이 충분하지 않았기 때문에, 현관은 그가 쌓아 놓은 가구로 채워져 있었다. 그는 그 가구들을 조금씩 비밀리에 팔고 있었다. 우리는 조상 대대로 전해 내려온 높은 의자에 앉아서 짝이 맞지 않는 잔에 차를 마시며 이야기를 나누었다. 그의 누이는 아무런 소리도 없이 지나가서는 유령처럼 사라지곤 했다. 나는 존경심과 동정심으로, 동시에 무슨 유명 화가의 그림을 보듯이 큰 관심을 가지고 이 몰락한 귀족을 바라보았다. 피부는 비단결 같았고, 옷은 해졌으나 깨끗했으며, 목소리는 상냥하고 애무하는 것처럼 부드러웠다. 그는 목소리를 한층 더 낮추며 숨결이 닿을 만큼 고개를 들이밀었다. 「우리가 사는 이곳은 지옥이라고 쓰십시오. 그들은 우리 집과 귀중한 소장품들을 빼앗았다. 자유라곤 없다. 그렇게 외치세요! 세계에 진실을 알려 주십시오! 우리가 떨어진 곳을 똑바로 보시란 말입니다! 우리는 명나라 화병과 송나라 화병을 구분하지도 못하는 노동자, 짐꾼, 농민 같은 무식쟁이들에게 지배당하고 있습니다!」

「좀 더 공정해지셔야 하지 않겠습니까? 당신들은 여러 가지를 누렸습니다. 수백 년 동안 그 식탁에 앉아서 먹고 마시고 게워 내고 다시 먹었습니다. 이제 다른 사람들이 먹도록 해야죠. 그 식탁에 앉아 있는 사람들을 바꾸는 것, 그것이 역사의 법칙입니다. 과거를 돌이켜 보세요. 한 계급이 일어서서 부자가 되고, 먹고 마시고, 그리고 창조합니다. 시간이 흐르면 그 계급은 살이 찌고, 피곤해지고 쇠퇴합니다. 그러면 다른 계급, 억압받고 굶주린 계급이 전면에 등장하고 똑같은 순환이 시작됩니다. 투쟁, 승리, 창조, 쇠퇴의 순환이죠.

만약 제가 선생님이라면 전 품위 없이 투덜대거나 원망하거나 한탄하는 일 없이 정중하게 모자를 벗겠습니다. 굳이 말한다면 가벼운 조롱이라고 해두죠(왜냐하면 거리를 두고 보면 그 새 주인들 역시 언젠가는 몰락할 게 뻔하니까요). 나는 그 굶주린 새 주인을 환영하고 식당에서 빠져나갈 겁니다. 그 식탁에서요. 저는 권력을 잡은 걸 식탁에 앉았다고 말하거든요.」

그 늙은 귀족은 겁에 질려서 나를 쳐다보았다. 그는 귀족 의자에서 일어나려고 하다가 도로 앉았다. 그리고 목을 조이고 있는 목깃을 좀 느슨하게 하려고 두어 번 침을 삼켰다. 「선생은 우리 편인 줄 알았습니다.」 그가 중얼거렸다.

내가 대답했다. 「저는 인류의 편입니다. 그 식탁에 앉기 위해서 달려가는 사람, 그리고 실컷 먹고서 자기를 낮추어 떠나가는 사람의 편이죠. 저는 인류와 함께 괴로워합니다. 경외심을 가지고 인류 전체의 행진, 오르막과 내리막을 지켜보죠. 그리고 저의 개인적인 이익이 제 판단을 흐리는 일이 없도록 조심하려고 애씁니다.」

「아마도 그 이유는……」 늙은 귀족은 비꼬듯 입술을 일그러뜨리며 대답했다.「선생에겐 조상의 유산이 없기 때문이겠죠. 선생한테는 포기하기엔 아까운 궁전이나 특혜가 없으니까요.」

「정확하게 보셨습니다. 저에게는 어떤 사슬도 없습니다. 오늘 밤 선생님이 보여 주신 이 섬세한 도자기들이 만약 제 것이라면 제가 어떻게 새로운 이념을 이해할 수 있었겠습니까?」

미소

모스크바 공산주의 대학교 사회학과의 그 젊은 교수는 고대 그리스 사회에 내재했던 모든 경제 요소를 명쾌하고 자신 있게 분석하면서, 아테네의 아크로폴리스에 있던 거대한 돌기둥 여인상들의 미소는 경제적 원인에 그 근원을 두었음을 증명한다.

정통 마르크스주의자인 청중들은 이 현명한 이론을 주저 없이 받아들이고 우레 같은 박수갈채를 보낸다.

내가 빙긋이 웃자 당황한 그 젊은 교수가 나를 돌아본다.「왜 웃으십니까?」

「이것만큼은 확실합니다, 교수 동지.」 내가 대답한다. 「내 미소는 경제적 원인의 결과물이 아니라는 거죠.」

어느 지도자와의 토론

어제 우연히 볼셰비키의 지식인 지도자 중 한 사람을 만났다. 토론이 시작되었다. 다음은 내가 기억하는 한에서 우리의 대화를 기록한 것이다. 그는 이렇게 주장했다. 「우리가 물질세계를 이어가는 한 우리는 계속해서 반복되는 요소를 분리시킴으로써 물리적 현상을 지배하는 법칙을 찾아낼 수 있으며, 나아가 점차적으로 그 요소들을 그 법칙에 복종시킬 수 있습니다. 그리고 자연법칙을 받아들이듯 그 법칙을 당연하게 받아들이지 못하는 인간들도 결국 그 법칙에 순종하게 될 겁니다.」

내가 대답했다. 「제 생각은 다릅니다. 인간의 지성에는 한계가 있고, 따라서 과학적 연구에도 한계가 있지 않습니까. 과학이 현상들 사이에 존재하는 관계뿐 아니라 현상 너머에 있는, 다시 말해 철학자들이 존재라고 부르는 것까지 절대적 무류성의 권위를 가지고 판단할 수 있을까요?」

「과학에는 한계가 없어요. 과학은 — 비단 과학뿐만이 아니지만 — 절대적 권위를 가지고 모든 것에 대한 판단을 내립니다. 과학은 오류의 가능성이 없는 법칙을 세워 냅니다.」

「그럼 사회 법칙이나 물리 법칙도 똑같은 정확성을 가집니까?」

「네, 그렇지요.」

「물론 일식을 아주 정확하게 예측할 수는 있습니다. 하지만 앞으로 3년 후 러시아의 현실이 어떨지 똑같이 정확하게 예견할 수 있을까요?」

「아직은 아니죠. 사회학, 좀 더 정확히 사회물리학은 아직 걸음마 단계입니다. 우리는 이제야 신학과 형이상학을 제거하고 삶을 실증주의적으로 검토하는 길에 들어섰습니다. 물리적 과학에 쓰이는 경험적 방법들을 이제야 막 사회 연구에 적용하기 시작한 것이죠. 관찰, 분석, 비교, 귀납적 추론 등을 말입니다. 그러므로 사회과학은 앞으로 조금씩 기계학이나 천문학처럼 사회 현상을 지배하는 절대적인 법칙을 발견하게 될 겁니다.」

「저는 그렇게 생각하지 않습니다. 사회 현상은 물리적 현상과는 달리 선형(線形)의 시간 속에서 펼쳐지는 게 아닙니다. 그것은 공간을 측정하듯 측정할 수도 없고, 수학 공식으로 정리해서 나타낼 수도 없습니다. 그런 삶의 현상이 펼쳐지고 성숙해 나가는 것은 비선형적인 심리적 시간 속에서입니다. 그런데 그와 같은 시간을 압축하거나 왜곡하지 않고 측정하기란 불가능하지요. 더욱이 그것은 간단하게 양적인 것으로, 색깔도 냄새도 없는 일정한 공간처럼 하나의 공식으로 나타낼 수도 없습니다. 시간은 항상 진화해 나가는 창조적 힘, 즉 영원히 성숙해 나가는 것입니다. 바로 그것이 시간의 본질이죠. 그것은 이전에 존재했던 모든 요소들로 이루어진 합성물이 아니기 때문에, 시간이 지난다고 해서 단순히 기계적으로 예측 가능한 새로운 조합이 나온다고 볼 수 없습니다. 시간은 예기치 않은 요소들의 끊임없는 출현입니다. 다시 말해, 창조죠. 이 영역에서는 예측이란 있을 수가 없어요. 왜냐하면 법칙의 의미는 반복, 다시 말해 똑같은 원인은 똑같은 결과를 낳는다는 것을 뜻하기 때문이죠. 그리고 삶의 본질, 물질과 질적으로 다른 그 본질은 엄밀히 창조적 행위입니다. 그러면 창조란 무엇일까요? 기존의 요소를 포함하지 않은 뭔가 새로운 것이 탄생하는 것입니다. 절대, 어떤 상황에서도 완전히 똑같은 원인이 다시 등장할 수 없습니다. 결국 똑같은 결과란 절대 기대할 수도 예측할 수도 없다는 말이죠. 따라서 삶의 현상이 법칙으로 요약될 수 없는 것이기 때문에, 하나의 법칙 체계인 과학이라는 것은 그 성격상 사회 현상을 위해 존재한다고 할 수가 없습니다.」

「그건 맞는 말입니다.」 그 러시아인이 대답했다. 「사회과학은 물질과학처럼 정확하지는 않지요. 우리는 일식을 예측하는 것처럼 정확하게 혁명을 예견할 수는 없습니다. 하지만 사회과학은 과거를 설명하고 각 시대의 기본 리듬을 밝혀냅니다. 그것들은 역사의 어둠침침한 미궁 속에서 빛을 내는 실타래를 따라갑니다. 그런 식으로 그걸 따라가면서 길을 잃지 않는 것이지요. 그렇게 한 인민의 진화에 관해 배워 가면서, 우리는 인간 정신이 알고 있는 그 어떤 방법보다 좀 더 안전하게 미래를 예측하고 공식화할 수 있습니다.」

「그것은 저도 인정하지만, 사회과학은 과거를 탐색할 때에만 가치를 지닙니다. 왜 그럴까요? 과거는 이미 끝난 사건들, 살아서 흘러가고 창조적으로 전개되는 과정이 멈춰 버린 사건들로 이루어졌기 때문입니다. 과거 당시에는 수많은 요인들이 등장하고 있었겠죠. 그중 이를테면, 열 가지만 활발히 작용했다고 해봅시다. 그 열 가지 요인이 이른바 어떤 역사적 사건을 창조했습니다. 사회과학은 그 열 가지 요인을 찾으려 기를 쓰고, 그것을 발견하게 되면 — 물론 늘 어림짐작으로 발견하지만 — 의기양양하게 외치겠지요. 〈일어난 사건은 필연에 따른 것이다. 그 열 가지 요인이 주어지면 오직 이 사건밖에 일어날 수 없다.〉

그리고 분명히 — 필연적인 결과이겠지만 — 주어진 그 열 가지 요인에서는 단 하나의 사건만 일어날 수 있고, 다른 사건이 일어난다는 것은 불가능해집니다. 많은 가능성 가운데 특정 요인들이 지배적이라면 하나의 역사적 사건이 일어나기 위해서 이 요인들만 필요하다고 결론짓는 건 당연합니다. 그런데 문제는 사실 전혀 그렇지가 않다는 것입니다. 우리의 흥미를 끄는, 그리고 우리를 갈라놓고 있는 문제는 바로 이것입니다. 수많은 요인들 가운데 어떤 요인이 미래를 지배해서 역사적 사건을 창조할지, 과연 사회과학이 찾아낼 수 있을까요?

얼어붙은 호수에서 두 아이가 얼음을 지치고 있었습니다. 그런데 싫증난 한 아이가 이렇게 말했죠. 〈난 그만 할래, 실컷 놀았어.〉 그러고는 돌아서서 갑니다. 다른 아이는 계속 앞으로 나아갔는데, 열 걸음쯤 가자 얼음이 깨어졌습니다. 그 아이는 물에 빠져 죽었죠. 몇 년이 지나서 프랑스 혁명이 일어났습니다. 그 전개 과정에 어떤 요인들이 개입되었을까요? 무한합니다. 아니, 무한하지는 않겠지만 가능한 원인은 수없이 많겠죠. 그런데 얼음을 지치다 익사를 모면한 아이가 — 그가 나폴레옹 보나파르트였습니다 — 갑자기 끼어들더니 논리적 예상을 뒤엎으면서 예기치 않은 일들을 초래합니다. 많은 나라를 정복하고 여러 왕국을 세우고 황제가 되죠.

하지만 나폴레옹이 프랑스 혁명에서 가능했던 유일한 결과물이라는 주장을 지지할 사람이 누가 있을까요? 그리고 만약 그가 그 꽁꽁 언 호수에 빠져 죽었다면 불가피하게 — 똑같은 원인은 똑같은 결과를 낳으므로 — 호수에 빠져 죽은 그와 똑같은 또 다른 지도자가 프랑스와 세계를 지배했을 거라고 말해야 하는데, 누가 그 견해를 지지할까요?

우리가 현재의 관점에서 끝난 사건을 돌아볼 때는 소급적 가치를 지닌 공식을 분석하고 공식화할 수 있을 뿐입니다. 그런데 존재하는 가능성들이 여러 사건으로 굳어지기 전에는, 한 시대라는 움직일 수 없는 몸체와 그것에 생명을 준 거대한 숨결을 동일시해 버릴 가능성이 있거든요. 그러므로 사회과학이 할 수 있는 것은 오직 한 가지뿐입니다. 과거를 해부하는 것 말입니다.

결국 과거를 조사함으로써 미래를 위한 교훈을 줄 수 있다는 주장, 즉 사회과학을 우리의 생각과 행동의 유용한 지침으로 삼자는 주장은 조금도 지지할 수 없게 됩니다. 그 이유가 과거 시대와 똑같은 것들을 다시 출현시키고, 이어서 똑같은 결과를 만들어 낼 수 없어서만은 아닙니다. 심지어 물리적 세계에서도 동일한 원인이 절대적으로 동일한 결과를 낳는 것은 아닙니다. 작은 우연의 일치, 상상할 수도 없이 복잡한 세부에 의한 작은 사건이라 해도 전혀 새롭고 예기치 못한 방향으로 역사를 돌려놓을 수 있기 때문입니다.

그러므로 사회과학이 예측에 대한 소망을 가지고서, 단순한 대중에게 자신을 투사한다면 위험해질 수 있습니다. 삶은 비교할 수 없을 만큼 높은 곳에 있고, 인간의 논리나 공상보다 훨씬 더 풍요롭기 때문에 우리는 굳이 궤변을 늘어놓을 필요도 없이, 예측에 관한 한 사회과학은 다음과 같은 가치를 가진다는 주장을 지지할 수 있겠죠. 사회과학이 무엇을 예측하든 그런 일은 절대 일어나지 않는다는 것입니다. 사실 별것 아닌 가치죠. 이런 식으로 우리가 배제시킨 것은 단지 미래에 태어나기 위해 투쟁하는 수많은 가능성 중 하나일 뿐이니까요.」

「선생은 한 가지 사실을 간과하셨습니다!」 짜증난 러시아인이 소리쳤다. 「아무리 결함이 많다고 해도, 또 아무리 삶의 현상이 복잡하다고 해도 사회과학은 여전히 인간 사회를 지배하는 철의 법칙을 세울 수 있다는 사실 말입니다. 그 법칙이 바로 경제적 원인입니다.

확고한 기초는 이것입니다. 〈물질적 삶의 생산 양식이 인류의 사회, 정치, 지적 생활의 기능을 결정한다.〉 모든 것들 — 정치 체제며 이데올로기, 종교, 법체계, 예술, 도덕성 — 은 이 확고한 토대, 경제적 요인을 기반으로 하고 있어요. 그러므로 이것은 확실합니다. 인간을 구성하는 성분이 변하지 않는 이상, 경제적 요인은 미래에도 가장 중요한 역할을 할 것입니다. 따라서 이 근본 법칙을 인식함으로써 우리는 더욱 성공을 확신하면서 사회적 투쟁에 임할 수 있는 겁니다. 이제 우리가 최고 관심을 기울일 대상은 다름 아닌 자신의 길을 달려왔고 언젠가는 몰락하게 될 사회 계급, 그리고 이 사회 법칙에 고무되어 틀림없이 조직화되고 권력을 인수하게 될 계급이라는 사실을 우리는 알고 있습니다. 그리고 이 근본적인 사회 법칙에 따라서 이루어지는 우리의 개입 또한 확실하고 효율적인 것입니다.」

「선생이 말씀하시는 모든 것에는 상당한 진리가 들어 있습니다.」 내가 대답했다. 「그리고 그것을 존중합니다. 하지만 선생은 지나치게 일반화하고 있습니다. 선생은 자신의 주요 원칙에 너무 많은 요구들을 실은 결과 엉뚱한 길로 치닫고 있는 것입니다. 잘못된 길일 뿐 아니라 위험하기도 합니다. 그렇다면 저의 그런 생각을 명확히 하고 정당화해 보겠습니다.

첫째로, 선생이 말씀하신 〈법칙〉은 절대적인 것이 아닙니다. 경제적 요인이라고 해서 그것이 늘 사람들을 동원시키는 최고의 힘은 아니란 얘기죠. 물론 그것이 항상 주요 역할 중 하나를 맡기는 합니다. 사람들의 기본적 욕구를 채워 주기 때문이죠. 그렇지만 때로는 다른 요인들 — 종교, 민족, 역사적 모험, 위대한 인물의 외모 — 이 인간의 역사적 진화를 지배하고 결정짓습니다.

7세기에, 그때까지도 알려지지 않은 채 비참하게 살던 별 볼 일 없는 한 아랍 부족이 갑작스러운 승리를 거둔 사건을 단지 경제적 요인만 가지고 어떻게 설명하시겠습니까? 이 부족은 몇 세기 동안 똑같은 경제적 문제를 안고 있었습니다. 그 오랜 세월 내내, 이들은 게으름을 피우다 노략질이나 하면서 가난하게 살았고 성품은 잔인했으며, 술과 우상 숭배에 빠져 명맥만 유지하고 있었습니다. 그런데 갑자기 위대한 성품의 인간이 이 부족들 사이에 태어납니다. 그는 온갖 경멸과 위험 속에서도 이렇게 선언합니다. 〈오직 하나의 신이 존재한다. 인간의 영혼은 죽지 않으며 이 세상과 나머지 세상, 즉 낙원은 믿는 자의 것이다.〉

그는 설교를 했지만 아무도 듣지 않습니다. 7년이 지났지만 무함마드에게 생긴 제자는 겨우 열한 명뿐이었죠. 부족 사람들은 그를 비웃고 매 순간 그의 목숨은 위험에 처합니다. 추종자들이 늘어나면서 전쟁이 시작됩니다. 수도 적고 무기도 없는 무함마드의 군대는 승리를 거두기도 하고 패배를 기록하기도 하죠. 그의 사명은 바람 앞의 등불과 같지만, 순간순간 예측하지 못한 일들이 준비되어 역사에 새 길을 열어 줍니다.

그런데 보십시오. 몇 년이 더 지나자 사막은 모스크로 가득 채워집니다. 그를 따르는 신도들이 아랍에서 말을 타고 사방으로 뻗어 나가 세계를 정복합니다. 이들은 단시간에 상상을 초월한 새로운 문명으로 방대한 지역의 주민들을 예속시키고 갱생시킵니다. 한쪽으로는 이집트, 리비아, 튀니지, 알제리, 모로코, 스페인에서, 다른 한쪽으로는 시리아, 메소포타미아, 페르시아, 인도까지. 이들을 자극했던, 그 불가항력적인 갑작스러운 힘은 무엇일까요? 분명 경제적 원인만은 아닙니다. 그것은 그보다 더 깊은 힘, 더 풍부하면서 더욱 통제하기가 힘든 것, 바로 신앙이었습니다. 무함마드의 숨결이었습니다.

그리스도교의 본질은 무엇일까요? 노예들을 조직화하고, 배고픈 자에게 빵을 주고, 지상의 사회 경제적 불평들을 몰아내는 것? 절대 아닙니다. 그리스도는 경제적인 문제에 몰두하지 않았습니다. 무엇을 먹을까, 무엇을 마실까, 무엇을 입을까 염려하지 말라. 하늘의 새를 보아라. 오직 한 가지를 추구하라, 하느님의 왕국을!

사실 노예들과 굶주린 사람들은 그들의 필요와 욕구에 맞게 그리스도의 메시지를 왜곡했고, 그를 억압받는 자들의 지도자로, 피둥피둥 살찐 주인들을 뒤엎고 고난 받는 대중을 사회적 평등과 경제적 풍요로 이끌어 갈 지도자로 선언했습니다. 바로 그 때문에 그리스도교가 그렇게 급속도로 전파되었던 것입니다. 변화를 바라는 절박한 사회적 필요에 그 자체를 연관 지음으로써, 그리스도교는 복수와 지상의 왕국을 추구하는 인간들의 열정이 되었습니다. 당연히 하나님의 왕국은 지상으로 옮겨졌습니다. 왜냐하면 하나의 이념이 대중을 감동시키고 자극하게 되면, 그것은 개인적 열정이자 즉각적 보상에 대한 희망이란 양상을 띠게 되기 때문이죠.

모든 시대 모든 인민을 볼 때, 경제적 요인은 인간 생활에서 가장 강력한 동기에 속합니다. 인간은 항상 먹는 것에 대한 욕구를 지니고 있으니까요. 그리고 역사가가 여러 가지 역사적 사건을 하나의 중심 이념에 연관 지으려고 마음먹기만 하면 쉽사리, 몇 가지 사건은 어둠 속에 놓아둔 채 다른 것들만 화려하게 조명하면서 자기가 바라는 것을 증명할 수 있습니다. 실로 다양한 가능성이 존재합니다. 역사를 지배하는 것은 경제적 요인일 수도 있고, 신의 섭리와 영웅들, 민족성, 하다못해 엉뚱한 우연일 수도 있습니다.

그러나 역사가가 인간이 유지할 수 있는 최대한의 공정성을 가지고 역사를 연구한다면, 과연 무엇을 보게 될까요? 이 모든 원인들이 함께 대중에게 작용한다는 사실, 때로는 이것이 때로는 저것이 지배적이고, 때로는 몇 가지가, 심지어는 모든 것이 똑같이 지배적이 된다는 사실이겠죠. 하지만 각각의 요인이 기여하는 정도는 딱 잘라 말하기가 어렵습니다. 평범한 시대, 다시 말해 대중이 종교적 믿음에 열광하지 않는 시대에 가장 중요한 역할을 하는 것이 아마 경제적 요인일 것입니다.」

「선생이 방금 인정했다시피 그 사실은 이미 매우 중요한 것입니다.」

「꼭 그렇지는 않습니다. 사회 대중, 물질적 생활만 걱정하는 대중 속에서 언제든 인간의 물질적 욕구를 부차적인 위치로 급격히 바꿔 버릴 예기치 않은 폭풍이 일어나지 않으리라고 누가 장담할 수 있습니까?

심지어 그런 폭풍이 나타나지 않는 지극히 평범한 시대에서도 좀 더 깊이 검토해 본다면 선생이 말씀하시는 근본적인 사회 법칙을 더욱 좁힐 수 있습니다. 경제적 요인은 사실 원인이 아니라 수많은 다른 요인들이 특정 시대, 특정 장소와 인민들에게 작용한 결과입니다. 결국 〈경제적 조건이 이러이러하므로, 이 인민들은 이렇게 발전할 것이다〉라고 말해선 안 된다는 거죠. 민족, 운명, 기후, 전쟁, 그리고 특히 발명은 경제적 조건의 특정한 구조를 창조하는 데 큰 역할을 합니다. 경제적 양상은 좀 더 모호하고 깊은 요인들 중에서 가장 눈에 띄는 징후일 뿐입니다. 그리고 만약 경제적 조건이 효과적인 슬로건이 될 수 있다면, 그것은 경제적 기치 뒤에서 움직이는 숨은 힘들이 있다는 사실 덕분일 겁니다. 그 힘들은 어쩌면 아직까지 정체가 밝혀지지 않았고, 따라서 대중을 위한 슬로건으로 사용되고 있지 않겠지요.

이것은 보통의 역사적 상황에서는 제대로 들어맞습니다. 그렇지 않은 때에는 이 모호한 힘들이 대중을 사로잡는 이름과 형식을 띠게 되고, 그렇게 되면 인류의 투쟁이 진행되는 가운데 경제적 관심은 부차적 위치로 끌어내려집니다.」

「하지만 선생은 경제적 변화가 수많은 다른 변화들, 도덕적이며 지적인 변화들을 동반할 것이라는 데 동의했잖습니까. 그러므로 경제적 요인은 결과가 아니라 변화의 원인입니다.」 그는 물러

서지 않았다.

「동반한다고 하셨습니까? 혹시 그런 도덕적, 지적 변화가 경제 변화에 선행하는 요인들의 결과는 아닐까요? 그것들의 징후가 좀 더 눈에 띄는 경제적 변화에 이어 나타나는 반면, 좀 더 복잡한 사안들, 그러니까 도덕적 변화나 예술, 사상 등은 나중에 드러나게 됩니다. 경제 변화의 징후가 맨 처음 나타나기 때문에 피상적으로 생각해서 경제 변화를 다른 변화의 원인으로 보는 것이지요.

그리고 한 가지만 더 말씀드리죠. 아무리 광신적인 마르크스주의자라고 할지라도 인류의 경제적 해방은 목표가 아니라 수단이라는 데 동의합니다. 이것이 무슨 뜻이겠습니까? 인간에게는 좀 더 강력하고 심오한 욕구가 있으며, 그 정체를 알든 모르든, 바로 그 욕구를 위해서 인간이 투쟁한다는 말입니다. 바로 이 욕구를 위해서 인간은 더 잘 먹고 싶어 하며, 하루의 노동을 마친 후 더 많은 여가를 갖고 싶어 하는 겁니다. 만약 사람들이 〈더욱 심오하다는 그 욕구가 무엇이냐?〉고 묻는다면 선생은 이렇게 대답하겠죠. 〈인간답게 사는 것, 교육의 시간을 가지는 것, 아이를 좀 더 잘 키우고 삶을 즐기고 등등……〉

하지만 이런 대답은 모두 일면적이며 모호합니다. 물론 현명하고 실용적인 대답이지만, 이것으로 대중을 사로잡을 수는 없습니다. 대중을 동원하려면, 목숨의 위험을 무릅쓰고 위대한 사건을 창조하게 만들려면 일종의 신성한 광기가 필요합니다. 믿음 말입니다. 그 때문에 제가 당신들이 내세우는 모든 사회학적 이론에는 지적으로 결함이 있을 뿐 아니라, 실용적으로도 그 이론들이 당신네가 추구하는 것, 새로운 문명을 창조할 능력이 없다고 보는 것입니다.」

「우리 이론에서 빠진 것이 있다면 무엇입니까?」

「신화입니다.」

러시아인이 눈살을 찌푸린다. 「선생이 계속 러시아에 남아서 그 이론을 전파하기로 작정하셨다면 나는 선생을 교수형에 처하라는 명령을 내릴 겁니다.」 그가 애써 미소를 지으며 말했다.

「그거야말로 듣던 중 제 입을 다물게 만드는 유일한 대답이군요.」 나 역시 미소를 띠고 대답했다.

나는 웃음을 섞어 가며 이야기를 나누었지만 내심 이 토론이 무척 괴로웠다. 그런 곁길로, 그런 투쟁으로, 그런 편협하고 광신적인 지도자들과 함께 지상의 인민들이 미래를 향해 나아간다니! 이 모든 경제 체제, 새로운 법과 정치 변화들이 지구의 얼굴을 바꾸기란 전적으로 불가능한 일이다!

오직 인간의 마음에 변화가 일어나야만 이 복잡한 현실, 해결할 수 없는 문제가 산적한 현실이 간단해질 것이다. 그러나 문제 해결을 가능하게 만들기 위해서 인류는 피 속에, 불행 속에, 기아 속에 자신을 담가야 한다. 언제나 그것이 구원에 이르는 길이었다. 오직 피에 흠뻑 젖고 굶주린 인간의 생명력만이 해방의 말씀을 창조할 수 있다.

바로 이것이 누구도 섣불리 이 광신적인 지도자들, 전체적인 순환 과정을 제대로 보지 못하면서, 그럼에도 인간의 생명의 밭을 일구는 데 이바지하며 개척자로서 자신들의 험난한 임무를 충실하게 수행하는 이 지도자들을 부정할 수 없는 이유이다.

동방의 선전

 오늘 밤 극장을 나오던 나는 감동받은 한편으로 심란했다. 내가 본 새 작품은 「외쳐라, 중국이여」였다. 그것은 무대 위에서 폭발하는 황색 노동자 계급의 처절한 순교였고, 백인 자본가들에 의한 철저한 착취를 다루고 있었다.

 그 작품의 가련한 여주인공이자 황색인 프롤레타리아들의 비참한 무리들 가운데 유일하게 조명을 받는 한 사람인 작은 체구의 중국 여인은 타오르는 양심인 양 움직이면서, 단조롭고 낮은 소리로 구슬프게 노래를 불렀다. 나중에 그 여자는 가느다란 밧줄에 스스로 목을 매달았다.

 극장에는 중국인들이 가득했는데, 그들의 조국이 유린당하는 모습을 보여 주기 위해 초대된 것이었다. 앞줄에는 젊은 중국인 장군 한 명이 참모들과 나란히 앉아 있었다. 그들은 조국의 파시스트들에게 박해를 당해 모스크바로 망명한 사람들이었다. 아시아식 조밀한 개미탑을 이룬 하층민 노동자들이 힘들게 일하며 고통 받고, 미국인과 영국인들을 부자로 만들기 위해 죽어 가는 동안 공포와 울화와 분노가 극장 안을 채웠다. 오늘 밤 무대 위에 오른 모든 사람들이 절규했고, 이들의 외침은 우리 마음 깊숙이와 닿았다. 내 옆에 앉아 있던 러시아 여자 노동자는 훌쩍이고 있었다. 그리고 막이 내렸을 때 내가 모르는 한 노동자는 나를 쳐다보면서 이렇게 물었다. 「당신은 이런 불의를 보고도 어떻게 참을 수 있습니까?」

나는 한마디도 하지 않았다. 나는 수수께끼 같은 표정 없는 얼굴로 말없이 함께 일어서는 중국인들을 지켜보았다. 가운데에서 작은 체격의 그 장군이 앞서 갔고 위엄 있는 제복을 입은 장교들이 뒤를 따랐다. 그들의 얼굴은 흙빛이었다. 그들은 서로 부딪치면서 고개를 숙이고 걸었다. 그들이 입술을 놀리는 것은 보지 못했지만 그들이 내 주변을 지나갈 때, 스쳐 지나는 새가 윙윙거리는 것 같은 애써 억누른 소리를 들을 수 있었다. 그들은 걸어가면서 우리 모든 백인들을, 준엄하고 무자비한 몽골인의 눈으로 노려보았다. 그러고는 다 함께 눈 덮인 거리로 사라졌다.

그들은 불굴의 인종이다. 그들의 수는 셀 수 없이 많다. 그리고 그들의 눈에는 볼셰비키가 벌이는 게임이 위험해 보인다. 볼셰비키는 대중을 깨우기 위해 투쟁하고 있다. 미움과 복수를 일깨우기 위해. 아시아 전체가 공산주의 선전으로 술렁이고 있다. 그 불꽃은 중국과 인도, 페르시아, 아프가니스탄을 거쳐 아랍과 이집트, 아프리카 북부 해안까지 퍼져 나간다. 무릇 사회를 뒤흔드는 새로운 이념은 모두가 제국주의적이다. 그것은 자신에게 반대되는 다른 모든 이념을, 무엇보다 자신과 관계된 것들을 몰아내려 하면서 국경을 뛰어넘어 세계를 정복하고자 한다. 그것은 주저하지 않고 온갖 수단을 동원한다. 폭력, 상냥함, 기만, 미덕, 범죄, 증오 등 편리한 것은 무엇이든 사용한다. 승리를 가져오는 한 모든 수단은, 비록 신성하지 않은 것조차, 신성해진다는 것을 그것은 알고 있다.

그러나 세계의 자본가들은 잘 조직되어 있으며, 든든히 무장한 채 특권적 위치를 고수하고, 다른 사람들의 굶주림을 딛고 계속 살찌기 위해서, 스스로 가혹하고 필사적인 투쟁에 뛰어들 준비가 되어 있음을 증명한다. 이제 새로운 이념은 엄청난 저항에 부딪힌다. 지노비예프는 외쳤다. 「그렇다, 적들은 서구에서 많은 위치를 선점해 왔다. 그러나 다른 전선이 남아 있다. 바로 그곳에서 최후의 맹공격이 벌어질 것이며, 이것이 전투를 판가름할 것이다. 그곳이 아시아 전선이다.」

그리하여 볼셰비키는 동양으로 눈을 돌린다. 총명하고 지칠 줄 모르며 과감한 볼셰비키들은 동방의 가장 외진 곳, 원시적 마을들을 향해 퍼져 나간다. 이 새로운 선교사들은 무엇을 선언할까? 이들은 아무리 단순한 아시아인이라도 이해할 수 있도록 아주 간단한 인식을 제공한다. 「유럽과 미국 자본가들은 여러분이 쏟은 땀의 열매를 먹어 치우고, 여러분의 손에서 부를 훔친다. 그들은 여러분의 종교 전통을 모독하고, 여러분의 명예와 자유를 짓밟으며, 여러분을 짐승처럼 다룬다. 깨어나라! 일어나라! 그들을 몰아내라! 아시아인을 위한 아시아! 러시아는 아무것도 요구하지 않으며, 아무것도 바라지 않는다. 다만 아시아 형제들을 일깨우고자 한다. 동지들이여, 러시아의 소리에 귀를 기울여라!」

아시아 전체가 새로운 복음에 선동되어서 주의 깊게 귀를 기울인다. 볼셰비키 사도들은 때로는 노동자로, 때로는 소상인 또는 의사로서 곳곳의 마을과 도시를 다니면서 수많은 대중을 일깨운다. 레닌의 이름, 예언자의 이름처럼 당당하고 희망이 가득한 그 이름은 이제 아시아 이슬람교도들의 가슴속에도 울려 퍼진다. 페르시아의 시인 미르자 알리 모크림Mirja Ali Mokrim은 노래한다. 〈레닌은 죽지 않았다 — 불멸의 그는 우리 가운데 살며 군림

하나니. 미래의 세대들이 레닌을 숭배하리라, 그의 심장이 페르시아를 위해 고통 받았으므로!〉

레닌이 앓아눕자 타타르인, 몽골인, 중국인들이 자신들의 마을을 떠나 시베리아 국경까지 머나먼 여행길에 나섰다. 그들은 물었다. 「레닌의 몸은 어떻습니까?」 그리고 그곳에서 며칠씩 머무르며 마을로 가지고 돌아갈 좋은 말, 좋은 소식을 기다리곤 했다.

모스크바에는 아시아인들을 위한 특수 대학교가 있다. 아시아 곳곳에서 남녀 학생들이 이곳에 와서 공부를 하는데, 비용은 모두 소비에트가 부담한다. 그저께 이 학교를 찾아갔었다. 아시아와 아프리카의 모든 인민들, 누렇고 가무잡잡하고 까만 피부색의 인민들이 가장 총명한 젊은이들을 보내 이곳에서 배우게 한다. 그들은 무엇을 공부하는 것일까? 선교사가 되는 공부를 하는 것이다. 피부색이 다른 이 젊은이들 모두가 단 한 가지 목적을 가지고 있다. 조국으로 돌아가서 인민을 깨우치고, 인민의 희망과 증오를 조직하는 것.

한국에서 왔다는 열네 살쯤 되어 보이는 한 소녀를 만났다. 넓적한 얼굴에 치켜 올라간 눈, 반짝이는 검은 머리칼의 그 소녀는 나에게 이렇게 말하고 있었다. 「나는 러시아가 좋습니다, 하지만 어서 빨리 조국에 돌아가고 싶어요.」

「너희 나라는 아름다운 곳이니? 산이며 강, 나무들은 어때?」

그 노란 얼굴은 경멸에 찬 미소를 지었다. 「자기가 부르주아임을 잘도 과시하시네요!」 그녀가 중얼거렸다. 그러고는 열에 들떠서 마치 그녀 자신이 하나의 선전국(宣傳局)이라도 되는 양 새된 소리를 질렀다. 「지상의 아름다움은 안락하게 사는 사람들만 관심을 가지는 사치입니다. 그들만이 그것을 보고 감상할 수 있습니다. 그러나 굶주린 자들, 공장에서 또는 지주의 밭에서 피곤한 몸을 이끌고 저녁에 집으로 돌아오는 사람들은 선생님이 아름다우냐고 묻는 산과 강, 나무들을 볼 시간도 없고, 보고 싶은 충동도 없습니다. 우선 우리 자신을 억압에서 해방시키고 나서 일출과 일몰을 보도록 합시다!」

그녀의 이야기를 듣다 보니, 문득 배고픔을 몰랐던 인도의 시인 타고르가 떠올랐다. 그는 몇 년 전 독일을 지나다가 자신의 고요하고 아름다운 종교를 노동자들에게 선포하고 싶어졌다. 그는 노동자들을 커다란 홀로 초대하고, 티 하나 없이 깨끗하고 인상적일 만큼 아름다운 하얀 힌두교의 튜닉을 입고 귀족적인 손가락에 긴 손톱을 하고 서 있었다. 그는 말했다.「여러분이 하루 일을 마치고 저녁에 돌아올 때 여러분의 영혼은 고양되고 고뇌는 잊힐 것입니다. 영혼은 얼마든지 석양을 바라보고 황혼 녘 새들이 지저귀는 노랫소리를 들을 수 있게 될 것입니다!」

그러나 노동자들은 분노에 차서 소리를 질러 댔다. 그들은 주먹을 불끈 쥐고 소리쳤다.「내려와! 당장 내려와!」그러자 타고르는 긴 옷을 쥐고 자리를 떠났다.

같은 대학교에서 나는 아르메니아에서 온 한 여학생을 붙잡고 톨스토이와 고리키 중 누구를 더 좋아하느냐고 물어보았다.「고리키요.」그녀가 대답했다.「나머지 작가는 흥미 없어요. 고리키는 삶을 묘사하지요.」

그러자 조그만 힌두교도 학생이 불쑥 나서며 그녀의 말을 정정했다.「우리의 삶을 묘사합니다!」

모든 얼굴들, 하나같이 긴장되고 광신적인 얼굴들이 빛나고 있다. 이 불타는 작업장에서 동양이 깨어나 외치고 있다. 학교 벽에는 아시아의 모든 대표들이 바쿠 대회에서 서명한 선언문이 핀으로 고정되어 있었다.

   일어나라, 힌두여, 살아 있는 해골이여, 기아와 탄압의 희생자여!
   일어나라, 아나톨리아의 농민들이여!
   일어나라, 아랍과 아프가니스탄 인민들이여,
   사막에서 길을 잃고 바람에 휩쓸리고
   영국에 의해 세계의 나머지로부터 고립된 이들이여!
   일어나서 인류의 적과 싸워라, 영국 제국주의자들과!

새로운 이데아의 제국주의가 영국을 제국주의라며 규탄한다. 양쪽 모두 무한한 아시아, 보물과 사람으로 가득한 아시아를 정복하기 위해 투쟁한다. 그리고 새로운 이데아의 제국주의는 전 세계로 퍼져 나가 세상을 해방시키고자 한다. 그것은 아시아인들에게 어떤 것도 요구하지 않으며, 바로 그런 이유로 모든 것을 다 얻는다. 왜냐하면 그것이 선전 활동을 통해 추구하는 것, 즉 부르주아 자본주의로부터 아시아인들이 해방되는 것이야말로 모든 공산주의 발전 가운데서 제국주의적으로 가장 생산적인 것이기 때문이다.

얼마 전 모스크바에서 한 회의가 개최되었는데, 그때 턱이 고릴라 같이 생긴 흑인이 일어나서 말하던 것이 기억난다. 그의 몸짓은 거칠고 난폭했다. 빛나는 호박색 눈은 그가 1천 번은 말했던 단어를 반복할 때마다 반짝였다. 「프롤레타리아…… 해방…… 정의……」 그러나 그는 굉장히 열정적으로 그 단어들을 입 밖에 냄으로써 거기에 엄청나게 위협적인 의미를 부여했다. 청중들 가운데 흰 피부의 유럽인들은 박수를 보내면서, 그 아프리카인이 말하는 이 단어들의 의미가 유럽인들이 부여한 것과 똑같은 내용을 가지고 있다고 생각했다. 그러나 그가 〈정의〉라고 소리쳤을 때, 나는 보았다. 그의 눈에 담긴 학살과 약탈, 게걸스럽게 먹고 파괴하는 장면을. 반면에 〈정의〉라는 단어가 나왔을 때, 내가 유럽인들의 눈에서 본 것은 잘 먹어서 살이 오른 노동자들과 대도시의 발전이었다…….

대중들을 위해서는 당연한 일이지만, 복잡한 철학 및 경제 이론들은 쉽게 이해할 수 있는 몇 가지 슬로건으로 구체화된다. 〈계급투쟁 — 프롤레타리아의 독재 — 농민들을 위한 땅, 노동자들을 위한 공장 — 종교는 인민의 아편이다 — 만국의 프롤레타리아여, 단결하라!〉 이런 슬로건들이 힘을 지니게 되고, 위험하고 폭발적인 경구가 되는 이유는 단순하기 때문에, 끊임없이 반복되면서 대중의 열망과 욕구를 조직화하고, 이들의 에너지가 집중될 하나의 명확한 길을 열어 주기 때문이다.

이런 슬로건들은 아무리 야만적인 부족을 상대로 할지라도 무시무시한 어둠의 힘을 일깨우는 능력을 가진다. 과연 공산주의가 늦지 않게 이들에게 빛을 비춰 줄 수 있을까?

같은 회의에서 한 중국 학생이 연단에 올라갔다. 솜털을 막 벗었을까, 거칠면서도 동시에 움직임이 없는 젊은이였다. 팽팽히 감긴 스프링 같았다. 그는 양손을 등 뒤에 붙이고 의기양양하게 서서, 콘도르 새 같은 긴 목 위로 머리를 높이 쳐들고 있었다. 그는 하루에 열여섯 시간에서 열여덟 시간씩 백인 자본가들을 위해 일하고, 더러운 막사에서 벌레처럼 서로 몸을 겹치고 잠을 자는 사람들, 그리고 기아와 결핵에 시달리다 죽어 가는 중국 빈민들의 고통을 열거했다. 그 중국 학생의 짤막한 외침이 장송곡처럼 커다란 홀에 울려 퍼졌다. 야만적인 단조로움, 찢을 듯한 절규.

갑자기 내 옆에 앉아 있던 한 미국인 교수가 겁에 질린 얼굴로 나를 쳐다보았다. 「정말이지, 이걸 명심하라고 말하고 싶군요. 오늘 지구상에서 벌어진 사건 중 이것보다 더 큰 사건은 없습니다. 볼셰비키는 그들의 선전을 통해 전 중국을 휘젓고 있어요. 5억 인구가 일어서고 있습니다…….」

나중에 자리를 뜰 때, 망명한 이탈리아 저널리스트가 다가왔다. 「어떻게 생각하세요?」 이렇게 묻는 그의 눈에는 공포가 가득했다. 「들으셨어요? 보셨습니까? 이렇게 무시무시한 준비를 선생님은 어떻게 보십니까?」

「러시아의 연대기 작가, 네스토르가 옳았습니다.」 나는 대답했다. 「나라마다 나름의 수호천사가 있습니다. 그런데 러시아의 수호천사는 거대한 날개를 가지고 있지요.」

파나이트 이스트라티

 내가 파나이트 이스트라티[1]를 만난 것은 현수막으로 치장된 모스크바에서, 이런 선동과 투쟁의 전투적인 분위기가 한창일 때였다. 이스트라티 역시 혁명 10주년 기념 축하 행사에 러시아의 초대를 받아 온 손님 중 하나였다. 그때까지 나는 개인적으로 그를 만난 적이 없었다. 그저 그의 이야기들, 불과 피, 인간의 절규가 가득한 글들만 읽었을 뿐이었고, 영웅적이고 모험이 넘치는 그의 삶에 관해 조금 아는 정도였다.

 활동적이고 대담한 남자 게오르기오스 발사미스는 그리스의 섬 케팔로니아 출신의 밀수업자였는데, 케팔로니아인들의 특징인 구제 불능의 역마살 때문에 이리저리 떠돌다가 브러일라에서 강인하고 아름다우며 현명한 루마니아 여인 조이차 이스트라티를 만났다. 그들에게 아들이 생기자 발사미스는 물론 게라시모스[2]라는 세례명을 주었다. 그러나 나중에 이들 부부는 아들에게 따로 이름을 하나 더 지어 준다. 파나요타키스 파나이트.

---

 1 Panait Istrati(1884~1935). 그리스계 루마니아 출신 소설가. 프랑스어로 작품 활동을 했으며, 당대 〈발칸의 고리키〉라고 불리며 프랑스에서 인기를 끌었다.
 2 게라시모스Gerasimos는 케팔로니아의 수호성인이다 — 원주.

아버지는 파나요타키스가 어릴 때 세상을 떠났고, 성자 같고 다정하며 부지런한 성품의 어머니는 삯빨래를 해가며 아들을 키운다. 그녀에게 꿈이 있다면 앞으로 아들을 학교에 보내고, 착한 여자와 결혼시켜서, 신이 허락하신다면 아들이 훌륭한 루마니아 가장이 되었으면 하는 것이었다. 그러나 그 어린 소년의 몸속에는 케팔로니아인의 거친 피가 끓고 있었다. 소년은 겨우 열두 살이 되자 어머니를 떠나 방랑 생활을 시작했다. 그는 굶주림을 배웠고 병에 걸리기도 했으며, 거리에서 잠을 자곤 했다. 그는 배를 타고 밀항했다. 그리고 이집트, 팔레스타인, 시리아, 터키, 그리스, 이탈리아, 스위스 등지를 옮겨 다닐 때는 짐마차 뒤에, 유개화차 밑에 몰래 숨어서 얻어 탔다. 그에게는 살아가면서 이 세상에서 맛볼 수 있는 모든 기쁨과 괴로움을 맛보고 경험하고 싶다는, 만족을 모르는 갈망이 타오르고 있었다. 그는 떠돌이 생활을 하던 중 러시아 문학을 읽었고, 레반트 해안에 있는 커피숍에서 동방의 이야기들과 〈천일 야화〉를 들었다. 빵 한 조각을 얻기 위해서 카페의 웨이터에서부터 제과점 조수, 막노동꾼, 석공, 철공소 직공, 하역부, 페인트공 등을 전전하다가, 마침내 니스의 코트다쥐르에서 거리의 사진가가 되었다.

1921년 1월 어느 날, 그는 굶주림과 고생이 지긋지긋해진 나머지 삶을 마감하기로 결심했다. 그는 자살하기 위해 면도날을 들고 니스의 한 공원으로 들어갔다. 2년 전 그는 로맹 롤랑에게 20페이지에 이르는 편지를 보냈었다. 그 편지에서 그는 자신의 인생과 고뇌를 이야기했으며, 다정한 목소리를 듣고 싶고 진실한 인간과 악수를 나누고 싶은 그리움을 담아 보냈다.

친구를 찾는 것, 바로 이것이 이스트라티의 평생에 걸친 커다란 열정이었다. 여자에 대한 사랑, 부 또는 명예보다도 더 높은 곳에 있는 우정이야말로 이스트라티의 삶과 작품에서 지배적인 역할을 하던 것이었다. 그는 친구에게 자기 자신을 내어 주고 싶었으며, 그 친구 역시 똑같은 것을 되돌려 주기를, 그리고 둘이 떨어질 수 없는 사이가 되어 인생이라는 위대한 모험을 함께 하기를 원했다. 그는 종종 이 달콤한 함정에 빠져 들었지만 친구들은 그를 배신했고, 이스트라티는 인간의 사막에서 완전히 혼자인 자신을 발견하곤 했다. 이렇게 절망적인 상황에서 그는 자신의 정신적 아버지에게 편지를 썼던 것이다. 그 사람이 바로, 유럽 전체를 분열시켜 싸구려로 만드는 정열들 가운데 홀로 곧게 서서 순수를 지켰던 로맹 롤랑이었다. 이스트라티는 자신의 모든 생애를 그에게 고백하고 대신 한마디 덕담만 해달라고 부탁했다. 그러나 로맹 롤랑으로부터 대답이 없자, 결국 이스트라티는 자살을 결심했던 것이다.

그가 목을 그었다. 사람들이 몰려들었다. 그는 병원으로 옮겨졌다. 그는 죽음과 싸웠고, 목숨을 건졌다. 그리고 15일 후, 반은 죽고 반은 치유된 몸으로 또다시 거리로 내던져졌다. 그의 주머니에는 공산당 신문 「뤼마니테 L'Humanité」에 보내는 편지 한 통이 들어 있었다. 자살을 시도하기 몇 시간 전에 쓴 그 편지에서 그는, 자신은 러시아 혁명을 경건하게 맞이하며 러시아가 당하는 현재의 고통 속에서 새로운 세계가 탄생할 거라고 썼다. 그 편지가 발견되자 프랑스 경찰은 이 사회적 폭도를 병원에서 쫓아 버리라고 명령했던 것이다.

그러나 거리로 쫓겨난 파나이트는 이제 행복한 사나이가 되어 있었다. 로맹 롤랑으로부터 답장을 받은 것이다. 배를 주린 적 없는 그 순수한 이상주의자는 이렇게 썼다. 〈나는 당신이 비참한 인생이라는 사실에는 관심이 없소. 다만 당신 안에서 타오르는 영

혼의 성스러운 불꽃에 관심이 있을 뿐이오. 앞으로는 나한테 편지를 쓰지 마시오. 책을 쓰시오.〉

파나이트는 용기를 얻었다. 루마니아 동포인 구두장이 이오네스쿠가 파리의 거리에서 그를 구해 주었고, 자신의 지하 작업실에 데리고 가서 종이와 잉크, 그리고 음식 한 접시를 내주었다. 파나이트는 글을 쓰기 시작했다. 몇 달 후『키라 키랄리나 Kyra Kyralina』가 완성되었다. 열정적이면서 한 점 그늘 없는 영혼, 삶에 대한 구속 없는 사랑으로 가득한 작품이었다. 성자 같은 매춘부는 향락에 흥청댐으로써 자신의 신에게 복종하며, 키스를 나누어 줌으로써 자신의 의무를 다한다. 한 인간만큼이나 따뜻하면서 가슴 떨리는, 생기 넘치고 부드러운 책이었다. 생명이 없는 수많은 프랑스 소설들 중에서『키라 키랄리나』는 열정적인 목구멍에서 튀어나오는 참된 외침처럼 불쑥 솟아올랐다. 로맹 롤랑은 이스트라티에게 경의를 표했다. 〈책을 읽고서 당신의 폭발하는 천재성에 지금도 놀라움을 가라앉히지 못하고 있소. 이것은 평원 위로 불어오는 거센 바람. 발칸에 새로운 고리키가 탄생했다는 고백이오.〉

모스크바의 호텔 파사주에서 그의 객실 문을 두드렸을 때 나는 〈진정한 인간〉을 만나게 된다는 생각에 행복했다. 새로운 사람을 만날 때마다 나를 사로잡았던 불신에 무릎을 꿇었던 터라, 이번만큼은 진짜 확신을 가지고 이스트라티에게 가고 있었다. 그는 몸이 불편해서 침대에 누워 있었다. 그러나 나를 보자 벌떡 일어나 앉더니 기쁨에 겨워 그리스어로 소리쳤다.「모레, 칼로스 오리세스! 칼로스 오리세스, 모레(안녕하시오! 잘 오셨습니다, 잘 오셨습니다)!」

첫인상, 가장 결정적이라고 할 첫 접촉은 진심 어린 것이었다.

우리는 더듬이로 상대를 느끼는 거대한 두 마리의 개미처럼 서로를 뚫어져라 쳐다보면서 감지하려고 애썼다. 이스트라티의 홀쭉한 얼굴은 숱한 역경으로 야위고 주름져 있었다. 회색으로 반짝이는 곧은 머리칼은 어린아이처럼 아무렇게나 이마 위로 흘러내렸다. 반짝이는 두 눈은 장난기와 매력이 가득한 비극적인 눈이었다. 호색적인 입술은 육감적으로 일그러져 있었다. 고뇌와 열정 어린 마케도니아인 코미타지(반역자) 같은 관상이었다.

「얼마 전 회의에서 당신이 했던 연설을 읽었는데……」 그가 불쑥 입을 열었다. 「마음에 들더군요. 정말 멋지게 한 방 먹였습디다. 멍청한 서구 녀석들은 자기네 보잘것없는 평화주의의 펜으로 전쟁을 막을 수 있다고, 아니 전쟁이 일어나더라도 자기네가 한 선전 덕에 눈을 뜨게 된 노동자들이 일어서서 총을 버릴 거라고 생각하지요. 천만에, 어림도 없는 소리! 난 노동자들을 잘 압니다! 그들은 슬쩍슬쩍 학살과 살인을 저지르게 될 거요. 당신이 제대로 지적했어요! 우리가 원하든 원하지 않든 새로운 세계 전쟁은 일어날 것이고, 따라서 우리는 준비를 해야 합니다!」 그는 내 눈을 똑바로 쳐다보더니 깡마른 손을 내밀어 내 무릎을 꽉 잡았다. 그리고 웃었다. 「사람들이 그럽디다, 당신은 신비론자라고. 하지만 내가 보니 머리가 똑바로 박혀 있고, 신선한 공기라면 절대 마다하지 않을 사람이구먼. 그건 신비론자가 아니지, 그렇지 않소? 어떻게 아느냐고? 아! 이놈의 말, 말! 빌어먹을 말은 그만 해야지! 손이나 내미시오!」

우리는 손을 꽉 쥐면서 웃었다. 그런 후 그는 침대를 박차고 나왔다. 이 남자에게는 확실히 뭔가 야성적인 면이 있었다. 날렵하고 빈틈없는 동작, 탐욕스러운 눈빛, 야만적인 품위. 그는 작은 알코올버너에 불을 켜고 커피 주전자를 올려놓았다. 「에나 메트리오!」³ 웨이터처럼 흥얼거리면서 그가 소리쳤다. 그는 그리스를 기억하고 있었다. 그 안에 흐르는 케팔로니아인의 피가 끓는점에 다다랐는지, 그는 브르일라의 그리스 구역 안에 있는 키리오스 레오니다스의 그 선술집에서 들었던 옛날 노래들을 부르기 시작했다. 「오, 나비가 되어 당신 곁으로 날아가리……」 그리스가 그의 존재 깊은 곳에서 꿈틀대고 있었다. 아버지의 기질이 그의 내면에서 고개를 들었고, 그는 돌아온 탕아처럼 그리스로 돌아가기를 갈망하고 있었다. 케팔로니아인답게 충동적으로, 그가 느닷없이 결단을 내렸다. 「다시 한 번 손을 내주구려! 잘 들어요, 난 당신과 함께 그리스로 돌아가겠소!」 그는 피곤해졌는지 기침을 했고, 마지막 남은 커피를 후루룩거리며 다시 침대 위에 몸을 뻗었다.

우리는 그의 작품에 관해 이야기했다. 그의 모든 작품에 등장하는 주요 인물, 아드리엔 조그라피는 사실 이스트라티 자신이다. 도보 여행과 같은 일생을 통해, 그는 사랑과 자유에 관한 이야기들을 듣고서 그것들을 다시 이야기해 준다. 그를 속이는 우정에게, 그를 배신한 여자들에게 그는 자신을 통째로 내준다. 오늘날 인간들이 보여 주는 소심함과 굴욕의 한가운데에서 그는 굴복하지 않는 영혼을 만나기를, 머리를 꼿꼿이 쳐든 채 자신의 모든 희망에 불을 지펴서 자기 운명이란 원 전체를 불 질러 버릴 사람을 만나기를 온몸이 저리도록 갈망한다. 그러나 아드리엔은 결국 좌절하게 되는데, 억제되지 않은 그의 열정 때문이다. 그는 자신의 열정을 실행 가능한 리듬으로 옮기지 못한다. 욕구는 가누어지지 않고, 가슴은 반항하며, 머리는 혼돈을 바로잡지 못한다.

「당신은 꼭 아드리엔을 닮았군요.」 나는 웃으면서 말했다. 「당

---

3 *Ena metrio*. 〈단맛과 진하기가 중간 정도〉라는 뜻. 터키·그리스식 커피를 가리킨다 — 원주.

신 스스로도 그렇게 말하지만, 당신은 혁명가가 아니라 반항하는 인간일 뿐입니다. 혁명가에게는 사상 체계와 질서가 있어요. 행동은 일관되고 자신의 가슴을 통제할 줄 압니다. 하지만 당신은 반항아예요. 계속해서 하나의 이념에 충실하기가 무척 어렵겠지요. 하지만 이제 러시아 땅에 발을 들여놓았으니 자기 안의 질서를 잡아야 해요. 결단을 내려야 하고, 책임감을 가져야 합니다.」

「제발 가만 내버려 두시오.」 마치 내가 그의 멱살을 쥐고 있다는 듯 이스트라티가 소리쳤다. 그러더니 곧바로 〈정말 그렇게 생각하시오?〉 하며 괴로워했다.

「당신이 〈뤼마니테〉에 마지막으로 기고했던 기사를 읽었어요. 분노와 염증으로 가득 차 있더군요. 당신은 서구 문명과 영영 의절하겠다고 맹세했습니다. 서구 문명이 불의와 파렴치함으로 썩었기 때문이라면서요. 그리고 새로운 세계로 발길을 돌리죠. 거기에서 살며 일하려고요. 전 그게 마음에 듭니다.」

「왜 그게 맘에 든다는 거요? 당신도 마르크스주의자요?」

「겁먹지 마세요.」 나는 웃으며 대답했다. 「당신의 그런 결심이 용감하기 때문입니다. 당신은 모든 작가들이 꿈꾸는 열매들 — 부와 명성, 여자 — 을 수확하여 맛보기 시작한 순간, 혐오감으로 모두 뱉어 버리고 떠납니다. 모든 안락과 안위를 포기하고 방랑자처럼 새로운 모험을 향해서, 호락호락하지 않은 러시아의 현실로 뛰어듭니다. 그것이 내가 당신을 좋아하는 이유죠.」

이스트라티는 어느새 침대에서 일어나 앉아 있었고, 끊임없이 담배에 불을 붙였다 껐다 했다. 나는 그의 피가 요동치는 것을 즐기고 있었다. 그것이 그를 위해 좋을 거라고 생각했던 것이다.

「루마니아인 아드리엔 조그라피는 죽었습니다.」 나는 좋은 뜻에서 불쑥 이렇게 말하며 그의 깡마른 팔을 다정하게 잡았다. 「루마니아인 아드리엔 조그라피는 죽었어요. 볼셰비키 아드리엔 조그라피여 영원하라! 이봐요, 파나이트. 이제 숨 막히는 브러일라의 비좁은 게토에서 우리의 영웅을 데려와 광대한 러시아의 평원 위로 풀어 줄 때가 왔어요! 인류의 불안과 희망은 계속 커져 왔습니다. 아드리엔 조그라피 역시 더욱 커져야 합니다. 그 개인의 편협한 삶은 러시아의 더 큰 우주적 리듬에 흡수되어야 합니다. 러시아는 마침내 일관성과 믿음을 획득하고 있지요. 아드리엔이 그 오랜 세월 헛되이 추구하던 더 높은 균형을 위한 시간, 그의 생명력과 거칠고 상반되는 열정들을 한데 모아 실현시켜 줄 조화의 시간이 왔습니다. 지금이야말로 지리멸렬한 운명을 살아온 반항적인 한 개인뿐 아니라 위대한 인민의 견고한 덩어리가, 그 미래를 만들어 갈 토대가 마련되었단 말입니다.」

「그만하시오!」 이스트라티가 무기력하게 소리쳤다. 「그만! 도대체 어떤 악마가 당신을 여기 데려왔담? 난 여기 러시아에 온 후 밤낮으로 당신이 말한 그것들을 생각하고 있소. 하지만 당신은 나한테 내가 그것을 할 수 있는지 묻지 않았어요. 당신은 나한테 〈뛰어!〉 하고 소리치기만 할 뿐 내가 할 수 있는지 어떤지 물어보지도 않는단 말이오.」

「두고 보면 알겠죠. 흥분하지 말아요.」 나는 조용히 대답했다. 「그 일을 할 수 있는지 없는지 당신 스스로도 궁금하지 않습니까?」

「하지만 이건 게임이 아니오. 어떻게 그런 식으로 말할 수 있소? 이건 사느냐 죽느냐의 문제요.」

「삶과 죽음 또한 하나의 게임이죠.」 나는 이렇게 말하고 일어섰다. 「우리가 이기느냐 지느냐가 한순간에 좌우되는 게임 말이에요.」

「왜 일어나는 거요?」

「그만 가봐야겠어요. 나 때문에 피곤하신 것 같아서요.」

「아무 데도 못 가요! 여기 있어요. 같이 식사하고 오후에 함께 어디 좀 갑시다.」

「어디 말인가요?」

「고리키를 만나러 갑니다. 나를 만나고 싶다는 전갈을 보내 왔더군요. 내 평생 처음으로 오늘, 그 유명한 〈유럽의 이스트라티〉를 보게 된다는 말입니다.」 그 목소리에는 자신의 위대한 우상에 대한 유치한 시샘이 묻어났다.

그는 단번에 침대에서 뛰어내리더니 옷을 입었고, 곧이어 우리는 함께 방을 나왔다. 그는 내 팔을 꼭 붙잡고 있었다.

「우리 친구합시다.」 그는 계속 말했다. 「친구하잔 말이오. 난 벌써 당신 얼굴에 한 방 먹이고 싶은 욕구를 느끼고 있으니까. 이건 알아 둬요. 난 주먹다짐을 하지 않고서는 우정을 느끼지 못하는 사람이란 걸. 우린 시시때때로 싸우고 머리가 깨져야 해요. 내 말 알아들었소? 그런 것이 사랑이라오.」

우리는 한 식당에 들어가 자리를 잡았다. 그는 부적처럼 목에 걸고 있던 작은 병의 코르크 마개를 따고는 자기 앞에 놓인 음식에 올리브유를 부었다. 그러고는 조끼 주머니에서 후추가 든 작은 상자를 꺼내더니, 식당에서 내온 걸쭉한 고기 수프에 넉넉히 후추를 뿌렸다. 「올리브유와 후추!」 그가 입술을 핥으며 말했다. 「꼭 브라일라에 있을 때 같군!」

「우리의 만남을 위해!」 나는 가득 찬 잔을 들며 말했다. 「멋진 화합을, 크레타에서는 그렇게들 말하죠!」

우리는 기분 좋게 식사를 했다. 이스트라티는 조금씩 그리스를 기억해 내기 시작했고, 단어 하나하나를 되살려 낼 때마다 그는 어린아이처럼 손뼉을 치며 좋아했다. 「어서 오세요, 어서 오세요!」 그는 새롭게 기억나는 단어들을 하나씩 소리쳤다. 「어서 오세요!」

맨 처음 그가 기억해 낸 것은 욕설과 저주, 추잡한 단어들이었다. 그는 어이없어 하는 내 얼굴을 보고 웃음을 터뜨렸다. 그러나 절대 정신을 놓지는 않았다. 그는 이따금씩 시계를 들여다보곤 했다. 갑자기 그가 벌떡 일어섰다. 「시간이 됐어요. 갑시다.」

그는 웨이터를 불러 질 좋은 아르메니아산 포도주 네 병을 구입하고는 자쿠스카(전채 요리, 술안주) 꾸러미와 함께 외투 주머니에 찔러 넣은 뒤, 담배 케이스를 채웠다. 그리고 우리는 출발했다.

이스트라티는 흥분해 있었다. 처음으로 고리키를 만나러 가는 것이다. 틀림없이 그런 자리에 있게 마련인 포옹과 준비된 식탁, 눈물과 웃음, 〈서로 형제라는 깨달음〉이 기다리고 있으리라. 담배 연기 자욱한 방, 오가는 고성과 진심 어린 인사. 그가 사랑하는 완벽하게 낭만적인 분위기.

「고리키가 어디에서 기다리고 있죠?」 내가 물었다.

「가시즈다트(국영 도서 출판사).」

「파나이트.」 나는 그에게 말했다. 「설레는 모양이군요.」

그는 대꾸하지 않았다. 초조한 걸음걸이였다. 가시즈다트의 널찍한 방마다 많은 사람들, 소련의 여러 민족의 얼굴들이 있었다. 편집국장은 거대한 체구의 타타르 청년으로, 검은 턱수염에 나른한 눈이 마치 동양의 태피스트리에 나오는 사람 형상의 육중한 사자 같았다.

우리는 계단을 올라갔다. 나는 곁눈질로 나의 새로운 친구를 보았다. 큰 키의 깡마른 몸, 중노동에 혹사당한 손, 탐욕스러운 눈을 지켜보는 것이 좋았다.

「파나이트.」 나는 신중하지 못하고 집요하게 말했다. 「당신 긴장했어요.」

「알아요.」 그가 지겹다는 듯 말했다. 「왜 자꾸 그럽니까?」

「이제 고리키를 만날 텐데, 거기서 자제할 수 있겠어요? 껴안고 소리치지 않을 수 있어요?」

「아뇨!」 그는 짜증스럽게 대답했다. 「못 해요, 난 차가운 영국인이 아닙니다. 난 그리스 사람, 케팔로니아 사람이오! 도대체 몇 번이나 말해야 합니까? 난 소리치고 껴안고 나 자신을 내줍니다. 당신은 영국인인 척할 수 있을지 몰라도……. 그리고 한 가지 더 말하자면…….」 그가 잠시 후 이렇게 덧붙였다. 「차라리 혼자 올 걸 그랬소. 이렇게 같이 오니까 귀찮구먼.」

「나도 알아요.」 나는 웃으면서 말했다. 「하지만 그 장관을 놓치고 싶지 않아요. 세계적으로 추앙받는 이스트라티가 어떻게 발칸의 고리키를 만날지.」

짓궂게 놀리는 말이 내 입에서 채 떨어지기도 전에 입술에 담배를 문 고리키가 층계참 꼭대기에 모습을 드러냈다. 그는 매우 키가 컸으며 강골이었다. 돌출된 얼굴뼈에 작고 파란 눈, 푹 꺼진 뺨, 그리고 믿을 수 없을 만큼 괴로워하는 슬프고 불안한 입술. 나는 한 남자의 입술에서 그런 슬픔을 본 적이 없었다. 이스트라티는 그를 보자마자 누구인지 알아보았다. 그는 한 번에 세 계단씩 올라가서 고리키의 손을 붙잡았다.

「파나이트 이스트라티입니다!」 그는 고리키의 넓은 어깨 위로 쓰러질 준비를 하며 소리쳤다.

고리키는 말없이 손을 내밀고는 이스트라티를 주의 깊게 살펴보았다. 그의 얼굴에는 최소한의 기쁨이나 호기심도 보이지 않았다. 그는 조용히 이스트라티를 지켜보았다. 그리고 몇 분 후 이렇게 말했다. 「안으로 들어갑시다.」 그는 조용하고 커다란 보폭으로 앞서 나갔다. 이스트라티는 불안한 듯 그 뒤를 따랐고, 포도주 병들과 자쿠스카 꾸러미가 그의 외투 주머니에서 고개를 내밀고 있었다.

우리는 사람들이 가득한 작은 사무실에 앉았다. 고리키는 러시아어로만 말했다. 대화는 약간 힘들게 시작되었다. 이스트라티는 당황해서 감정적으로 말을 시작했다. 나는 그가 뭐라고 했는지 기억나지 않지만, 상관없었다. 중요한 것은 그의 말에 담긴 불꽃, 그 목소리의 어조, 그의 큰 몸짓과 타오르는 눈이었다.

고리키는 조용하고 침착하게, 그리고 달콤하고 차분한 목소리로 응답하면서 계속해서 러시아 담배에 불을 붙였다. 그는 자신의 어린 시절과 니주니노브고로드의 한 빵집에서 일하던 이야기, 타는 듯한 갈증을 가지고 기름등잔 밑에서, 또는 여름밤의 밝은 달빛 아래에서 책을 읽던 이야기를 했다.

그의 쓸쓸한 미소는 조용한 그의 말에 비극적인 깊이를 더해 주었다. 누구라도 그에게서 숱한 고난을 겪은 뒤 여전히 고뇌하고 있는 한 인간, 끔찍하고 잔인무도한 장면을 보아 온 한 인간을 느꼈으리라. 그 파란 눈 뒤에서 줄기차게 흐르는 치유 불가능한 비애는 웅장한 소비에트의 축하 행사와 갈채로도, 영예와 명성으로도 결코 지울 수 없는 것이었다.

「나의 최고 스승은 발자크였소. 발자크! 지금도 기억하지만, 그의 소설을 읽을 때면 불빛을 향해 책장을 들어 올리고 경이로움에 가만히 그것을 쳐다보곤 했소. 이 책장이 어떻게 그런 생명의 힘, 그렇게 강한 힘을 담을 수 있는 걸까? 그 위대한 비밀은 어디에 숨겨져 있는 걸까?」

「그렇다면 도스토예프스키는요? 그리고 고골리는요?」 내가 물었다.

「아니, 아니요. 러시아 작가 중에는 단 한 명이 있었소. 레스코프요. 다른 작가는 없소.」 그는 잠시 뜸을 들였다. 「하지만 무엇보다도 인생 자체가 스승이었소. 나는 많은 고생을 했고, 고통 받는 인간들을 깊이 사랑해 왔소. 다른 것은 없소.」 그리고 그는 입을 다물었고, 파란 담배 연기를 내뿜으며 반쯤 눈을 감았다.

파나이트는 주머니에서 포도주를 꺼내 탁자 위에 놓았다. 그러고는 꾸러미들을 하나씩 꺼냈지만, 그것을 풀 엄두는 내지 못했다. 그는 그런 행동이 적절하지 않다는 것을, 그가 바라던 분위기가 만들어지지 않았다는 것을 눈치 챘던 것이다. 그는 뭔가 다른 것, 이와는 다른 좀 더 끈끈한 만남을 기대했었다. 역경을 헤쳐 온 두 전투원이 승리감에 겨워 마시고 소리치면서, 위대한 말들을 하고 기쁨의 눈물을 흘리고, 최후의 피 어린 승리를 축하하며 춤출 수 있는 기회를.

그러나 고리키는 여전히 자신의 고통스럽고 절박한 투쟁에 깊이 빠져 있었다. 그는 주변에서 일어나는 소비에트의 기적을 지켜보았지만 어떤 환상의 항구로도 피신하지 않았다.

그가 일어섰다. 몇몇 젊은이들이 그를 불렀고, 그는 그들과 함께 옆방으로 들어갔다. 그들은 새로운 선전 프로그램과 강연, 순회공연, 새 잡지 등에 관해 토론했다……. 이스트라티와 나만 남겨졌다. 「파나이트.」 내가 입을 열었다. 「스승을 만난 느낌이 어떻습니까?」

그는 신경질적으로 포도주 병을 비틀어 땄다. 「잔이 없잖아.」 그가 말했다. 「병째 마실 수 있어요?」

「그럼요.」 나는 포도주 병을 들었다. 「파나이트, 당신의 건강을 위해. 인간은 모두 사막의 고독한 동물입니다. 저마다 사방에 깊은 심연을 드리우고 있지만, 건널 다리는 하나도 없지요. 상심하지 말아요, 친구. 그게 어떤 건지 잘 알고 있지 않습니까?」

「빨리 마셔요.」 그가 짜증을 내며 말했다. 「그래야 나도 마시지. 목마르단 말이오.」

우리는 순하고 향기 좋은 아르메니아산 나파라울리 포도주를 마셨다. 그가 입술을 훔쳤다. 「나도 알아요. 하지만 항상 그 사실을 잊어버리곤 하죠.」

「그것이 당신의 위대한 가치예요, 파나이트. 만약 그것을 모른다면, 유감스럽게도, 당신은 어리석은 사람일 겁니다. 그러나 그것을 잘 알면서 잊어버리지 않는다면, 당신은 냉정하고 무감각한 사람이겠죠. 반면에 지금의 당신은 진정한 인간입니다. 따뜻하고 모순적이고, 한 아름 희망을 품었다가 실망하고, 나중에 다시 새로운 희망을 가지는. 그리고 죽을 때까지 계속 그러겠죠. 이성은 절대 당신의 가슴을 죽이지 못할 겁니다.」

「이제 갑시다. 고리키도 만났고, 할 일은 다 끝났습니다!」 그가 포도주 병들을 도로 주머니에 넣었다. 우리는 자쿠스카 꾸러미들을 집어 들고 자리를 떴다. 거리로 나온 후에 그가 말했다. 「내가 보기에 그분은 무척 차갑던데. 어떻습디까?」

「나에게는 무척 괴로워 보였어요. 위로할 수 없을 만큼. 그렇게 큰 고통을 지닌 분인 줄은 상상도 못 했어요. 나는 그런 미소, 절망적인 절규나 어떤 흐느낌, 죽음 자체보다 더욱더 쓰라린 그런 미소는 본 적이 없어요. 사실 그분은 성공했지요. 훌륭한 책들을 썼고, 부자가 되었고, 명성도 얻었고, 아름다운 여인과 결혼도 했어요. 제가 알기론 그 여자가 황족이었다죠. 게다가 자식과 손자들도 생기고, 마지막으로 가장 중요한 것, 자신의 꿈이 실현되는 것을 보았습니다. 러시아가 해방되는 것을 말이에요. 그런데 이 모든 것들도 그의 가슴을 가볍게 해주지는 못했어요.」

「그분은 소리 질러 가며 술을 마셔야 했소. 아니면 흐느끼며 울거나. 그래야 마음의 짐이 덜어지지.」 파나이트는 분개해서 투덜거렸다.

「옛날에 한 아랍 토후가 있었습니다.」 내가 말했다. 「그는 전쟁에서 군사들을 잃고 나서 자기 부족에게 이렇게 명령했지요. 〈울지도 말고, 소리 지르지도 마라. 고통을 덜어 내지 마라.〉 이것이야말로 인간이 스스로에게 지울 수 있는 가장 떳떳하면서도 가장 가혹한 규율이지요. 그것이 바로 내가 고리키를 무척 좋아하는 이유입니다.」

파나이트는 아무 말도 하지 않았다. 그는 화난 듯 뭔가를 중얼거리더니 거의 증오하는 듯한 시선으로 나를 쳐다보았다. 그리고 느닷없이 내 팔을 잡은 그의 손은, 떨리고 있었다.

모스크바에서 바툼까지

며칠 후, 세계 각국에서 온 스무 명 정도의 작가들이 모스크바를 떠나 흑해와 카스피 해의 해안으로 가보기로 했다. 함께 갔던 사람들 중에는 마음이 통하는 일본인 시인 아키타가 있었는데, 그는 항상 미소를 잃지 않는 사람이었다. 명석하면서도 충동적인 아르헨티나의 교수 킨타나와 헝가리 작가 홀리처[1]도 같은 일행이었다. 이때쯤 이스트라티와 나는 이미 떼어 놓을 수 없는 사이가 되었다.

우리는 눈이 덮인 모스크바를 뒤로하고 하리코프의 고요한 평원 속으로 들어갔다. 일행들은 애정 반 호기심 반으로 서로를 사귀었다. 우리는 여러 가지 언어로 이야기를 했다. 그리고 우리 자신을 다양한 그룹으로 분류해 보려고 했다. 정통 마르크스주의자, 공산주의 동조자, 후기 공산주의자.

둘째 날, 파나이트가 불쑥 말했다. 「저 사람들이 지겨워졌어! 우리끼리 다른 객실에 가세. 우리 둘이서만.」

동양과 서양에서 온 이 모든 지식인들이 우리에게는 그저 이방

---

[1] Arthur Holitscher(1869~1939?). 오스트리아의 에세이, 기행문 작가이자 문학 비평가.

인 같았다. 우리는 그들 사이를 맴돌았지만, 그중 누구와도 친해질 수 없었다. 서양인들은 차갑고 분석적이며 그들의 〈문명〉에 자부심이 넘치는 것처럼 느껴졌다. 반대로 아시아인들은 지나치게 과묵하고 이해하기가 힘들었다. 그래서 우리는 다시 둘만 남게 되었다. 우리는 동양과 서양 사이에서 태어난 두 영혼이었다. 하나는 도나우 강의 삼각지에서, 또 하나는 크레타에서.

우리는 따로 객실에 틀어박혀서 그리스와 루마니아에 대한 이야기를 했다. 이스트라티가 자신의 생애를 이야기하고 있으면, 그 모든 시간들이 번개 같은 속도로 지나가는 순간처럼 여겨졌다. 나는 그처럼 굉장한 흡인력을 가지고 자기의 삶을 이야기하는 사람을 본 적이 없었다. 그의 이야기를 듣고 있으면 누구든 인생이 얼마나 아름답고, 얼마나 기묘한 것인지 새삼 되뇌게 된다! 그의 입에서는 이야기가 끊어지는 법이 없는 것 같았다! 그의 이야기에는 근동의 색채가, 관능적인 것이, 인간적인 따스함이, 삶과 여자들이, 세상과 인간에 대한 사랑이 있었다.

이스트라티의 주인공 중 하나인 코스마스가 팔을 벌리면 땅은 움츠러든다. 그는 이성적인 자기 동생에게 말한다.「말해, 엘리아스. 만약 네가 옳다면 똑바로 돌아보라고!」「형이 날 죽일 수는 있겠지만 그래도 내가 옳아.」「그럼 일어나서 뒤돌아서!」

엘리아스는 일어났다. 코스마스는 그를 덮쳐 등에 올라타고는 사방으로 돌려세웠다. 엘리아스의 코에서 땀방울이 떨어졌다. 아무도 입을 열지 않았다. 갑자기 엘리아스가 비틀거리더니 쓰러진다. 코스마스는 그 자리에 동생을 남겨 둔 채, 책상다리를 하고 앉아 담배를 피우면서 그를 쳐다본다.「이제 말해 봐, 엘리아스. 허락해 줄 테니까. 어서 말하라니까, 이 논리야!」

이런 것이 이스트라티 소설의 주인공들이고, 이런 것이 이스트라티 자신이다. 악마적인 신열이 이들을 소진시킨다. 논리라는 준마에 걸터앉아 자신의 광기에 사로잡힌 채 세상을 떠돌아다닌다. 나는 이스트라티를 보면 감정이 북받쳐서 이런 생각이 들었다. 〈어떻게 하여 다채로운 색깔을 띤 이 새 — 이스트라티의 영혼 — 가 내 손에 떨어지게 되었을까? 이건 정말 엄청난 행운이다!〉 우리가 있던 초라한 객실은 그의 두 날개로 꽉 차 있었다.

이따금씩 나는 차창 밖으로 힐끗 눈을 돌려 눈과 얼어붙은 강들, 흰옷을 입고 곧추선 삼나무, 연기가 피어오르는 이즈바(농촌의 오두막)들을 보곤 했다. 그러나 곧바로 내 친구에게로 눈을 돌리고, 또다시 그의 이야기들을 놓칠세라 열심히 듣곤 했다.

이스트라티의 영혼은 마치 셰에라자드 같았다. 그녀는 다른 모든 사람들처럼 죽음을 선고받았지만, 죽기 전에 삶을 조금이라도 연장시키기 위해 끝이 없는 이야기를 들려주기 시작한다······. 나는 『천일 야화』에 나오는 술탄처럼 앉아서 귀를 기울인다. 호색, 괴로움, 여자, 이념, 굶주림, 흥청거림. 이 모든 것들을 열정적으로 결합시키는 이 영혼이 바로 성스럽고 난잡하며 무사태평하고 수치를 모르는 키라 키랄리나, 즉 삶의 얼굴을 빚어냈던 것이다.

눈 덮인 러시아가 우리의 좌우로 지나갔다. 밀알들이 땅속에서 슬쩍슬쩍 꿈틀거리며 자라고 있었다. 육체의 양식이 될 밀과 영혼을 살찌울 또 다른 밀. 푸슈킨, 고골리, 톨스토이, 도스토예프스키는 위대한 빵이다. 그리고 이제 이 기름진 땅에서 새롭게 거둔 수확물이 레닌, 트로츠키, 스탈린이다. 지칠 줄 모르는 비옥한 땅, 피로 물을 대고 깊이 갈아엎은 고랑에는 이제 씨앗이 가득하다.

거대한 공업 도시인 하리코프에 도착한 것은 밤이 다 되어서였다. 우리는 오페라를 보러 갔다. 「빌헬름 텔」이 우크라이나어와 우크라이나 음악으로 상연되고 있었다. 저녁 식사로 우크라이나 음식을 먹었다. 그리고 유쾌한 우크라이나의 권주가들을 들었다.

다음 날 오전에 우리는 거대한 복합 단지를 둘러보았다. 하리코프의 기업 조합 노동자들을 수용하기 위해 이어진 하나의 도시, 즉 노동자 궁전이었다. 단순하며 꾸밈이 없는, 일체의 장식적 요소를 배제한 현대식 건축이었다. 모든 것은 서정성을 배척하고, 일상생활의 필요를 위해 채택되고 있었다. 노동자 궁전은 진리처럼 알몸을 드러낸 채, 빛에 흠뻑 젖어 있었다. 그곳은 편안했고, 무거운 느낌이 없어도 견고했으며, 전체가 강철과 시멘트, 유리로 지어져 있었다. 〈이런 것이 우리의 창작 양식이 되어야 한다. 이런 것이 우리의 삶의 방식이 되어야 한다!〉 나는 그렇게 생각했다.

밤이 되자 우리는 다시 떠났다. 셰에라자드는 다시 이야기를 이어 나갔다. 시간이 흘러갔다. 종종 우리는 객실 문을 열고 친구들을 맞이했다. 홀리처는 아시아를 여행했던 이야기를 들려주었는데, 타고르를 만나러 가보니, 그가 황홀경에 빠진 검은 피부의 여인들에게 둘러싸여서 발치에는 방향성 물질을 태우고 있더라고 했다. 한 중국인은 — 목소리가 높고 날카로워서 그의 말을 듣고 있으면 거북해졌는데 — 중국인들의 가난에 관해 영어로 이야기했다. 일본인 시인 아키타는 말없이 구석에 앉은 채 미소를 지으며 담배를 피웠다.

멀리서 눈 덮인 산맥이 나타났다. 평원이 파도처럼 우리 앞으로 밀려왔다. 이때쯤 눈은 땅 위에 군데군데밖에 보이지 않았으며, 저녁 무렵이 되자 흙이 온전한 흑갈색을 드러냈다. 그렇게 이동하는 중에 하룻밤이 더 지나갔고, 우리는 다음 날 아침 가볍게 이슬비가 내리는 가운데 카스피 해에 도착했다. 검고, 짠 냄새가 나지 않고, 아름다움도 없이 흙탕물 파도로 일렁이는 바다였다. 우리는 차창 밖으로 목을 빼고 모든 것을 바라보았다. 그리고 유명한 석유의 수도, 아제르바이잔 이슬람 소비에트 공화국의 수도 바쿠로 들어갔다.

비가 내리고 있었고, 살을 에는 듯이 추웠다. 우리는 진흙탕을 지나 천공탑이 숲처럼 늘어선 안으로 들어갔다. 공기에는 기름 냄새가 배어 있었고, 땅은 원유를 게워 내고 있었다. 어디를 보나 검푸른 늪이었다. 깊은 유정에서는 엔진들이 지구의 내장 속에서 귀하고 더러운 액체를 뽑아 올리고 있었으며, 카스피 해에서 흑해까지, 바쿠에서 바툼까지 이어진 끝없는 송유관들이 빽빽이 늘어서 있었다. 여기, 이 현대의 지옥에서는 검게 더럽혀진 노동자들이 들쥐처럼 기름을 뒤집어쓰고 연기와 석유로 범벅이 된 채, 날마다 일용할 빵을 구하기 위해 싸우고 있었다.

함께 간 서양 동료들은 공책을 꺼내 메모를 하면서, 노동자들에게 하루 일당을 물어보았다. 그들은 많은 노동자들의 삶이 개선된 데 만족스러워했다. 나는 산업 문명이 우리의 삶을 얼마나 복잡하게 만들어 왔는지, 이렇게 추하고 무의미한 노동이 어떻게 현대 세계의 억압적 현실이 되었는지 생각해 보았다. 이 끔찍스러운 지옥을 보고도 미사여구를 구사하는 낙관주의자가 있다면 그는 분명 순진한 사람이리라. 이것을 보고도 분개하지 않는 사람이 있다면 그는 부끄러움을 모르는 냉소주의자이다. 이것을 보고 가슴이 찢어지는 듯한 고통을 느끼고 분노하는 사람은 이 지옥에서 구원의 방법을 찾기 위해 투쟁하게 된다. 어떻게 하면 우리의 삶을 좀 더 단순하게 만들 수 있을까? 어떻게 하면 그 전선을 이동시킬 수 있을까? 어떻게 하면 물질적 부를 누리지 않고서도 우리의 내면적 삶을 풍요롭게 하고 단련시키면서 만족스럽게 살 수 있을까?

저녁때의 여흥 시간을 위해 아제르바이잔의 지식인들이 근동 음악회를 준비해 놓고 있었다. 만돌린과 우드, 류트로 이루어진 악단이 나왔다. 탬버린에 얼굴이 가려진 노인들이 노래를 했다. 눈과 손톱을 색칠한 잘생긴 소년들이 몸을 흔들면서 콧노래로 〈아마네스 amanes〉를 불렀다. 만족을 모르는 가슴의 애타는 그리움을 표현한 동양적 분위기의 노래였다. 이 관능적인 분위기 속에서 스무 살가량의 소녀 하나가 갑자기 뛰어들어 춤을 추었다. 소녀는 머리끝에서 발끝까지 금장식과 번쩍이는 금속 조각으로 치장하고 있었다. 검은 얼굴과 색칠한 손, 작은 발이 빛나고 있었다. 그녀는 격한 동작 하나 없이 조용하게, 거의 움직이지 않는 것처럼 춤을 추었다. 그녀의 이가 반짝였다. 하얗고 뾰족한 것이 작은 동물의 이빨처럼 느껴졌다.

춤 그리고 별이 반짝이는 하늘. 내 생각에 이 두 가지는 인간의 눈이 즐길 수 있는 가장 숭고한 광경이다. 몇 년 전인가 나는 두 명의 위대한 무희, 센트 음아헤사와 파블로바의 춤을 본 적이 있다. 그들이 일으키는 소용돌이에 빨려 들어가면서 내가 느낀 것은, 진흙으로 빚은 인간이 삶과 죽음의 한계를 초월할 수 있다는 사실이었다. 그러나 이 작고 야만적인 바쿠의 댄서는 변형된 춤을 통해 지고의 쾌락, 춤의 진수를 맛보게 해주었다. 폭풍의 눈 속에 자리 잡은 꼼짝하지 않는 가슴을.

나는 옆을 돌아보았다. 이스트라티가 훌쩍이고 있었다. 일본인 시인은 완전히 창백해진 얼굴로, 이제 더 이상 미소 짓고 있지 않았다. 서양 출신의 일행들은 반대로 미소 짓고 있었다. 동양의 영혼과 서양의 영혼 사이에 자리 잡은 깊은 심연을 나는 다시 한 번

느꼈다. 아프리카의 원시 부족들은 이방인을 만나면 〈당신은 어느 부족입니까?〉라고 묻지 않고, 〈당신은 어떻게 춤을 춥니까?〉라고 묻는다. 이들에게 춤이란 한 민족을 구분하는 가장 심오한 특징이다. 두 사람이 하나의 춤을 경험하면서 비슷하게 희열을 느끼거나 비슷하게 운다면 그들은 형제이다. 나머지는 모두 이교도이며 이방인이다.

남은 여행 동안, 석유의 땅에서 타오르던 그 불꽃이 내 머릿속에서 내내 춤을 추었다. 정신을 차려 보니 어느새 우리는 그루지야의 수도이자 세계에서 가장 잘생긴 사람들이 사는 도시, 트빌리시에 도착해 있었다.

나는 만감이 교차하는 가운데, 몇 년 전 사랑하는 한 친구에게 빠져서 열심히 그를 탐닉했던 그 땅에 다시 발을 디뎠다. 그에 대한 쓰라린 추억은 그날 저녁 우리 식탁에 앉은 여자들과 무심하게 섞여 들었다. 아! 그 식탁들 사이로 느닷없이 뛰어오른 사람은 트빌리시에서 가장 아름다운 여자, 무희인 나디아 바헨제였다. 나는 또 한 번 신성한 아르메니아산 포도주를 관능적으로 음미했다. 그리고 우리, 세 명의 그루지야인과 이스트라티와, 나 그리고 다섯 명의 여자는 지하실로 내려갔다. 우드와 탬버린, 플루트를 연주하는 세 명의 맹인 악사가 같이 들어오자, 나는 동양의 깃털 달린 죽음의 뱀이 내 가슴을 칭칭 감고서 내 귀를 핥는 듯한 기분이었다. 모든 것 — 공산주의, 프롤레타리아, 계급투쟁 — 이 그 순간 곧바로, 태초의 뱀의 눈 같은 부드러운 검은 눈 속에 가라앉아 버렸다.

날이 밝을 무렵, 우리는 헤어졌다. 이스트라티와 나는 거리를 돌아다녔다. 트빌리시 노천 시장이 문을 열고 있었다. 우리는 작은 차이나야에 들어가서 차를 마셨다. 누군가 우리를 위해 페르시아산 담배를 넣은 수연통 파이프에 불을 붙여 주었고, 우리는 조용히 우리만의 달콤한 대화를 다시 시작했다. 우리의 마음은 훨씬 가벼워졌다. 세상이 아름다워졌다. 트빌리시는 낙원이었다. 바깥 보도에서는 태양이 산꼭대기 위로 떠오르고 있었다. 두 명의 이슬람교도가 멍석 위에 무릎을 꿇고 하늘을 향해 가느다란 팔을 올렸다. 햇볕에 그을리고 수척한 이들의 얼굴이 메카를 향해 가라앉았다.

우리는 그날 저녁 바툼을 향해 떠났다. 이튿날 아침, 요동치는 청록색의 흑해가 우리 앞에 펼쳐졌다. 우리는 잎이 넓은 바나나 나무가 우거진 공중 공원을 통과했다. 곧이어 햇빛이 쏟아지는 해안가에 도착했다. 거센 바람, 짙은 바다 내음, 호메로스의 작품 속에서처럼 입에 거품을 문 말들같이 달려오는 파도. 행복에 잠겨 항상 말이 없는 아키타는 조개껍데기를 모았다. 처음으로 입을 연 스칸디나비아의 시인은 알아들을 수 없는 소리를 중얼거렸다. 우리 모두가 행복에 겨워 자갈투성이 모래밭을 뒹굴었다.

「자네 아나, 내가 이렇게 땅바닥을 구르면서 못 견디게 좋아하는 이유가 뭔지?」 이스트라티가 물었다. 그의 작은 갈색 눈이 악마처럼 빛났다.

「알고말고.」 나는 웃으면서 대답했다.

「안다고?」 그는 약간 겁을 먹은 듯 소리쳤다. 「그럼 어디 말해 봐!」

「우리 여행이 이제 끝났고, 얼마 안 있으면 일행들과 헤어지게 됐으니까!」

이스트라티가 벌떡 일어나서 나에게 달려들더니 와락 껴안았다. 「숨 막혀 죽겠어!」 나는 몸을 빼려고 애쓰면서 소리쳤다. 그러나 그는 깡마른 몸으로 나를 부드럽게 껴안은 채 다정하게 말했다. 「자네는 인간의 탈을 쓴 악마야! 악마, 그래서 자네가 좋아.」

여행이 끝났다. 눈 덮인 모스크바에서 따뜻한 햇볕이 내리쬐는 바툼까지, 러시아는 우리들의 가슴 안에서 꺼지지 않고 불타고 있었다. 마치 우리 영혼의 한쪽 끝에서 다른 쪽 끝까지 여행해 온 것 같은 기분이었다.

십자가에 못 박힌 러시아

어느 날 공산주의자 회합에 갔던 나는 유럽인 친구들과 함께 밖으로 나오고 있었다. 우리는 심호흡을 하며 맑은 공기 속으로 걸어 나왔다. 건물 안, 담배 연기가 자욱한 방에서는 노동자들이 열변을 토해 냈다. 과묵하고 고집스러운 농부들은 못이 박힌 주먹을 꼭 쥐고 손가락을 꼬면서 끝없는 연설에 귀를 기울이고 있었다. 똑같은 핵심적인 구절들, 똑같이 옳고 고압적인 교리, 똑같은 단조로움이 사람들의 영혼을 긴장시키고 있었다. 사실 섬세한 지식인들은 그처럼 수없이 반복되는 진부한 상투어들을 견디지 못한다. 그러나 역사는 그 연약한 자들에 의해 만들어지지 않는다. 인류는 교양을 뽐내는 엘리트들에 의해 앞으로 나아가는 것이 아니다. 대중은 단단한 두개골을 가졌다. 따라서 그것을 깨고 싶다면 집요하게, 율동적인 힘으로 두드리고 또 두드려야 한다.

아, 정신이여! 우리를 괴롭히는 치졸한 문제들을 항상 초월하고 있는 그 정신은, 진저리 한 번 치는 일 없이 지극히 경건한 자세로 우리의 몸과 머리를 빚어내고, 우리의 재료가 되는 이 끔찍한 진흙탕에 격동을 일으켜서 그 형체를 부여하나니! 아름다움과 추함을 모두 쉽게 흡수해 낼 수 있는 폭넓은 시각을 가지고 소매를 걷어 올린 채, 대충 깎아 낸 인류 위로 몸을 굽히고 있는 그 정신은 반죽을 하는 노동자이다. 그러나 얼마나 많은 대중들이 계몽될 것인가? 얼마나 많은 이들이 자기 개인의 지옥에서 탈출할 것인가? 얼마나 많은 이들이 보편적 법칙을 이해하고 기꺼이 그 법칙을 따를 것인가? 보잘것없는 소수이리라. 그렇지만 그들은 모두 함께 위협하고 갈망하고 웃으면서, 영영 자신들을 비추지 않을지도 모르는 빛을 위해 싸우는 전투원이 된다.

내 친구를 돌아보니, 그는 한숨을 쉬고 있었다. 나는 웃으면서 그의 어깨를 눌렀다. 「이봐, 동지. 꼭 지옥에서 빠져나온 것 같은 얼굴이군. 지상 연옥의 달콤한 빛에 아직도 익숙해지지 않은 모양이야. 지나가는 사람들하고 부딪치기나 하고. 대체 무슨 생각을 하고 있나?」

「인간들이 지긋지긋해! 그런 생각을 하고 있었어. 이데아는 그것이 인간을 건드리는 순간 타락하지. 우리 머릿속의 이데아는 흠 하나 없이 빛과 사랑으로 가득한 채 떠오르는데 말이야. 하지만 거리로 내려오자마자 그것은 대중화되고, 화장과 바람기를 뒤집어쓰고 은밀하게 놀면서 배가 되고 자궁이 되어 버리지. 나는 그게 싫어.」

「그럼 이데아가 어떠했으면 좋겠는가? 자네 머릿속 거미줄 쳐진 방에는 실 잣는 처녀라도 살고 있단 말인가? 자네가 제대로 말했다시피, 이데아는 여자 같은 거야. 그녀의 배는 먹어서 배를 불리라고 있는 거야. 그녀의 자궁은 출산을 위해 만들어졌고. 만약 이데아가 어느 현명한 이의 머릿속에 계속 남아 있게 된다면 무얼 이룰 수 있겠는가? 점점 시들어 가다 기력을 잃고 결국에는 죽고 말겠지. 아무것도 낳지 못하고 불만에 가득 차서 말이야.」

「대중화되면서 몸을 파느니 차라리 순결한 채로 죽는 게 나아. 나는 인민들과 함께 살았어. 나한테는 이데아가 있었고, 그것을 행동으로 옮기고 싶었어. 실제로 그것을 위해서라면 나에게 가장 소중한 것, 나의 자유까지도 포기하기로 결심하고 나 스스로 국가라는 억압적 멍에를 뒤집어썼어. 그리고 3년 동안 어리석고 느려 터지고 망가져 버린 그 기계에 맞서 싸웠지. 나는 할 수 있는 한 최선을 다해 싸웠어. 하지만 날마다 점점 실망만 쌓여 갔어. 그리고 점점 투쟁에 대한 믿음, 인간의 가치에 대한 믿음을 잃어 가게 되었지.

수많은 인민들을 구할 수 있었던 조치와 행동들은 너무 천천히, 너무 힘들게 움직였고, 그 탓에 구원받아야 할 모든 영혼들이 죽어 가고 있었네. 물론, 내가 그들을 구원하는 데 나서지 않았다고 해도 그들은 그럭저럭 살아났을 테지. 그런데 지금 그들은 길을 잃었어. 고여 있는 당의 노선 속에서는 어떤 창조적 숨결도 반동적인 것으로 여겨졌지. 그것은 자기 안에 내재해 있던 악마를 흔들었고, 그 악마는 그것에 맞섰어. 악한 자들은 종종 서로를 미워하다가도 선한 이들이 자기 앞에 서 있는 거대한 적이라고 여기게 되면 서로 힘을 합쳐 형제처럼 하나가 되었네. 나는 하나의 이념이 내 안에서 태어나는 과정을 지켜보았고, 그것이 자신을 현실화시켜 줄 인간들과 어떻게 접촉하게 되었는지 지켜보았네. 그들이 그 이념을 어떻게 왜곡하고 싸구려로 만들어 버렸는지, 어떻게 그 본질과 목적을 바꿔 버렸는지 아는가! 내 속은 분노와 역겨움으로 들끓어 올랐네.

늦지 않게, 나는 이런 결론을 내렸어. 그것은 인민의 잘못이 아니라 국가라는 기계의 잘못이라고. 수많은 젊은 친구들이 높고 순수한 이상을 가지고 정력적으로 그 투쟁에 몸을 던졌네. 하지만 그 거대한 기계의 바퀴는 서서히 그들을 깔아뭉개 버렸지. 그들은 결국 타협에 빠지고, 편안해졌고, 타락해 갔어.

굶어 죽을 위험을 무릅쓰고, 나는 떠났네. 나도 깨닫지 못하는 사이에 서서히 그 안락한 무리 중 하나가 되지는 않으려고 말이야. 나는 주장했어. 〈오늘날의 국가는 커다란 적이다. 국가를 파괴해야 한다!〉

그리고 노동자들에게 갔지. 모든 노동자가 아니라 내가 보기에 나처럼 깨어 있는 것 같은 몇 명의, 즉 최고의 노동자들에게로. 그들은 나처럼 빛과 정의, 사랑에 목말라 있었어. 적어도 내 생각에는 그랬다네. 나는 나 자신을 통째로 내던졌지. 그들을 조직하기 위해, 우리의 의무를 좀 더 분명하고 의식적으로 만들기 위해, 그들이 작은 열정과 비대한 욕구를 딛고 일어서도록 돕기 위해, 그들이 생각하는 중력의 중심을 배에서 가슴으로 옮겨 놓기 위해……. 그러나 부질없는 짓이었어. 그들 역시 그들이 지닌 자그마한 인간적 열정 때문에 비난받았네. 그리고 설사 그들이 조직화된다는 데 동의했다고 해도, 그것은 더욱 풍요로운 식탁으로 달려가기 위해서였던 거야. 오늘날 부르주아들이 만찬을 여는 그곳으로 달려가기 위해서, 그래서 그들도 부르주아처럼 향연을 즐기기 위해서 말이야. 위장과 남근, 자궁에 대한 숭배. 결국 나는 이렇게 자신을 위로했다. 결국 그들 역시 배를 위한 향연을 시작할 것이다. 이렇게 생각하게 된 거야. 그들도 똑같은 노래를 부르고, 똑같은 무감각이 그들을 사로잡을 것이라고.」

「무감각?」

「그래, 너무 많이 먹은 뒤에 찾아오는 무기력 말이야. 두뇌가 무거워지고 잠이 쏟아지지.」 그는 약간 당황한 듯 잠시 입을 다물었다. 그러고는 다시 말을 이었다. 「아니, 자네는 그렇게 생각하지 않나? 대중이 권력을 잡기 전에 먼저 그들이 왜 투쟁하고 있는지 깨우쳐야 한다고 생각하지 않나? 그리고 그들의 궁극적인 목표가 물질적이고 만족스러운 복지가 아니라, 생명의 음식을 정신으로 전환시키는 것임을 이해시켜야 한다고 보지 않나? 자네가 말하는 이 노동자들은 하나같이 그들의 환상 속에서 김이 오르는 구운 고기와 옷을 벗은 여자들만 계속 보고 있어. 그런 사람들이 세상을 개조하기를 기대한다는 게 말이 되는가?」

「그럼 이건 어떻게 생각하나, 탁월하신 동지?」 나는 모질게 되쏘았다. 「세상이 개조될 수 있을 것 같나? 어떤 미끼를 가지고 대중을 자극할 생각인가? 자네는 마음이 너무 여려. 그리고 이념의 순수성에 대해 지나치게 그리스도교적 가치를 부여하고 있어. 차라리 더 이상 인민들을 쳐다보는 일이 없도록 가서 수도승의 승복을 입고 금욕주의자가 되어 버리게. 그게 싫다면 책상에 앉아서, 체스 판의 폰처럼 채워야 할 배도, 남자니 여자니 따질 성(性)도 없는 인민들이 사는 이상적인 사회에 관해 글을 쓰든가. 그리고 그들에게 기하학 문제를 풀라고 목표를 주는 거야. 그러면 될 것을 지금 자네는 여기서, 채워야 할 배가 있고 음경이나 자궁을 가진 한심하고 가련한 존재들 속에서 뭐하는 건가?

자네가 말한 모든 것들을 대충 생각해 봤지만 나는 그 어떤 것에도 동의하지 않아. 자네는 먼저 대중을 교육시키고, 계몽된 대중이 일어서서 혁명을 위해 싸우기를 바라고 있어. 하지만 언제 다수가 혁명을 시작한 적이 있었나? 항상 극소수가, 하나의 이념 또는 열정을 중심으로 조직된 소수의 사람들이, 확실하고 **빠른** 보상으로 대중을 유혹하면서 가능한 한 많은 이들을 대열에 합류시키는 법이네. 그들 모두가 광분해서 일어서게 되면 싸움이 시작되지. 처음에는 패배하고, 다시 싸워서 승리하고, 권력을 향해 일어서는 거야. 그들은 자신들의 권력을 굳게 다질 때까지 자유를 짓밟고, 테러를 저지르고, 불의를 행하네. 그러다가 권력을 잡으면 다시 두려워하기 시작하지. 그들은 반대파를 구분하기는 하지만 그것을 위험하게 여기지는 않아. 이제 자유가 돌아오고 — 그 이름에 축복 있으라 — 자유와 함께, 아직 규정할 수는 없지만 다음번에 권력을 전복시키게 될 분명한 가능성도 더불어 올 걸세.

사실 피는 언제나 불가피한 개시 의식이었네. 만약 나에게 새로운 이념이 승리를 거둘 수 있는 방법을 선택하라고 한다면, 피와 평화로운 수단 중에서 고르라고 한다면, 나는 피를 선택할 거야. 그건 내가 피를 좋아해서가 아니라 악에 대해 더욱 폭력적으로 맞설수록, 그 투쟁이 더욱 피투성이가 될수록, 위로 치고 올라가는 그 물결은 더욱 막강해지고 승리가 더욱 확실해지기 때문이네.

자네도 알겠지만 〈신〉은 — 그 어둠의 세력에 이 이름을 붙여보자고 — 우리가 순진하게 생각해 온 것과는 달리, 한 가정의 다정한 가장이 아니라네. 신은 잔인해. 개인들에게는 관심이 없네. 그는 죽이고 태어나게 하고, 다시 죽이고 다시 태어나게 하지. 우리의 미덕이나 욕망 따위는 생각하지도 않고 앞으로 나아가는 거야. 자네는 그런 방법이 맘에 들지 않겠지? 신이 상냥한 존재이기를, 인간의 얼굴을 하고 하얀 옷에 깨끗한 손을 한 존재이기를, 정의의 저울을 든 현명한 통치자처럼 인간들에게 빵과 두뇌를 골고루 정당하게 나누어 주는 존재이기를 바라겠지. 하지만 신은 우리를 살피지도 않아. 기분이 좋으면 내려와서 아무것이나, 그게 배든 가슴이든 머리든 마음대로 붙잡고는 인간을 뒤흔들어 반항하게 만들지.

이 신성한 정신이 맨 처음으로 지상에서 현신한 것이 혼돈이라네. 시간이 흐르고 열기가 식고 열정이 약해지면 싸우던 세력들은 균형을 이루게 되지. 그리고 새로운 씨앗이 피와 눈물 속에서 솟아난다네. 그 씨앗이 영원한 행복, 평화, 정의일까? 예나 지금이나 그런 일은 없어, 고맙기도 하지! 다시 불의와 굶주림, 비참함이 나타나는 거야. 새로운 절규가 저 아래에서, 신의 새로운 군대, 새로이 억압받는 자들에게서 들려오게 되지.

정의와 행복은 일종의 휴지(休止) 상태라네. 삶의 엄연한 법칙과는 정반대인 상태지. 그것들은 키메라에 불과하지만 대중을 좀 더 높은 곳으로 밀어 올리며 한 계단씩 삶을 고양시키지. 때때로 불의와 굶주림이 굳어져 가는 사회 질서를 파괴한다네. 그것이 새로운 욕구와 미움, 희망들을 야기하거든. 그것들은 피를 일깨우고 새로운 전망을 창조하지. 그러면 억압받는 자들이 새로운 신화에 사로잡혀서 나서게 되고, 억압하는 자들을 전복시키기 위해 투쟁하게 되는 거야. 행복과 정의를 가져올 수 있다고 진지하게, 또 순진하게 믿으면서 말이야. 그리고 바로 이때가 인간들에게는 최고의 순간들이네. 물밀듯 쇄도하는 순간들. 인류는 더 이상 노예 상태의 늪에서 침체되지 않지. 승리와 복지 역시 고착화되는 것이 아니라네. 인간은 계속해서 위로 솟구치는 거야. 그리고 삶의 모든 것이 인간과 함께하지.」

내 친구는 버럭 소리를 질렀다. 「그럼 인간이 꼭대기에 올라가면, 그러니까 실컷 먹어서 타락하면, 자네 말처럼 또 다른 대중이 밑에서 튀어 오른다는 건가? 이런 일이 영원히 되풀이된다고? 내 머리로는 받아들일 수 없어. 내 머리는 끝을 보고 싶어 한다고. 거기 멈춰 서서 쉬고 싶어 한단 말일세.」

「인간의 불쌍한 정신은 지쳐 가지. 자네 말이 옳아. 그것은 목표를 정하고 거기에 도달하고 싶어 하지. 쉬기 위해서 말이야. 하지만 삶은 끊임없이 움직이는 것이고, 시작도 끝도 없어. 항상 그 바퀴 위에서, 인간의 살과 정신으로 된 바퀴 위에서 도는 것이라네. 이 법칙을 깨달은 최고의 두뇌들은 겁을 집어먹고 침묵해 버리지. 나머지 사람들은 바커스 숭배 같은 도취로 삶을 사랑하려 애쓰고. 또 어떤 사람들은 이 무시무시한 삶의 법칙에 맞서서 자신의 마음이나 머리로 만들어 낸 틀에 억지로 꿰어 맞추려고 싸우기도 해.

이것이 바로 내가 이해하는 인간의 투쟁이며, 내가 바라본 역사의 순환이라네. 실제로 오늘날 프롤레타리아가 등장한 것도 그렇게 이해해야 한다고 생각해. 그리고 우리는 러시아에 대해 머리를 조아리며 경의를 표해야 해. 바로 그가 오늘날 세계의 개척자이기 때문이지. 굶주림과 피 속에서 삶을 고양시키기 위해 길을 연 주인공이 러시아이기 때문이야.

경외전을 보면 이런 이야기가 있어. 사랑하는 제자 요한이 십자가에 못 박힌 스승 앞에서 울다가 놀라운 환영을 보게 되지. 그 십자가는 나무가 아니라 빛으로 되어 있는 거야. 그리고 그 십자가에서 한 사람이 아닌 수많은 남자, 여자, 아이들이 신음하면서 죽어 가고 있었어. 요한은 일어섰지만, 그 거대한 십자가 위의 어느 얼굴에 초점을 맞추어야 할지 알 수 없었지. 수많은 얼굴들이 계속 바뀌면서 흐르고 있었던 거야. 그 얼굴들은 서서히 희미해지더니 십자가형을 당한 이들의 어마어마한 절규만 남았지.

요한이 본 그 환영이 오늘날 우리 앞에서 어른거리고 있어. 러시아 전체가, 수많은 남자, 여자, 아이들이 십자가에 못 박혀 고통 받고 있어. 그들은 사라지고 있고, 우리의 환영 속에서 그 얼굴들이 희미해지고 있어. 거기서 어떤 특정한 형태를 구분해 낼 수는 없지. 그리고 그 수많은 죽음에서 오직 절규만이 남게 될 거야. 하지만 동지, 그로 인해 세계는 다시 구원을 받을 것이네. 그런데 〈구원받는다〉는 것이 무얼 뜻할까? 삶에서 새로운 정당성을 찾는 거지. 낡은 것은 그 의미를 잃어서 인간들의 건축물을 지지할 힘이 없거든. 새로운 구세주가 오는 거야. 다시 말해서, 완벽한 수용체인 동시에 그 시대를 분출하는 자가 올 걸세. 그리고 그는 새로운 환상을 창조한다네. 그렇지만 그가 창조만 하는 것은 아니야. 그의 마음은 간절한 희망을 가지고 조각조각 산산이 흩어진 환상을 한데 모은 다음, 조잡하고 얼굴도 없고 분명하게 표현할 수도 없는 인민의 욕구들을 간단한 〈말씀〉으로 구체화시키는 일도 해.

그리고 갑자기 — 갑작스런 일로 보이지만 실은 오래도록 묵묵히 성숙해 왔던 것이야 — 그 말씀이 다시 살이 되어 지상 위를 행진해 나아가지. 선구자들은 그를 보고 겁에 질려 버린다네. 예언자들, 다시 말해 시인들, 현인들, 공상가들은 이렇게 외치지. 〈우리는 절대 살육과 굶주림을 원하지 않았다. 우리가 추구한 것은 정의와 자유, 사랑이었다!〉 그들은 인간이 낳은 정의, 자유, 사랑이라는 이름의 이 세 딸이 항상 피 속에 발바닥과 발목, 종아리와 무릎까지 담그고 있다는 사실을 절대 깨닫지 못한다네. 결국 그 예언자들은 소리를 지르며 저항하고 규탄하지. 그러나 정신은, 예언자들보다 우월한 정신은 그들에게 거칠게 주먹을 날린다네. 그러고는 예언자들을 뒤에 남겨 둔 채 지구 전체에 동원령을 내리지.

정신은 예언자들보다 위대하고, 지도자들보다 위대하며, 러시아보다 위대한 것이라네.」

「하지만 자네가 말한 러시아의 이런 절규가 스스로를 사람들이 알아들을 수 있도록, 명확한 말씀으로 정리해 내지 못한다면 어떻게 될까? 러시아의 절규뿐 아니라 지구 전체의 절규가 그렇게 된다면? 투쟁하는 것은 단지 러시아만도 아니고 세계의 노동자들만도 아니야. 지구 전체가 출산하는 여인처럼 고통에 신음하고 있어. 그리고 자네가 태어나기를 고대하는 그 아이가 이 모든 투쟁을 허사로 만든다면?」

나는 이렇게 대답했다. 「인간이 산꼭대기에서 무언가를 단호히 열망한다면, 그의 열망은 오히려 아래를 향해 신비스럽게 내려오고, 그다음에는 도시들을 정복하게 될 걸세. 오늘날 지각 있는 자들, 편안함을 누리는 자들, 뭔가를 끼적거리는 글쟁이들이나 바리사이파 사람들 같은 위선자들은 십자가에 못 박힌 이 나라를 보고 업신여기며 웃고 있어. 〈러시아는 끝났다. 러시아는 사라졌다!〉 왜냐하면 이성은 오직 눈에 보이는 것만 믿고, 보이지 않는 순교의 힘을 알아보지 못하기 때문이지. 하지만 그리스도가 말씀하셨듯이, 밀알이 새로운 곡식이 되기 위해서는 먼저 땅속으로 내려가서 죽어야만 하네. 러시아는 바로 그 씨앗, 하나의 위대한 이데아와 같아.

그리고 그날이 올 때까지 — 물론 그날은 반드시 오고야 말겠지만 — 〈말씀〉은 러시아의 절규를 응결시키고, 그 절규는 여러 세대의 인간들에게 파괴할 수 없는 힘으로써 작용하게 될 거야. 그리고 결국 시간이 다하면 그 〈말씀〉이 현현하실 것이네. 동지, 우리 인내와 믿음을 가지고 러시아를 지켜보세.」

내 친구는 다시 한 번 비꼬는 듯한 표정으로 나를 쳐다보았다. 그는 짜증이 난 듯 목소리가 날카로워져 있었다. 「자네가 공산주의를 이해하는 그 이교도적 방식을 도대체 뭐라고 불러야 되겠나?」

「마음 내키는 대로 부르게. 자네는 아직도 꼬리표를 붙여야 직성이 풀리나? 어쨌든 이것이 내 가슴이 느끼고 또 내 머리가 명확히 하고자 하는 것이라네. 그리고 나는 내 가슴과 머리가 가리키는 길을 따라서 행동하고 싶어. 하지만 질서를 좋아하는 자네의 서구적인 머리를 만족시키기 위해서 나의 이 이단적 믿음에 이름을 붙이기로 하지. 그것을 〈후기 공산주의〉라고 부르기로 하세.」

새로운 폼페이

 몇 년 전 어느 봄날, 폼페이의 폐허를 거닐면서 뜻하지 않게 비인간적인 기쁨을 맛본 적이 있었다. 하늘에는 옅은 구름이 끼어 있었고, 봄풀들이 문지방이며 안마당을 가득 뒤덮고 있었다. 거리와 길들은 내 맘에 꼭 드는 모습으로 고적하게 버려져 있었다. 집들은 문도 자물쇠도 사람도 없이 열려 있었다. 나는 행복하게 그 집들을 들락날락거렸다. 선술집, 신전, 극장, 목욕장, 시장 — 모든 것이 버려져 있었다. 그냥 버려진 것이 아니었다. 거기에는 나를 더 기쁘게 하는 무엇인가가 있었다. 그것들은 유린당했던 것이다. 부잣집 저택의 벽에서는 빛이 바래긴 했지만, 바보스럽고 퉁퉁하고 호색적인 아이들 그림이며 수탉과 개, 수치심도 없이 동물 위에 올라탄 신들을 그린 그림을 여전히 볼 수 있었다.

 불현듯 내 안에서 한 목소리가 솟아올랐다. 그것은 내 목소리가 아니었다. 나 자신보다 좀 더 가치 있고 좀 더 야만적인 그 누군가의 목소리가 이렇게 외쳤다. 「신이여, 언젠가는 제가 동지들과 함께 러시아어로 말하면서 이처럼 베를린, 파리, 런던을 걸을 수 있게 하소서!」 나는 이 사나운 외침을 들으며 몸서리쳤다. 정말이지, 그렇게 외친 사람은 내가 아니라 나의 내장 속 깊이 자리 잡은 어느 무시무시한 후예였다.

폼페이의 지하실들은 만원이었다. 막 목욕을 마친 여인들, 아기를 낳지 못하는 뻔뻔스러운 여인들. 그리고 탐욕스러운 남자들, 만족스럽고 게으르며 환락으로 기력이 빠진 남자들로 가득했다. 여기에 온갖 신들 — 그리스, 아프리카, 아시아의 온갖 신들 — 이 너 나 할 것 없이 평등하게 비참한 한 덩어리를 이루며 내던져져 있었다. 타락하고 비겁한 무리가 된 이 신들은 교활한 미소를 지으며, 저희들끼리 제물과 인간의 영혼들을 분배했다. 퇴폐적인 도시 전체가 베수비오 화산의 발밑에서 태평하게 쾌락에 빠져 뻗어 나갔던 것이다.

나에게는 오늘날의 세계 전체가 화산 분출을 앞두고 있는 폼페이처럼 느껴진다. 이런 생각이 들었다. 타락한 여인들이 있고, 불충스러운 남자들이 있고, 공장과 주식 거래소가 있고, 질병이 있는 그런 세상이 다 무슨 소용이 있을까? 이 모든 영리한 상인들, 점원들이 왜 살아 있어야 하는 것일까? 아이들은 왜 선술집에, 법정에, 매음굴에 있는 자기 아버지의 자리에 앉도록 키워져야 할까? 이 모든 물질주의가 정신의 앞길을 가로막는다. 정신은 일단 어떤 힘을 지니게 되면, 그 힘이 무엇이든 위대한 문명, 즉 이념, 종교, 회화, 음악, 노래, 행동 등을 창조하는 데 그 힘을 쓴다. 이제 그 힘은 다 소진되었다. 정신을 위해 새로운 통로를 열어 주자!

내 가슴속에 한 마리의 잔인한 맹금, 죽도록 굶주리고 인간에 대한 사랑이라고는 없는 새가 살고 있는 것 같았다. 그리고 나는 날카롭고 또렷한 눈으로, 마치 독수리 같은 눈으로 인류의 역사가 인류를 끌고 왔던 그 지점을 볼 수 있었다. 그 지점에서, 우연히 내가 태어나게 된 그 중요한 시기에 하나의 세계가 붕괴를 향해 비틀거리고 있었고, 또 다른 세계는 분노와 아직 쓰지 못한 힘이 넘쳐서 스스로 일어나고 있었다.

그런 순간들이야말로 인류의 역사에서 가장 풍요로운 순간이며, 그래서 나는 이 순간을 천천히 그리고 게걸스럽게 맛보는 것이다. 키메라는 새로운 창조를 위해 나아가는 이들을 교화시킨다. 나머지 인간들, 편안한 생활에 중독되어 게으른 자들은 그 함성을 듣고 고개를 돌린다. 그들은 처음에는 웃다가 곧 얼굴이 창백해진다. 그들은 가슴 졸이며 몸을 사리고, 자신들의 노예와 일꾼들, 요리사가 일어서는 모습을 본다. 성스러운 순간이여! 사상과 행동의 가장 위대한 위업은 그런 격렬한 상승의 순간에 일어난다.

가능한 한 완전하게 인류의 운명이라는 이 커다란 원을 받아들이려고 애쓸 때면, 그리고 이 모든 인간들의 파도를 위아래로 몰아치게 하는 바람을 예측하려고 애쓸 때면, 나는 언제나 성스러운 공포감에 사로잡힌다. 그런 다음에는 좀 더 잘 보기 위해, 작아서 알아보기 힘든 것에 내 눈의 초점을 맞추면서 거대한 원의 호, 내가 살고 있는 시대를 이해하기 위해 애쓰고, 동시대 인간의 의무를 명확히 파악하기 위해 노력한다. 오직 이 방법을 통해서만 인간은 덧없는 인생 속에서 뭔가 의미 있는 것, 그 위대한 리듬과 조화를 이루는 것을 달성할 수 있을 것이다.

지금까지 몇 년째, 꺾이지 않는 어떤 믿음이 나의 내면에서 점점 강해지면서 빛을 비추고 있다. 한 전투원이 비유기체적 물질에서 식물로, 식물에서 동물로, 동물에서 인간으로 상승하면서 자유를 위해 투쟁하는 것이다. 역사적으로 중요한 시기마다 이 전투원은 새로운 모습으로 나타난다. 오늘날 그의 얼굴은 전 세계 프롤레타리아의 지도자이다.

새로운 믿음, 지금껏 인정되어 왔던 종교들과는 아무 관계가 없는 믿음이 오늘날의 지구를 휩쓸고 있다. 서서히, 우리가 감지하지 못할 정도로 인간관계들이 변하고 있다. 도덕, 교육, 사랑, 그리고 노동자와 노동의 관계, 개인과 사회의 관계가 새로운 형태를 갖추기 위해 더듬더듬 나아가고 있다.

우리가 지나가고 있는 이 순간은 중요하면서도 고통스러운 시간이다. 인간은 기계의 바퀴들을 붙잡았고, 이제 바퀴가 굴러가도록 놓아두지 못한다. 인간은 물질의 악마적 에너지를 풀어 주었으며, 이제 더 이상 그것을 자기 영혼의 신비스러운 본질 밑으로 데려올 수가 없다. 물질을 정복했던 그 정신은 이제 스스로 물질이 되어 가고 있다. 기계의 부품이 되어서 기계의 과정을 따르게 된 것이다.

많은 몽상가들은 이렇게 주장한다. 「우리에게 유일한 구원은 예전의 소박함으로 돌아가는 것, 우리의 욕구를 줄이고, 우리에게 한순간의 자유도 허락하지 않는 현대 생활의 복잡성들을 없애는 것이다. 오직 이 길을 통해서만 우리가 붙잡고 일하는 물질의 각 조각들이 다시 영혼으로 채워지게 된다. 중세 시대 사람들이 어떻게 일을 했는가? 돌과 나무, 금속은 더욱 가벼워졌고, 살아 있는 것이 되었다. 장인의 끈질기고 애정 어린 숨결 밑에서 정신을 지니게 되었다. 우리도 그와 똑같은 길을 따라가자, 과거로 돌아가자!」

낭만적인 피상성이다. 우리의 생활을 단순하게 하는 것, 중세로 돌아가는 것, 초기 그리스도교도들의 사랑으로 돌아가는 것, 심지어 더 멀리 원시 부족 공동체로 돌아가는 것. 이 모든 것은 노쇠한 인간들이 꾸는 꿈이다. 삶이란 뒷걸음치지 않는다. 그것은 앞을 향해서, 자신의 뒤를 따를 수 없는 것들을 죄다 파괴하며 나아간다. 삶과 함께 나아가자. 아니, 삶 뒤에 감추어진 우리의 힘을 믿음으로써 삶이 더 멀리 나아갈 수 있도록 하자. 현대의 삶이 이 기계화 시대를 무사히 통과해서 스스로 해방되도록 하기 위해서 우리가 도울 수 있는 길은 오직 이것뿐이다. 해결책은 항상 앞에 있지 뒤에 있는 법이 없다.

오늘날 노동자들은 중세의 노동자들만큼 자기 일을 사랑할 수가 없다. 중세 시대 노동자들은 애정과 인내로써 자기 재료를 가지고 일했다. 그가 얻은 보상은 단지 임금만이 아니었으며, 더 중요한 것은 그에게 일을 주문하는 사람들과 사회가 그를 인정해 주는 것이었다. 그리고 아름답고 쓸모 있는 물건을 창조하는 데에서 오는 더 큰 기쁨을 느꼈다.

오늘날 노동자들은 자신의 일에 대해 개인적인 일치감을 전혀 느끼지 않는다. 달리 무엇이 가능하단 말인가? 이들은 몇 년이고 아침부터 저녁까지 똑같은 동작들을 반복한다. 작고 세세한 일을 기계적으로 행할 뿐, 자기 자신과 그 일 전체를 또는 자신과 그 일의 세부를 연관 짓지 않으며, 자기가 하는 일의 아름다움이나 그 일의 유용성과 연관 짓지도 않는다. 노동자가 신경을 쓸 이유가 어디 있단 말인가? 그는 일을 한다. 그러나 그의 개인적인 수고 자체는 생산품의 질에 관한 한 아무런 가치도 갖지 않는다. 나아가 그는 자신이 하는 일을 싫어하게 된다. 그 일 때문에, 자기의 몸과 영혼을 죽이고 있는 기계에 자신을 복종시켜야 하기 때문이다. 그가 일을 싫어하는 또 다른 이유는, 자기가 그렇게 고생한 덕에 비인간적인 자본가 주인이 살찌고 부자가 된다는 사실을 알기 때문이다. 노동자와 그 아내, 아이들, 손자들은 계속해서 인간으로서의 가치를 잃게 될 것이다. 따라서 결과적으로 그의 유일한 관심은, 가능한 한 노동 시간을 줄이고 최대한 임금을 많이 받는 것에 국한된다.

노동자를 위로한답시고 노동자들에게, 그들은 공동체와 국가의 선을 위해 일하고 있다고 말하지 말라. 그는 자기 노동의 대가를 불공정하게 분배하는 사회를, 불의와 잔인함, 인간에 대한 착취와 여성들의 타락을 제도화하는 사회를 혐오한다. 그 자체를 부유하게 하려고 자기 국민들의 땀과 굶주림을 착취하는 계급 구조를 지지하는 국가를 그는 미워한다.

그러면 어떻게 해야 하는가? 삶의 리듬이 더욱 빨라지는 한, 수많은 사람들이 공장에서, 광산에서, 바다에서 일하는 것은 불가피해진다. 노동자들이 중세의 소박함과 사랑으로 되돌아간다는 것은 불가능한 일이다. 그렇다고 노동자가 오늘날의 불의와 끔찍한 노동 조건을 받아들일 수 있는 것도 아니다. 미래에 대한 어떠한 보장과 대가도 그를 유혹하지 못한다. 노동자들이 좀 더 참고 견디게 할 수 있는 것은 아무것도 없다. 지옥이 이 땅 위에 펼쳐져 있다. 낙원 역시 이곳에 있다. 보상과 처벌의 장소는 바로 여기인 것이다.

노동자들의 이 암울하고 고통 받는 육체 속에서, 비참함과 굶주림의 한가운데에서 새로운 꿈이 피어나고 있다. 낡은 미덕은 추방되고 새로운 미덕이 탄생했으며, 낡은 희망은 빛을 잃고 시들었다. 고향은 새로운 모습으로 바뀌고 있다. 고생으로 찌든 이 육체들 속에서 서서히 새로운 십계명이 등장하고 있다. 전통적인 결혼 생활은 그 위신과 품위를 잃어 가고 있다. 결혼한 부부들이 함께 있으면 한시라도 근심이 떠나지 않는다. 경제적 근심, 고된 노동, 무관심, 술, 아이들에 대한 걱정이 끊임없이 이들을 괴롭힌다. 한 남자와 한 여자가, 좋은 시절 이야기 속의 그들이 그랬던 것처럼 시간 가는 줄 모르고 서로를 바라보며 평온하게 탐닉할 수는 없을까?

아이들은 어린 나이에 일하러 나간다. 그들의 연약한 몸은 뒤틀리게 되고, 그들의 영혼은 순진함을 잃는다. 여자들은 아침이 밝으면 집을 나서서 다른 여자들, 다른 남자들과 나란히 일을 하다가 녹초가 되어 집으로 돌아온다. 대대로 내려온 벽난로, 가족의 오랜 중심지는 사라져 버렸다. 여자는 그 신비로움과 뚜렷이 느껴지는 참된 본질을 잃어버린다.

고향은 이제 지상에서 가장 사랑하는 곳이 되지 못한다. 공장과 기계에 매인 노동자들은 이곳저곳으로 재배치되고, 결국 부르주아들이 고향이라고 부르는 곳이 다름 아닌 노동자가 미워하는 자들이 소유한 현장이며, 아파트 건물이며, 공장이라고 생각하게 된다. 그리하여 그는 전통적인 고향과 가족의 개념에서 〈해방〉된다. 한편 오늘날 기계의 도구가 된 것은 단지 노동자들만이 아니다. 다른 가난한 계급들도 조금씩 똑같은 변화의 회오리에 휩쓸리고 있다. 사람들은 이제 신이나 고향, 가족이 아닌 오직 자신만을 의지한다. 만약 일할 힘이 없다면 굶어 죽게 된다는 사실을 잘 알고 있는 것이다. 단 하나 그들을 구할 수 있는 것은 그들의 손재주뿐이다. 신도 고향도 모두 그들의 압제자와 한통속이다.

이들을 구할 수 있는 다른 무엇이 존재하기는 하는 것일까? 이들은 이제 조금씩 이해하기 시작한다. 한 개인으로는 아무런 힘이 없으나 만약 자기와 비슷한 사람들과 힘을 합친다면, 이들의 수가 많아지고 조직화된다면 나머지 사람들, 즉 부자들과 착취자들, 적들이 그들을 두려워하고 그들의 권리를 존중하게 된다는 것을. 그렇게 해서 조직화가 시작된다. 약한 사람들, 억압받는 사람들, 배고픈 사람들은 숙명의 군대로 세력을 결집해서 성장하고 맹위를 떨치게 된다.

이들은 국경을 초월하여 비밀스러운 방에서 만난다. 이 새로운 카타콤에서 언어와 국적이 서로 다른 노동자들이 새로운 사회의 〈몸과 피〉, 바로 노동 계급에 대해 이야기를 나눈다. 초기 그리스도교도들이 누가 유대인이고 그리스인인지, 누가 자유인이고 노예인지 구분하지 않고 다만 믿는 자와 믿지 않는 자로 인간을 나누었듯이, 새로운 믿음을 가진 이들이 만들어 낸 새로운 형제애, 그것이 바로 동지이다. 공통의 희망과 증오가 동지애와 함께 결합된다. 이들은 모든 종교인들이 그러하듯 스스로를 단련시킨다. 따라서 개성은 전체에 흡수된다. 이들은 스스로가 총공격을 준비하는 군대임을 잘 알고 있기 때문에 규율을 잘 지킨다.

그러나 아직도 많은 농민들은 고향, 조국을 위해 기꺼이 목숨을 바치겠다는 각오를 버리지 않는다. 그들의 현장이 거기에 있기 때문이다. 또한 분별력을 가진 자택 소유자와 부유한 지주들이 존재한다. 이들은 제대로 된 조직력을 갖추고 협상 테이블에 같이 앉는다. 중요한 순간이 닥치면 이들은 기득권을 지키기 위해 필요한 만큼 많은 투쟁을 하고 피를 흘리면서 변화에 반대할 것이다. 그러나 시간의 힘은 이들에게 불리하게 움직인다. 이들은 그동안 먹고 마시고 자신들의 세계를 창조해 왔으며, 이제 다시 힘을 잃어 가고 있다. 이들에게 남은 임무의 마지막 조항은 사라지는 것이다. 역사적 전망 속에서 축적된 현실을 보면서, 우리는 오늘날 우리의 임무가 무엇인지 짐작할 수 있다. 계급에 대한 전쟁은 이제 그 과제를 다했으며, 지금은 정신의 발전에 장애가 되고 있다. 따라서 무조건적으로 프롤레타리아와 협력해야 한다. 이들은 배가 고프며 운명을 개선하고 싶어 하는데, 그것은 이들이 옳다. 이들은 미워하고 죽이고 싶어 하는데, 그것도 이들이 옳다. 그리고 시간이 흐르면 이 무거운 덩어리는 가벼워지기 마련이다. 그것은 정신이 되고 새로운 문명을 창조하게 된다.

대중이 내지르는 야만적인 신음 소리 속에서, 지금 일어서고 있는 그 전투원의 외침을 분명히 구분하는 법을 배워야 한다. 만약 우리가 이전 시기에 살고 있다면, 우리는 지주들이라는 대중 속에서 위로 올라가고 있는 소규모 생산업자들, 상인들의 이 외침을 들었을 것이며, 기꺼이 이들과 연대했을 것이다. 인간보다 위대한 영원의 물결이 인류를 움직이며, 힘이 닿는 한, 다시 말해 인간이 할 수 있는 한 크게 인류의 모습을 변화시킨다. 그리고 그 인간들의 힘이 다 떨어지면 미련 없이 그들을 버리고, 아직 쓰지 않은 새 재료에 달라붙는다. 바로 이 추진력이 일어서고 열매를 맺을 수 있는 모든 것을 움직이며, 또 쓸모없는 것들을 죄다 파괴해 버리는 것이다.

서로 다른 시대에, 수많은 형상들 속에서, 삶을 뒤흔들어 앞으로 나아가게 만드는 영원한 힘은 이것이다. 그리고 우리에게는 그 힘에 협력하고, 또 그것이 나아가도록 도와줘야 할 의무가 있다. 우리 시대에 이 에너지는 고통 받고 배고픈 자들과 결합되었다. 오늘날의 대중이 바로 이 역사적 힘의 원재료인 것이다.

대중 자신은 이 가차 없는 힘의 본질을 이해하지 못한다. 그러나 아직 깨우치지 못한 그들의 머리로도 이해할 수 있는 이름을, 그리고 이들의 절박한 요구에 맞는 여러 가지 다른 이름을 부여함으로써 그것을 실천해 나간다. 그런 이름들이 행복, 정의, 평등, 형제애, 평화…… 등이다. 그러나 이 보이지 않는 전투원은 대중이 펼쳐 놓은 그물에 걸려들지 않는다. 그것은 가혹하게 비타협적으로 싸우면서, 자신을 유혹하는 이 살과 물질들을 극복하려고 애쓴다. 그리고 그것은 오늘날 노예들의 이 모든 절규를 가지고 자유의 말씀을 창조해 낸다.

전반적 개요

 이것이 오늘날의 소비에트 러시아이다. 편견을 배제하고, 내 능력이 닿는 한 투명한 머리로, 모든 감정을 동원해서 러시아를 보려고 노력했고, 현재 러시아에서 들끓고 있는 움직임을 옮겨 보려고 애썼다. 내 머리가 자유롭게 보고 말하도록 하기 위해서 내 마음을 다스린 적도 많았다. 내가 원하던 것을 보지 못했으면 그렇다고 말했다. 내가 기대하던 것을 보았으면 그렇다고 말했다. 좋은 것이든 나쁜 것이든 숨기는 것을 허락하지 않았다. 나는 모든 길 중에서 가장 힘든 길, 다시 말해서 가장 정직한 길을 따르려고 애썼다.

 이제 여행의 끝에 이르러 그동안의 경험을 돌이켜 보면서, 사소한 것들은 접어 둔 채 아직도 형성 중인 핵에 온 신경을 집중하였다. 그리하여 나는 다음과 같은 결론을 내리게 되었다.

 현재 우리가 지나고 있는 역사적 순간은 인류에게 특히 더 중요한 시기이다. 하나의 세계가 무너지고 또 하나의 세계가 일어서고 있는 시기이다. 지상에서 큰 부분을 차지하는 프롤레타리아 계급, 그 전위들은 벌써 권력을 잡았다.

 자연히 이런 변화는 폭력을 동반하지 않고는 일어나지 않는다.

이것은 역사에서 언제나 그래 왔다. 인간의 역사는 피를 뚝뚝 흘린다. 지상에서 인류가 나아가고 있는 그 길은 아마 우리의 특질에 맞는 길이거나, 아니면 우리의 도덕성을 해치는 길일 것이다. 그러나 다른 길은 없다.

11월 7일에 일어났던 것은 하나의 혁명이 아니라 근본적으로 서로 다른 두 개의 혁명이었다. 하나는 중세적 지주들에 반발한 농민 혁명으로 프티 부르주아적 성격이 뚜렷한 반란이었고, 다른 하나는 부르주아에 반발한 노동자들의 혁명으로 사회주의적 성격이 강한 반란이었다.

공동의 위험이 존재하는 동안은 이 두 혁명의 물결은 함께 싸웠다. 그러나 공동의 적이 사라지자 두 개의 동맹, 즉 농민과 노동자는 결별했으며, 이들 사이에는 선전 포고가 없는 맹렬한 전쟁이 시작되었다. 그리고 소비에트 러시아는 위태로운 벼랑으로 내몰렸다.

이 결정적인 순간에 레닌이라는 한 남자가 소비에트 이데아를 구원한다. 그는 이데아가 살아남기 위해서는 단 하나의 길밖에 없다는 사실을, 중요한 순간에 흔히 다른 지도자들이 이해하지 못하는 간단한 진리를 이해하고 있었다. 그것은 타협이었다. 유동적이고 모순적이며 무질서한 현실에 적응하는 것이었다. 사실 많은 해결책들이 일시적인 효과밖에 거두지 못했다. 문제에 대한 해결책으로서 큰 출혈을 동반하는 조치들이 다양하고 집요하게 몇 년씩이나 계속되었다. 새로운 난관들이 히드라처럼 고개를 들었으나 가야 할 큰길은 이미 열려 있었다. 그 이데아는 승리를 거두었다. 훗날 역사가 〈러시아의 기적〉이라고 평가하게 될 만큼 위대하고 영웅적인 과업이었다.

그 이데아는 사회, 경제, 정치, 군사적으로 승리를 거두었다. 오늘날 그것은 책임의 최정상에 우뚝 서 있다. 소비에트 이데아, 그것은 한 국가의 선포가 아닌 이데올로기로서, 모든 새 유기체가 그러하듯 뿌리를 뻗고 성장할 수밖에 없다. 그것은 한 국가 안에, 한 사회 안에 머무를 수가 없다. 그러다간 질식해 죽을 것이다. 그것은 국경을 깨부수고 지구 전체를 차지해야 한다. 모름지기 이것이 위대한 새 이데아들의 본성이지만, 이런 이유로 소비에트 이데아는 세계 나머지 국가들을 뒤흔들고 불안하게 만드는 것이다. 이제 세계 어느 곳에서도, 작용이든 반작용이든 이 새로운 이데아와 관계되지 않은 일은 생길 수 없게 되었다. 그리스-로마 세계의 파괴가 국지적인 사건이었다고 여겨질 만큼, 오늘날 공산주의의 폭풍은 다섯 개 대륙을 거세게 휘젓고 있다. 오늘날 인간은 새로운 기술을 가지고 배와 철도, 비행기, 전화, 전보, 라디오 등으로 무장하고 있다. 세계는 하나가 되었다. 거리의 한계가 사라지고 시간의 제한이 극복된 까닭에 하나의 이념, 하나의 메시지는 지구 한쪽 끝에서 다른 쪽 끝까지 번개 같은 속도로 전달될 수 있다.

이처럼 통합된 세계가 동요하게 되면 그 결과는 예측이 불가능하다. 지구 전체의 대중을 일깨우고 계몽시키는 러시아의 이 타오르는 중심이 어떻게 평화롭게 공존할 수 있단 말인가? 자본주의 현실과 공산주의 이데올로기의 정면 대결은 불가피한 일이다. 이 대결이 천천히 일어날수록 공산주의에게는 유리하다. 시간이 가장 훌륭한 동맹군인 것이다. 자본주의 국가들은 이를 잘 알고 있지만 러시아에 대해 섣불리 선전 포고를 하지는 않는다. 그들 자신이 여러 진영으로 나뉘어 서로 충돌하고 있기 때문이다. 이들 사이에 어떤 이데올로기적, 경제적 통일은 존재하지 않는다. 그리고 조만간 — 아마 가까운 시일이 될 것이다. 왜냐하면 오늘날은 세계의 리듬이 빠르니까 — 무시무시한 전쟁이 일어날 것이다.

우리는 일련의 위험한 전쟁들이 놓인 기나긴 시대로 들어서고 있다. 만약 공산주의가 실로 위대한 이데아라면, 세계를 불태우고 새롭게 할 수 있다면, 우리는 이미 줄기찬 우리 역사의 첫 번째 불의 지대로 들어와 있는 셈이다. 우리는 그 안에서 살고 있으며, 따라서 우리 시대를 명확하게 보지 못한다. 그러나 앞으로 몇 세기가 지나면 우리의 시대는 분명 르네상스가 아니라 중세라고 불리게 될 것이다. 다시 말해서, 하나의 공백 기간, 하나의 문명이 무너지는 동안 또 다른 문명이 탄생하는 시기인 것이다. 무너지는 문명은 몇 세대에 걸쳐 단말마의 고통을 당할 것이며, 탄생 중인 문명은 몇 세대에 걸쳐 산고를 겪을 것이다. 이 둘 사이에 기나긴 전쟁이 일어날 것이다. 우리는 러시아 혁명으로부터 시작해서 새로운 문명이 탄생하는 피의 격동기를 살아 나가고 있는 것이다.

어느 국가를 막론하고, 생각하고 행동하는 모든 사람들의 책임이 막중하다. 두고 보면 알게 되겠지만, 만약 이 세계가 전쟁 또는 평화를 통해서 구원받는다면 새로운 이데아가 득세하게 될 것이다. 그러므로 우리는 우리가 살고 있는 역사적 순간의 본질을 두려워하지 말고 책임감을 가지고 똑바로 바라보아야 한다. 그 밖의 다른 자세는 모두 무지함이거나 비겁함 또는 발뺌이 될 것이다.

그렇다면 우리가 운명을 직시할 때, 우리의 의무는 무엇이 될까? 역사에 대해 의식이 있는 협력자가 되는 것이다. 내가 말하는 〈의식이 있는〉의 뜻은 다음과 같다. 우리가 인간적으로 가능한 많은 자유를 누리는 만큼 다가오는 미래를 이해하고, 우리 인민들이 미래를 받아들일 수 있도록 그들을 준비시키는 것이다. 지금부터라도 우리 그리스의 심리적, 경제적, 정신적 상황을 면밀히 조사하고 열심히 노력함으로써 결정적인 순간이 왔을 때 수동적이 아니라 역동적인 자세로 그 이데아를 받아들일 수 있도록 하고, 비록 그것이 국제적인 성격을 띤다고 하더라도 가능한 한 그리스적으로 만들자는 것이다. 오직 이것만이 그 이데아가 도래한다고 해도 위험에 빠지지 않는 유일한 방법일 것이다. 그리하여 그리스는 그 이데아에 보다 신속하고 보다 지혜롭게 적응하게 될 것이며, 따라서 그리스의 얼굴이 일그러지는 일은 없을 것이다.

우리는 위대하고 중대한 시기를 지나가고 있다. 독자들이여, 만약 여러분이 진정한 인간이라면, 인류에 대해 측은지심을 느끼고 우리를 둘러싼 거센 폭풍을 이해할 수 있는 사람이라면, 여러분에게는 신중하게 생각할 의무가, 또 가능하다면 결단을 내릴 의무가 있는 것이다.

후기

 니코스 카잔차키스는 10년 남짓, 그러니까 1922년부터 1930년대 중반까지 공산주의를 붙들고 씨름했다. 그가 공산주의를 포용하게 된 것은 제1차 세계 대전을 겪고, 이어서 1922년 소아시아에서 그리스가 터키에게 대패한 이후였다. 이 사건들로 인해 카잔차키스는 유럽의 부르주아 자본주의 문명이 쇠퇴하고 있는 반면, 러시아를 포함한 동방의 〈야만적인〉 민족들이 미래의 르네상스를 짊어지고 나갈 주인공들이라는 사실을 확신하게 되었다.
 그러나 일정을 늦춰 가며 1929년까지 오랜 기간 소련에 체류한 후, 그는 러시아에 대한 자신의 평가를 수정했다. 러시아가 뭔가 새로운 것을 전하는 사자가 아니라 지극히 낡은 것, 즉 서구의 물질주의를 지고 가는 존재로 보게 된 것이다. 따라서 카잔차키스를 통해서 우리는 가장 일찍 나타난, 그리고 가장 흥미로운 환멸의 사례 가운데 하나를 보게 된다. 그를 괴롭혔던 것은 볼셰비즘이 서구를 〈위협〉한다는 것이 아니라 오히려 서구를 〈모방〉한다는 사실이었다. 그의 환멸이 더욱 흥미롭게 다가오는 이유는, 그가 러시아의 현실에 눈을 뜬 후에도 부르주아의 현상 유지를 옹호하기 위해 공산주의를 거부하지 않았기 때문이며, 그렇다고 알렉산드르 솔제니친처럼 서구나 동구나 똑같이 혐오스럽다며 전반적인 분노를 나타내면서 칩거하지도 않았기 때문이다. 오히려 카잔차키스는 그런 환멸 속에서 〈후기 공산주의자〉로 남기를 고집했다. 그는 아직 어린 공산주의가 뭔가 초물질주의적인 존재로 성숙해 갈 것이며, 동시에 인간의 역사에서 위대한 인격으로서 자기 역할을 깨닫게 될 것이라고 믿었다. 그는 일종의 〈동종요법〉[1]적인 자세를 취하면서 이렇게 주장했다. 소비에트 공산주의는 서구에서 가장 나쁜 특성들을 연장시키고 있는 하나의 질병이기 때문에, 그 질병을 덜 앓느니 더 심하게 앓음으로써 환자가 고비를 넘겨 치유되도록, 또는 차라리 죽도록 하자는 것이다.

소비에트 공산주의에 관계했던 경험에 대한 카잔차키스의 반작용은 1929년에 쓴 정치적인 소설 『토다 라바』에서 가장 광범위하게 기록되고 있다. 여기서 주인공은 이렇게 외친다. 「그래, 그래, 공산주의자가 되자! 기계 숭배와 물질 숭배를 계속해서 강화시켜 나가자...... 광란의 미국화를 향해 이 세계를 밀고 나가자! 우리 자신을 기계에서 해방시키기 위한 방법은 다른 어디에도 없다.」 그러나 이와 똑같은 반작용이 미카엘 아나스타시우에게 보낸 다음의 회람식 편지에도 요약되어 있다. 이 편지는 판델리스 프레벨라키스[2]의 『카잔차키스가 프레벨라키스에게 보낸 4백 통의 편지 Tetrakósia Grámmata tu Kazantzáki ston Prevelákis』에 실려 있는 텍스트를 사용했으며 카잔차키스의 아내 엘레니의 허락을 얻어 실은 것이다. 여기서 카잔차키스는 그 특유의 열정이

---

[1] 건강한 사람에게 대량 투여하면 질병이 생기는 약을 환자에게 소량씩 투여함으로써 치료하는 방법.
[2] Pandelis Prevelákis(1909~1986). 그리스의 소설가. 카잔차키스의 제자이자 문학적 조수 역할을 했고, 카잔차키스 전기를 썼다.

담긴 명료함으로, 유달리 치열했던 자신의 삶 중에서 가장 파란만장했던 10년을 겪은 후의 감회를 자기 자신과 타인들을 위해 정리하고 있다.

피터 빈[3]

미카엘에게

오랜 기간 러시아를 여행하며 그곳의 많은 사람들과 사건들, 장소들을 둘러보고 경험한 뒤, 이 쓸쓸한 산의 적막 속에서 홀로 지내다가 내일부터 다시 『오디세이아』 작업을 시작하려는 중요한 순간을 앞둔 밤이고 보니, 새삼 자네와 이야기를 해야겠다는, 그리고 내가 그동안 오늘날 세계의 문제와 맞서기 위해 싸우면서 어렵사리 도달하게 된 단계, 아주 복잡하면서도 요동치는 그 단계에 관해 분명히 밝혀야겠다는 의무감을 느낀다네.

나는 러시아의 현실을 이해하기 시작했다네. 다시 말해서 그 모든 복잡하고 불명료한 것들, 모순적인 것들, 무엇보다도 러시아가 어쩔 수 없이 따르고 있는 그 불가항력을 파악했다는 말이지. 그렇기 때문에 지금 나로서는 러시아에 관해 말하기가 무척 힘들다네. 예전에, 러시아에 대해 완전히 알지 못했을 때의 나는 몇 시간이고 자신 있게 나 자신의 욕망과 내가 알지도 못하는 이념들로 가득 차서, 곧은 기하학적인 직선들을 보면서 떠들 수 있었지. 그러나 지금의 나는 그곳에서 곡선이며 각, 뒤로 향한 만곡이며, 다수의 반대되는 이데올로기들과 실질적인 필요성으로 인

---

[3] 피터 빈Peter Bien은 다트머스 칼리지의 영문과 교수로서 대표적인 카잔차키스 전문가로 꼽힌다. 그는 『영혼의 자서전』, 『최후의 유혹』, 『니코스 카잔차키스 서간 선집』을 번역했다 — 원주.

해 생겨난 모순들을 발견하고 있네.

여기서 나는 다만 이 문제에 관해 생각하고자 할 때 내 머리가 따라가게 되는 대강의 윤곽선을, 아주 불완전하게나마 자네에게 보여 주기 위해 애써 볼 것이네. 내가 스케치한 것들 중에는 예전에 내가 머리로써 따라가곤 했던 몇몇 경로에 대한 의식으로 가득 차 있는 것도 많고, 또 그런 의식을 상기시키는 것도 많을 것이네. 그리고 정확하게 바로 그런 이유 때문에 자네는 내심 경계하면서 회의를 품고 나의 결론에 반박하겠지. 어쩌면 내가 그 몇 년 동안 경험했던 모든 사건과 이념들은 나 자신이 미리 결정지었던 지적, 심리적 요구에 초점을 맞춘 것일 수도 있으니까. 하지만 한 개인이 이런 식의 역행에서 탈출하는 것은 어쩌면 불가능한 일일지도 몰라. 오직 강렬한 욕구를 품고 있지 않은 사람, 다시 말해 생명이 없는 사람만이 나무랄 데 없는 공정성을 가지고 이런 이념들과 세계를 마주할 수 있을 테니까. 하지만 그 사람의 관점은 결과적으로 아무런 가치도 지니지 못할 것이네.

그렇기 때문에 나는 우선적으로 자네의 이성에 호소하는 게 아니라 자네 존재 안의 힘, 즉 자기만의 리듬에 맞추어 다른 것들을 조화롭게 결집시키고자 하는 그 힘에 나 자신을 알리려고 하네. 그러나 실제로 나에게는 내 안의 욕구를 말로 공식화해야 하는, 다시 말해 그것을 활력이 없는 어떤 것으로 변형시켜야 하는 의무가 있는 이상, 우선 다음을 염두에 두길 바라네. 내가 사용하는 말들을 〈물질〉로써 받아들이게. 마치 단어 하나하나가 잠자고 있는 아주 단단한 씨앗인 것처럼 말이지. 그렇지만 그 씨앗 안에는 폭발적인 힘이 들어 있다네. 내가 말하고자 하는 바가 무엇인지 알아내기 위해서는, 각각의 단어가 자네 안에서 폭발하도록 놓아두어야 할 거야. 실제로 말이 가두어 놓은 정신은 그런 방법을 통해서 해방되지. 아마 자네도 알겠지만, 위대한 랍비 나흐만Nahman 의 이런 멋진 일화가 있지. 그는 기도하려고 교회에 갈 때마다 유서를 작성하고 아내와 아이들에게 눈물 어린 작별 인사를 하곤 했어. 자기가 살아 돌아올지 어떨지 알 수 없었기 때문이지. 거기에는 그가 늘 말했듯이, 이런 이유가 있었어. 「내가 하나의 단어를 사용할 때, 예를 들어 〈주는〉이라고 한다면 나는 두려움에 사로잡히게 된다. 내가 과연 다음 단어 〈자비로우시다〉로 넘어갈 수 있을지 어떨지 알지 못해서 무너지기 시작한다.」 아, 사람이 시 한 수를 읊거나, 아내에게 말을 하거나, 또는 친구에게서 온 편지를 읽을 때 그런 식으로 할 수만 있다면!

이제 자네에게 그런 지침을 제시했으니, 논리적인 외피를 사용해야 한다는 두려움 없이 말을 시작할 수 있겠네.

1. 첫 번째로 러시아를 경험한 후, 그러니까 나의 꿈이 현실이 된 후 나는 다음과 같은 결론에 도달했네. 〈성취는 투쟁보다 못하다.〉 이것은 사실 인간의 행동에서 실질적 지침으로는 결코 사용할 수 없는 위험하고도 고통스러운 결론이지. 도취의 숭고한 순간은 지속될 수 없는 법이야. 필요에서 탄생한 영감이 단어 속에서 영속성을 추구할 때 스스로를 억제하고 타락시키게 되니까. 이건 우리도 잘 아는 사실이야. 하지만 오늘날 러시아가 그 자신의 방대한 영감을 공고히 다지는 과정에서 인간의 무기력을 드러낸 이 무서운 법칙을 볼 때, 그 고통은 이루 말할 수가 없을 정도였네. 이상의 현실화는 그 이상을 위해 싸우는 자들의 정신을 축소시켜 버렸네. 균형 상태에 도달한 그들은 편리함을 알게 되고, 한 발짝이라도 더 나아가기를 바라지 않게 되지. 혁명가들은 안락함을 맛보게 되고, 안락함을 누리는 자들은 급속도로 보수주의자로 퇴보하게 되며, 그 보수주의자들은 아주 조금씩 반동으로

발전한다네.

나는 이런 만곡, 필연적이면서도 때로는 인류 진보의 물결에 유용한 만곡에 관해 어떤 판단을 내리고 싶지는 않아. 인간의 영혼이 계속적인 상승을 오래 견뎌 내지 못한다는 것은 당연한 일이야. 인간은 쉬고 싶어 하고, 아무 생각 없는 식물처럼 걱정 없이 살고 싶어 하지. 영혼이라고 해서 물질과 크게 다르지 않다네. 그것은 쉽게 정착하고 활력을 잃으며, 쉽게 물질로 바뀌어 버리지. 그렇지만 러시아에서는 특별히, 다음과 같은 이중의 문제가 있다네.

첫째, 영혼이 물질로 진화하는 자연적인 과정이 아주 급속도로 일어나고 있다.

둘째, 러시아의 프롤레타리아들은 세계의 프롤레타리아들과 깊이 연관되어 있다. 이와 같은 때, 이른 쇠퇴는 여전히 총공격 이전 단계와 돌진 단계에 머물러 있는 세계의 프롤레타리아 동지들에게는 지극히 위험하며 사기를 꺾어 놓는 일이다.

자네가 지금 여기 나와 같이 있다면 우리는 이에 관해서 끊임없이 이야기를 나누었을 거야. 하지만 우리는 마음 약하게 굴지 말고 이 씁쓸한 현실에 직면해야 하네. 그럼, 간단하게 나의 첫 번째 결론을 요약해 보겠네. 〈인간의 행동에서 소중하고 생산적인 단계는 이상이 성취된 단계가 아니라 투쟁하는 단계이다.〉

2. 대중을, 단지 대중뿐만이 아니라 엘리트들까지도 그렇게 많은 위험을 내포한 총공세로 이끌기 위해서는 적절한 슬로건이 있어야 하지. 적절한 슬로건은 몇 가지 요소를 갖추고 있어야 하네.

첫째, 시대의 요구에 답할 것.

둘째, 그냥 답만 할 것이 아니라 현실을 압도하는 비극적 특성을 주면서 과장하고 부풀릴 것.

셋째, 목적을 간단하게 나타낼 것.

하나의 문명을 창조해 낸 시기마다 슬로건이 있었고, 종종 그런 슬로건은 종교의 형태를 띠곤 했어. 우리 시대의 슬로건은 의심할 것 없이 공산주의 슬로건이야. 그것은 모든 요소를 가지고 있으면서 답을 주고 또 과장하지. 그건 당연한 일이야. 그렇지 않다면 그것은 동시대 현실의 슬로건이 되지 못했을 테니까. 하지만 우리가 계급을 구분하는 만큼 실제로 프롤레타리아와 부르주아가 뚜렷이 구분되는 것은 아니라네. 이들은 깊은 참호를 사이에 두고 서로 분리된 영역을 가진 두 개의 군대가 아니라는 말이야. 그러나 마르크스는 갑작스런 논리적 명료함으로 두 개의 계급을 공식화하면서, 이들이 느닷없이 서로 편을 가르고 전에는 가져 본 적도 없는 계급의식을 갖게 하는 데 한몫을 했지. 이들은 이제 마르크스가 자신의 논리에 따라 미리 그려 놓은 각 진영으로 스스로를 배치하기 시작했네. 일단 강바닥이 드러나게 되면 분명하지 않았던 수많은 현상들이, 때에 따라서 왼쪽 또는 오른쪽으로 떨어지던 수많은 물줄기들이 저희들끼리 정렬되기 시작하면서 그들 앞에 놓인 물길을 따라가는 법이라네. 더러는 의식적으로, 더러는 게으르기 때문에, 또 더러는 모방하면서 말이야.

우리 시대의 입법자는 마르크스이지만, 오늘날 그 이름은 우리 시대의 〈지도자〉를 뜻하지. 자기 주변에서 굽이치고 있는 현실에 대해 그는 일관적인 논리로 가차 없이 정의해 넘으로써 — 따라서 상당한 임의성이 생겨났지. 삶은 절대 그런 방식을 따르지 않거든 — 그것을 억지로 하나의 틀에 몰아넣었어. 그 틀은 현실이 대강 만들어 놓은 것이었지만, 그는 그 틀을 아주 엄격하고 논리적으로 정확하게 깎아 버렸다네.

이 부분에서 우리가, 한 위대한 인간이 그 시대에서 맡은 역할에 대해서 동의한다면, 진정으로 이야기를 나눌 필요가 있네. 다시 말해서, 그의 개입이 어느 시점까지 계속해서 창조적일 수 있는가 하는 것에 관해서 말이야. 탁월한 개인이란 자기 시대의 요구를 표현할 수 있는 사람을 말하네. 그러나 자기 시대의 요구 또는 지금 이 시대의 요구를 단순하게 그대로 비춰 주기만 한다면 그는 평범한 사람이겠지. 그는 항상 거기에 자기 개성이라는 전혀 새로운 색조를 덧입혀야 한다네. 그것이 자기 시대의 반영일 뿐만 아니라, 자기 시대와 다음 시대를 잇는 다리로써 선구적인 성격을 띠게 말이야. 그의 머리에서 이것이 처음 나타날 때는 거의 전적으로 새로운 것인 양 아주 강렬해 보이지.

그러나 이 문제 — 그 위대한 인간이 어느 단계까지 노예인지, 또 어느 단계부터 자유롭고 창조적으로 개입하는지의 문제 — 를 논하다 보면 본론과는 거리가 멀어질 것 같네.

우리 시대를 위해 마르크스는 적절한 슬로건을 찾아냈어. 대중을 결집시키고 그들에게 환상을 심어 줄 슬로건을 찾아서, 대중에게 실현 가능한 목표를(실은 역사적으로 결정된) 제시했고, 프롤레타리아가 승리한 뒤 계급투쟁은 사라질 것이며, 전쟁도 사라지고 정의가 찾아올 거라고 장담했지. 다시 말해서, 그는 대중에게 믿음을 심어 주었어.

이 믿음의 주요 특징은 무엇일까? 그것은 두 가지, 물질주의와 기계 숭배라네. 소련의 이상은 미국이야. 이것은 아주 자연스러운 바람이지. 사실 공산주의란 전혀 새로운 것, 인간의 투쟁이라는 전장 속에서 나타난 새로운 변화가 아니라네. 단지 부르주아 문명에서 도출된 가장 극단적이고 논리적인 결과일 뿐이야. 부르주아 문명은 그 정신의 비판 능력이 발전함에 따라 모든 종교를 파괴하게 되었고, 이른바 과학이라는 것을 창조해 냈어. 결국 우리는 그 과학의 법칙을 가지고 자연의 힘을 인식하고 지배할 수 있게 되었지. 공산주의는 이와 같은 부르주아적 노력의 결실을 신성시하고, 물질적 부를 좀 더 공평하게 분배하도록 시도하며, 또 그렇게 할 뿐이라네. 오늘날 슬로건의 특징이 되는 이 두 가지 요소는 더욱 소름 끼치는 세 번째 결론으로 이어지지.

3. 공산주의의 사명은 새로운 문명의 창조가 아니라 부르주아 사회의 해체라네. 공산주의는 시작이 아니라 끝이야. 그것은 파국의 모든 증후군을 보이고 있네. 순수한 물질 만능주의, 감각을 초월하는 모든 믿음에 대한 지나치게 논리적이고 지루한 분석, 실질적 목표에 대한 신성시.

4. 그렇다면 우리의 의무는 무엇일까? 우리는 바로 지금 이 시기에 태어났네. 따라서 우리의 행동이 보람 있는 것이기를 바라고, 인류에게 도움이 되기를 바란다면, 우리는 공산주의자가 되어야 할 의무가 있네. 하지만 〈깨어 있는 공산주의자〉가 되어야 하지. 다시 말해서, 의식이 있는 철저한 공산주의자, 피상적이고 무한한 희망 따위는 품지 않는 아주 박식한 공산주의자 말이네. 공산주의가 승리하면 번영과 정의가 찾아오리라고 믿는 순진한 공산주의자, 우리는 그런 공산주의자가 될 수 없다네. 우리는 그런 단순하고 피상적인 낙관주의를 혐오해야 하며, 공산주의에 대한 이런 준엄하고 냉철한 인식으로 우리의 열정과 힘에 만족을 느껴야 해.

불타는 숲 속에 발을 들여놓은 운전자는 다시 뒤돌아 나가서는 안 되네. 대신 가능한 한 빨리, 두 배의 속도로 앞으로 달려 그 화염을 피해야 하지. 마찬가지로 우리가 이 무서운 시기에 발을 들여놓게 된 이상 힘이 닿는 한, 공산주의의 모든 경향을 최대한으로 강화시켜야만 구원의 시간이 좀 더 빨리 오게 될 것이네. 우리의 구원은 어떤 것일까? 이 세계가 파괴되고 전혀 다른 토대 위에 새로운 세계가 창조되기 시작하면, 그 속에서는 기계와 논리, 실질적 목표에 대한 숭배 따위는 가치 없는 만족이 되겠지. 새로운 슬로건이 나올 거야.

그런데 한편으로 우리가 행동하는 인간이 아니라면, 능력만 된다면 지금 당장이라도 이 후기 공산주의 슬로건을 갈망하고, 또 그 슬로건을 실천하며, 그 의미를 예측할 권리는 있네. 공산주의는 끝이지만, 한편으로는 모든 끝이 다 그렇듯이, 거기에는 새로운 시작의 요소가 내포되어 있기 마련이지. 그것이 무엇일까? 우리를 둘러싸고 있는 모든 욕망, 요구와 징후들 중에서 어떤 것이 살아남아 다가올 문명에서 가치를 가지게 될까? 일시적인 그 모든 것들 중에서 상대적으로 지속성을 지닐 만한 것은 무엇일까?

바로 이것이 오늘날 이론의 영역을 창조해 나가는 우리들 앞에 놓인 엄청난 갈망이자 위대한 의무라네.

이런 것들이 아주 개괄적으로 그려 본 나의 생각이네. 자네한테 쓴 단어 하나하나에서, 랍비 나흐만이 가졌던 두려움이 느껴지는군. 그래서 이렇게 글을 쓰기보다는 자네와 마주 보며 이야기할 수 있었으면 좋겠어. 개인적으로 나는 러시아에서 어느 한 순간, 내 인생을 갑작스럽게 전환시키게 될 끔찍한 딜레마의 한가운데에 서 있는 나 자신을 발견했다네. 우선 어떤 결정을 내리기 전에 온 힘을 집중하고, 나 자신의 가능성에 초점을 맞춰 보았지. 오늘날 행동에 헌신하는 사람이라면 완전한 삶을 이끌어 나가는 한편, 불필요한 미학적·형이상학적 궤변이나 반박을 뿌리 뽑고 기꺼이 자신의 생각을 좁혀 나감으로써 자기의 행동을 보다 유익하게 만들어야 한다는 사실을 잘 알기 때문이야.

그러나 막상 내가 만났던 책임 있는 사람들은 저마다 자신의 본성에 따라 극한으로, 아주 극단까지 치달았고, 그런 굽힐 줄 모르는 완고함 때문에 그들은 점차 인간이기를 포기하고 괴물이 되어 가고 있었네.

기나긴 러시아 여행을 마친 후, 나는 마치 내 인생의 제2기로 들어온 듯하네. 이제 나에게 러시아는 하나의 격렬한 추진력으로써, 당면한 행동이나 생각 속이 아니라 내 기억 속에 벌써 자리를 잡기 시작했어. 나는 이 나라를 경험하고 보고 향유했다네. 게다가 그 나라의 사람들, 강, 바다, 모스크, 교회, 농부, 사막, 그 이념들과 열망으로부터 내가 받았던 풍부한 감정들은 말로 표현할 수 없어. 하지만 이제 러시아는 내 앞에 놓인 갈망과 욕망의 원에서 떠나가 버렸다네. 지금은 어느 정도 약해진 에너지로, 하나의 빛나는 보물로써 기억 속에 스스로 자리매김한 거야.

앞으로 2, 3년 동안은 한 가지 목표를 세울 생각이네. 『오디세이아』를 통해서, 수많은 영상과 인간, 완벽한 운문, 그리고 지구의 모든 요소와 물과 공기를 향한 충동적 사랑을 담은 그 작품 속에서 미래 인간의 외침을 창조하는 것.

그것이 나 스스로 내 삶에 부여한 의무라네. 다른 모든 것들 — 프롤레타리아의 구원이나 정신 수양을 위한 공부, 호기심을 가지고 보고 듣는 것, 사랑을 향한 마음의 갈망 — 은 나한테 이 외침을 향해 나아가는 고통스러운 행진에 지나지 않네.

사랑하는 미카엘, 이렇게 자네한테 글을 쓰게 되어 정말 기쁘다네. 자네를 본 지도 벌써 몇 년이 흘렀고, 언제 다시 만나게 될지 알 수도 없으니 또 한 번 가슴이 미어지는군. 하지만 자네도 알다시피 우리 크레타 발라드에 이런 아름다운 구절이 있지. 〈자유는 어둠 속에서 얼굴을 씻고 머리를 빗고서 빛을 낸다.〉

사랑도 그와 같은 것이라네.

1929년 8월 28일
니코스

『러시아 기행』에 관하여

엘레니 카잔차키

  니코스 카잔차키스가 쓴 이 글이 〈러시아에서 나는 무엇을 보았는가〉라는 제목으로 처음 그리스에서 선을 보인 지 60년이 지났다. 그는 1926년과 1927년, 그리고 1928년 러시아를 방문하면서 10월 혁명 이후 러시아가 걷고 있던 여러 단계를 지켜보았다. 세 차례에 걸친 그의 여행 중 마지막 세 번째 여행에는 나도 동행했었다.

  사실 우리는 공포스러운 장면을 본 적이 없다. 거리의 학살이나 폭력 행위, 또는 야만적 파괴 행위를 목격하지도 않았다. 교회의 문은 닫혀 있었지만 신성 모독 같은 것은 없었다. 성상들은 불태워지지 않았고, 루블레프가 그린 아름다운 벽화들을 훼손시키는 사람도 없었다. 우리는 모스크바의 거리거리에서, 여전히 유리 커버 속에 보존되어 있는, 벽감 속에 놓인 성모 마리아의 작은 성상들을 볼 수 있었다. 돌을 던져 그 유리를 깨뜨리고 성상을 훼손시키는 사람이 아무도 없었던 것이다.

  교회와 박물관, 귀족들의 궁전은 모두 아름다운 모습 그대로 유지되고 있었다. 우리가 보르좀에서 머물 때, 차르 니콜라이 2세의 동생이 살았다는 작은 궁전을 찾아간 적이 있었다. 그곳은 볼셰비키의 고급 장교들이 휴가를 받아서 오는 휴양소로 사용되고 있었다. 그 저택의 정원에는 커다란 중국 화병들이 많았지만 깨진 것은 하나도 없었다. 궁전 안 역시 골동품과 도자기, 온갖 미술품들로 가득했으나, 마치 원래 주인이 아직도 살고 있는 것처럼 모든 것이 가지런히 놓여 있었다.

1928년에서 1929년까지 우리는 배를 타고 노브고로트를 출발하여 트빌리시까지 볼가 강 전역을 항해했다. 우리가 탄 작은 배가 멈추어 닻을 내리는 도시마다, 우리는 어김없이 내려서 시내를 거닐었다. 아제르바이잔에서는 며칠 일정으로 바쿠와 트빌리시, 바툼을 여행하며 즐거운 시간을 보냈다. 또한 아르메니아를 돌아보고 카프카스 산맥에도 다녀왔다. 가는 곳마다 평화로웠다. 사람들은 인심 좋고 예의도 발랐다. 그러나 그루지야를 여행하던 중 듣게 되었던 언짢은 사건에 관한 이야기는 아직도 생생하게 떠오른다. 어느 날 밤 한 포도 과수원 주인이 강제로 콜호스[1]에 가입하게 되었다고 포도나무를 죄다 뽑아 버렸던 것이다.

여행은 거의 넉 달 동안 계속되었고, 그동안 우리는 모든 것을 즐겼으며, 특히 새로운 러시아가 여러 면에서 보여 준 새롭고 멋진 발전에 감동하곤 했다. 탁아소와 유치원, 학교, 대학교, 병원, 고아원, 양로원 등은 놀라웠다. 또한 극장, 영화관, 오페라 하우스와 훌륭한 오케스트라, 그리고 최고의 솔로이스트들을 갖춘 콘서트도 훌륭했다. 모스크바와 상트페테르부르크는 꼭 보아야 할 기쁨이었다!

한편으로는 감추어진 상처들도 있었다. 부정과 증오, 살인들이 그것이다. 권력을 쥔 당국은 종종 부패하기 마련이며, 나아가 그

---

[1] 소련의 집단 농장. 모든 생산 수단을 사회화하였다.

주변 사람들까지 부패시킨다. 이것은 모든 시대 모든 사람들의 운명이다. 언젠가 한 재야 철학자가 나에게 이런 말을 했었다. 「인간은 만족스러운 상태를 견디지 못합니다!」

모든 인간은 사랑과 정의, 평화를 꿈꾼다. 그러나 그것들을 아주 오랫동안 지켜 낼 수 있는 사람은 거의 없다. 인간 존재의 본성이 바뀌는 데는 많은 인내와 시간이 필요하다. 언젠가는 그런 날 또한 찾아오리라.

그러나 지금은 니코스 카잔차키스에게 눈을 돌리자. 이 광활하고 신비로운 땅, 러시아를 여행하면서 그가 보고 느끼고 생각한 것들에 관해 그만의 통찰력을 보여 줄 것이다.

1989년 1월

작품 해설
테오파니스 G. 스타브루[1]

양차 대전 사이의 많은 서유럽 지식인들이 그랬지만, 니코스 카잔차키스 역시 〈모스크바로 순례〉를 떠나고 싶다는 억누를 수 없는 욕구를 가지고 있었다. 그것은 〈몸부림치는 러시아〉를 가까이에서 지켜보고, 세계에서 〈최초로 등장한 사회주의 사회〉의 목표와 문제, 그동안의 성과 등을 평가해 보고 싶어서였다. 카잔차키스 또한 나머지 서유럽의 지식인들과 마찬가지로, 소비에트의 주인들과 동지들로부터 정중한 대접을 받았으며, 러시아에서 돌아온 후에는 출판과 강연을 통해 자신이 받았던 인상을 공유했다. 그러나 카잔차키스는 다른 방문객들과 달리, 그 후에도 다시 러시아를 찾았고, 그 방대한 땅의 곳곳을 두루 돌아다녔다. 뿐만 아니라 대부분의 지식인들과는 다르게, 그는 서유럽에 돌아온 후에도 소비에트 공산주의를 〈실패한 신〉이라고 규정하는 이들의 대열에 합류하지 않았다. 더군다나 마르크스주의와 소비에트 공산주의에 대한 자신의 시각을 상당 부분 수정한 뒤에도 정치적 환멸을 나타낸 문학에 일조하지 않았다는 사실 역시 이들과는 다

---

[1] Theofanis G. Stavrou(1938~). 미네소타 대학교의 러시아 및 현대 근동 역사 교수와 그리스 연구소 소장을 지냈다 — 원주.

른 점이었다. 그는 자신이 어떤 선입견도 가지지 않고 러시아(그는 〈소련〉보다 〈러시아〉라는 이름을 즐겨 썼다)에 갔으며, 그것은 한창 진행 중인 세기의 위대한 실험을 직접 목격하고 싶었기 때문이라고 강하게 주장했다.

카잔차키스가 처음 러시아를 방문한 것은 러시아 내전 중이던 1919년, 카프카스 지역에 거주하는 그리스인들의 본국 송환을 돕는 그리스 정부의 특사 자격으로 갔을 때였다. 이 여행에서 그는 지울 수 없을 만큼 강렬한 인상을 받았던 게 분명하다. 그러나 러시아의 정치, 사회, 문화적 현실에 익숙해져서 책으로 거침없이 써내려 갈 정도가 된 것은 1925년에서 1929년 사이 세 번에 걸쳐 러시아를 방문했을 때였다. 그의 『러시아 기행』은 1920년대와 1930년대에 소련을 방문했던 문인들이 남긴 글 가운데 가장 매력적인 작품에 속한다. 카잔차키스는 지칠 줄도 만족할 줄도 모르는 나그네였으며, 그에게 여행은 삶의 방법이요 배움의 수단이었다. 그는 길 위에서도 묻고, 읽고, 노트에 기록하고, 친구에게 편지를 쓰거나 작품의 초고를 쓰는 등 지칠 줄 모르고 일했다. 그러나 무엇보다도 사색적인 예술가로서 그는 파산한 서구 문명의 사상과 체제를 대신할 만한, 또는 개인의 존재에 의미를 부여할 수 있는 새로운 사상과 체제를 끊임없이 찾고 있었다. 사실 이것은 단지 카잔차키스에 국한된 문제는 아니었다. 이 시기에 소련을 방문했던 지식인들은 대체로 자신의 새로운 경험을 부각시켰으며, 그런 만큼 이들의 보고서에는 서구 제도에 대한 실망감이 배어 있었다. 그러나 카잔차키스는 여기서 한 걸음 더 나아갔다. 그는 러시아가 자신의 복음(福音)을, 즉 새로운 세계의 건설, 끊임없는 건설을 목표로 투쟁하고 도전하는 정신의 복음을 퍼뜨릴 만한 비옥한 토양이라고 생각했던 것이다. 이 점은 이 여행기를 읽는 독자들이 항상 염두에 두어야 할 중요한 부분이다. 비록 카잔차키스가 날카로운 통찰력과, 관찰한 것을 정확히 기록하는 능력을 지닌 것은 사실이지만, 사색가이자 예술가로서 그는 상상이 가미된 상황을 거리낌 없이 묘사하고 있을뿐더러, 상황의 본질이나 긴박감을 전달하는 데 도움이 될 성싶으면 그 상황에 서사적 부피를 주는 데 망설이지 않았던 것이다. 그것은 카잔차키스가 목표로 삼은 것이 무엇보다도 10월 혁명 이후 러시아의 분위기를 포착하는 것이었기 때문이다.

지리적으로 그는 유럽 쪽 러시아와 아시아 쪽 러시아를 넘나들고 있다. 주제 면에서는 광범위한 사안들에 관해 보고하면서 교육과 문학, 연극, 춤, 박물관 등에 대한 혁명가들의 접근 방식을 다루고 있다. 한편으로 그는 교도소와 병원을 방문하고, 소수 민족과 여성들의 지위에 관해 질문을 던진다. 또한 서구 지식인과 소비에트의 주요 관리 및 지식인들과 이야기를 나누기도 하며, 거리에서 만난 사람들에게서 의견을 듣기도 한다. 그는 좀 더 높은 역사 인식을 향해 그 사회를 밀어 올리려는 소비에트의 어마어마한 노력에 깊이 감동하고, 1927년 혁명 10주년 기념행사를 지켜보면서 사실상 무아지경에 빠지기도 한다. 그러나 한편 1927년은 러시아에서 〈실험적〉인 20년대가 사실상 막을 내리고, 아울러 그때까지 누리고 있었던 상당한 유연성이 자취를 감추면서 정치·사회 활동은 물론, 사상적으로도 규격화가 시작되던 해였다. 따라서 무엇보다도 타협을 모르는 사상가이자, 가혹하게 자유를 추구하는 인간이었던 카잔차키스는 이와 같은 새로운 환경에 불편한 심기를 느낀다. 그럼에도 그는 자신이 목격한 이 복잡한 형질 변환을 이해하려고 애썼다. 그는 절친한 친구 판델리스 프레벨라키스에게 쓴 편지에서 그런 걱정을 여러 번 암시하기도 했다. 〈나의 관심은 인간, 대지, 하늘이 아니야. 오히려 인간, 대지, 하늘을 소진시키는 불꽃이라네. 나는 이 불꽃을 잡아야만 해.〉 그것은 러시아에 대해서도 마찬가지였다. 그는 러시아를 삼켜 버리는 그 불꽃에 관심을 가지고 있었으며, 자칫 그것을 꺼뜨려 버릴지도 모를 힘을 우려했던 것이다.

러시아인은 아니었지만, 카잔차키스는 서구의 다른 방문객들보다 러시아의 영혼에 상당히 강한 친화력을 보였다. 부분적으로 이것은 그가 러시아 정교회의 종교 유산에 관해 특별한 인식을 가지고 있었다는 데 기인하는데, 실제로 카잔차키스 자신도 크레타의 그리스 정교회 집안 출신이었다. 여기서 우리가 되새겨야 할 것은 비록 카잔차키스가 그리스 정교회, 그리고 전반적으로 조직화된 종교와 충돌을 빚고 있었던 것은 사실이지만, 그럼에도 개개인이 가진 종교적 요구를 충분히 인식하고 있었다는 것, 그리고 무엇보다도 그리스 정교회가 그리스 및 슬라브인들의 성격 형성에 끼쳤던 영향을 이해하고 있었다는 점이다. 그렇기 때문에 그는 소련의 종교적 상황을 가늠해 보려고 애쓰면서, 서구의 많은 방문객들이 그랬던 것처럼 교회와 종교 박물관, 시장을 둘러보았고, 심지어는 반종교 잡지인 『아테이스트』의 편집진들까지 찾아갔던 것이다.

카잔차키스가 새로운 사회주의 사회의 시각에서 바라본 종교의 미래는 암울했다. 종교는 이제 물러가고, 그 자리는 새로운 공산주의 기도서로 대체되고 있었다. 그러나 결과적으로 볼 때, 그런 결과를 소리 높여 예언했던 사람들이 전적으로 옳았던 것은 아니었다. 신앙과 종교 행위는 예언되었던 것보다 훨씬 더 질겼으며, 새로운 공산주의 기도서는 예상했던 것보다 훨씬 더 취약점이 많았다. 그렇지만 낡은 방식에 매달리던 모든 종교 집단에게 당시의 상황이 난처한 것이었다는 점에는 의심의 여지가 없다. 이 주제를 다루고 있는 다음 인용문은 카잔차키스의 날카로운 관찰력을 느끼게 하는 동시에, 그의 독특한 기행문 서술 방식을 엿보게 해준다.

> 이곳 소련에서는 거리거리에서, 벽 속의 우묵한 공간에 있는, 혹은 그냥 교회 문에 걸려 있는 성인들의 모습을 심심치 않게 보게 된다. 그것들은 버려져 있다. 그 옷은 꾀죄죄하고 더럽다. 그들의 수염은 왁스 칠이 되지 않아 흐트러져 있다. 사람들은 기도와 제물로써 이들을 보살피는 일을 그만두었다.
> 나는 모스크바의 대로에 있는 교회에서 나사가 풀어진 채 문에 매달린 한 나무 천사를 보았다. 출입문을 지켜 주십사 하고 누군가 그 자리에 못질해 놓았던 천사였다. 이제 그 천사는 상처 입은 새처럼 한쪽 날개를 떨어뜨린 채 그곳에 걸려 있다. 그리고 모스크바의 어느 교차로에 있는 주석으로 된 성 니콜라스 역시 이제는 경첩이 떨어져서 얼어붙은 보도 위에 위태롭게 걸려 있다. 바람이 불 때면 그는 헐거워진 가게 간판처럼 끽끽거리며 소리를 지른다. 아무도 관심을 가진 사람이 없어 그의 다리를 붙잡아 고정시켜 준다거나, 적어도 그가 계속 고통 받지 않도록 아예 내려 줄 생각을 못 한다.
> 러시아의 성자들은 배가 고프다. 천사들은 하늘과 땅 사이에 걸린 채 고통 받고 있다. 신은 이 거리 저 거리를 배회한다. 집도, 일자리도 없이 박해를 받는다 — 마치 부르주아처럼.

그러나 이 글은 한편으로, 소비에트 당국의 무자비한 반종교 캠페인을 목격하면서 카잔차키스가 서서히 깨닫게 된 미묘하면서도 고통스러운 딜레마를 암시한다. 그가 소련의 주간지 『아테이스트』의 편집장과 만난 후 썼던 글에서도 나타나지만, 그는 이 무신론의 기수와 그의 〈과학적 주장〉에 대해 지적, 영적으로 강한 혐오감을 느꼈다. 아마도 이와 같은 경험들은 카잔차키스가 프레벨라키스에게 썼던 사색적인 편지들에 대한 설명이 될 것이다. 이 편지들에서 그는 스탈린주의의 출현과 함께 서서히 모습을 갖추어 가던 소비에트 현실에 대한 자신의 반작용을 표현한다. 그러나 그는 아서 케스틀러나 앙드레 지드처럼 환멸을 나타낸 글에 동조하지도 않았으며, 이와 비슷한 식의 글을 출판한 적도 없었다. 그의 관찰 속에서는 언뜻 비판적인 자세가 엿보일 수도 있겠지만, 대체로 그는 소비에트 사회를 변화시키기 위해 기울여지던 노력들에 대해 여전히 공감하고 또 이해하는 편이었다. 그러나 사실상 그의 사상은 이미 후기 공산주의 단계로 옮아가고 있었다.

카잔차키스가 소비에트에서 경험한 것들과, 그 경험에 대한 성찰은 여러 가지 면에서 독특하다. 더욱이 그가 도입한 철학적 관점들로 인해 이 글은 더욱 강한 특색을 지닌다. 이런 경험의 일부를 엿볼 수 있는 작품으로는, 카잔차키스의 자서전인 『영혼의 자서전』과 러시아 혁명에서 영감을 얻어 쓰게 된 장편 소설 『토다 라바』가 있다. 그 소설에는 이러한 주제에 관한 다양한 생각들 및 사람들과의 만남이 포괄적으로 기록되어 있다. 뿐만 아니라 20세기의 가장 탐구적인 인물이 작성한, 1920년대 러시아에 대한 가장 뛰어난 보고서이기도 하다.

카잔차키스의 『러시아 기행』은 기행 문학에 바치는 훌륭한 작품이다. 이 책은 또 흥미로운 글쓰기와 이야기 서술에 관심이 있는 이들에게 즐거움을 안겨 줄 것이다. 마지막으로, 러시아의 역사와 문학을 공부하는 학생들에게도 흥미로운 책이 될 것이다. 번역자들은 이 책을 영어권 독자들에게 소개하게 된 것만으로도 축하를 받아 마땅하다.

옮긴이의 말
오숙은

　카잔차키스의 생애는 끊임없는 여행이자 지칠 줄 모르는 탐색처럼 느껴진다. 이 책은 그의 쉼 없는 탐색 과정의 일부로서, 혁명 후 러시아라는 대상에 관해 쓴 책이다. 출판사로부터 〈러시아 기행〉이라는 가제와 함께 이 책을 받았던 나는, 솔직히 광활하고 힘찬 러시아를 구석구석 소개하는 낭만적인 기행문을 기대했었다. 낭패였다. 이 책은 사실 혁명 후 러시아의 삶과 사회에 관한 카잔차키스의 체험을 토대로 한 일종의 보고서에 가까웠다. 아니, 보고서를 뛰어넘어 인류가 나아갈 길을 고민하고 제시하는 사상서로 다가오기도 한다. 그런 만큼 때로는 너무 건조하게 느껴질 때도 있었고, 때로는 너무 무겁기도 했다. 그러나 전반적으로는 항상 인간에 대한 믿음과 애정을 간직한 가슴, 그리고 시대의 격동 속에서도 역사를 꿰뚫어 보려는 그의 의지가 강하게 느껴졌다.
　우리로서는 상당한 시대적 거리를 두고 이 책을 읽게 되는 까닭에, 카잔차키스의 행보와 생각을 따라가기가 그리 쉽지 않을 수도 있겠다. 그러나 그가 우리에게, 적어도 그가 염두에 둔 독자에게 전달하려고 했던 것이 언제 어디에 가서 무엇을 했느냐는 행적 보고가 아니라, 그가 보고 느낀 것들, 하나의 거대한 시대정신이랄까, 그 움직임이 러시아 땅에서 빚어내는 현상이었으며, 이를 통해 그 시대 그리스 독자들에게 각성과 준비를 요구하려 했다는 사실을 염두에 둔다면, 오히려 날짜며 여정을 밝혀 주는 친절함은 불필요하다는 생각도 든다. 그렇지만 나로서는, 우리가 더듬을 수 있는 시간대에 그의 행적을 대입시키고 싶은 속된 궁금증을 무시할 수가 없어서, 몇 가지 언급해 두고자 한다.

카잔차키스가 러시아를 여행한 것은 모두 네 번이었다. 첫 번째 여행은 스타브루의 〈작품 해설〉에서도 소개되었다시피 1919년의 일이었는데, 이후 공산주의에 심취하게 되면서 그는 러시아에 정착해서 살겠다는 꿈을 꾸며 러시아어를 공부했다. 본문에서 드러난 러시아 문학 및 역사에 대한 그의 해박한 지식들은 그가 그 꿈을 얼마나 갈망했는지 보여 주는 예일 것이다.

두 번째 여행, 드디어 자신의 꿈이 이루어져서 카잔차키스는 1925년 10월 아테네의 한 신문 기자 신분으로 러시아에 파견되어 3개월 남짓 머물렀다. 당시 러시아는 앞서 1922년 서기장으로 선출된 스탈린의 지위가 더욱 공고해지던 중이었다. 1924년 레닌이 사망하고 스탈린과 트로츠키의 대립이 심화되는 가운데, 스탈린의 일국 사회주의 이론이 득세하고 있었다. 이 책에서 첫 번째로 소개된 이 여행에서는 카잔차키스가 소비에트 러시아에서 받은 인상들이 다양하고 풍부하게 기록되어 있다.

세 번째 여행(이 책에서는 두 번째 여행)은 1927년 10월 말, 혁명 10주년 기념행사를 준비하던 소비에트 정부의 초대로 이루어졌다. 그는 러시아에서 열린 한 평화 회의에 참석했고, 여기에서 전쟁에 대비해야 한다는 취지의 연설을 했다. 한편 당시는 트로츠키가 당 중앙 위원에서 제명되는 등, 이미 러시아 내에서 트로츠키의 입지가 흔들리던 시기였다. 카잔차키스가 11월 7일 기념행사에서 언급한 트로츠키의 외침은 이렇게 스탈린을 중심으로 가닥이 잡혀 가던 권력 투쟁의 단면을 예리하게 보여 준다. 카잔차키스는 같은 달, 그가 지극한 애정으로 묘사하고 있는 파나이트 이스트라티를 만났다. 본문에도 소개되었지만, 카잔차키스와 이스트라티는 절친한 사이가 되어 그 후 한동안 정치적, 문학적 행보를 같이 했다. 12월에 아테네로 돌아갈 때는 이스트라티를 데리고 함께 갔으며, 그리스 대중에게 이스트라티를 소개해 주기도 했다.

그리고 마지막으로 1928년 4월, 카잔차키스는 다시 러시아로 향했다. 본문 중의 내용과는 달리, 실제로 그와 이스트라티가 고리키를 만난 것은 마지막으로 러시아에 갔던 1928년 6월이었다. 당시 고리키는 몇 년째 유럽에 머무르다가 1928년 5월 말 당국의 강압적 권유로 잠정적으로 소련에 귀국했던 것이다. 이 부분은 세 사람의 만남을 부각시키기 위해 의도적으로 시간을 재배치한 것으로 보인다. 그런 효과 때문인지 이 세 사람의 만남은, 개인적으로는 이 책 가운데 오래도록 기억하고 싶은 장면이었다. 카잔차키스는 그 후 아내 엘레니를 동반하고 이스트라티와 함께 남부 러시아를 여행했으나, 그해 12월 결정적인 견해 차이로 이스트라티와 결별했다. 그리고 혼자서 계속 러시아를 돌아다니다가 1929년 4월에 러시아를 떠났다. 이때는 소련에서 제1차 5개년 계획이 시작되고, 러시아 농업의 집단화가 추진되던 시기였다.

세 번에 걸친 러시아 여행에 대한 연대기적인 이 글을 읽어 나가면서, 독자들은 러시아를 보는 그의 시각이 서서히 구체화되면서 정리되고 있음을 느낄 것이다. 따라서 이 책은 혁명 후 러시아를 거듭 방문하면서 그가 보고 느낀 것들을 서술한 테마별 기행문이기도 하지만, 한편으로는 카잔차키스 자신의 사상적 탐색의 경로를 고스란히 담고 있는 철학적 기행문으로 볼 수도 있을 것이다.

한편, 역자는 본문에 인용된 러시아 문학 작품들을 원문과 대조해 달라고 러시아 문학을 연구하는 친구들에게 부탁했었다. 러시아어 원작과 대조 작업을 하지 않았다는 일러두기가 원서에 있던 터라, 러시아-그리스-미국-우리나라까지 먼 길을 돌아온 작품들이 혹시 잘못되지는 않을까 하는 노파심 때문이었다. 그러나 결과적으로, 그것은 카잔차키스의 이 『러시아 기행』에서는 무의미한 작업이었다. 우선 상당히 긴 원문을 그가 의도적으로 상황에 맞추어 축약시킨 것들도 많았으며, 때로는 기억 속의 일부만을 옮기기도 하고, 또 일부만을 축약해 전혀 다른 형식으로 실은 부분도 있었다. 카잔차키스는 자신이 느낀 러시아를 서술하면서 일종의 장치로써, 자신이 받아들인 또는 기억하는 러시아인들의 글을 사용한 것으로 보이기 때문에 결국 원문 비교 자체가 별 의미 없는 일이라고 판단되었다. 독자들은 이 부분 역시 고리키와의 만남에서처럼 저자 자신의 재량이란 맥락에서 이해해 주었으면 한다.

살얼음을 걷는 기분이었다. 나로서는 감당하기 힘든 니코스 카잔차키스란 거장의 목소리를 내야 하는 것도 그랬고, 더욱이 잠재적 폭발력을 지닌 그 씨앗들을 옮길 수 있을는지도 의문이었다. 혁명, 프롤레타리아, 러시아……. 창고 속에서 해묵은 사회과학 서적들을 꺼내 보듯, 옛 기억들이 새롭게 떠올랐다. 그러나 오랜 기억 속의 책들과는 달리 이 책에서는 소름 끼칠 정도의 날카로운 예지력이 빛을 발하고 있었다.

　이제 작업은 끝났다. 카잔차키스의 글이 지닌 힘을 축소시켰을지 모른다는 불안감과 자책감도 이제 그만 접어야겠다. 이 책을 번역하게 해주신 여러분들, 불쑥 연락해서 러시아 시 원문 대조 작업을 부탁했음에도 선선히 응해 주시고 조언을 주신 오원교 님, 최종술 교수님께도 감사드린다.

　이 책의 번역 대본으로는 1989년 Creative Arts Book Company에서 출간된 *Russia*를 사용하였다.

니코스 카잔차키스 연보

1883년 2월 18일(구력)* 크레타 이라클리온에서 태어남. 당시 크레타는 오스만 제국의 영토였음. 아버지 미할리스는 바르바리(현재 카잔차키스 박물관이 있음) 출신으로, 곡물과 포도주 중개상을 함. 뒷날 미할리스는 소설『미할리스 대장 *O Kapetán Mihális*』의 여러 모델 가운데 하나가 됨.

1889년(6세) 크레타에서 터키의 지배에 대항하는 반란이 일어났으나 실패함. 카잔차키스 일가는 그리스 본토로 피하여 6개월간 머무름.

1897~1898년(14~15세) 크레타에서 두 번째 반란이 일어남. 자치권을 얻는 데 성공함. 니코스는 안전을 위해 낙소스 섬으로 감. 프랑스 수도사들이 운영하는 학교에 등록. 여기서 프랑스어에 대한 그의 사랑이 시작됨.

1902년(19세) 이라클리온에서 중등 교육을 마치고 법학을 공부하기 위해 아테네 대학교에 진학함.

1906년(23세) 대학을 졸업하기도 전에 에세이「병든 시대 I arrósteia tu aiónos」와 소설「뱀과 백합 Ofis ke kríno」출간함. 희곡「동이 트면 Ximerónei」을 집필함.

1907년(24세)「동이 트면」이 희곡 상을 수상하며 아테네에서 공연됨. 커다

---

*그리스는 구력인 율리우스력을 사용하다가, 1923년 대다수의 국가가 현재 사용하고 있는 그레고리우스력을 받아들이면서 그해 2월 16일을 3월 1일로 조정하였다. 구력의 날짜를 그레고리우스력으로 환산하려면 19세기일 때는 12일을, 20세기일 때는 13일을 더하면 된다.

란 논란을 일으킴. 약관의 카잔차키스는 단번에 유명 인사가 됨. 언론계에 발을 들여놓음. 프리메이슨에 입회함. 10월 파리로 유학함. 이곳에서 작품 집필과 저널리즘 활동을 병행함.

1908년(25세) 앙리 베르그송의 강의를 듣고, 니체를 읽음. 소설 『부서진 영혼 Spasménes psihés』을 완성함.

1909년(26세) 니체에 관한 학위 논문을 완성하고 희곡 「도편수 O protomástoras」를 집필함. 이탈리아를 경유하여 크레타로 돌아감. 학위 논문과 단막극 「희극: 단막 비극 Komodía」과 에세이 「과학은 파산하였는가 I epistími ehreokópise?」를 출간함. 순수어 katharévusa를 폐기하고 학교에서 민중어 demotiki를 채용할 것을 주장하는 솔로모스 협회의 이라클리온 지부장이 됨. 언어 개혁을 촉구하는 선언문을 집필함. 이 글이 아테네의 한 정기 간행물에 실림.

1910년(27세) 민중어의 옹호자 이온 드라구미스를 찬양하는 에세이 「우리 젊음을 위하여 Ya tus néus mas」를 발표함. 고전 그리스 문화에 대한 추종을 극복해야만 한다고 역설하는 드라구미스가 그리스를 새로운 영광의 시기로 인도할 예언자라고 주장함. 이라클리온 출신의 작가이며 지식인인 갈라테아 알렉시우와 결혼식을 올리지 않은 채 아테네에서 동거에 들어감. 프랑스어, 독일어, 영어와 고전 그리스어를 번역하는 것으로 생계를 유지함. 민중어 사용 주창 단체들 중 가장 중요한 〈교육 협회〉의 창립 회원이 됨.

1911년(28세) 10월 11일 갈라테아 알렉시우와 결혼함.

1912년(29세) 교육 협회 회원을 대상으로 한 긴 강연에서 베르그송의 철학을 그리스 지식인들에게 소개함. 이 강연 내용이 협회보에 실림. 제1차 발칸 전쟁이 발발하자 육군에 자원하여 베니젤로스 총리 직속 사무실에 배속됨.

1914년(31세) 시인 앙겔로스 시켈리아노스와 함께 아토스 산을 여행함. 여러 수도원을 돌며 40일간 머무름. 이때 단테, 복음서, 불경을 읽음. 시켈리아노스와 함께 새로운 종교를 창시할 것을 몽상함. 생계를 위해 갈라테아와 함께 어린이 책을 집필함.

1915년(32세) 시켈리아노스와 함께 다시 그리스를 여행함. 〈나의 위대한 스승 세 명은 호메로스, 단테, 베르그송〉이라고 일기에 적음. 수도원에 은거하며 책을 한 권 썼으나 현재 전해지지 않음. 아마도 아토스 산에 대한 책인 듯함. 「오디세우스 Odisséas」, 「그리스도 Hristós」, 「니키포로스 포카스Nikifóros Fokás」의 초고를 씀. 10월 아토스 산의 벌목 계약을 위해 테살로니키로 여행함. 이곳에서 카잔차키스는 제1차 세계 대전 중 영국군과 프랑스군이 살로니카 전선에서 싸우기 위해 상륙하는 것을 목격함. 같은 달, 톨스토이를 읽고 문학보다 종교가 중요하다고 결심하며, 톨스토이가 멈춘 곳에서 시작하리라고 맹세함.

1917년(34세) 전쟁으로 석탄 연료가 부족해지자 기오르고스 조르바라는 일꾼을 고용하여 펠로폰네소스에서 갈탄을 캐려고 시도함. 이 경험은 1915년의 벌목 계획과 결합하여 뒷날 소설 『그리스인 조르바*Víos ke politía tu Aléxi Zorbá*』로 발전됨. 9월 스위스 여행. 취리히의 그리스 영사 이안니스 스타브리다키스의 거처에 손님으로 머무름.

1918년(35세) 스위스에서 니체의 발자취를 순례함. 그리스의 지식인 여성 엘리 람브리디를 사랑하게 됨.

1919년(36세) 베니젤로스 총리가 카잔차키스를 공공복지부 장관에 임명하고, 카프카스에서 볼셰비키에 의해 처형될 위기에 처한 15만 명의 그리스인들을 송환하라는 임무를 맡김. 7월 카잔차키스는 자신의 팀을 이끌고 출발. 여기에는 스타브리다키스와 조르바도 끼여 있었음. 8월 베니젤로스에게 보고하기 위해 베르사유로 감. 여기서 평화 조약 협상에 참여함. 피난민 정착을 감독하기 위해 마케도니아와 트라케로 감. 이때 겪은 일들은 뒷날 『수난*O Hristós xanastavrónetai*』에 사용됨.

1920년(37세) 8월 13일 드라구미스가 암살됨. 카잔차키스는 큰 충격에 휩싸임. 11월 베니젤로스가 이끄는 자유당이 선거에서 패배함. 카잔차키스는 공공복지부 장관을 사임하고 파리로 떠남.

1921년(38세) 1월 독일 드레스덴, 라이프치히, 예나, 바이마르, 뉘른베르크, 뮌헨을 여행함. 2월 그리스로 돌아옴.

1922년(39세) 아테네의 한 출판인과 일련의 교과서 집필을 계약하며 선불금을 받음. 이로써 해외여행이 가능해짐. 5월 19일부터 8월 말까지 빈에 체재함. 여기서 이단적 정신분석가 빌헬름 슈테켈이 〈성자의 병〉이라고 부른 안면 습진에 걸림. 전후 빈의 퇴폐적 분위기 속에서 카잔차키스는 불경을 연구하고 붓다의 생애를 다룬 희곡을 집필하기 시작함. 또한 프로이트를 연구하고 「신을 구하는 자*Askitikí*」를 구상함. 9월 베를린에서 그리스가 터키에 참패했다는 소식을 들음. 이전의 민족주의를 버리고 공산주의 혁명가들에 동조함. 카잔차키스는 특히 라헬 리프슈타인이 이끄는 급진적 젊은 여성들의 세포 조직으로부터 영향을 받음. 미완의 희곡 『붓다

Vúdas』를 찢어 버리고 새로운 형태로 쓰기 시작함. 「신을 구하는 자」에 착수하면서 공산주의적인 행동주의와 불교적인 체념을 조화시키려 시도함. 소비에트 연방으로 이주할 것을 꿈꾸며 러시아어 수업을 들음.

1923년(40세) 빈과 베를린에서 보낸 시기에는 아테네에 남아 있던 갈라테아에게 보낸 편지를 통해 많은 자료를 남겼음. 4월 「신을 구하는 자」를 완성함. 다시 『붓다』 집필을 계속함. 6월 니체가 자란 나움부르크로 순례를 떠남.

1924년(41세) 이탈리아에서 3개월을 보냄. 이때 방문한 폼페이는 그가 떨쳐 버릴 수 없는 상징의 하나가 됨. 아시시에 도착함. 여기서 『붓다』를 완성하고, 성자 프란체스코에 대한 평생의 흠앙을 시작함. 아테네로 가서 엘레니 사미우를 만남. 이라클리온으로 돌아와, 망명자들과 소아시아 전투 참전자들로 이루어진 공산주의 세포의 정신적 지도자가 됨. 서사시 『오디세이아 *Odíssia*』를 구상하기 시작함. 아마 이때 「향연 Simposion」도 썼을 것으로 추정됨.

1925년(42세) 정치 활동으로 체포되었으나 24시간 뒤에 풀려남. 『오디세이아』 1~6편을 씀. 엘레니 사미우와의 관계가 깊어짐. 10월 아테네 일간지의 특파원 자격으로 소련으로 떠남. 그곳에서의 감상을 연재함.

1926년(43세) 갈라테아와 이혼. 갈라테아는 뒷날 재혼한 뒤에도 갈라테아 카잔차키라는 이름으로 활동함. 카잔차키스는 다시금 신문사 특파원 자격으로 팔레스타인과 키프로스로 여행함. 8월 스페인으로 여행함. 독재자 프리모 데 리베라와 인터뷰함. 10월 이탈리아 로마에서 무솔리니와 인터뷰함. 11월 훗날 카잔차키스의 제자로서 문학 에이전트이자 친구이며 전기 작가가 되는 판델리스 프레벨라키스를 만남.

1927년(44세) 특파원 자격으로 이집트와 시나이를 방문함. 5월 『오디세이아』의 완성을 위해 아이기나에 홀로 머무름. 작업이 끝나자마자 생계를 위해 백과사전에 실릴 기사들을 서둘러 집필하고 『여행기 *Taxidévondas*』 첫 번째 권에 실릴 글을 모음. 디미트리오스 글리노스의 잡지 『아나예니시』에 「신을 구하는 자」가 발표됨. 10월 말 혁명 10주년을 맞이한 소련 정부의 초청으로 다시 러시아를 방문함. 앙리 바르뷔스와 조우함. 평화 심포지엄에서 호전적인 연설을 함. 11월 당시 프랑스에서 큰 인기를 얻고 있던 그리스계 루마니아 작가 파나이트 이스트라티를 만남. 이스트라티를 비롯한 몇몇 사람들과 함께 카프카스를 여행함. 친구가 된 이스트라티와 카잔차키스는 소련에서 정치적, 지적 활동을 함께하기로 맹세함. 12월 이스트라티를 아테네로 데리고 옴. 신문 논설을 통해 그를 그리스 대중에게 소개함.

1928년(45세) 1월 11일 카잔차키스와 이스트라티는 알람브라 극장에 모인 군중 앞에서 소련을 찬양하는 연설을 함. 이는 곧바로 가두시위로 이어짐. 당국은 연설회를 조직한 디미트리오스 글리노스와 카잔차키스를 사법 처리하고 이스트라티를 추방하겠다고 위협함. 4월 이스트라티와 카잔차키스는 러시아로 돌아옴. 키예프에서 카잔차키스는 러시아 혁명에 관한 영화 시나리오를 집필함. 6월 모스크바에서 이스트라티와 동행하여 고리키를 만남. 카잔차키스는 「신을 구하는 자」의 마지막 부분을 수정하고 〈침묵〉 장을 추가함. 「프라우다」에 그리스의 사회 상황에 대한 논설들을 기고함. 레닌의 생애를 다룬 또 다른 시나리오에 착수함. 이스트라티와 무르만스크로 여행함. 레닌그라드를 경유하면서 빅토르 세르주와 만남. 7월 바르뷔스의 잡지 『몽드』에 이스트라티가 쓴 카잔차키스 소개 기사가 실림. 이로써 유럽 독서계에 카잔차키스가 처음으로 알려짐. 8월 말 카잔차키스와 이스트라티는 엘레니 사미우와 이스트라티의 동반자 빌릴리 보드보비와 함께 남부 러시아로 긴 여행을 떠남. 여행의 목적은 〈붉은 별을 따라서〉라는 일련의 기사를 공동 집필하기 위해서였음. 두 친구의 사이가 점차 멀어짐. 12월 빅토르 세르주와 그의 장인 루사코프가 트로츠키주의자로 몰려 처벌된 〈루사코프 사건〉이 일어나 그들의 견해차는 마침내 극에 달함. 이스트라티가 소련 당국에 대한 분노와 완전한 환멸을 느낀 반면, 카잔차키스는 사건 하나로 체제의 정당성을 판단하기는 어렵다는 입장이었음. 아테네에서 카잔차키스의 러시아 여행기가 두 권으로 출간됨.

1929년(46세) 카잔차키스는 홀로 러시아의 구석구석을 여행함. 4월 베를린으로 가서 소련에 관한 강연을 함. 논설집을 출간하려 함. 5월 체코슬로바키아의 한적한 농촌으로 들어가 첫 번째 프랑스어 소설을 씀. 원래 〈모스크바는 외쳤다 *Moscou a crié*〉라는 제목이었으나 〈토다 라바 *Toda-Raba*〉로 바뀜. 이 소설은 작가의 변화한 러시아관을 별로 숨기지 않고 드러내고 있음. 역시 프랑스어로 〈엘리아스 대장 *Kapetán Élias*〉이라는 소설을 완성함. 이는 『미할리스 대장』의 선구가 되는 여러 작품 중 하나임. 프랑스어로 쓴 소설들은 서유럽에 자신의 존재를 드러내려는 최초의 시도였음. 동시에 소련에 대한 자신의 달라진 관점을 반영하기 위해 『오디세이아』의 근본적인 수정에 착수함.

1930년(47세) 돈을 벌기 위해 두 권짜리 『러시아 문학사 *Istoria tis rosikis logotehnias*』를 아테네에서 출간함. 그리스 당국은 「신을 구하는 자」에 나타난 무신론을 이유로 그를 재판에 회부하겠다고 위협함. 계속 외국에 머무름. 처음에는 파리에서 지내다가 니스로 옮긴 뒤, 아테네 출판사들의 의

뢰로 프랑스 어린이 책을 번역함.

1931년(48세) 그리스로 돌아와 아이기나에 머무름. 순수어와 민중어를 포괄하는 프랑스-그리스어 사전 편찬 작업에 착수함. 6월 파리에서 식민지 미술 전시회를 관람함. 여기서 『오디세이아』에 나오는 아프리카 장면의 아이디어를 얻음. 『오디세이아』의 제3고를 체코슬로바키아에서 은거하며 완성함.

1932년(49세) 재정적 어려움을 타개하기 위해 프레벨라키스와 공동 작업을 구상함. 여러 편의 영화 시나리오와 번역을 구상했으나 대체로 실패함. 카잔차키스는 단테의 『신곡』 전편을, 3운구법을 살려 45일 만에 번역함. 스페인으로 이주하여 그곳에서 작가로 살기로 하고 그 출발로서 선집에 수록될 스페인 시의 번역에 착수함.

1933년(50세) 스페인 인상기를 씀. 엘 그레코에 관한 3운구 시를 지음. 훗날 『영혼의 자서전 Anaforá ston Gréko』의 전신이 됨. 스페인에서 생계를 해결하지 못하고 아이기나로 돌아옴. 『오디세이아』 제4고에 착수함. 단테 번역을 수정하면서 몇 편의 3운구 시를 지음.

1934년(51세) 돈을 벌기 위해 2, 3학년을 위한 세 권의 교과서를 집필함. 이 중 한 권이 교육부에서 채택되어 재정 상태가 잠시 나아짐. 『신곡』이 아테네에서 출간됨. 『토다 라바』가 프랑스 파리의 『르 카이에 블루』지에서 재간행됨.

1935년(52세) 『오디세이아』 제5고를 완성한 뒤 여행기 집필을 위해 일본과 중국을 방문함. 돌아오는 길에 아이기나에서 약간의 땅을 매입함.

1936년(53세) 그리스 바깥에서 문명(文名)을 확립하려는 시도로서, 프랑스어로 소설 『돌의 정원 Le Jardin des rochers』을 집필함. 이 소설은 그가 동아시아에서 겪은 일들을 바탕으로 함. 또한 미할리스 대장 이야기의 새로운 원고를 완성함. 이를 〈나의 아버지 Mon père〉라고 부름. 돈을 벌기 위해 왕립 극장에서 공연 예정인 피란델로의 「오늘 밤은 즉흥극 Questa sera si recita a soggetto」을 번역함. 직후 피란델로풍의 희곡 「돌아온 오셀로 O Othéllos xanayirízei」를 썼는데 생전에는 이 작품의 존재가 알려지지 않았음. 괴테의 『파우스트』 제1부를 번역함. 10~11월 내전 중인 스페인에 특파원으로 감. 프랑코와 우나무노를 회견함. 아이기나에 집이 완성됨. 그가 장기 거주한 첫 번째 집임.

1937년(54세) 아이기나에서 『오디세이아』 제6고를 완성함. 『스페인 기행 Taxidévondas: Ispanía』이 출간됨. 9월 펠로폰네소스를 여행함. 여기서 얻은 감상을 신문 연재 기사 형식으로 발표함. 이 글들은 뒷날 『모레아 기행Taxidévondas: O Morias』으로 묶어 펴냄. 왕립 극장의 의뢰로 비극 「멜리사Mélissa」를 씀.

1938년(55세) 『오디세이아』 제7고와 최종고를 완성한 뒤 인쇄 과정을 점검함. 호화판으로 제작된 이 서사시의 발행일은 12월 말일임. 1922년 빈에서 걸렸던 것과 같은 안면 습진에 걸림.

1939년(56세) 〈아크리타스Akritas〉라는 제목으로 3만 3,333행의 새로운 서사시를 쓸 계획을 세움. 7~11월 영국 문화원의 초청으로 영국을 방문함. 스트랫퍼드어폰에이번에 기거하며 비극 「배교자 율리아누스Iulianós o paravátis」를 집필함.

1940년(57세) 『영국 기행Taxidévondas: Anglia』을 쓰고 「아크리타스」의 구상과 「나의 아버지」의 수정 작업을 계속함. 청소년들을 위한 일련의 전기 소설을 씀(『알렉산드로스 대왕Megas Alexandros』, 『크노소스 궁전 Sta palatia tis Knosu』). 10월 하순 무솔리니가 그리스를 침공함. 카잔차키스는 그리스 민족주의에 대한 새로운 애증에 빠짐.

1941년(58세) 독일이 그리스를 점령함. 카잔차키스는 집필에 몰두하여 슬픔을 달램. 『붓다』의 초고를 완성함. 단테의 번역을 수정함. 〈조르바의 성스러운 삶〉이라는 제목의 새로운 소설을 시작함.

1942년(59세) 전쟁 기간 동안 아이기나를 벗어나지 못함. 다시 정치에 뛰어들기 위해 가능한 한 빨리 작품 집필을 포기하기로 결심함. 독일군 당국은 카잔차키스에게 며칠간의 아테네 체재를 허락함. 여기서 이안니스 카크리디스 교수를 만나 호메로스의 『일리아스』를 공동 번역하기로 합의함. 카잔차키스는 8월과 10월 사이에 초고를 끝냄. 〈그리스도의 회상〉이라는 제목으로 예수에 대한 소설을 쓸 계획을 세움. 이것은 뒷날 『최후의 유혹 O teleftaíos pirasmós』의 전신이 됨.

1943년(60세) 독일 점령 기간의 곤궁함에도 불구하고 정력적으로 작업을 계속함. 『그리스인 조르바』와 『붓다』의 두 번째 원고 및 『일리아스』의 번역을 완성함. 아이스킬로스의 〈프로메테우스〉 3부작을 모티프로 한 희곡 신판을 씀.

1944년(61세) 봄과 여름에 희곡 「카포디스트리아스O Kapodístrias」와 「콘스탄티누스 팔라이올로구스Konstandínos o Palaiológos」를 집필함. 〈프로메테우스〉 3부작과 함께 이들 희곡은 각각 고대, 비잔틴 시대, 현대 그리스를 다룸. 독일군이 철수함. 카잔차키스는 곧바로 아테네로 가서 테아 아네모이안니의 환대를 받고 그 집에서 머무름. 〈12월 사태〉로 알려진 내전을 목격함.

1945년(62세) 다시 정치에 뛰어들겠다는 결심에 따라, 흩어진 비공산주의 좌파의 통합을 목표로 하는 소수 세력인 사회당의 지도자가 됨. 단 두 표차로 아테네 학술원의 입회가 거부됨. 정부는 독일군의 잔학 행위 입증 조사를 위해 그를 크레타로 파견함. 11월 오랜 동반자 엘레니 사미우와 결혼. 소풀리스의 연립 정부에서 정무 장관으로 입각함.

1946년(63세) 사회 민주주의 정당들의 통합이 실현되자 카잔차키스는 장관직에서 물러남. 3월 25일 그리스 독립 기념일에 왕립 극장에서 그의 희곡 「카포디스트리아스」가 공연됨. 공연은 커다란 파문을 일으켰고, 우익 민족주의자들은 극장을 불태우겠다고 위협함. 그리스 작가 협회는 카잔차키스를 시켈리아노스와 함께 노벨 문학상 후보로 추천함. 6월 40일간의 예정으로 해외여행을 떠남. 실제로는 남은 생을 해외에서 체류하게 되었음. 영국에서 지식인들에게 〈정신의 인터내셔널〉을 조직할 것을 호소하였으나 별 관심을 끌지 못함. 영국 문화원이 케임브리지에 방 하나를 제공하여, 이곳에서 여름을 보내며 〈오름길〉이라는 제목의 소설을 씀. 이 역시 『미할리스 대장』의 선구적 작품이 됨. 9월 프랑스 정부의 초청으로 파리에 감. 그리스의 정치 상황 때문에 해외 체재가 불가피해짐. 『그리스인 조르바』가 프랑스어로 번역되도록 준비함.

1947년(64세) 스웨덴의 지식인이자 정부 관리인 뵈리에 크뇌스가 『그리스인 조르바』를 번역함. 몇 차례의 줄다리기 끝에 카잔차키스는 유네스코에서 일하게 됨. 그의 일은 세계 고전의 번역을 촉진하여 서로 다른 문화, 특히 동양과 서양의 문화 사이에 다리를 놓는 것이었음. 스스로 자신의 희곡 「배교자 율리아누스」를 번역함. 『그리스인 조르바』가 파리에서 출간됨.

1948년(65세) 자신의 희곡들을 계속 번역함. 3월 창작에 전념하기 위해 유네스코에서 사임함. 「배교자 율리아누스」가 파리에서 공연됨(1회 공연으로 끝남). 카잔차키스와 엘레니는 앙티브로 이주함. 그곳에서 희곡 「소돔과 고모라 Sódoma ke Gómora」를 씀. 영국, 미국, 스웨덴, 체코슬로바키아의 출판사에서 『그리스인 조르바』 출간을 결정함. 카잔차키스는 『수난』의 초고를 3개월 만에 완성하고 2개월간 수정함.

1949년(66세) 격렬한 그리스 내전을 소재로 한 새로운 소설 『전쟁과 신부 I aderfofádes』에 착수함. 희곡 「쿠로스 Kúros」와 「크리스토퍼 콜럼버스 Hristóforos Kolómvos」를 씀. 안면 습진이 다시 찾아옴. 치료차 프랑스

비시의 온천에 감. 12월『미할리스 대장』집필에 착수함.

1950년(67세) 7월 말까지『미할리스 대장』에만 몰두함. 11월『최후의 유혹』에 착수함.『그리스인 조르바』와『수난』이 스웨덴에서 출간됨.

1951년(68세)『최후의 유혹』초고를 완성함.「콘스탄티누스 팔라이올로구스」의 개정을 마치고 이 초고를 수정하기 시작함.『수난』이 노르웨이와 독일에서 출간됨.

1952년(69세) 성공이 곤란을 야기함. 각국의 번역자들과 출판인들이 카잔차키스의 시간을 점점 더 많이 빼앗게 됨. 안면 습진 또한 그를 더 심하게 괴롭힘. 엘레니와 함께 이탈리아에서 여름을 보냄. 아시시의 성자 프란체스코에 대한 사랑이 더욱 깊어짐. 눈에 심한 감염이 일어나 네덜란드의 병원으로 감. 요양하면서 성자 프란체스코의 생애를 연구함. 영국, 노르웨이, 스웨덴, 네덜란드, 핀란드, 독일에서 그의 소설들이 계속적으로 출간됨. 그러나 그리스에서는 출간되지 않음.

1953년(70세) 눈의 세균 감염이 낫지 않아 파리의 병원에 입원함(결국 오른쪽 눈의 시력을 잃음). 검사 결과 수년 동안 그를 괴롭힌 안면 습진은 림프샘 이상이 원인인 것으로 나타남. 앙티브로 돌아가 수개월간 카크리디스 교수와 함께『일리아스』의 공역을 마무리함. 소설『성자 프란체스코 *O ftohúlis tu Theú*』를 씀.『미할리스 대장』이 출간됨.『미할리스 대장』일부와『최후의 유혹』전체에서 신성을 모독했다는 이유로 그리스 정교회가 카잔차키스를 맹렬히 비난함. 당시『최후의 유혹』은 그리스에서 출간되지도 않았음.『그리스인 조르바』가 뉴욕에서 출간됨.

1954년(71세) 교황이『최후의 유혹』을 가톨릭교회의 금서 목록에 올림. 카잔차키스는 교부 테르툴리아누스의 말을 인용하여 바티칸에 이런 전문을 보냄. 〈주여 당신에게 호소합니다.〉 같은 전문을 아테네의 정교회 본부에도 보내면서 이렇게 덧붙임. 〈성스러운 사제들이여, 여러분은 나를 저주하나 나는 여러분을 축복합니다. 여러분께서도 나만큼 양심이 깨끗하시기를, 그리고 나만큼 도덕적이고 종교적이시기를 기원합니다.〉 여름『오디세이아』를 영어로 번역하는 키먼 프라이어와 매일 공동 작업함. 12월「소돔과 고모라」의 초연에 참석하기 위해 독일 만하임으로 감. 공연 후 치료를 위해 병원에 입원함. 가벼운 림프성 백혈병으로 진단됨. 젊은 출판인 이안니스 구델리스가 아테네에서 카잔차키스 전집 출간에 착수함.

1955년(72세) 엘레니와 함께 스위스 루가노의 별장에서 한 달을 보냄. 여기서 그의 정신적 자서전인 『영혼의 자서전』을 쓰기 시작함. 8월 카잔차키스와 엘레니는 군스바흐의 알베르트 슈바이처 박사를 방문함. 앙티브로 돌아온 뒤, 『수난』의 영화 시나리오를 구상 중이던 줄스 다신의 조언 요청에 응함. 카잔차키스와 카크리디스가 공역한 『일리아스』가 그리스에서 출간됨. 어떤 출판인도 나서지 않았기 때문에 비용은 모두 번역자들이 부담함. 『오디세이아』의 수정 재판이 아테네에서 엠마누엘 카스다글리스의 감수로 준비됨. 카스다글리스는 또한 카잔차키스의 희곡 전집 제1권을 편집함. 〈왕실 인사〉가 개입한 끝에 『최후의 유혹』이 마침내 그리스에서 출간됨.

1956년(73세) 6월 빈에서 평화상을 받음. 키먼 프라이어와 공동 작업을 계속함. 최종심에서 후안 라몬 히메네스에게 노벨 문학상을 빼앗김. 줄스 다신이 『수난』을 바탕으로 한 영화를 완성. 제목을 〈죽어야 하는 자 *Celui qui doit mourir*〉로 붙임. 전집 출간이 진행됨. 두 권의 희곡집과 여러 권의 여행기, 프랑스어에서 그리스어로 옮긴 『토다 라바』와 『성자 프란체스코』가 추가됨.

1957년(74세) 키먼 프라이어와 작업을 계속함. 피에르 시프리오와의 긴 대담이 6회로 나뉘어 파리에서 라디오로 방송됨. 칸 영화제에 참석하여 「죽어야 하는 자」를 관람함. 파리의 플롱 출판사가 그의 전집을 프랑스어로 펴내는 데 동의함. 중국 정부의 초청으로 카잔차키스 부부는 중국을 방문함. 돌아오는 비행 편이 일본을 경유하므로, 광저우에서 예방 접종을 함. 그런데 북극 상공에서 접종 부위가 부풀어 오르고 팔이 회저 증상을 보이기 시작함. 백혈병을 진단받았던 독일의 병원에 다시 입원함. 고비를 넘김. 알베르트 슈바이처가 문병 와서 쾌유를 축하함. 그러나 아시아 독감이 쇠약한 그의 몸을 순식간에 습격함. 10월 26일 사망. 시신이 아테네로 운구됨. 그리스 정교회는 카잔차키스의 시신을 공중(公衆)에 안치하기를 거부함. 시신은 크레타로 운구되어 안치됨. 엄청난 인파가 몰려 그의 죽음을 애도함. 훗날, 묘비에는 카잔차키스가 생전에 준비해 두었던 비명이 새겨짐. *Den elpízo típota. Den fovúmai típota. Eímai eléftheros*(나는 아무것도 바라지 않는다. 나는 아무것도 두려워하지 않는다. 나는 자유다).

옮긴이 **오숙은** 서울대학교 노어노문학과를 졸업하고, 브리태니커 백과사전 편집부에 근무한 뒤, 현재 전문번역가로 활동하고 있다. 옮긴 책으로 메리 셸리의 『프랑켄슈타인』, 스티븐 로의 『돼지가 철학에 빠진 날』, 데이브 로빈슨의 『철학』, 솔로몬 노섭의 『노예 12년』 등이 있다.

러시아 기행

발행일	2008년 3월 30일 초판 1쇄
	2021년 2월 5일 초판 4쇄
지은이	니코스 카잔차키스
옮긴이	오숙은
발행인	홍예빈 · 홍유진
발행처	주식회사 열린책들

경기도 파주시 문발로 253 파주출판도시
전화 **031-955-4000** 팩스 **031-955-4004**
www.openbooks.co.kr

Copyright (C) 주식회사 열린책들, 2008, *Printed in Korea*.
ISBN 978-89-329-0796-3 04890
ISBN 978-89-329-0792-5 (세트)

이 도서의 국립중앙도서관 출판예정도서목록(CIP)은 서지정보유통지원시스템 홈페이지(http://seoji.nl.go.kr)와 국가자료공동목록시스템(http://www.nl.go.kr/kolisnet)에서 이용하실 수 있습니다.(CIP제어번호 : CIP2008000649)